H. K. ANGER

Odenwaldglut

MIT HUMOR UND APFELWEIN Die Juristin Charlie Knapp hat in Hamburg alles hinter sich gelassen. Mit dem, was in ihr kleines Wohnmobil passt, kehrt sie in ihre Heimat, den hessischen Odenwald zurück. Dort kommt sie bei ihrem Schulfreund Reiner Haase und dessen Patchworkfamilie auf dem Atzeldoalhof unter.

Um Charlie aufzumuntern, schlägt Reiner den Besuch eines traditionellen Lärmfeuers vor. Im Feuer entdeckt sie prompt eine Leiche und muss sich im Anschluss um den Dackel des Toten kümmern. Für Charlie Grund genug, um auf eigene Faust Ermittlungen anzustellen.

Dann überschlagen sich die Ereignisse: Ein zweites Opfer ist zu beklagen, bei einem Campingausflug wird ein Brandanschlag auf Charlies Wohnmobil verübt und der Apfelwein einer Odenwälder Kelterei wird vergiftet. Kriminalhauptkommissar Gunter Haase und sein Team vom K 11 in Heppenheim tun sich mit den Ermittlungen schwer. Beim Keltereifest zum Odenwälder Apfelherbst stößt Charlie auf eine brandheiße Spur. Ihre Impulsivität muss Charlie jedoch büßen. Im herbstlichen Odenwald lodern erneut die Flammen und Charlie gerät in tödliche Gefahr.

H. K. Anger wurde im Ruhrgebiet geboren und ist nach Lebensstationen in Bielefeld, Freiburg und Leipzig in einem Odenwälder Dorf heimisch geworden. Die studierte Pädagogin hat in der Erwachsenenbildung gearbeitet, bevor sie 2006 aus Liebe zum Kochen mit dem Kochbuchschreiben begann. In ihrer Freizeit erkundet H. K. Anger in Begleitung ihres Mannes und ihrer Hunde mit dem Wohnmobil Ziele in nah und fern. Ihre Liebe zum Odenwald bringt H. K. Anger in ihren Odenwaldkrimis zum Ausdruck, in denen sie die idyllische Mittelgebirgslandschaft und die Menschen mit dem Herz auf dem rechten Fleck spannend in Szene setzt.

H. K. ANGER

Odenwaldglut

KRIMINALROMAN

GMEINER

Immer informiert

Spannung pur – mit unserem Newsletter informieren wir Sie
regelmäßig über Wissenswertes aus unserer Bücherwelt.

Gefällt mir!

Facebook: @Gmeiner.Verlag
Instagram: @gmeinerverlag
Twitter: @GmeinerVerlag

Besuchen Sie uns im Internet:
www.gmeiner-verlag.de

© 2019 – Gmeiner-Verlag GmbH
Im Ehnried 5, 88605 Meßkirch
Telefon 0 75 75 / 20 95 - 0
info@gmeiner-verlag.de
Alle Rechte vorbehalten
4. Auflage 2023

Lektorat: Claudia Senghaas, Kirchardt
Herstellung: Mirjam Hecht
Umschlaggestaltung: U.O.R.G. Lutz Eberle, Stuttgart
unter Verwendung eines Fotos von: © Michael Tewes / stock.adobe.com
Druck: CPI books GmbH, Leck
Printed in Germany
ISBN 978-3-8392-2453-3

PROLOG - SOMMER 1992

»Komm! Komm schon, Papa!«, riefen die beiden blonden Mädchen in den identischen rot-getupften Bikinis.

Ein in allen Regenbogenfarben schillernder, prall aufgeblasener Strandball landete auf der sich leicht in der Sommerbrise kräuselnden Wasseroberfläche. Wassertropfen spritzten auf, die das Sonnenlicht wie Diamanten funkeln ließen. Das ältere der Mädchen nahm Anlauf und sprang mit einem eleganten Kopfsprung in das durch die Wand- und Bodenfliesen azurblau schimmernde Wasser des Pools.

»Papa!«, wiederholte das jüngere Mädchen und zog einen Schmollmund.

Er stand vom Schreibtisch, den er sich in der Ecke des Wohnzimmers eingerichtet hatte, auf und schritt durch die Terrassentür nach draußen.

Das blonde Mädchen schoss auf ihn zu, sprang an ihm hoch und verschränkte Beine und Arme wie ein Äffchen hinter seinem Rücken. Er schloss seine Tochter fest in die Arme und vergrub seine Nase in ihrem seidigen Haar. Es roch nach kindlicher Unschuld, Apfelshampoo und Chlor. Dann löste er die Umarmung und das Mädchen rutschte auf die Füße.

»Du hast versprochen, mir das Tauchen beizubringen!«

»Papa muss noch arbeiten«, sagte er und strich seiner Tochter eine der von der Sonne weißblond gebleichten Strähnen hinter das Ohr. Seine Jasmin sah in diesem heißen, nicht enden wollenden Sommer wie eine kleine Schwedin aus. Er hatte sie nie so glücklich und ausgelassen wie in diesen Sommerferien gesehen. Die sie, vor allem wegen der Angst vor den Folgen der blutigen Auseinandersetzungen in Jugoslawien, ausnahmsweise nicht im Geburtsort seiner Frau, sondern zu Hause verbrachten.

All dies belastete seine beiden Mädchen nicht. Denn was für ein Zuhause hatte er ihnen mit dem Geld, von dessen Existenz lediglich er und zwei andere wussten, geschaffen! Der Blick seiner grauen, müden und in den letzten Wochen besorgt dreinblickenden Augen streifte über den Pool, der in eine makellos gepflegte und dank der Wassersprinkler satt-grüne Rasenfläche eingebettet war. Eine zwischen die beiden Kirschbäume gespannte Makramee-Hängematte lud zum Träumen ein. Im hinteren Teil des Gartens fiel die Rasen-fläche zu einem sich durch die liebliche Odenwälder Land-schaft windenden Bächlein hinab. Dahinter grasten braun-weiß gefleckte Kühe auf saftigen Wiesen, bis das Gelände zum Höhenzug der Tromm anstieg und Fichten, Kiefern, Buchen sowie Eichen die grünen Hügel bewaldeten.

Die Entscheidung, die laute, dreckige und giftige Chemie-wolken ausdünstende Stadt hinter sich zu lassen, hatte er noch keinen Augenblick bereut. Er war dankbar, dass der unver-hoffte Nebenerwerb, der sich für ihn und seinen Partner auf-getan hatte, seiner Familie ein Leben im Paradies ermöglichte. Dass er anderen damit ihr Leben in genau diesem Paradies zur Hölle machte, daran wollte er nicht denken. Er würde den Goldesel, den er durch Zufall aufgetan hatte und der durch das Nichtstun der verantwortlichen Stellen groß und stark geworden war, weiter hegen und pflegen. Damit dieser nicht aufhörte, vorne und hinten seine Golddukaten auszuspeien. Er konnte sich kein Mitgefühl leisten, musste zuerst an sich und seine Familie denken.

Lächelnd wandte er sich seiner jüngsten Tochter zu: »Ich komme, wenn ich die Rechnungen fertig geschrieben habe.«

»Meinetwegen«, erwiderte das Mädchen und hüpfte zu der tomatenroten Plastikliege am Poolrand, auf dem der brandneue Grundig Radiorekorder lag.

»Nothin' lasts forever, even cold November rain«, trällerte Axl Rose von Guns N'Roses, der in diesen Ferien erklärten Lieblingsband seiner Töchter, in die Hitze des Spätsommertages.

Nachdenklich, mit gebeugten Schultern kehrte er zu seinem Schreibtisch und dem darauf wartenden Papierkram zurück. Nothin' lasts forever, nichts ist für die Ewigkeit. War das etwa ein Zeichen, eine Warnung?

Nein, dachte er und schüttelte energisch den Kopf. Sie hatten alles getan, damit niemand ihnen auf die Schliche kam. Es gab nichts, was ihnen Sorgen bereiten müsste. Die Ängste, die ihn manchmal heimsuchten, waren grundlos.

1. KAPITEL

Im ersten Augenblick wusste Charlotte Knapp, die alle seit ihrer Kindheit Charlie nannten, nicht, wo sie sich befand. Die munter schallenden Trompetentöne gehörten nicht zu ihrem Alltag.

Charlie blies sich eine rotblonde Haarsträhne, die ihre Nasenspitze kitzelte, aus dem Gesicht und richtete sich im Bett auf. Sie hatte am Vorabend wieder ewig gebraucht, um einzuschlafen, weil die knapp zehn Zentimeter lange Narbe am linken Oberarm schmerzte. In der Reha hatte man sie gewarnt, dass sie die Narbe täglich dehnen und massieren müsste. Die letzten Tage waren zu hektisch gewesen, als dass Charlie den Ratschlag hätte beherzigen können.

Der Klang der Trompete erstarb und Charlie begriff endlich, woher die musikalische Untermalung stammte. Sie schlug die Bettdecke zur Seite und ging zum Fenster des Gästezimmers ihrer besten Freundin, von wo aus sie einen Blick auf den gut 130 Meter hohen Turm des Hamburger Michels hatte. Der Michel-Türmer hatte gerade vom Türmerboden auf dem siebten Boden des Turms seinen morgendlichen Choral, den er in alle vier Himmelsrichtungen blies, beendet. Charlies Blick fiel auf ihr Handy. Fünf nach zehn! Die Zimmertür knarzte klagend, als sie über die Schwelle trat und in die Küche eilte.

»Warum, um Himmels willen, hast du mich nicht geweckt?« Der Vorwurf in Charlies Stimme war nicht zu überhören.

Frieda Olsen drückte hastig ihre Zigarette auf der Untertasse ihrer Teetasse aus. »Ich habe dich gestern Nacht lange herumrumoren hören. Da habe ich mir gedacht, dass du gut noch eine Mütze Schlaf gebrauchen könntest.«

Charlie ließ sich auf den zweiten Küchenstuhl plumpsen. »Ich muss diese blöden Ängste langsam wirklich in den Griff bekommen.«

Frieda Olsen stand auf, holte eine Tasse aus dem Küchenoberschrank und goss von der dunkelgoldenen Flüssigkeit ein. Wortlos schob sie die Dose mit dem braunen Krustenkandis zur Freundin hinüber. Charlie bediente sich und rührte gedankenverloren in ihrer Tasse.

»Der Ortswechsel ist genau das, was ich jetzt brauche«, meinte sie.

»Warum muss es ausgerechnet der Odenwald sein?« Auf Friedas zarten Gesichtszügen spiegelte sich eine Mischung aus Kummer und Tadel.

»Weil es meine Heimat ist«, erwiderte Charlie und fügte mit einem Grinsen hinzu: »Im Herzen bin ich noch immer ein Ourewäller Mädsche.«

Frieda schüttelte den Kopf, sodass die weizenblonden Locken um ihr herzförmiges Gesicht tanzten. »›Mädsche‹ ist ein bisschen zu optimistisch ausgedrückt«, schnaubte sie.

»Ich habe die 40 noch vor mir«, erwiderte Charlie mit Würde.

»Meine paar Monate Vorsprung musst du mir nicht dauernd unter die Nase reiben«, gab Frieda spitz zurück. Dann eilte sie zur Freundin und schloss sie seufzend in die Arme.

»Ach, Charlie! Der Odenwald ist so weit weg von Hamburg.«

Charlie drückte die Freundin fest an sich. »Nur gut 550 Kilometer«, erwiderte sie mit belegter Stimme. »Die schaffst du mit deinem flotten Flitzer in gut sechs Stunden. Mit meinem alten Camper bin ich dagegen fast einen ganzen Tag unterwegs.«

Frieda löste sich aus der Umarmung und schaute Charlie fragend an. »Bleibt es dabei? Willst du wirklich noch losfahren?«

Charlie rieb sich mit der rechten Hand die unter dem Schlafanzug verborgene Narbe. »Es noch länger hinauszuschieben, macht die Sache nicht einfacher.«

»Bitte, bitte! Lass uns heute noch einen richtigen Mädchenabend machen«, bettelte Frieda. »So wie früher. Wir bestellen uns eine Pizza ...«

»Mit Oliven, aber ohne Artischocken«, warf Charlie grinsend ein.

»Und dann schauen wir uns noch mal ›Schlaflos in Seattle‹ an.« Frieda strahlte.

Charlie war anzusehen, dass sie mit sich rang. Dann ließ sie die Hand sinken und straffte die Schultern. »Du kannst mich zu Pfingsten im Odenwald besuchen. Dann holen wir unseren Mädchenabend nach. Versprochen.«

Das Lachen wich aus Friedas Augen. Sie wusste, wann sie sich geschlagen geben musste. Charlie hatte so einen verdammten Dickkopf. Dem kaum eine Wand standhielt. Wenn Charlie sich etwas vornahm, dann setzte sie es in die Tat um. Koste es, was es wolle.

»Soll ich dir eine Kanne frischen Tee für unterwegs aufbrühen?« Frieda bemühte sich, das Zittern ihrer Stimme auf ein Mindestmaß zu begrenzen.

»Das wäre lieb.« Charlie hauchte der Freundin einen Kuss auf die Wange. »Ich spring schnell unter die Dusche.«

20 Minuten später tastete sich der rote Ford Ranger Pick-up mit der weißen Aufsatzkabine aus der engen Parklücke. Charlie drückte zum Abschied dreimal kurz auf die Hupe, dann bog sie in die nächste Querstraße ein. Ihr Brustkorb krampfte sich schmerzhaft zusammen. Der Tränenschleier vor den Augen machte das Manövrieren in der beid-

seitig mit parkenden Autos vollgestopften Straße knifflig. Charlie fuhr sich mit dem rechten Unterarm über die Augen und schniefte. Dann hatte sie sich wieder im Griff. Auch wenn ihr Herz schmerzte und der Abschied von Hamburg ihr schwerer fiel, als sie nach außen zugeben wollte, war sie sich sicher, die richtige Entscheidung getroffen zu haben.

Vorsichtig manövrierte sie ihren Camper durch die Straßen der Großstadt und fädelte sich auf der A7 zwischen einen Lastwagen aus Polen und einen Reisebus aus Schleswig-Holstein ein. Dort positionierte sie den Tempomat auf 80 Stundenkilometer und achtete darauf, zu ihrem Vordermann genügend Abstand zu halten. In dem rot-weißen Camper befand sich alles, was sie noch besaß.

Reiner Haase gab der letzten braun-weiß gefleckten Kuh, die das Melkkarussell verließ, einen zärtlichen Klaps auf die Kruppe und schnappte sich den Schlauch des Hochdruckreinigers. In knapp 20 Minuten waren das von den Kühen eingekotete Karussell und der Innenraum mit den technischen Apparaten wieder blitzblank und hygienisch. Als Reiner Haase sich im angrenzenden Umkleideraum aus dem wasserdichten Overall und den Gummischuhen schälte, kam seine Mutter, Gertie Haase, durch die Tür.

»Frieschdick iss ferddisch«, verkündete sie und reichte ihrem Sohn, der sich die Arme bis zum Ellbogen eingeseift und abgespült hatte, ein Handtuch.

»Ist Emelie aus ihrem Zimmer aufgetaucht?«, wollte Reiner wissen und hängte das Handtuch an den Metallhaken.

»Noch nedd goanz«, musste seine Mutter zugeben. »Äwwer isch häbb geheerd, dess de Dosch owwe im Bad geloafe hodd.«

»Dann besteht zumindest Hoffnung.« Reiner Haase legte seinen Arm um die schmalen Schultern seiner Mutter. Trotz ihrer grauen Naturlocken, die sie knapp schulterlang trug und mit zwei Spangen aus dem Gesicht hielt, hatte sie etwas Mädchenhaftes an sich. Ihre kornblumenblauen, von feinen Fältchen wie Sonnenstrahlen eingerahmten Augen strahlten vor Energie und Optimismus. Dabei war sie früh Witwe geworden und hatte den Hof von einem Tag auf den anderen übernehmen müssen. Ihre Söhne, Gunter und Reiner, waren ihr eine große Stütze gewesen, doch sie steckten beide beim Tod ihres Vaters mitten in der Ausbildung. Gunter studierte an der Hessischen Hochschule für Polizei und Verwaltung in Wiesbaden und Reiner wollte nach dem Studium der Agrarwissenschaften in Gießen seinem Vater zur Seite stehen. Jetzt lag die ganze Last der Verantwortung für den malerisch in ein kleines Seitental des Trommer Höhenzuges gebetteten Atzeldoalhof auf seinen Schultern. Reiner Haase wandte sich mit breitem Grinsen an seine Mutter:

»Bereit für den morgendlichen Wahnsinn?«

Gertie Haase nickte. »Alla guud! Isch bin do mol neigierisch, woas dess Buberdier heid fer uns barad hodd.«

In der großen Wohnküche goss sich Theo Sauer eine Tasse von dem Kaffee ein, den Gertie vor ihrem Gang in den Stall aufgesetzt hatte, und breitete die Odenwälder Zeitung auf dem Küchentisch aus. Er hatte gerade die Seite mit den aktuellen Todesanzeigen aufgeschlagen, als er ein Poltern auf der Treppe zum ersten Obergeschoss vernahm und die Tür aus geöltem Kiefernholz so heftig aufgerissen wurde, dass sie gegen die weiß verputzte Wand donnerte.

»Warum hat mich niemand geweckt?« Emelies haselnussbraune Augen funkelten wütend.

»Weil du uns mindestens hundertmal erklärt hast, dass du nicht mehr von uns geweckt werden willst«, antwortete Theo Sauer ungerührt. Mit Erleichterung stellte er fest, dass niemand, den er kannte, heute im Überwald zu Grabe getragen wurde. So konnte er sich in aller Ruhe dem Lokalteil widmen. Als er nach seiner Kaffeetasse griff, musste er feststellen, dass diese in Emelies Hand gelandet war. Emelie öffnete den Kühlschrank und zog den Tetrapak mit der Hafermilch aus dem Flaschenfach der Kühlschranktür. Theo Sauer seufzte, erhob sich mit steifen Beinen, holte eine frische Tasse aus dem Schrank und goss sich noch mal vom Kaffee nach. Dann schnitt er sich ein Stück von dem Odenwälder Frühstückskäse ab, der knapp 15 Kilometer nordöstlich in einer kleinen Käserei im Mossautal produziert worden war.

Emelie verdrehte genervt die Augen. »Mann, wie oft habe ich dir erklärt, …?«

»… dass ich wegen des bösen, bösen Cholesterins mit einem Bein im Grab stehe«, vervollständigte Theo Sauer kauend den Satz.

Emelie war seit den letzten Sommerferien bekennende Veganerin und ließ keine Gelegenheit aus, ihr Umfeld mit gut gemeinten Ratschlägen zu traktieren. Theo sorgte sich jedoch mehr um seinen Rücken als um Cholesterin, Laktose, gesättigte Fettsäuren und was Emelie sonst noch verteufelte. Immer wenn ein Wetterwechsel nahte, zwickte ihn sein Ischias. Vielleicht, dachte Theo und rieb sich die schmerzende Rückenpartie, sollte ich es mir überlegen und zu Suzanne nach Florida ziehen. Seine Tochter hatte vor acht Jahren, von einem Tag auf den anderen, Weinheim und die Bergstraße verlassen, um einen gut dotierten Job als Hotelmanagerin in Miami anzunehmen. Diese für Suzanne untypische Knall-auf-Fall-Entscheidung hatte Theo gewaltig zugesetzt. Ihn dazu gezwungen, seine eigenen Zukunftspläne zu revidieren. Bis dahin war er fest davon ausgegangen, dass Gunter Haase sein Schwiegersohn werden und Suzanne das Familienrestaurant auf dem Weinheimer Marktplatz übernehmen würde. Doch Suzanne hatte sich für Florida entschieden. Schweren Herzens musste Theo das Restaurant, das bereits sein Großvater geführt hatte, verkaufen. Statt Pfälzer Saumagen, Odenwälder Kartoffelsuppe, Kochkäse-Schnitzel mit Bratkartoffeln sowie hausgemachtem Schobbekäs' auf rustikalem Sauerteigbrot servierte man dort inzwischen Pizza und Pasta. Theo spürte, wie ein bitterer Geschmack sich auf seiner Zunge breitmachte. Er spülte die Erinnerung mit einem Schluck Kaffee hinunter. Es gab keinen Grund, sich zu beklagen. Schließlich war er nicht in einer dieser Menschenverwahranstalten, die man auf Neudeutsch Seniorenresidenzen nannte, sondern bei Gertie und Reiner auf dem Atzeldoalhof gelandet. Hätte schlimmer kommen können, Alter, wies er sich zurecht. Viel schlimmer.

»Sollte gestern nicht diese Dingsda, diese Bekannte von Paps kommen?«, unterbrach Emelie Theos Gedanken, während sie ihre Kaffeetasse bis zum Rand mit Hafermilch auffüllte. Weil die Flüssigkeit bei der kleinsten Bewegung überzuschwappen drohte, spitzte sie die Lippen und nahm schlürfend ein paar kleine Schlucke.

»Ist wohl was dazwischengekommen«, brummte Theo und widmete sich wieder der Zeitung.

»Wem is woas dozwischekumme?«, wollte Gertie wissen, die ihre dicke graue Strickjacke über die Stuhllehne hängte und ebenfalls nach der Kaffeekanne griff.

Emelie wischte sich den Kaffee-Hafermilch-Bart mit dem Unterarm ihrer lila Tunika, die sich wunderbar mit ihrem durch Henna karottenrot gefärbtem Haar biss, von der Oberlippe. »Na, diese Anwalts-Schickimicki aus Hamburg.«

Reiner Haase ließ sich müde auf einen der mit Korbgeflecht bezogenen Küchenstühle fallen. »Das ist keine Schickimicki, sondern meine Schulfreundin Charlie.«

Emelie zog die hellbraunen, zu zwei dünnen Strichen gezupften Augenbrauen in die Höhe. »Du und eine Freundin? In der Schule? Hätte ich dir gar nicht zugetraut. Krass!«

»Ist aber so«, erwiderte Reiner ungerührt, während er sich ein Brötchen aufschnitt und die untere Hälfte üppig mit Butter und hausgemachter Brombeermarmelade bestrich.

»Das ist mit Sicherheit so eine Superpeinliche. So mit dunkelgrauem Kostüm, Hochsteckfrisur und intellektueller Hornbrille. Die den ganzen Tag auf Pfennigabsätzen herumtackert und aus Prinzip alles besser weiß.« Emelie kam gerade richtig in Fahrt. Mürrisch schüttelte sie die ihr weit über die Schultern reichenden karottenroten Rastalocken, wodurch die vielen kleinen Dreadlockperlen und -ringe wie Kastagnetten klapperten.

»Du guggschd zu veel Fernseen«, erwiderte Gertie kopfschüttelnd.

»Hast du deine Matheaufgaben gemacht?«, versuchte Reiner das Thema zu wechseln.

»Nicht alle, aber ziemlich viele.« Emelie schnappte sich ein Mohnbrötchen und biss herzhaft hinein. »Den Rest mache ich mit Luka im Bus. Alles easy.«

Reiner seufzte. Theo verkniff sich ein Schmunzeln. Hinter Emelies heftig pubertierender Schale steckte ein patenter Kern. Sowie ein flinkes Hirn. Die Kleine würde ihren Weg im Leben machen, da war Theo sich ganz sicher.

Gertie Haase sprang auf, um nochmals Kaffee aufzusetzen. »Ehrlich gsoad, koann isch misch gar nedd mehr sou rischdisch an de Scharlodde endsinne«, meinte sie nachdenklich.

»War sie mit dir auf deinem Zimmer? Ich meine, so ganz allein, wenn Oma im Stall oder mal weg war?« Emelie schaute ihren Vater interessiert an.

»Charlie war meine Freundin«, erwiderte Reiner mit Würde.

»Eben!«, konterte Emelie.

»Freundin im Sinne von bester Kumpel. So einer, mit dem man Pferde stehlen kann«, fühlte Reiner sich bemüßigt zu präzisieren.

»Äwe fällt's mer wedder ein!« Gertie ließ den Löffel, mit dem sie Kaffeepulver in den Filter hatte geben wollen, sinken. »Hodd dir de Scharlodde nedd korz vor dem Abitur noch Nachhilfeschdunde gäwwe? In Maddematik unn Fysik?«

Reiners Ohrspitzen nahmen beinahe die gleiche Färbung wie die Rastalocken seiner Tochter an.

»Ich hab ihr dafür beigebracht, wie man bei ihrem Huddl die Zündkerzen wechselt und einen Ölwechsel macht«, versuchte er sich zu rechtfertigen.

»Olieweleid, woas fer enn Sauerei hoschde do gemoachd!« Bei der Erinnerung an die ölverschmierten T-Shirts und Hosen ihres jüngsten Sprösslings verzog Gertie Haase den Mund zu einer Grimasse.

»Hör auf zu knoddern, Modder!« Reiner legte seine rechte Hand kurz auf den Unterarm seiner Mutter.

»Du Simbel!«, neckte Gertie Haase ihren Sohn liebevoll. Sie wusste natürlich, dass er alles andere als ein Blödmann war. Das bewies er jeden Tag aufs Neue bei der Führung des Atzeldoalhofes.

Emelie verdrehte erneut die Augen zur weiß verputzten Küchendecke. »Manno! Merkt ihr nicht, wie peinlich ihr seid?«

»Musst du nicht zum Bus?« Reiner Haase schaute demonstrativ auf die über der Anrichte hängende Uhr.

»Uff jedz, alla hopp!«, drängte Gertie ihre Enkelin.

Emelie schnappte sich ihren mit einem großen gelben V bemalten Rucksack und spurtete los.

Als sie ihren Rucksack vor der Haustür schulterte, bog ein roter Pick-up mit weißer Aufsatzkabine in die Hofeinfahrt ein.

»Paps!«, schrie Emelie. Der Schulbus war fürs Erste vergessen.

Als Charlie endlich die mit Titanzink eingedeckten Dächer der Stallungen von der schmalen Straße, die kaum Begegnungsverkehr zuließ, ausmachen konnte, atmete sie erleichtert auf.

Weil sie nach 15-jähriger Abwesenheit nicht mehr sicher gewesen war, den Atzeldoalhof ohne Hilfe auf Anhieb zu finden, hatte sie sich auf ihr Navi verlassen. Das hatte sie prompt auf den kürzesten, aber auch abenteuerlichsten Weg geleitet. Von der Autobahn hatte das Navi Charlie zuerst über die schmalen, sich an die grünen Hügel der Juhöhe schmiegenden Windungen geführt, ihr bei der Auffahrt auf die Kreidacher Höhe einen Blick auf die neu entstandene Sommerrodelbahn gegönnt, um sie dann kurz vor der Polizeistation in Wald-Michelbach links auf eine schmale Straße zu führen, wo sie wegen des morgendlichen Gegenverkehrs gleich zweimal die Ausweichbuchten hatte aufsuchen müssen. Nachdem Charlie ihren Camper durch eine kleine, landwirtschaftlich geprägte Ortschaft gelenkt hatte, landete sie auf einer noch schmaleren Straße, die sich zwischen Wiesen und Feldern durchschlängelte. Der durch die Regenfälle der vergangenen Tage angeschwollene Kocherbach plätscherte munter an der gleichnamigen Ortschaft entlang, wo Charlie aufgrund der eng stehenden Häuser Sorge hatte, mit der Aufsatzkabine ihres Campers an einer Dachrinne oder einem Mauervorsprung anzuecken. Als ihr dann noch ein froschgrünes Monster von Traktor entgegenkam, wurden Charlies Hände, die das Lenkrad umklammerten, feucht. Der Traktorfahrer hatte ein Einsehen mit ihr, bugsierte sein riesiges Gefährt mit einer Leichtigkeit, um die Charlie ihn beneidete, in eine Einfahrt und ließ sie passieren. An der nächsten Straßengabelung bog Charlie rechts ab und stellte mit Erleichterung fest, dass ihr Ziel nur wenige Meter vor ihr lag.

Während sie den Camper im Schritttempo die hufeisenförmige Hofeinfahrt hochlenkte, musste sie feststellen, dass sie kaum etwas wiedererkannte. Der alte, mit blassroten Ziegeln eingedeckte Stall war zwei hochmodernen Stallungen sowie mehreren Fahrsilos gewichen. Dort, wo früher die Hühner auf dem stattlichen Misthaufen gekratzt hatten, stand jetzt ein mit rauen Holzbohlen eingefasster Round-Pen für die Pensionspferde. Nur am Wohnhaus hatte sich, wie Charlie mit Erleichterung feststellte, nicht viel verändert. Auf den weiß verputzten Fensternischen standen Blumenkästen mit bunten Primeln. Unter dem weit vorgezogenen Vordach stand die alte gusseiserne Bank, auf der Reiner und sie unzählige Stunden gesessen und Zukunftspläne geschmiedet hatten. Nur eine Handvoll davon war in Erfüllung gegangen. Charlie seufzte.

Dann ging plötzlich alles ganz schnell. Durch die Haustür quoll eine kleine, dicht gedrängte Traube von Menschen. Ein Kopf mit karottenroten Rastalocken tauchte vor Charlies Seitenfenster auf und ließ eine Kaugummiblase platzen. Die Fahrertür wurde aufgerissen und Reiner, ihr Reiner und bester Kumpel, steckte den Kopf in den Fahrerraum.

»Liewer Himmel, wo hast du bloß gesteckt? Ich hab schon gedenkt, ich müsste loslaafe und dich suche!«

Charlie zuckte kurz zurück. »Hast du meine WhatsApp nicht gelesen? Die Autobahn war am Kasseler Kreuz total dicht. Als sie die Vollsperrung endlich aufgehoben hatten, war ich so fertig, dass ich mich auf einem Parkplatz im Camper hingelegt habe.«

Ein weiterer Kopf, und zwar der mit den erstaunlich roten Rastalocken, drängte sich ins Fahrzeuginnere. »Paps guckt nie auf sein Handy.«

»Jedz loss des Mädsche doch erschd emol aussteige!«, fuhr Gertie Haases energische Stimme dazwischen.

Charlie schälte sich aus dem Sicherheitsgurt und stieg mit steifen Beinen aus.

»Schön, dass du wieder hier bist!« Reiner schloss Charlie in seine Arme und drückte sie fest an sich. Für einen Moment ließ Charlie ihre Stirn auf den grauen, ein wenig kratzigen und dezent nach Kuh riechenden Wollpullover sinken. Dann löste sie sich aus der Umarmung und schaute den Schulfreund mit verräterisch glänzenden Augen an.

»Danke, dass ich fürs Erste bei euch unterkommen darf.«

»Ist doch selbstverständlich.« Reiner machte eine Handbewegung, so als wollte er Charlies Bedenken wegwischen.

»Nein«, erwiderte Charlie und wischte sich mit dem Unterarm über die feuchten Augen. »Das ist es nicht.«

In den vergangenen schweren Monaten hatte sie erfahren müssen, dass sich viele, die sie in Hamburg zu ihren Freunden gezählt hatte, von ihr abwandten. Hinter ihrem Rücken über sie tuschelten. Obwohl sie persönlich an den Geschehnissen nicht die geringste Schuld traf. Sie hatte sich nur selbst verteidigt.

»Cool! Kann man in dem Ding da echt pennen? So mit Bett und Klo und allem?« Emelie hatte für den Anflug von Rührseligkeit bei den Erwachsenen kein Verständnis. Sie stellte sich auf die Zehenspitzen und versuchte durch das Heckfenster des Campers zu schauen.

»Wenn du Lust hast, zeig ich dir nachher alles«, bot Charlie an.

»Aber vorher verschwindest du flugs in die Schule!«, mischte sich ihr Vater ein. »Wenn du dich beeilst, schaffst du den Bus gerade noch.«

Emelie warf einen Blick auf ihr Handy. »Nee, zu spät«, stellte sie lakonisch fest.

Theo zog sie sanft am Oberarm vorwärts. »Komm, ich fahr dich!«

»Unn isch, isch mach in de Kisch frische Kaffee.« Gertie vermutete, dass ihr Sohn und seine Jugendfreundin einen Moment für sich allein haben wollten.

Reiner sah seiner Mutter hinterher, wie sie leichten Fußes die vier Stufen zum Haus erklomm und hinter der schokobraun lackierten Flügeltür verschwand.

»Wie geht es dir wirklich?«, wollte er leise von Charlie wissen. »Ich hab mir Sorgen gemacht. Nach der Trennung hättest du schon viel eher in Hamburg einen Schlussstrich ziehen sollen.«

Charlie strich sich eine rotblonde Strähne, die ihr die leichte Frühlingsbrise in die Stirn geweht hatte, zurück hinter das Ohr.

»Ich wollte mir selbst beweisen, dass ich es trotz allem schaffe«, sagte sie und seufzte. »Aber weißt du, eines Morgens lag ich im Bett und dachte: So kann es nicht weitergehen. Dieses ständige Hinundhergerissen-Sein macht mich fertig. Je länger ich zögerte und zauderte, desto weniger brachte ich auf die Reihe. Irgendwann hatte ich das Gefühl, dass mir mein ganzes Leben aus den Händen gleitet.« Charlie schaute ihren Schulfreund mit tränennassen Augen an. »Ich kam mir vor wie ein Zombie. War überhaupt nicht mehr ich. Himmel! Ich komme mir wie ein verdammter Versager vor«, flüsterte sie.

»Komm!« Reiner zog sie zurück in seine Arme. »Du bist kein Versager! Du hast eine schwierige Lebensphase hinter dir. Musstest in letzter Zeit viel durchmachen. Das zu verarbeiten braucht Zeit. Und Geduld. Am meisten von dir selbst.«

»Wo gerade Geduld eine meiner Kernkompetenzen ist«, versuchte sich Charlie mit einem wässrigen Lächeln in Selbstironie.

»Wir packen das! Der Atzeldoalhof und der Ourewoald werden dir guttun.« Reiner gab Charlie einen aufmunternden Klaps auf das Schulterblatt. »Aber zuerst trinken wir Modders Kaffee.«

Charlie schluckte, um den dicken Kloß im Hals loszuwerden. »Kaffee mit Milch frisch von der Kuh? So wie früher?«

»Ganz so wie früher!«, versicherte ihr Reiner. »Nur dass unsere Milch inzwischen viel cremiger ist.«

»Cremiger als die im Norden?«, zog Charlie ihn auf.

»Die Schnellschwätzer von der Küste haben nicht den blassesten Schimmer, wie enn guude Milisch überhaupt buchstabiert wird.«

»Immer noch so bescheiden wie früher«, frotzelte Charlie, die spürte, wie die schwere Last auf ihren Schultern ein Stück leichter wurde. Sie streckte die Arme über dem Kopf aus. Sog begierig die frische, klare Waldluft, die mit einem Hauch von Kuh, Pferd, Heu, und was sonst noch zum Landleben dazugehörte, erfüllt war, ein.

»Dehoam«, murmelte sie und folgte Reiner ins Haus.

2. KAPITEL

In den letzten Wochen kam er regelmäßig hierher.

Der dunkle, dichte Mischwald war für ihn zur zweiten Heimat geworden. Zog ihn magisch an. Obwohl er eigentlich an die offenen, sanft geschwungenen und nur mit Buschwerk und Obstbäumen besetzten Flächen der Ebene gewöhnt war. Sich nicht als passionierten Wanderer, Jäger oder Naturfreak bezeichnete. Dennoch hielt der Wald ihn in seinem Bann.

Der Schotter unter seinen Füßen knirschte, als er auf dem kleinen, beinahe herzförmig wie ein Lindenblatt angelegten Parkplatz aus dem Wagen stieg. Besorgt zuckte er zusammen und zog den Kopf zwischen die Schultern. Ein Eichelhäher krähte wie zum Spott von der spitzen Krone einer mehr als zehn Meter hohen Fichte. Mit gebeugtem Kopf hastete er vom Parkplatz und der großen Hinweistafel weg. Als er in den mit einer dicken humosen Schicht von verrottenden Nadeln und Blättern bedeckten Waldweg einbog, wurden seine Schritte laut- und mühelos. Beinahe schien es ihm, als ob er schwebte. Seltsam leicht fühlte er sich. Für einen Moment von aller Last befreit. Trotz allem.

Er bückte sich unter einem tief hängenden Ast einer Eiche hindurch und ging den kleinen Abhang bis zur Senke hinunter, wo er sich rechts hielt. Den Weg kannte er mittlerweile im Schlaf. Natürlich hätte er sein Ziel auch auf dem breiten und geebneten Forstweg erreichen können, aber er wollte niemandem begegnen. Ganz für sich sein. Mit seinen Gefühlen und Gedanken, die jetzt jeden Tag wie ein aufgescheuchter Wespenschwarm in seinem Kopf herumsummten. Unbewusst rieb er sich mit dem rechten Handballen die hohe Stirn. Er konnte die Gedanken nicht abstellen. Fast war es so, als wären sie aus den Tiefen seines Bauches, von dort, wo die lodernde Wut saß, in seinen Kopf gestiegen und hätten dort ein Eigenleben entwickelt. Er lehnte seine Stirn gegen die raue, von einer dünnen Moosschicht überzogene Rinde einer Kiefer. Streckte die Arme aus und umarmte den Stamm. Hielt ihn, wie man einen Freund, der traurig und verzweifelt ist, tröstend hält.

Schließlich löste er die Arme und stapfte weiter. Er musste sich sputen, denn er wurde bereits erwartet. Sie hatten zu klären, wie es weitergehen sollte. Sie mussten entscheiden, ob sie es wagen könnten, den Plan in die Tat umzusetzen, den er in den dunklen, schlaflosen Nächten geschmiedet hatte. Die Zeit wurde knapp.

Kriminalhauptkommissar Gunter Haase nestelte ein Papiertaschentuch aus der Hosentasche und tat, als ob er sich damit lautlos die Nase putzen würde. In Wahrheit verbarg er ein herzhaftes Gähnen hinter dem Taschentuch. Die Luft im Besprechungsraum des Kommissariats K 11 in Heppenheim war nach anderthalb Stunden zum Schneiden. Auch seine beiden Kollegen und die Kollegin zeigten bereits deutliche Abnutzungserscheinungen. Kriminalkommissarin Martina Lohse starrte seit zehn Minuten unentwegt aus dem Fenster, wo die an- und abfahrenden Pkws auf dem Parkplatz des TÜV Service-Centers Heppenheim eine willkommene Abwechslung zum monotonen Vortrag ihres Vorgesetzten darstellten. Kriminalrat Dr. Kuno Wölfelschneider hatte es sich an diesem trüben und nassen Märznachmittag zur Aufgabe gemacht, seine Mitarbeiter in einem epischen Vortrag zur Gleichstellung der Geschlechter im Höheren Polizeidienst auf den neu-

esten Stand zu bringen. »Frauen in Führungspositionen sollten spätestens nach der Organisationsanpassung FOKB, und
da finden Sie, verehrte Kollegin und verehrte Kollegen, mich
in völliger Übereinstimmung mit den behördlichen Vorgaben, auch hier bei der RKI Heppenheim nicht die Ausnahme,
sondern den absoluten Regelfall darstellen.«

Dr. Kuno Wölfelschneider ließ das DIN-A4-Blatt, von
dem er abgelesen hatte, auf die hellgraue Tischplatte sinken.
Dann blickte er Beifall heischend in die Runde und zupfte
seine azurblaue Krawatte, die er wie all seine Krawatten stets
überlang trug, zurecht.

Martina Lohse warf Gunter Haase ein verstohlenes Grin-
sen zu. In Heppenheim war es ein offenes Geheimnis, dass
es mit der Gleichstellung im Privathaushalt von Dr. Kuno
Wölfelschneider nicht weit her war. Hier hatte eindeutig Inge
Wölfelschneider, eine geborene Löw von Reichenbach, die
Hosen an.

Die Mitarbeiter des K 11 lösten sich schwerfällig aus der
Starre, die sie mangels Sauerstoff sowie Begeisterung für das
vorgetragene Thema befallen hatte. Dr. Kuno Wölfelschneider ordnete sein Redemanuskript und verstaute die Lesebrille in der Brusttasche seines anthrazitfarbenen Sakkos. Er
konnte mit seinem Vortrag zufrieden sein. Damit hatte er
einerseits die bürokratischen Vorgaben aus Wiesbaden erfüllt,
sich andererseits schon für die heutige Abendveranstaltung
des Lions Club warm geredet. Dort würde die Prävention des
Tabakmissbrauchs bei Kindern und Jugendlichen im heutigen
Fokus ihrer Aktivitäten liegen und damit ein Thema berühren, das Dr. Kuno Wölfelschneider ganz besonders am Herzen lag. Mens sana in corpore sano, nur in einem gesunden
Körper steckt ein gesunder Geist, so dozierte er hingebungs-
voll bei jeder sich bietenden Gelegenheit. Selbstverständlich
gehörte er nicht zu denen, die Wasser predigten und Wein

tranken. Dr. Kuno Wölfelschneider war sogar in seiner Kindheit nicht der Versuchung erlegen, an einer Schokozigarette zu nuckeln. Außerdem war er der festen Überzeugung, dass der Kaffeeautomat des K 11, der neben dem Kopierer im Flur stand, nur koffeinfreien Kaffee ausgab.

»Kommst du mit, eine rauchen?«, fragte Martina Lohse ihren Kollegen, als der Kriminalrat den Raum verlassen hatte.

Gunter Haase unterdrückte nur mit Mühe ein Seufzen. »Ich bin jetzt bei Tag 43«, murmelte er.

»Nur die Harten kommen in den Garten?« Martina Lohse schlüpfte in ihre schwarze Lederjacke. Der kantige Schnitt und die im Schulter- und Brustbereich eingearbeiteten Nieten verliehen der jungen Kommissarin das Image einer toughen Rockerbraut. Der Eindruck wurde durch die fast kniehohen dunklen Stiefel und den punkigen Kurzhaarschnitt verstärkt. Dabei war Martina Lohse mit ihrer Sandkastenliebe verheiratet und spielte in der Stadtkapelle Heppenheim Klarinette.

Gunter Haase schob sich ein Nikotinkaugummi in den Mund. »Ich komm trotzdem mit runter. Ein bisschen frische Luft kann nicht schaden.«

»Noch jemand bereit für eine bezahlte Pause?« Martina Lohse blickte fragend in die Runde. Die Kollegen verneinten durch Kopfschütteln.

»Also los dann!« Martina Lohse stieß die Tür zum Flur auf und hastete die Treppe hinunter. Obwohl Gunter Haase anderthalb Kopf größer war, hatte er Mühe, mit der Kollegin Schritt zu halten.

Draußen hatte der Wind aufgefrischt und die grauen Nieselwolken vertrieben. Die hessische Flagge wehte munter vom Südwestturm der Starkenburg, die hoch auf dem Schlossberg über die Stadt wachte. Gunter Haase schlug den Kragen seiner kakaobraunen, an den Rändern und Nähten verwaschenen Jacke hoch. Obwohl Martina Lohse sich in den Windschatten des verglasten Eingangsbereichs stellte, benötigte sie drei Versuche, bis ihre Zigarette endlich glomm.

»Nicht viel los in letzter Zeit«, bemerkte sie, während sie den Rauch des ersten Zuges genüsslich gegen den Himmel blies.

»Die Identität der Toten im Bruchsee ist geklärt und an dem Exhibitionisten vom Stadion sind wir dran«, erwiderte Gunter Haase. Um den Zigarettenrauch nicht einzuatmen, drehte er den Kopf zur Seite. Selbst ein Hauch von Nikotin schien ihn in den letzten Tagen in Versuchung zu bringen. Dabei hatte er sich fest vorgenommen, mit dem Laster, das ihn seit der Trennung von Suzanne nicht mehr losgelassen hatte, zu brechen.

Martina Lohse zuckte mit den schmalen Schultern. »Ich hätte ja nichts dagegen, wenn noch ein paar freie Wochenenden mit der Familie rausspringen würden.«

»Wahrscheinlich werden wir uns nach den Osterferien wieder überschlagen müssen.«

Gunter Haase wusste aus Erfahrung, dass der ungewöhnliche Frieden, den sie gerade erlebten, trügerisch war. Eher früher als später würden sie erneut in die tiefsten Abgründe der menschlichen Seele vordringen müssen. Mit Schaudern dachte Gunter Haase an den grässlichen Mord an dem jungen Liebespaar, dessen sterbliche Überreste sie am Valentinstag unterhalb der Freilichtbühne entdeckt hatten.

»Schon was vor am kommenden Wochenende?«, unterbrach Martina Lohse seine trüben Gedanken.

»Wahrscheinlich werd ich zum Hof rausfahren«, erwiderte Gunter Haase.

»Wie geht es Theo?«, wollte Martina Lohse wissen. Sie hatte früher gern und regelmäßig in Theos Restaurant in Weinheim gegessen. Sie vermisste nicht nur die gute, bodenständige Küche, sondern auch Theos trockenen Humor. Aber wahrscheinlich hatte Theo derweil nicht mehr viel zu lachen. Ohne seine Frau und seine Tochter musste er sich verloren vorkommen.

»Er hat sich ganz gut auf dem Atzeldoalhof eingelebt.«

»Hat er eigentlich jetzt dein Zimmer?« Martina Lohse drückte ihre Zigarette mit der Stiefelspitze aus und bückte sich, um die Kippe aufzusammeln.

»Daiwel naa, natürlich nicht!« Gunter Haase schaute seine Kollegin mit zusammengekniffenen Augen an. »Warum sollte er? Auf dem Hof ist schließlich genug Platz.«

Martina Lohse berührte kurz mit den Fingerspitzen seine Schulter. »Versteh mich nicht falsch! Ich meine ja nur, dass es vielleicht an der Zeit ist, dass du dein eigenes Leben lebst.«

Gunter Haase richtete sich kerzengerade zu seinen schlaksigen knapp zwei Meter Körpergröße auf. »Aber ich lebe mein eigenes Leben!«

»Indem du bei jeder Gelegenheit auf dem Hof bist?«

»Auf dem Hof ist meine Mutter. Mein Bruder. Meine Nichte. Meine Familie!«

Martina Lohse unterdrückte mit Mühe ein Seufzen. Ihr Kollege war Polizist mit Leib und Seele, hatte einen ausgeprägten Gerechtigkeitssinn, war loyal und dazu noch mit einer Spürnase ausgestattet, um die sie ihn beneidete. Was sein Privatleben betraf, da schien er allerdings kurz nach der Pubertät stecken geblieben zu sein. Oder warum lebte er trotz seiner knapp 43 Jahre allein in einer spartanisch eingerichteten Zweieinhalb-Zimmer-Wohnung? Warum konnte er nicht endlich seine Fast-Verlobte vergessen und sich der Zukunft stellen?

»Manchmal tut ein bisschen Abstand ganz gut. Vielleicht solltest du mal einen Ortswechsel beantragen«, schlug sie vor. »Ich hab gehört, dass sie in Berlin und Nordrhein-Westfalen dringend gut ausgebildete Beamte suchen. Wäre das nichts für dich?«

Gunter Haase schaute sie misstrauisch an. »Willst du mich loswerden?«

»Quatsch!« Martina Lohse schüttelte den Kopf. »Ich mach mir nur so meine Gedanken.«

»Mach dir lieber mal Gedanken, wie du die letzten fälligen Berichte in den Computer kriegst!«, brummte Gunter Haase.

»Stimmt!« Martina Lohse drehte sich abrupt um und schritt zügigen Schrittes auf die Eingangstür zu. »Wir sollten uns besser wieder an die Arbeit machen.«

Gunter Haase vergrub die kalten Hände in den Taschen seiner Jacke. »Geh schon mal vor!«, erwiderte er. »Ich komme gleich nach.«

Ein paar Augenblicke gab er sich der verlockenden Vorstellung hin, die paar Schritte zu Aldi zurückzulegen und sich eine Packung Zigaretten zu kaufen. »Hör uff!«, ermahnte er sich streng. Dann packte er ein zweites Nikotinkaugummi aus, hüllte das alte in das leere Verpackungspapier und steckte das frische in den Mund. Kauend machte er sich auf den Weg zurück zu seinem Schreibtisch.

Sie hatten absichtlich nicht die Hauptstraße genommen, sondern einen weiten, nach Nord-Osten gerichteten Haken geschlagen, wodurch sie für eine Strecke, die man normalerweise in 20 Minuten bewältigt, beinahe eine Dreiviertelstunde benötigt hatten. Auch der Nebel, der sich klamm über die Senken legte und die Bäume im Wald einhüllte, hatte dazu geführt, dass sie die Geschwindigkeit hatten drosseln müssen. Jetzt tastete sich der alte Jeep mit dem zerschlissenen Verdeck, durch das die kalte Morgenluft in die hochgeschlagenen Kragen der beiden jungen Männer und des Mädchens kroch, durch das letzte Waldstück, bevor sie auf den

Trommer Höhenweg stießen. Dort hielten sie sich links und fuhren zwischen zwei frisch gepflügten Feldern den schmalen Schotterweg entlang, bis sie eine gut mannshohe Kunstskulptur erreichten. Zwischen zwei wie Menhire aufragenden roten Buntsandsteinen war eine von Flugrost überzogene Stahlplatte eingelassen, in die man das geschwungene Abbild einer menschlichen Gestalt geschnitten hatte.

Sobald der Jeep zum Stehen gekommen war, sprang das Mädchen aus dem Auto und positionierte sich so, dass ihr Kopf durch die Öffnung der Skulptur lugte.

»Lass den Mist!«, fuhr der hochgewachsene und ganz in Schwarz gekleidete Fahrer des Jeeps sie an. »Wir müssen uns beeilen.«

»Mach dich mal locker!«, erwiderte das Mädchen und zog sich die dunkle Mütze, die seine langen hochgesteckten Locken verbarg, tiefer in die Stirn. »Um die Zeit ist hier eh tote Hose.«

»Was ist mit dem Hochsitz da hinten?«, fragte der schmächtige Teenager, der auf dem Beifahrersitz gesessen hatte, und wies mit der Hand auf den an einer kleinen Baumgruppe angebrachten hölzernen Hochsitz.

Der Fahrer des alten Jeeps kratzte sich ausgiebig am rechten Unterarm und grinste. »Da kann keiner hocken. Ich hab gestern Abend alle Stufen durchgesägt.«

»Geilo! Das sollten wir demnächst mit allen Hochsitzen machen!«, rief das Mädchen aus und warf dem Objekt des Anstoßes einen hasserfüllten Blick zu. »Damit diese Fuck Jägerscheiße endlich mal ein Ende hat.«

»Alles zu seiner Zeit«, erwiderte der Fahrer und wuchtete einen Kanister mit roter Flüssigkeit aus dem Kofferraum. »Heute sind wir wegen dem hier da.«

Er stapfte auf den gut drei Meter hohen Reisig- und Holzstapel zu, der ein paar Meter hinter der Skulptur aufgeschichtet worden war.

Der Beifahrer folgte ihm mit einem weiteren Kanister, den er mehr hinter sich her schleifte als trug. »War doch klar, dass die Deppen aus dem Dorf den Haufen nicht umgeschichtet haben«, brummte er, als er den Holzstapel erreicht hatte. »Obwohl die Lara vom NABU sie mindestens dreimal deswegen angemailt hat.«

Das Mädchen wischte sich mit dem Handrücken über die Augen. »Ich könnt heulen, wenn ich daran denke, wie viele unschuldige Tiere hier heute Abend wieder verbrennen werden. Der Haufen für dieses Schizo Lärmfeuer liegt bestimmt schon zwei Wochen so rum. Wer weiß, wie viele Igel, Marder, Mäuse, Hasen und Vögel darin Unterschlupf gesucht haben.« Sie zog einen dicken Knüppel aus dem Reisigstapel und begann, damit auf das aufgeschichtete Brennmaterial einzuschlagen.

»Lass das, das bringt nichts!«, fuhr der Fahrer des Jeeps sie nervös an. »Sieh zu, dass du die Plakate aufgehängt bekommst. Wir müssen verschwunden sein, bevor die Sonne aufgegangen ist.« Er schaute besorgt nach Osten, wo sich ein rötlicher Schimmer über dem Spessartskopf abzeichnete. »Vielleicht hätten wir doch den Schlepper von meinem Alten nehmen und den Stapel auseinanderziehen sollen«, meinte der schmächtige Teenager bedauernd.

»Das hier wird mehr Wirkung haben!«, verkündete der Fahrer grinsend und begann, den Boden vor dem Holzstapel wie auch den Stapel mit klebriger, blutroter Farbe zu bespritzen. Innerhalb von fünf Minuten sah es auf der Anhöhe aus, als wäre dort ein Blutbad gigantischen Ausmaßes veranstaltet worden.

Das Mädchen betrachtete zufrieden die Plakate, die es an der Skulptur und am Holzstapel angebracht hatte. »Lärmfeuer = Mord« und »Stoppt Tierleid, stoppt Lärmfeuer!« prangte darauf in ebenfalls blutroten Lettern.

Aus dem Tal drangen das Krähen eines Hahnes und das

Brummen der ersten Pendlerautos, die sich in Richtung Bergstraße oder Michelstadt und Bad König aufmachten, zu ihnen auf die Gaderner Höhe.

Der hochgewachsene überschlanke junge Mann, dem der Jeep gehörte, schraubte die Kanister zu. »Geht ihr damit schon mal zurück zum Wagen!«, befahl er und fischte ein Paar Chemikalienschutzhandschuhe und einen Mundschutz aus seiner Jackentasche. »Ich sorge noch schnell dafür, dass ihnen nachher das letzte bisschen Lust auf ihr beschissenes Lärmfeuer vergeht.«

»Was hast du vor?«, fragte der schmächtige Teenager alarmiert.

Der Fahrer des Jeeps hob triumphierend ein braunes Plastikfläschchen mit weißem Etikett und Schraubverschluss in die Höhe. »Buttersäure.«

Sein Kumpel wurde sichtbar blass um die Nase. »Nee, das ist jetzt aber echt too much! Das Zeug stinkt wie die Pest.«

»Noch schlimmer«, erwiderte der Fahrer mit Genugtuung.

Es knackte leise, als das perforierte Frischesiegel des Plastikschraubverschlusses aufsprang.

»Also ich finde das nur voll gerecht«, bemerkte das Mädchen. »Die im Feuer eingeschlossenen Tiere leiden schließlich auch.«

Der Fahrer des Jeeps beugte sich nach vorn und streckte den Arm so weit aus, wie er nur konnte.

»Scheiße! Da kommt einer!«, rief der schmächtige Teenager alarmiert aus.

»Wo?« Das Mädchen schaute sich fragend um. »Ich seh nichts.«

Der schmale, pickelige Junge mit der dunkelblauen Strickmütze, die auf dem Überschlag ein Logo der Adler Mannheim zierte, streckte die Hand aus. »Da im Wäldchen, kurz vor der Schutzhütte.«

Tatsächlich näherte sich ein flackerndes Licht den wie versteinert dastehenden Teenagern.

»Ein Mountainbiker!«, zischte der Fahrer des Jeeps.

»Weg! Wir müssen weg hier!« Dem Mädchen war die Panik anzusehen. Es stolperte über ein paar Kiefernäste, die aus dem Holzstoß herausragten, und fiel hart auf die Knie. Mit Mühe rappelte es sich hoch.

»Schraub die verdammte Flasche zu und komm!« Der schmächtige Teenager wuchs im Angesicht der nahenden Gefahr über sich hinaus. Er schmiss die beiden Kanister in den Kofferraum und drückte das zitternde Mädchen auf die Rückbank.

Der Besitzer des Jeeps hechtete auf den Fahrersitz und drehte den Zündschlüssel nach rechts. Schlamm spritzte auf, als die Räder auf dem frisch gepflügten und vom Regen des Vortages nassen Acker durchdrehten. Der Fahrer lenkte hektisch, bis er das Fahrzeug unter Kontrolle und auf den Schotterweg bugsiert hatte. Ohne das Abblendlicht einzuschalten, fuhren sie auf dem Waldweg Richtung Ireneturm. Erst als sie die geteerte Straße auf der Tromm erreicht hatten und nach ein paar Hundert Metern in Richtung Scharbach abbogen, atmeten die drei jungen Leute erleichtert auf. Der erste Teil ihres Plans war einigermaßen reibungslos vonstattengegangen.

3. KAPITEL

»Ich mache mir Sorgen um dich!« Reiner Haase schaute vom Bildschirm seines Computers auf, wo er die Daten der vergangenen Tage für die Molkerei eingab. Ein Becher mit Kaffee, der kalt und bitter geworden war, stand neben seinem rechten Ellbogen.

Charlie Knapp blickte ebenfalls vom Bildschirm ihres Laptops auf und runzelte die Stirn. »Weil ich noch immer keine eigene Wohnung gefunden habe? Aber es ist im Moment wie verhext. Wenn überhaupt etwas angeboten wird, ist es entweder zu groß oder zu teuer. Meistens beides zusammen. Und mit der Kanzlei bin ich auch noch kein Stück weitergekommen.« Charlie seufzte und fuhr sich mit der Hand über die Augen, die sich trocken anfühlten und brannten.

Reiner stand auf und reckte sich, wobei seine Schulterknochen knackten. Er hasste den ganzen Papierkram, der mit der Führung eines modernen landwirtschaftlichen Betriebes einherging und, wie es aussah, von Monat zu Monat mehr wurde. Mit Wehmut dachte er an die Zeiten zurück, in denen sein Vater die Verwaltung für Hof und Milchwirtschaft mit einem simplen Taschenrechner und drei DIN-A4-Ordnern bewältigt hatte. Heute musste man nicht nur Landwirt, sondern zusätzlich Unternehmer, Steuerfachmann, Tierarzt und Computerfreak sein. Kein Wunder, dass nicht nur Lehrer und Beschäftigte in Heilberufen, sondern auch einige von Reiners Kollegen unter Burn-out litten. Erst vor Kurzem hatte ein weiterer Hof im Mossautal den gesamten Viehbestand verkauft. Seine Besitzer hofften, sich mit der Vermietung von Ferienwohnungen und dem Ausrichten von Hochzeiten und Firmenfeierlichkeiten in der ehemaligen Scheune über Wasser halten zu können. Nur über meine Leiche, dachte Reiner und ertappte sich dabei, wie er die Hände zu Fäusten ballte. Trotz aller Schwierigkeiten mit dem Finanzamt und der Bank würde er bis zum letzten Atemzug kämpfen, um den Atzeldoalhof als echten Bauernhof zu erhalten.

Wie zur Bestätigung krähte Cäsar, der stolze Hofhahn und Hüter über die Schar von gut 20 Hennen, auf der Obstbaumwiese. Reiner rieb sich über die Stirn, um die trüben Gedanken zu vertreiben. Dann ging er zu Charlie, die mit angewinkeltem rechtem Bein auf dem alten Ledersofa gegenüber dem großen, aus hellem Kiefernholz angefertigten Schreibtisch saß.

»Babbel keinen Blödsinn!« Reiner legte seine Hand kurz auf Charlies Schulter. »Von mir aus kannst du für immer auf dem Hof bleiben. Und die Modder sieht das ebenso.«

Charlie räusperte sich, um den Kloß, der sich in ihrem Hals festgesetzt hatte, zu lösen. »Ach, Reiner!«, erwiderte sie und schaute den Freund mit einem wässrigen Lächeln an. »Ich weiß eure Gastfreundschaft wirklich zu schätzen. Wenn ihr mich nicht aufgenommen hättet, wäre ich mit dem Camper auf einem Campingplatz gelandet. Oder hätte von Parkplatz zu Parkplatz ziehen müssen.«

»Emelie ließe sich für diese Lebensart bestimmt begeistern«, meinte Reiner grinsend. »Solange genügend Hafermilch für ihr Chia-Müsli im Kühlschrank stehen würde und ihr Handy ausreichend Empfang hätte, wäre für sie alles megageil.«

»Wenn das mit der Wohnung erledigt ist, löse ich mein Versprechen ein und mache einen Wochenendausflug mit Emelie.« Charlie klappte ihren Laptop zu und streckte das verkrampfte rechte Bein aus. Heute hatte sie bei der Suche nach einer neuen Bleibe wieder mal kein Glück. Sie würde sich in Warten üben müssen. Eine Tugend, die nicht gerade zu Charlies Hauptstärken zählte.

»Emelie wird es dir danken!«, prophezeite Reiner. »Seit Sandras Tod kam so etwas wie Urlaub für uns nicht mehr infrage.«

»Ich kann dir den Camper in den Sommerferien gern leihen!«, schlug Charlie vor. »Damit könnt ihr für ein paar Tage von hier raus. Könnt mal was anderes unternehmen, als immer nur die eigene Landluft schnuppern!«

Reiner fuhr sich durch das hellbraune Haar, das an den Schläfen und den kurz gehaltenen Koteletten von Grau durchsetzt war. »Danke für das Angebot! Aber in der jetzigen Lage traue ich mich nicht vom Hof. Bis Jahresende müssen wir die Kurve gekriegt haben.«

Charlie sprang auf. Ihr rechter Fuß war eingeschlafen und sie humpelte durch das Büro, um die Blutzirkulation wieder in Gang zu bringen. »Sag mir einfach, was ich dir noch abnehmen kann!«, rief sie aus. »Ich bin zu mehr zu gebrauchen, als Kartoffeln zu schälen und Eier im Hühnerstall einzusammeln. Ihr behandelt mich wie eine Porzellanprinzessin, die bei der geringsten Berührung zerbricht.«

»Du wolltest es doch langsam angehen lassen. Dich nicht gleich wieder überfordern«, wandte Reiner ein.

»Mir geht es gut«, behauptete Charlie, obwohl ihr blasses Gesicht das Gegenteil offenbarte.

»Statt dich hinter deinem Laptop zu verkriechen, solltest du besser schauen, dass du an die frische Luft kommst!«, schlug Reiner vor.

»Ich hab heute Morgen mit Gertie die Pferde auf die Weide gebracht. Und die Streu im Hühnerstall erneuert.«

»Trotzdem! Du musst mal was anderes sehen als den Hof

und die Viecher.« Reiner fiel auf Charlies Ablenkungsmanöver nicht herein. »Schnapp dir deine Wanderschuhe und geh eine Runde in den Wald! Heute ist so herrliches Wetter!«

Charlie verzog den Mund zu einer Grimasse. »Nee, nicht wirklich. Laufen um des Laufens willen war noch nie so mein Ding. Deswegen hatte ich damals ja auch mein Moped.«

»Du und dein dabbisches Huddl.« Reiner grinste.

»Mein doofes Moped hat mich, wie du dich vielleicht erinnerst, überall dorthin gebracht, wohin du damals laufen musstest«, erwiderte Charlie mit Würde.

»Die guude oalde Zeit!«, frotzelte Reiner.

»Die seit mehr als 15 Jahren ein für alle Mal vorbei ist.« In Charlies Stimme schwang verhaltenes Lachen, aber auch eine Spur von Sehnsucht mit.

Reiner blickte aus dem Fenster, wo nach den langen Regentagen endlich die Sonne von einem blitzblauen Himmel strahlte. Heute Nacht würden die Sterne über den Höhen des Odenwaldes funkeln. Was Reiner auf eine Idee brachte.

»Hast du heute Abend was vor?«, wollte er von Charlie wissen.

»Theo will mir meine erste Lehrstunde im Schachspielen geben«, erwiderte Charlie, wobei sie alles andere als begeistert aussah. »Ich weiß bloß nicht, ob ich das nötige Sitzfleisch dafür aufbringe.«

»Theo kann es auch nicht schaden, sich mal ein bisschen Landluft um die Nase wehen zu lassen«, beschloss Reiner. »Ich nehme an, du hast deine Winterjacke mitgebracht?«

»Klar doch! Meinst du, ich hätte vergessen, wie es in Hessisch Sibirien ist?« Charlie grinste den Schulfreund frech an.

Der grinste zurück. »Dann zieh dich um kurz nach halb sieben warm an. Ich verspreche dir, dass dir heute Abend ein außergewöhnliches Spektakel geboten wird.«

»Bei mir auf der Stub wär's gemütlicher gewesen«, maulte Theo Sauer, als er sich auf die Rückbank des alten Subaru Geländewagen plumpsen ließ.

»Sou enn Theader wäije de Oalde Römer.« Auch bei Gertie Haase war der Vorschlag ihres Sohnes, sich das Anzünden des Lärmfeuers auf der Gaderner Höhe anzuschauen, auf wenig Begeisterung gestoßen. »Enn dabbisches Feier hädde äwweraach bei uns im Kaminouwfe oanzünde kenne.«

»Jetzt sei kein Spielverderber, Modder!« Reiner Haase lenkte den Subaru die hufeisenförmige Hofeinfahrt hinunter und hielt sich rechts in Richtung Kocherbach. Im schmalen Tal zwischen dem Steckelsberg und der »Im Rod« genannten Höhe hatten sich die Schatten der Abenddämmerung breitgemacht, doch auf der Anhöhe würde sich ihnen an diesem klaren Abend ein fantastischer Weitblick über die Rheinebene bis hin zu den Ausläufern des Pfälzer Waldes bieten. Das Wetter war in diesem Jahr ausnahmsweise wie geschaffen, die Jahrtausende alte Tradition aufleben und auf den Odenwälder Höhen die Lärmfeuer aufleuchten zu lassen.

»Sou enn Bleedsinn!« Gertie blieb stur bei ihrer Meinung. Reiner seufzte. Er war davon ausgegangen, seiner Familie mit dem Ausflug eine Freude zu machen. Aber weit gefehlt: Selbst Emelie, die normalerweise für alles, was nicht zum normalen Alltag gehörte, zu haben war, hatte rigoros abgelehnt. Sogar richtig wütend war sie geworden, als Reiner sie hatte überreden wollen. Lediglich bei Charlie konnte Reiner einen Hauch von Begeisterung erahnen. Aber vielleicht war sie nur höflich, dachte er betrübt. Seit Sandras Tod schien er es niemandem mehr recht machen zu können.

»Danke für die nette Idee.« Charlie, die auf dem Beifahrersitz saß, berührte kurz Reiners Oberarm.

»Ich dachte, ein bisschen Heimatkunde könnte nicht schaden«, erwiderte Reiner mit einem schiefen Grinsen.

»Ich kann mich gar nicht an diese Lärmfeuer erinnern«, meinte Charlie nachdenklich. »Obwohl ich hier aufgewachsen bin.«

»Die Tradition geht wohl schon auf die Zeit zurück, als die Römer hier noch das Sagen hatten«, erwiderte Reiner und lenkte den Subaru den steilen Anstieg zum Hilsberg hoch.

»Als die Römer frech geworden, sim serim, sim sim sim sim«, trällerte Theo von der Rückbank.

»Obwohl sie in ihrem Expansionsstreben ziemlich frech waren«, nahm Reiner den gedanklichen Faden auf, »mussten die Römer dennoch schauen, dass ihnen die Feinde nicht die Bude beziehungsweise den von ihnen erbauten Odenwaldlimes einrannten.«

»Limes?« Charlie runzelte die Stirn. »Haben wir dorthin nicht einen Schulausflug gemacht?«

»Genau! Wir waren in diesem Kastell in Osterburken! Mit dem ollen Schollmeier!«

»*Dr.* Artur Schollmeier. Auf die Nennung seines Titels hat er ganz besonderen Wert gelegt«, erinnerte sich Charlie.

»Ich habe den immer nur Schollie genannt. Was mir bestimmt die Vier in Geschichte eingebracht hat«, musste Reiner eingestehen.

»Na, nedd deswäije, sonnern weil du sou woas vunn faul gewäse bischd«, mischte sich Gertie ein.

Reiner warf seiner Mutter über den Rückspiegel einen gereizten Blick zu. »Danke, Modder.«

»Aber was hat der Limes mit dem Feuer zu tun?«, bemühte sich Charlie, das Gespräch auf das Ursprungsthema zurückzuführen.

»Sobald die Römer mitbekamen, dass sich Feinde dem Limes näherten«, nahm Reiner den Themenwechsel dankbar auf, »haben sie auf den Anhöhen große Feuer entzündet, um Alarm zu schlagen. Mit dieser Nachrichtenkette konnten sie angeblich innerhalb von zwölf Stunden Rom erreichen.«

»Alle Achtung!«, warf Theo anerkennend von der Rückbank ein. »Später wurde von den Lärmfeuern während des Dreißigjährigen Krieges oder anderer kriegerischer Auseinandersetzungen Gebrauch gemacht«, fuhr Reiner in seinen Erklärungen fort. »Auf den Anhöhen wurden dazu Tag und Nacht bewachte Alarmstellen eingerichtet. Beim Heranrücken von Feinden steckten die an den Alarmstellen abgestellten Wachmannschaften ruck, zuck die fertig aufgestapelten Holzstöße in Brand. So waren die Leute unten in den Dörfern vorgewarnt und konnten sich gegen die Eindringlinge wappnen.«

»Ich gehe mal davon aus, dass die Feuer heutzutage in friedlicher Absicht entzündet werden«, warf Charlie grinsend ein.

Reiner nickte. »Heute geht es eher darum, an die alten Traditionen zu erinnern.«

»Unn Äbblwoi iwwer de Dorschd zu drinke. Unn am negschde Moije iss des Gepiense doann grouß.« Gertie gab ihrem Sohn einen Klaps auf die Schulter.

»Nee, ich muss fahren«, brummte Reiner.

»Seit wann werden diese Lärmfeuer denn wieder angezündet?«, wollte Charlie wissen.

»Seit 2004, wenn ich richtig informiert bin«, erwiderte Reiner.

»Da war ich schon in Hamburg …«, murmelte Charlie.

»Inzwischen sind, glaube ich, jedes Jahr etwa 30 Ortschaften mit dabei«, sagte Reiner, als er den Subaru auf dem großen geschotterten Parkplatz in der Ortsmitte zum Stehen brachte.

»Klappern wir die jetzt alle hintereinander ab?«, wollte Theo besorgt wissen.

»Nedd midd mer!«, verkündete Gertie und verschränkte die Arme vor der Brust.

Reiner unterdrückte ein lautes Aufstöhnen. So viel zum Thema »gelungener Familienabend«, dachte er. Dann zog er den Schlüssel aus dem Zündschloss und befahl: »Alle Mann aussteigen!«

Als Reiner und Charlie den gut einen Kilometer langen Weg zur Anhöhe zurückgelegt hatten, glühten Charlies Wangen wie Nikolausäpfelchen und ihr Atem kam stoßweise. Als Folge der langen Jahre im flachen Norddeutschland und in der Großstadt ließ ihre Kondition definitiv zu wünschen übrig. Charlie öffnete den Reißverschluss ihrer dick gefütterten Jacke und warf ihrem Schulfreund einen anerkennenden Blick zu. Reiner war fit wie ein Turnschuh, sodass er die auf der Gaderner Höhe versammelten Bekannten, ohne zu schnaufen, begrüßen und seine Begleitung vorstellen konnte.

Charlie schüttelte die Hände von Menschen, die behaupteten, sie aus dem Kindergarten oder der Grundschule zu kennen. Sie dagegen vermochte nicht einem Gesicht einen Namen zuzuordnen und fühlte sich inmitten des lachenden und feixenden Grüppchens seltsam fremd.

»Wieso ist hier eigentlich alles mit Sägespänen abgestreut?«, wollte Reiner von Jürgen, der im Bauamt von Wald-Michelbach arbeitete, wissen.

Jürgens Gesicht nahm einen grimmigen Ausdruck an. »Ach, das war heute eine riesige Sauerei hier oben.«

»Alle in einen Sack stecke und druffhaue«, warf ein weiterer Bekannter aus der Gruppe ein.

»Ach, Gewalt bringt nichts«, mischte sich einer der Gaderner Feuerwehrleute, die am Abend des Lärmfeuers freiwillig Dienst taten, in die Diskussion ein.

»Wir haben gleich heute Mittag Strafanzeige gegen Unbekannt gestellt.«

Charlie hatte sich derweil eine schwarze Aludose mit gut
gekühltem Apfelwein in die Hand drücken lassen und nippte
an dem süffigen Getränk. »Was ist denn passiert?«, wollte
sie wissen.

»Wie es aussieht, haben militante Tierschützer überall rote
Farbe verspritzt und Plakate mit Schimpftiraden gegen das
Lärmfeuer aufgestellt«, knurrte Jürgen.

»Medd de Stiggl druffhaue unn doann zoamme in die Puhl-
grube stecke!«, grummelte ein älterer Mann.

»Hätte nicht viel gefehlt, und wir hätten alles absagen müssen«, schimpfte Jürgen.

Charlie drehte sich um und ließ ihren Blick über die Gaderner Höhe schweifen. Dort hatten sich, wie sie schätzte, gut
100 Menschen versammelt. Darunter waren viele Familien,
deren Kinder um den aufgeschichteten Holzstapel tob-
ten oder Fangen spielten. »Wäre jammerschade gewesen«,
bemerkte sie.

»Keine Sorge!« Der jüngere der Feuerwehrmänner war mit
einem gewinnenden Lächeln an Charlies Seite getreten. »Für
unseren heutigen Ehrengast geben wir alles, um das schönste
Lärmfeuer in der Region zu entzünden.«

»Ehrengast?« Charlie schaute sich suchend um. Dann ging
ihr auf, dass der Feuerwehrmann mit ihr hatte flirten wollen.
Ihr vom Aufstieg glühendes Gesicht wurde noch eine Spur
röter. Charlie presste die kühle Aludose gegen die rechte
Wange.

»Ich werd schon mal die Fackelträger mit Fackeln aus-
rüsten«, verkündete der junge Feuerwehrmann und drängte
sich durch die um den Holzstoß wartenden Touristen und
Einheimischen. Ein Alphornbläser, der mit seinem Instru-
ment neben der Kunstskulptur Aufstellung genommen hatte,

lockte die ersten lang gezogenen, über die weiten Höhen des Odenwaldes schallenden Töne aus seinem Horn.

»Isch häbb schunn glaabd, dessme nie mäih hier owwe oankumme.« Gertie hakte sich bei ihrem Sohn unter. Sie und Theo hatten unten auf dem Dorfplatz einen befreundeten Landwirt aus dem Nachbardorf getroffen, der für Touristen Planwagenfahrten zum Lärmfeuer anbot. Kurz entschlossen waren sie auf den Wagen aufgestiegen und hatten sich den Hügel hinauffahren lassen. Allerdings hatte das wegen der feucht-fröhlichen Stimmung, die auf dem Planwagen herrschte, eine Weile gedauert.

Theo warf einen Blick auf die Dose, die Charlie noch immer in der Hand hielt. »Äppler! Davon könnte ich auch einen Schluck vertragen.«

»Drüben am Stand gibt es Äppelwoi aus dem Keg«, sagte Jürgens Frau Kathrin, die sich zur Runde gesellt hatte.

Theo machte sich umgehend auf den Weg zur Schutzhütte, um die dicke, gut drei Meter hohe Strohballen als Windschutz aufgeschichtet worden waren. Dahinter schenkten die Frauen des Gesangs- und Gymnastikvereins Getränke aus und hielten für den späteren Abend Bratwürste, vegetarisches Chili con carne sowie Stockbrot bereit. Mit der Aussicht auf eine frisch gegrillte Broodwerschd im Weck und dazu ein Schoppen Äppelwoi hellte sich Theos Stimmung augenblicklich auf. Der Abend versprach vielversprechender zu werden, als er gedacht hatte.

Charlie legte den Kopf in den Nacken und blickte gedankenverloren zum samtigen Abendhimmel, wo die ersten Sterne hervorblinzelten. Plötzlich wurde sie nicht gerade sanft an der Schulter gepackt, machte mit einem Ruck eine halbe Drehung und ihre Stirn stieß gegen das untere Ende einer muskulösen Männerbrust.

»Daiwel naa, das Bobbelsche is zurück!«

Charlie hob den Kopf und blickte in ein Paar braune Augen, von denen das rechte einen Tick größer als das linke war. In beiden blitzte der Schalk auf.

»Ich hab dir schon x-mal gesagt: Nenn mich nicht Bobbelsche!«, fauchte Charlie zurück.

Gunter Haase nahm von Charlies Wutausbruch keine Notiz. Ehe sie erahnen konnte, was er vorhatte, hatte er sie mit einem breiten Grinsen hochgehoben und ihr zwei schmatzende Küsschen auf die glühenden Wangen gedrückt. »Willkommen zu Hause, Bobbelsche!«

Plötzlich schallte ein Trompetenstoß über die Höhe. Die an der Schutzhütte wartenden Fackelträger machten sich mit den entzündeten Fackeln in den Händen auf den Weg zum Holzstoß. Erwartungsvolle Stille machte sich bei den Wartenden breit. Nur der Abendwind rauschte leise in den Baumwipfeln. Die Fackelträger verteilten sich um den gut drei Meter hohen Holzstoß. Die Trompete ließ einen weiteren durchdringenden Alarmruf erschallen, worauf die Fackelträger die brennenden Enden ihrer Fackeln in das Brennmaterial stießen. Zischend gingen die von den Helfern aufgeschichteten trockenen Christbäume und das dünne Schnittholz in Flammen auf. Die um das Lärmfeuer Versammelten klatschten, Kinder johlten, ein paar der mitgebrachten Hunde bellten. Auch Charlie, die zwischen dem jungen Feuerwehrmann und Gunter Haase stand, konnte sich dem archaischen Zauber des flackernden und schnell an Höhe gewinnenden Feuers nicht entziehen. Wie gebannt schaute sie in die Flammen, die der Wind zur Seite trieb. Das Feuer knisterte und knackte. Wohlige Wärme breitete sich aus. Der in den Abendhimmel aufsteigende Rauch roch nach Fichtenholz und, wie Charlie verwundert feststellte, nach Eukalyptus. Plötzlich nahm ihre feine Nase eine andere, eher unangenehme Geruchsnote auf. Auch andere Besucher des Lärmfeuers zeigten sich durch den unerwarteten Gestank alarmiert.

»Lieber Himmel! Was haben diese verdammten Tierschützer da bloß ins Brennholz gekippt?«, murmelte der Feuerwehrmann.

»Hey, die Würstchen auf dem Grill sind verkohlt!«, rief ein Spaßvogel aus der Menge.

Charlie machte einen Schritt zurück und hielt sich schützend die Hand vor Mund und Nase. Unruhe machte sich bei den Zuschauern breit. Eine Windböe trieb die Flammen im unteren Bereich des Lärmfeuers auseinander. Charlie schrie erschrocken auf und krallte ihre rechte Hand in den Arm von Gunter Haase.

»Da ist ein Mensch im Feuer!«, schrie sie.

Gunter Haase warf ihr von seinen fast zwei Metern Körpergröße einen verdutzten Blick zu. »Red keinen Stuss, Bobbelsche!«

»Doch, da, da unten rechts. Da liegt einer!«, rief Charlie mit sich überschlagender Stimme.

»Gütiger Himmel, sie hat recht! Seht doch, hier!«, schrie ein Mann aufgeregt und zeigte in die Richtung, die Charlie vorgegeben hatte.

Gunter kniff die Augen als Schutz gegen den beißenden Rauch zusammen und versuchte, durch die flackernden Flammen hindurchzuschauen. Für einen Moment blieb er wie erstarrt stehen. Dann ging ein Ruck durch seinen hageren Körper.

»Löscht das Feuer! Löscht sofort das Feuer!«, brüllte er und sprang vor. Er schnappte sich einen dicken Ast, der vom Feuer verschont geblieben war, und versuchte damit das lodernde Holz auseinanderzuziehen. Die beiden Feuerwehrmänner spurteten zu dem an der Wegkreuzung geparkten Tragkraftspritzenfahrzeug. Der Ortsvorsteher tippte hektisch auf sein Handy ein, um die Polizei und Feuerwehr zu alarmieren. Eltern zerrten ihre weinenden oder dem unerwarteten Spektakel fasziniert zuschauenden Sprösslinge vom Feuer weg. Das Feuerwehrfahrzeug positionierte sich neben dem Lärmfeuer und begann, eine Wasserfontäne aus dem Löschwassertank abzugeben. Gunter Haase eilte an die Seite der beiden Feuerwehrleute.

»Wir haben nur 500 Liter im Tank!«, brüllte der Feuerwehrmann, der den Schlauch hielt. »Das reicht nie und nimmer, um ein Feuer dieser Größe zu löschen.«

Unten im Tal sprang klagend die Sirene an.

4. KAPITEL

Das Team vom K 11 hatte sich im Besprechungsraum einge-
funden. Obwohl der Frühlingshimmel blitzblau vom wolkenlosen Himmel strahlte und Sonnenflecken auf dem frisch
gewischten dunklen Linoleumfußboden aufblitzten, war die
Stimmung gedrückt.

Kriminalkommissar Franz-Josef – »Frajo« – Helferich
blätterte in den Notizen, die er sich in den vergangenen Stunden gemacht hatte. Martina Lohse knabberte an ihrem rechten
Zeigerfingernagel und bedauerte, dass sie es vor dem Team-
treffen nicht geschafft hatte, auf die Schnelle eine Zigarette zu
rauchen. Timo Keil, der Jüngste und Athletischste im Team,
öffnete ein Fläschchen mit einem grünen Smoothie und nahm
einen langen Schluck daraus. Dann streckte er die verschränkten Hände vor der muskulösen Brust aus und ließ die Finger
knacken. Martina Lohse warf ihm einen genervten Blick zu.

Kriminalhauptkommissar Gunter Haase schaute ein weiteres Mal ungeduldig auf seine Armbanduhr. Normalerweise
war Dr. Kuno Wölfelschneider so pünktlich wie das Uhrwerk
der Atomuhr. Heute glänzte er allerdings durch Abwesenheit. Gunter Haase straffte die Schultern.

»Gut, fangen wir fürs Erste ohne Dr. Wölfelschneider an«,
beschloss er. »Lasst uns zusammentragen, was ihr bis jetzt
herausgefunden habt.« Mit diesen Worten stellte er sich vor
die mit magnetischer Whiteboard-Farbe bestrichene, gut vier
Quadratmeter große Wandfläche und hielt seinen schwarzen
Boardmarker erwartungsvoll in die Höhe.

»Timo!«, sagte er und warf dem jungen Kollegen einen aufmunternden Blick zu.

»Die Feuerwehr ist sicher, dass ein Brandbeschleuniger mit im Spiel war«, erwiderte Timo Keil. »Sonst hätte die Frischware, äh, ich meine natürlich die Leiche, nicht so schnell Feuer gefangen.«

»Brandbeschleuniger«, notierte Gunter Haase auf der Wand.

»Weiß man schon, was als Beschleuniger eingesetzt wurde?«, wollte Frajo Helferich wissen.

Timo Keil zuckte mit den breiten Schultern. »Nein, noch nicht. Aber ich tippe auf das Übliche. Benzin, Spiritus, flüssiger Grillanzünder oder so.«

Gunter Haase runzelte nachdenklich die Stirn. »Mir ist, kurz bevor das Bobbelsche … Ich meine natürlich, bevor Frau Knapp den leblosen Körper entdeckt hat, ein seltsamer Geruch aufgefallen. Hat mich ein bisschen an dieses Zeug erinnert, das man sich bei Erkältungen auf die Brust schmiert.«

»Meinst du diese Erkältungssalbe mit Eukalyptus, Menthol und Kampfer?« Martina Lohse war Mutter einer vierjährigen Tochter und kannte sich diesbezüglich aus.

Gunter Haase nickte zustimmend. »Richtig! Genau die!«

»Kann gut sein, dass jemand Eukalyptuszweige unter das Brennmaterial für das Lärmfeuer gemischt hat«, meinte Frajo Helferich. »Im Netz kann man ja alles kaufen«, fügte er mit düsterem Blick hinzu.

»Warum sollte der Täter das tun? Macht für mich überhaupt keinen Sinn.« Timo Keil schaute den älteren Kollegen zweifelnd an.

»Erinnert ihr euch noch an die schweren Waldbrände in Spanien und Portugal im letzten Sommer?«, wollte Frajo Helferich wissen.

»Klar doch. Die armen Leute, die nicht mehr aus der Feuerwalze rausgekommen und bei lebendigem Leib verbrannt sind.« Martina Lohse erschauderte, als sie daran dachte.

»Daran waren nicht nur die Brandstifter, sondern auch diese verdammten Eukalyptusbäume schuld.« Frajo Helferichs Gesicht hatte einen grimmigen Ausdruck angenommen.

»Wieso die Eukalyptusbäume?« Gunter Haase hatte Probleme, der Argumentation des Kollegen zu folgen.

Frajo Helferich seufzte. »In den letzten Jahren sind in Spanien und Portugal große Eukalyptusplantagen angelegt worden. Eukalyptusbäume wachsen schnell und unproblematisch, was für die Papier- und Zellstoffindustrie ein wahrer Segen ist.«

»Und ich dachte immer, das Holz für Papier käme aus Skandinavien«, warf Martina Lohse ein.

Frajo Helferich schüttelte den Kopf. »Nicht nur. Die aus den Eukalyptusbäumen gewonnene Zellulose ist für Portugal ein wichtiger Wirtschaftsfaktor. Neben dem Tourismus, versteht sich.«

»Ich sag ja immer, dass Urlaub in Deutschland gesünder und umweltbewusster ist.« Über Timo Keils Gesicht huschte ein selbstgefälliges Lächeln. »Ich werde über Ostern übrigens wieder eine Hüttentour im Berchtesgadener Land machen.«

»Nicht jeder ist als Bergziege geboren«, konterte Martina Lohse bissig.

Gunter Haase klopfte mit der Kappe des Boardmarkers auf die Tischplatte. »Können wir bitte zum eigentlichen Thema zurückkommen? Ich verstehe noch immer nicht, was es mit diesem Eukalyptus auf sich hat.«

»Ist doch klar. Eukalyptus brennt verdammt gut«, erwiderte Frajo Helferich. »Was sich gerade bei den Waldbränden in Portugal und Spanien auf fatale Weise gezeigt hat. Eukalyptusbäume entziehen dem eh schon durch die Dürre ausgedorrten Boden das letzte bisschen Wasser. Kommt dann ein Blitzeinschlag oder auch Brandstiftung in Kombination mit hochsommerlichen Temperaturen ins Spiel, genügt der sprichwörtliche Funken, um die Wälder in Flammen aufgehen zu lassen. Durch die ätherischen Öle, die im Eukalyptus enthalten sind, werden die Brände zusätzlich angefacht. Brennt so ein Wald erst einmal lichterloh, ist das Feuer kaum mehr einzudämmen.«

»Da lobe ich mir die heimische Odenwälder Fichte«, murmelte Gunter Haase.

»Nichts da mit heimisch!« Timo Keil wedelte mit dem Zeigefinger. »Wusstet ihr nicht, dass die deutschen Wälder früher im Wesentlichen aus Buchen und Eichen bestanden?«

Martina Lohse verdrehte genervt die Augen zur Zimmerdecke.

»Trotzdem.« Gunter Haase hatte noch immer das Gefühl, dass die momentane Diskussion sie nicht weiterbrachte. »Auch wenn Eukalyptus wie Teufel brennt, kann ich nicht nachvollziehen, warum der Täter sich die Mühe machen sollte, einen Haufen Eukalyptuszweige auf die Höhe zu schleppen und unter dem anderen Holz zu verstecken.«

»Meiner Meinung nach wollte der Täter mit dem Eukalyptus zwei Fliegen mit einer Klappe schlagen«, widersprach ihm Frajo Helferich. »Einerseits wollte er damit bewirken, dass das Feuer besser und heißer brennt. Schließlich sollten die Spuren seines Tuns ja möglichst schnell und gründlich beseitigt werden.«

Gunter Haase bekundete seine Zustimmung durch Nicken.

»Zweitens«, fuhr Frajo Helferich fort, »wollte der Täter den Geruch von verbrennendem menschlichem Fleisch übertünchen. Glaubt mir, das ist ein Geruch, der einem so schnell nicht mehr aus der Nase geht.«

Timo Keil schob das Fläschchen mit dem grünen Smoothie zur Seite und zog eine angewiderte Grimasse.

Martina Lohse spürte, wie ihr Mund trocken wurde. Sie schluckte schwer und räusperte sich. »Wenn wir also davon ausgehen, dass tatsächlich Eukalyptus mit im Spiel war, dann würde ich eher auf Eukalyptusöl tippen. Vielleicht als Gemisch mit einem anderen Brandbeschleuniger.«

»Gut, leuchtet mir ein«, stimmte Gunter Haase der Kollegin zu. »Eukalyptusöl«, schrieb er in dicken, schwarzen Lettern auf die Wand. Dann wandte er sich erneut der Runde zu.

»Wissen wir inzwischen, wer das Opfer ist?«

Frajo Helferichs grimmiger Gesichtsausdruck hellte sich augenblicklich auf. »Da haben wir einen Riesendusel gehabt. Erinnert ihr euch an den Massengentest, den wir vor gut fünf Jahren vorgenommen haben?«

»Meinst du den in diesen abgelegenen Waldkäffern? Hinter den sieben Bergen, bei den sieben Zwergen ...« Timo Keil grinste.

Gunter Haase spürte, wie der jüngere Kollege seinen Geduldsfaden zunehmend strapazierte. Außerdem war er, was seine Heimat betraf, extrem pingelig. »Wir wollen doch sachlich bleiben!«, knurrte er warnend.

Martina Lohse wandte sich Frajo Helferich zu. »Sprichst du von dem Test, den wir wegen der Vergewaltigung der beiden Schwestern veranlasst haben?«

»Genau den.« Frajo Helferich nickte. »Damals haben wir mit Hilfe der Speichelproben leider den Täter nicht ausmachen können. Aber nun wissen wir dadurch, wer da im Feuer schmorte.«

»Nämlich?« Gunter Haase hielt den Boardmarker erwartungsvoll in die Höhe.

»Der DNA-Abgleich hat ergeben«, verkündete Frajo Helferich stolz, »dass es sich bei dem Opfer zweifelsfrei um Georg Binz, einen Rentner aus Ober-Schönmattenwag, handelt.«

»Hast du noch etwas über diesen Rentner im System gefunden?«, wollte Gunter Haase wissen, bevor er »Georg Binz, Schimmeldewog« an die Wand schrieb. Dass er dabei sprachlich kurz in seinen heimischen Dialekt verfallen war, merkte er nicht.

Frajo Helferich rückte seine Lesebrille auf der breiten Nase zurecht und las laut aus seinen Notizen vor: »Georg Binz, geboren am 18. Januar 1959 in Reichelsheim, verheiratet beziehungsweise jetzt geschieden, mit zwei erwachsenen Töchtern. Hat als Lkw-Fahrer bei verschiedenen Firmen in der Umgebung gearbeitet, bevor er wegen zwei Bandscheibenvorfällen in Frührente gegangen ist.«

»Ist der irgendwie auffällig geworden?«, wollte Martina Lohse wissen.

»Nicht direkt«, erwiderte Frajo Helferich. »Aber dieser Binz scheint nicht gerade ein angenehmer Zeitgenosse gewesen zu sein. Unsere Kollegen in Wald-Michelbach haben zahlreiche Vorfälle protokolliert, wo Binz sie wegen angeblicher Lärmbelästigung durch die Nachbarn zum Einschreiten drängen wollte. Einmal ist es zwischen dem Binz und einem Nachbarn wohl sogar zu einer Rangelei gekommen. Aber das wurde nicht weiterverfolgt.«

»Bingo! Das sieht mir nach einem klassischen Motiv aus«, warf Timo Keil erfreut ein. »Der Binz reizt einen seiner Nachbarn ständig bis zur Weißglut, bis der schließlich ausrastet und dem Binz eins über die Rübe haut. Dann verbirgt der Nachbar die Leiche im Holz des Lärmfeuers, gießt ordentlich Brandbeschleuniger darüber und geht davon aus, dass vom Binz nicht mehr als ein Häufchen Asche übrig bleibt.«

Gunter Haase tippte nachdenklich mit dem Boardmarker gegen seine Oberlippe. »Würde ein Nachbar, dem die Sicherung durchgebrannt ist, sich wirklich die Mühe machen, die Leiche ausgerechnet im Holzstoß für das Lärmfeuer zu verstecken?«

»Sachen gibt's, die gibt's nicht«, seufzte Frajo Helferich.

Gunter Haase legte den Stift zurück auf den Tisch. »Wissen wir eigentlich schon, woran der Binz gestorben ist?«

»Ein Schlag auf die Rübe war es mit Sicherheit nicht«, sagte Martina Lohse und warf Timo Keil einen bedeutungsvollen Blick zu. »So viel hat die Gerichtsmedizin in Frankfurt bereits herausgefunden.«

Timo Keil zuckte nonchalant mit den Schultern.

»Tod durch Verbrennen kann ebenfalls ausgeschlossen werden«, fuhr Martina Lohse fort. »Ihr habt die Leiche ja relativ fix aus dem Feuer bergen können. Da war sie, wie der Kollege von der Gerichtsmedizin so schön formulierte, ›noch ziemlich intakt‹. Aber die Ergebnisse der toxikologischen Untersuchung stehen noch aus.«

»Todesursache noch unbekannt«, vermerkte Gunter Haase auf der Wand. »Haben wir sonst noch was über diesen Binz?«

»Vier Punkte in Flensburg«, antwortete Frajo Helferich mit einem Grinsen. »Und sein Dackel hat mal einen Spaziergänger gebissen. Scheint das gleiche liebenswürdige Naturell wie sein Herrchen zu besitzen.«

Martina Lohse schaute vom Bildschirm ihres Laptops auf. »Was ist mit dem Hund?«

»Was soll schon mit dem Hund sein?« Frajo Helferich schaute sie verdutzt an.

»Na, jemand muss sich doch um das Tier kümmern!«

»Machen die Nachbarn bestimmt.« Frajo Helferich zuckte mit den Schultern.

»So wie der Binz sich aufgeführt hat, wohl eher nicht«, vermutete Martina Lohse.

»Kann es sein, dass die Spurensicherung das mit dem Hund in die Hand genommen hat?«, wandte sich Gunter Haase an den jungen Kollegen. »Die müssen doch schon im Haus von diesem Binz gewesen sein.«

Timo Keil bekam einen roten Kopf. »Nun, es ist so ... Momentan geht diese Magen-Darm-Grippe um. Und da ist von der Spusi nur noch der Mayer im Einsatz. Der war auch als Einziger draußen am Feuer.«

Gunter Haase runzelte die Stirn. Ihm schwante nichts Gutes. Eine Vorahnung, die sich mit der nächsten Äußerung von Timo Keil prompt bestätigte: »Aber dann, dann hat es den Mayer halt auch erwischt, dass er es kaum nach Hause geschafft hat.«

»Soll das heißen, dass wir momentan komplett ohne Spurensicherung sind?«, raunzte Gunter Haase den jungen Kollegen an.

Der blickte konsterniert auf die Spitzen seiner Sneaker. »Könnte man so sagen. Aber übermorgen soll die Hendrich wieder fit sein.«

Gunter Haase fuhr sich mit gespreizten Fingern durch das sandblonde Haar, bis die Vorderpartie wie ein Rasierpinsel abstand. »Daiwel naa, so ein verdammter Mist!«, brummte er.

»Was machen wir denn jetzt mit dem Dackel?«, mischte sich Martina Lohse wieder ein. »Wir können das arme Tier doch nicht so mir nichts, dir nichts seinem Schicksal überlassen.«

Gunter Haase stieß einen lang gezogenen Seufzer aus. »Ich werde nachher Frau Eckstein im Sekretariat bitten, mit dem Tierheim Kontakt aufzunehmen.«

»Das dauert viel zu lange!«, brauste Martina Lohse auf. »Überleg mal, wie lange der Hund wahrscheinlich schon alleine ist. Wenn er überhaupt noch lebt.«

Gunter Haase malträtierte nochmals seinen sandblonden Schopf. Genau genommen hatte er gerade wichtigere Probleme als einen Dackel ohne Herrchen. Aber sie hatten zu Lebzeiten seines Vaters immer Hunde auf dem Atzeldoalhof gehabt. Da konnte er jetzt nicht kneifen. »Ich kümmere mich darum«, versprach er und griff nach seinem Handy, um auf dem Flur zu telefonieren. An der Tür prallte er um ein Haar mit Dr. Kuno Wölfelschneider zusammen. Dieser zog die buschigen grauen Augenbrauen in die Höhe.

»Sie wollen gehen, meine Herren? Darf ich daraus schließen, dass Sie den Fall ›Lärmfeuer‹ bereits erfolgreich abgeschlossen haben?«

»Nicht ganz«, musste Gunter Haase eingestehen. »Wir haben mittlerweile zwar ein paar relevante Erkenntnisse. Aber was den Täter betrifft, da stecken wir quasi noch am Anfang.«

Dr. Kuno Wölfelschneider schob den Kriminalhauptkommissar, der noch auf der Türschwelle verharrte, energisch zur Seite und baute sich mit seinen ganzen 1,73 Metern Körpergröße vor dem K 11 auf. Kämpferisch streckte er das leicht schwammige Kinn vor und rückte die Revers seines anthrazitfarbenen Anzugs zurecht.

»Ich hatte soeben, meine Herren«, verkündete er und fügte mit einem Blick auf Martina Lohse »meine Dame« hinzu, »ein sehr aufschlussreiches Gespräch mit Staatssekretär Dr. Hinze.«

Das Team des K 11 unterdrückte ein kollektives Aufstöhnen.

»Wie Sie vielleicht wissen«, fuhr Dr. Kuno Wölfelschneider ungerührt fort, »ist Dr. Hinze ein Kommilitone von mir, mit dem ich seit Studienbeginn in der Allemannia Heidelberg eng verbunden bin.«

Martina Lohse rutschte unruhig auf ihrem Stuhl hin und her. Sie wusste, dass sie keine weitere Viertelstunde ohne eine Dosis Nikotin überstehen würde. Auch Gunter Haase streckte sehnsüchtig die Fingerspitzen nach dem Päckchen Nikotinkaugummi in seiner Hosentasche aus.

»Außerdem«, dozierte Dr. Kuno Wölfelschneider indessen unbeeindruckt weiter, »liegt Dr. Hinze der Odenwald bekanntlich sehr am Herzen. Schließlich besitzt er als aktiver Jagdpächter ein Ferienhaus auf der Höhe in Siedelsbrunn.«

Der Kriminalrat musste jäh an die gemütlichen Männerabende denken, die sie in Kurt-Alberts Holzhaus mit Freiluftsauna am eigenen Badeteich verbracht hatten. Oder an die Adventswochenenden, an denen ihnen Kurt-Albert selbst erlegtes Wildbret mit Rotkraut und Serviettenknödeln aufgetischt hatte. Auf Dr. Kuno Wölfelschneiders Gesicht machte sich grimmige Entschlossenheit breit. »Deshalb habe ich es nicht nur als meine Pflicht, sondern geradezu als Freundschaftsdienst verstanden«, hier legte der Kriminalrat eine bedeutungsschwangere Pause ein, »Dr. Hinze zu versichern, dass der Fall ›Lärmfeuer‹ in kürzester Zeit aufgeklärt sein wird. Habe ich mich deutlich ausgedrückt?«

Das Team vom K 11 nickte stumm.

»Also dann!« Der Kriminalrat klatschte in die Hände. »An die Arbeit, meine Dame und meine Herren!«

Charlie stieg mit gemischten Gefühlen in den Subaru.

Als sie den Anruf von Gunter entgegengenommen hatte, waren Gertie und sie gerade damit beschäftigt, hinter dem Stall Brennholz aufzuschichten. Emelie, die ihnen dabei hatte helfen sollen, saß in der Küche und behauptete, für eine Französischklausur pauken zu müssen. Theo, dem die Lesebrille auf die Nasenspitze und die Zeitung aus der Hand gerutscht war, schnarchte auf dem Sofa im Wohnzimmer leise vor sich hin. Er schreckte hoch, als Gertie und Charlie die Küche betraten.

»Basse mol uff, dess de dabbische Köder disch nedd beischd!«, sagte Gertie, während sie sich an der Küchenspüle die Hände wusch.

Emelie blickte alarmiert auf. »Welcher Köter?«

»Der vom Mordopfer aus dem Lärmfeuer«, erwiderte Charlie und stürzte durstig im Stehen ein Glas Wasser hinunter. »Ich hab deinem Onkel versprochen, den Hund ins Tierheim zu bringen.«

»Ich komm mit!« Emelie sprang so hastig auf, dass sie beinahe ihren Laptop vom Tisch gefegt hätte.

»Unn woas iss midd doi Französischklausur?«, wollte Gertie wissen.

»Dafür kann ich heute Abend noch lernen«, wiegelte Emelie ab.

Für einen Moment kam Charlie ins Schwanken. Sie hatte kaum Erfahrung mit Hunden und da wäre ihr das Mädchen, das aktiv im Tierschutz mithalf, bestimmt eine Hilfe. Andererseits wusste sie nicht, was sie im Haus des Mordopfers erwartete. Gunter Haase war diesbezüglich mehr als vage gewesen. »Nein«, sagte Charlie mit Nachdruck. »Es ist besser, wenn ich allein fahre. Auch wegen der Spuren.«

Emelie zog einen Flunsch. »Manno!«

»Alla hopp, du hoschd zu douhn!«, befahl Gertie.

Charlie nahm die Autoschlüssel vom Schlüsselbrett.

Die Reihe von schmucken Einfamilienhäusern schmiegte sich an die Flanke des dicht bewaldeten Viehkopfs. Hier wohnten ganz eindeutig Häuslebesitzer, dachte Charlie, die nach Feierabend viel Zeit und Energie dafür aufwendeten, Haus und Grund liebevoll in Schuss zu halten. In den Beeten nickten die ersten goldgelben Köpfe von Narzissen in der für Anfang April erstaunlich milden Frühlingsbrise. Liguster-, Thuja- und Hainbuchenhecken waren exakt gestutzt. Bunte Plastikostereier baumelten als Vorboten des baldigen Osterfestes von Sträuchern und Bäumen. Vor den Haustüren standen mit Primeln und Hyazinthen bepflanzte Keramikschalen. Ein kleines südhessisches Idyll nahe der Grenze zu Baden-Württemberg.

Das Bild vom dörflichen Paradies wurde durch einen Bungalow, der mittig in der sanft geschwungenen Straße stand, getrübt. Auf dem Teil des Grundstückes, das einst als Garten geplant gewesen war, überwucherten dornige Brombeerranken Hecken und Beete. Was sich von der Rasenfläche gegen die Brombeeren, die von selbst ausgesäten Baumschösslinge und Unkräuter hatte behaupten können, war vermoost und mit Maulwurfshügeln übersät. Auch die Dachziegel waren auf der dem Berghang zugewandten Seite mit einer dicken Moosschicht überzogen. Die altersschwache Dachrinne tropfte an mehreren Stellen wie ein Sieb. Der einst strahlend weiße Putz der Hauswände war im Laufe der Jahre grau geworden und platzte an einigen Stellen unschön ab. Charlie blickte sicherheitshalber auf den Zettel, auf dem sie die Adresse notiert hatte, und seufzte. Sie war am Wohnsitz von Georg Binz angekommen.

Während Charlie auf den Schlüsseldienst, den Gunter angefordert hatte, wartete, schaute eine Nachbarin neugierig über den Gartenzaun. Charlie stieg aus dem Subaru und ging auf die Frau zu.

»Hallo!«, sagte sie und lächelte die gut 60-jährige Frau, die offensichtlich türkische Wurzeln hatte, freundlich an. »Wie Sie vielleicht gehört haben, hatte Ihr Nachbar einen Unfall. Ich bin gekommen, um mich um den Hund zu kümmern. Er hat doch einen Hund, oder?« Charlie fühlte sich plötzlich ein bisschen unsicher in ihrer Rolle.

Die Türkin nahm die Hände aus den Taschen ihrer dunkelgrünen Strickjacke. »Was ist mit dem Schorschel?«

Charlie schluckte. »Nun ja, er ist ums Leben gekommen. Ich meine, er ist tot.«

Die Frau stieß irgendetwas auf Türkisch aus, was Charlie nicht verstand.

»Das musste ja so kommen«, bemerkte die Türkin schließlich und seufzte laut auf.

Die Haustür des gepflegten Einfamilienhauses sprang auf und Ediz Özkan trat an die Seite seiner Frau Ayla. Charlie schüttelte die ihr herzlich entgegengereichten Hände.

»War nicht immer ein guter Mensch, der Schorschel«, sagte Ediz Özkan.

»Das hat man mir auch schon berichtet«, erwiderte Charlie, die von Gunter kurz eingeweiht worden war.

»Hat immer nur Ärger, Ärger gemacht!« Ediz' dunkle Augen funkelten empört. »Wenn die Enkelkinder im Garten gespielt haben, hat sich beschwert. Wenn wir Rasen gemäht haben, hat sich beschwert. Wenn im Herbst das Laub von die Bäume gefallen ist, hat sich beschwert.«

»›Verlaustes Türkenpack‹ hat er uns genannt«, murmelte Ayla und senkte den Blick zu Boden.

»Zurück zu unsere Ziegen in die Berge sollen wir gehen, hat er gesagt.« Charlie konnte Ediz ansehen, wie sehr ihn diese Schmähungen getroffen hatten.

»Dabei sind wir schon viel länger hier als der Schorschel«, sagte Ayla. »1975 sind wir nach Wald-Michelbach gekommen und haben bis 2005 bei der Coronet geschafft.«

Charlie erinnerte sich daran, dass in ihrem Elternhaus alles, was man zum Putzen benötigte, vom Holzbesen über Haushaltstücher und Staubtücher bis zu Fensterreinigern und Spülbürsten von dem heimischen Haushaltswarenhersteller gestammt hatte. Auch die Kleiderbügel, die an der Garderobe und in den Schränken des Atzeldoalhofes hingen, waren von einem der mehr als Tausend Mitarbeiter der Coronet-Werke hergestellt worden. Vielleicht sogar von Ediz und Ayla. Kurz nach der Jahrtausendwende war der größte Arbeitgeber im Überwald jedoch in finanzielle Schieflage geraten und musste 2005 in die Insolvenz gehen. Ein herber Schlag, nicht nur für Ediz und Ayla, dachte Charlie.

»Und seit wann hat der Georg Binz, ich meine der Schorschel, hier gewohnt?«, wollte sie wissen.

Ayla sah ihren Mann fragend an. »In dem Jahr, als Gülen mit Karan schwanger war?«

Ediz nickte.

»1995«, sagte Ayla.

»Zuerst mit Frau und beide Mädchen«, fügte Ediz hinzu. »Aber dann alle Frauen weg.«

»Da hat das auch mit dem Trinken angefangen«, erinnerte sich Ayla.

»Hat er viel getrunken?«

Ayla schnaubte. »Gesoffen wie ein Loch hat der. Schon morgens konnte der Schorschel nicht mehr gerade gehen.«

»Und dann immer Streit, Streit, Streit.« Ediz schüttelte bei der Erinnerung verbittert den Kopf. »Keiner wollt mehr mit die Mann zu tun haben.«

»Er war viel allein, der Schorschel«, sagte Ayla und steckte eine lange, grau melierte Haarsträhne, die sich gelöst hatte, unter das fliederfarbene Kopftuch zurück. Dabei kam ihr ein Gedanke. »Das heißt, bis auf die letzten paar Wochen.«

»Meinen Sie, dass der Schorschel in letzter Zeit öfter Besuch hatte?«, hakte Charlie nach. Das wäre ein interessanter Anhaltspunkt, dachte sie, der ihnen bei der Suche nach dem Mörder von Nutzen sein könnte.

Ayla runzelte die Stirn. »Da war ein fremdes Auto vor seiner Einfahrt. So sechs, sieben Mal.«

»Können Sie sich an die Marke erinnern?«

Ayla schüttelte bedauernd den Kopf.

Ediz kam ihr zu Hilfe. »Große, dunkle Auto. Mit breite Reifen für Wald.«

»Ein Geländewagen?«

»Ja, ja, Geländewagen.« Ediz' dunkle Augen blitzten auf.

Ein weißer Kombi näherte sich dem Haus von Ediz und Ayla und stoppte hinter Charlies Subaru.

»Ich glaube, das ist der Schlüsseldienst«, sagte Charlie. »Ich sollte jetzt besser nachsehen, was aus dem armen Hund geworden ist.«

»Willy, Willy Klein«, murmelte Ayla.

»Klein?« Charlie schaute die Türkin verwundert an. »Man hat mir gesagt, dass ich auf den Schlüsseldienst Böhm warten soll.«

»Willy Klein ist der Name des Hundes«, stellte Ayla grinsend richtig.

Ediz tippte sich an die Stirn. »Hatte nicht immer alle Töpfe im Schrank, der Schorschel.«

Nachdem Charlie den Schutzanzug, die PE-Überschuhe und Einweghandschuhe übergezogen hatte, die Gertie ihr aus dem Melkraum mitgegeben hatte, reichte sie dem Mann vom Schlüsseldienst ebenfalls ein Paar Handschuhe. Gunters Warnungen, dass sie ohne diese Vorsichtsmaßnahmen wertvolle Spuren zerstören würden, waren unmissverständlich gewesen. Der Schlüsseldienst schulterte sein Werkzeug und machte sich an die Arbeit.

»Des is joa schlimmer als bei Fort Knox«, brummte er nach einer geschlagenen Viertelstunde.

Charlie nickte. Sie hatte sich ebenfalls bereits gefragt, warum jemand sich die Mühe gemacht hatte, ein solch heruntergekommenes Domizil mit derartigen Sicherheitsvorkehrungen auszustatten. Die Haustür war mit einem komplizierten Mehrfachschloss versehen und alle Fenster von außen vergittert. Was verbarg sich im Inneren von Georg Binz' Bungalow?

»Doann mol enaispaziert!«, verkündete der Mann vom Schlüsseldienst und hielt Charlie triumphierend die Tür auf.

»Danke, ab jetzt komme ich allein klar«, erwiderte Charlie und zog sich die Kapuze des Schutzanzuges über ihr rotblondes Haar.

Auf Zehenspitzen schlich sie den düsteren Flur entlang, wobei sie »Willy! Willy!« rief und sich dabei mehr als bescheuert vorkam. Im schmalen Gäste-WC entdeckte sie grasgrüne Wandfliesen, die in den 1960er-Jahren der letzte Schrei gewesen, mit der Zeit aber an einigen Stellen abgeplatzt waren. Charlie zog die Tür hinter sich zu und setzte ihre Erkundung fort. Im Flur roch es muffig, als ob dort lange nicht mehr gelüftet worden wäre. Charlie rümpfte angewidert die Nase.

Als sie die nächste Tür öffnete und das Schlafzimmer betrat, machte Charlie vor Überraschung einen Schritt rückwärts. Hier präsentierte sich ihr ein ganz anderes Bild: In der Mitte des Raums thronte ein dick gepolstertes Queensbett, auf dem ein ganzer Hofstaat Platz gefunden hätte. Auf einem »stummen Herrendiener« hing ein maßgeschneiderter dreiteiliger Anzug aus feinstem Zwirn. Im Kleiderschrank entdeckte Charlie weitere Maßanzüge und die passenden handgefertigten Schuhe dazu. Wozu, fragte sie sich verwundert, benötigte ein Typ wie Georg Binz Maßanzüge? Charlie konnte nicht anders, als auch die Schubladen des Betttischchens zu öffnen, wo sie eine beachtliche Ansammlung von teuren Schweizer Uhren vorfand. Das angrenzende Bad war mit italienischem Marmor verkleidet und mit einer Duschkabine bestückt, die neben allerlei Wellness- Duschköpfen auch ein Dampfbad aufwies. War Georg Binz, den Ayla und Ediz als bieder beschrieben hatten, in Wirklichkeit ein Lebemann und Wellnessfetischist gewesen?

Ein mulmiges Gefühl beschlich Charlie. Sie überlegte kurz, ob sie den Rückzug antreten sollte. Aber was würde dann mit dem armen Hund passieren? Sofern er überhaupt noch am Leben war. Charlie atmete tief durch, ging zurück in den Flur und drückte die Türklinke des letzten Raumes, den sie noch nicht inspiziert hatte, hinunter.

Im Wohnzimmer war es stockdunkel. Ein beißender Geruch schlug ihr entgegen. Urin, dachte Charlie. Wenn es sich dabei nicht um das Zeugnis von Georg Binz' Harndrang handelte, mussten es die Hinterlassenschaften des Hundes sein. Charlie tastete nach dem Lichtschalter. Als die in die abgehängte Decke eingelassenen LED-Spots aufflammten, spürte Charlie unter der Schutzmaske, wie ihr vor Erstaunen die Kinnlade hinunterklappte. An drei Wänden des Raumes befanden sich maßgefertigte Regale, die von Modellautos jeglicher Art, Größe und Couleur überquollen. Charlie wusste nicht, welchen Sammlerwert diese Miniautos, von denen viele gediegen und alt aussahen, hatten, konnte sich jedoch vorstellen, dass hier ein Vermögen lagerte.

»Wer warst du, Georg Binz?«, flüsterte sie.

Über dem wuchtigen Ledersofa entdeckte sie zwei Radierungen, die verdächtig nach Originalen von Picasso und Chagall aussahen. Der Mann, dessen sterbliche Hülle sie aus dem Lärmfeuer gezogen hatten, musste ein notorischer Querulant, Nörgler, Besserwisser und Misanthrop, aber gleichzeitig ein Millionär gewesen sein. Charlie ahnte, dass dieser Fall sie so schnell nicht loslassen würde. Sie war, wie Emelie sagen würde, total angefixt. Entschlossen stiefelte Charlie über eine Urinpfütze hinweg.

»Willy! Willy!«, gurrte sie, während sie an der Ledercouch vorbei ins angrenzende Esszimmer schritt. Plötzlich glaubte sie, ein Geräusch zwischen einem Knurren und Fiepen zu vernehmen. Charlie spitzte die Ohren und versuchte, sich zu orientieren. Die geräumige Küche war vom Esszimmer durch einen mit dunkelgrauem Granit verkleideten Tresen abgeteilt. Hinter dem Tresen standen zwei Barhocker. Einer davon schien wie von Geisterhand zu vibrieren.

»Willy?«, lockte Charlie, während sie vorsichtig um die Ecke lugte.

Zu dem Vibrieren gesellte sich ein dumpfes Knurren. Das, als Charlie einen weiteren Schritt in Richtung der Barhocker machte, in frenetisches Kläffen überging. Charlie zog ihr ausgestrecktes Bein sicherheitshalber zurück.

»Ist ja schon gut. Ich tu dir nichts«, versicherte sie dem Hund. Der, wie sie feststellte, nicht nur erstaunlich gut genährt, sondern auch in bester Kampfeslaune war. Die gefletschten Zähne und die wütend funkelnden dunklen Augen machten Charlie unmissverständlich klar, dass hier Taktgefühl gefragt war. Vorsichtig ging sie in die Hocke und tastete nach ihrem Handy.

5. KAPITEL

Heute war er früh im Wald.

Die Sonne hatte es noch nicht geschafft, die grünen, mit Sternmoos bewachsenen Senken zu erreichen, wo Wassertropfen wie winzige, hell silbern schillernde Christbaumkugeln an Farnen und Gräsern hingen. Wenn er beim Laufen die Schuhe anhob, konnte er ein schmatzendes Geräusch vernehmen. So musste es sich in den weiten Moorebenen des Nordens anhören. Doch er war nie über Süddeutschland hinausgekommen. Es gab immer so viel zu tun. Seine Frau schimpfte in letzter Zeit, weil er ständig unterwegs war. Aber er konnte nicht anders. Er musste in den Wald. Auch weil er wusste, dass es nicht ewig so weitergehen konnte. Sein Körper zeigte ihm unmissverständlich, dass der Tag, an dem er seinen letzten Weg würde beschreiten müssen, gnadenlos nahte. Seine Organe verrotteten wie die Blätter, die die Buchen, Birken, Eichen, Ahorne und Linden im Herbst auf den Waldboden abwarfen. Ihm blieb nicht mehr viel Zeit, noch all das zu erledigen, was zu erledigen war.

Aber heute wollte er nicht, wie so oft, den trüben Gedanken nachhängen. Er war aufgeregt, denn er hatte gute Neuigkeiten zu verkünden. Der erste Teil ihres Planes, den sie wochenlang geschmiedet hatten, war aufgegangen. Sie konnten wahrhaft stolz auf das Erreichte sein! Er beschleunigte seine Schritte, weil er möglichst früh am Treffpunkt ankommen wollte. Unter der dunklen, tief ins Gesicht gezogenen Mütze wurde ihm warm. Ungeduldig riss er sich die Mütze vom Kopf und stopfte sie in seine Jackentasche. Seine Lendenwirbel ziepten unangenehm bei jedem Schritt. Er war es nicht mehr gewohnt, schwere Gewichte zu schleppen. Das nahmen ihm sonst die Maschinen ab. Doch er ignorierte den Schmerz. Es brachte nichts, immer nur zu lamentieren.

Man musste handeln.

Die gemütliche Wohnküche auf dem Atzeldoalhof war nicht mehr das, was sie noch vor einem Tag gewesen war. Sobald jemand es wagte, die Fußspitze einen Zentimeter unter den aus blondem Kiefernholz angefertigten Küchentisch zu schieben, brach unter dem Tisch die Hölle los.

»Des dabbische Viehsch solldme meglisch boald im Marbachschdausee versenke!«, grummelte Gertie.

Theo goss sich vom Kaffee nach und verzog sich mit der Tageszeitung und dem »Spiegel« ins Wohnzimmer, wo er nachdrücklich die Tür hinter sich schloss. Reiner unterdrückte den Impuls, es ihm gleichzutun. Er hatte die halbe Nacht bei einer kalbenden Kuh verbracht und war nicht in der Stimmung, sich von einem winzigen Hund terrorisieren zu lassen.

»Verdammt noch mal! Aus!«, befahl er.

Für einen Augenblick gaben sich alle der Illusion hin, dass die Stimme des Hofherrn den Dackel in seine Schranken verwiesen hätte. Bis 20 Sekunden später alles von vorn losging.

»Jedz heer mol uff midde Krische und Kräxxe!«, versuchte es Gertie auf ihre Art. Die Wirkung war gleich null.

Charlie saß mit gesenktem Kopf am Tisch. »Es tut mir so leid!«, murmelte sie. »Aber ich wollte dem armen Tier nur helfen. Das Beste wird sein, wenn ich gleich beim Tierheim anrufe, damit sie Willy schleunigst abholen.«

»Was ist das überhaupt für ein bescheuerter Name für einen Hund?«, wollte Reiner wissen. »Willy Klein?«

Theo, der sich bei dem Radau nicht auf seine Morgenlektüre hatte konzentrieren können, fand sich mit gehörigem Sicherheitsabstand zum Küchentisch erneut in der Küche ein. »Willy, Willy Klein, der Fernsehmann«, trällerte er ohne Vorwarnung.

Reiner warf ihm einen besorgten Blick zu. »Is' was, Theo? Geht's dir heute Morgen nicht so gut?«

»Er ist nicht schön, ist viel zu klein und er hat einen Bauch, hat ausgelatschte Schuhe, krumme Beine hat er auch«, trällerte Theo unbeeindruckt weiter.

Emelie verschluckte sich vor Lachen und konnte sich erst beruhigen, als Charlie ihr herzhaft auf den Rücken klopfte.

»Woas soll de Sschprischklobberei?« Gertie schüttelte ungehalten den Kopf.

»Ich habe euch nur zu erklären versucht, woher der Name Willy Klein stammt.« Theo war anzusehen, dass er sich ungerecht behandelt fühlte.

»Nämlich woher?« Charlie schaute Theo mit gerunzelter Stirn an.

»›Willy Klein, der Fernsehmann‹ ist der Titel eines Liedes von Gunter Gabriel. Ihr Kunstbanausen!«, brauste Theo auf.

»Nee, da hau ich mir lieber Ed Sheeran auf die Ohren!«, bemerkte Emelie und zog eine angewiderte Grimasse.

Charlie lugte vorsichtig unter den Tisch. »Nun ja, das mit den krummen Beinen und dem Bauch passt schon!«

Als sie den Dackel am Vortag in der Küche von Georg Binz aufgestöbert hatte, war sie über den guten Zustand des Tieres zuerst erstaunt und dann erleichtert gewesen. In der Küche hatte sie eine ganze Ansammlung von Schüsseln mit frischem Trinkwasser und Trockenfutter vorgefunden, aus denen sich der Hund hatte bedienen können. Die Person, die Georg Binz auf dem Gewissen hatte, war offensichtlich ein

Tierfreund. Der dafür gesorgt hatte, dass der Dackel trotz der Abwesenheit seines Herrchens bei guter Gesundheit blieb. Ein Umstand, der Charlie die Rettung des kleinen, wehrhaften Hundes nicht gerade erleichtert hatte. Ohne den telefonischen Beistand des ortsansässigen Tierarztes hätte Charlie unverrichteter Dinge wieder abziehen müssen. So war es ihr jedoch gelungen, eine Decke über das knurrende saufarbene Hundeknäuel zu werfen und den Hund darin blitzschnell einzuwickeln. Im Kofferraum ihres Autos hatte der Dackel erstaunlicherweise Ruhe gegeben. Nach dieser Klippe, die sie gemeinsam umschifft hatten, hatte Charlie es nicht mehr übers Herz gebracht, den Hund im Tierheim abzuliefern. Was, wie sie nun dachte, ein Fehler gewesen war. Ihr Schützling gab sein Bestes, die Bewohner des Atzeldoalhofes gehörig auf Trab zu halten.

»Willy!«, versuchte es Charlie noch mal mit säuselnder Stimme. Der Hund bleckte die für einen Hund seiner Größe beachtlichen Reißzähne.

»Eine berufliche Veränderung als Hundeflüsterer würde ich dir nicht anraten«, bemerkte Reiner trocken.

»So wird das nichts!« Emelie schnappte sich eine Scheibe des von Gertie gebackenen Dinkelbrotes und griff nach der Kalbsleberwurst.

»Achtung! Die ist aber nicht vegan!«, feixte Theo.

Emelie warf ihm einen vernichtenden Blick zu und machte sich daran, eine dicke Schicht Leberwurst auf dem Brot zu verteilen. Mit der in mundgerechte Stücke geschnittenen Brotscheibe kniete sie sich vor den Küchentisch.

»Willy, schau mal, was ich hier habe!«, lockte sie.

Der Dackel beäugte das Mädchen misstrauisch. Seine dunkle Nase zitterte leicht, als sie den Duft der Leberwurst aufspürte. An der Nasenspitze bildete sich ein Tropfen, den er mit der Zunge wegschleckte.

»Hier! Nimm!«, sagte Emelie und schob ihm ein Stückchen Leberwurstbrot hin. An den dunklen Dackelaugen konnte sie die widerstreitende Mischung aus Verlangen und Misstrauen ablesen. Schließlich siegte die Gier. Schmatzend machte sich der Hund über die angebotene Gabe her.

»Geht doch!«, bemerkte Emelie zufrieden. Der Dackel legte den Kopf schief und himmelte seine neue Freundin mit feuchten Augen an.

»So, jetzt steckt jeder von euch dem Willy ganz lieb ein Stückchen Leberwurst zu!«, befahl Emelie mit einer Stimme, die keinen Widerspruch duldete. »Und dann ist Ruhe im Karton.«

Erstaunlicherweise sollte sie recht behalten.

Diesmal kamen sie im Schutz der Nacht.

Sie hatten für ihr Vorhaben bewusst eine Nacht gewählt, in der die Wolken wie eine dicke, graue Bettdecke über den grünen Anhöhen lagen und das Licht von Mond und Sternen schluckten. Den Jeep hatten sie gut 200 Meter vor ihrem Zielobjekt am Anfang eines Waldweges abgestellt. Die drei dunkel gekleideten Gestalten huschten die Straße, die in diesem Teil von einer einzelnen, altersschwachen Laterne beschienen wurde, hinunter, bis sie das letzte Haus gegenüber der Kirche und dem angrenzenden Friedhof erreichten. Alles war dunkel. Nur ein Fenster im Obergeschoss wurde von einem bläulichen Licht erhellt.

»Scheiße!«, sagte der Fahrer des Jeeps und suchte hinter einem mannshohen Busch Schutz.

»Warum pennen die nicht?« Das Mädchen mit der schwarzen Mütze warf einen Blick auf ihre Armbanduhr. »Schon Viertel nach drei. Um spätestens halb fünf muss ich zu Hause sein, sonst fliege ich auf.«

Der schmächtige Teenager, auf dessen schmalen Wangen

ein paar frische Pickel aufgeblüht waren, kniff die Augen zusammen, um besser sehen zu können. »Das sieht nach einem Bildschirm aus.«

»Ist doch völlig crazy, um diese Zeit noch Fernsehen zu gucken!« Das Mädchen schüttelte ungehalten den Kopf.

»Könnte auch sein, dass da jemand vor dem Computer sitzt«, meinte der Teenager.

»Oder vergessen hat, den Computer auszuschalten«, gab der hochgewachsene Fahrer des Jeeps zu bedenken.

»Manno, was machen wir nun?« Das Mädchen trippelte unruhig mit den Füßen.

»Lass uns noch einen Moment warten, ob das Licht ausgeht«, schlug der Fahrer des Jeeps vor und schlug den Kragen seiner Jacke hoch. Die Nacht war empfindlich kalt.

Das Mädchen presste die aus weißen Bettlaken gefertigten Plakate an ihre Brust und gab sich alle Mühe, dass die beiden Jungen ihr Zittern nicht bemerkten. Schweigend warteten sie, während die Minuten verstrichen. Die Kirchenuhr schlug halb vier.

Der Fahrer des Jeeps kratzte sich ausgiebig zuerst die Unterarme und dann die linke Kniekehle. Schließlich straffte er die Schultern. »Da oben tut sich nichts. Entweder wir gehen das Risiko ein und ziehen das Ganze trotz des Lichts durch oder wir brechen für heute ab.«

Das Mädchen biss sich nervös auf die Unterlippe. Der Teenager knibbelte an einem sprießenden Pickel.

»Verdient hat sie es auf jeden Fall«, sagte er schließlich.

»Die muss mindestens zehn Pelzmäntel im Schrank haben«, murmelte das Mädchen. »Für jeden Tag der Woche einen und dann noch drei, vier für besondere Gelegenheiten. Dazu noch die Mützen, Handschuhe und Westen. Deren Kleiderschrank ist der reinste Friedhof, hat die Nadia, die bei der putzt, gesagt.«

»Wenn man sich das mal ausrechnet«, erwiderte der Teenager im Flüsterton. »Für einen Pelzmantel müssen etwa 120 Füchse, Nerze oder Marderhunde dran glauben. Bei zehn Mänteln ergibt das 1.200 sinnlose Morde.«

»Die Nadia meint, dass sie im Schuhschrank sogar Stiefel aus Robbenpelz gesehen hat. Wenn ich an die hilflosen Robbenbabys denke, wie die im Schnee mit Knüppeln erschlagen und gehäutet werden ... Manno, ich könnt grad kotzen.« Die Unterlippe des Mädchens zitterte.

Der Fahrer des Jeeps warf einen Blick zum Obergeschoss hinauf. »Wenn wir unter dem Balkon auf der Terrasse angekommen sind, kann uns von oben keiner sehen. Unten ist ja alles still.«

»Dann also los!«, flüsterte das Mädchen. Die beiden Jungen nickten.

Lautlos schlichen sie durch den Garten. Auf der gefliesten Terrasse entfalteten sie die drei mitgebrachten Plakate und brachten sie mit extrastarkem und wasserfestem Klebeband an den drei Terrassentüren an. Besonders stolz war das Mädchen auf das Plakat, auf das sie ein Skelett mit einer Fuchsmaske gemalt hatte. »Wer Pelz trägt, trägt den Tod«, hatte sie in blutroten Lettern dazugeschrieben. Der Fahrer, der aktives Mitglied bei PeTA und einer weiteren militanten Tierschutzorganisation war, hatte zuerst vorgeschlagen, »Wer Pelz trägt, verdient den Tod« zu schreiben. Aber so weit wollten weder das Mädchen noch der schmächtige Teenager gehen. Auf den anderen Plakaten stand: »Pelz tötet« und »Pelz, nein danke!«

Nun kam der Teil ihres Vorhabens, vor dem dem Mädchen seit Tagen graute. Als der Fahrer des Jeeps in den mitgebrachten Rucksack griff und eine dunkelgraue Plastiktüte hervorholte, spürte das Mädchen, wie Übelkeit in ihr aufstieg. Sie schluckte krampfhaft. Auch der schmächtige Teenager hatte den Blick zu Boden gesenkt. Der hochgewachsene Fahrer agierte dagegen ohne sichtliche Gefühlsregung: Er packte das in die Plastiktüte eingehüllte Kaninchen an den Hinterläufen und legte das blutverschmierte, enthäutete Tier auf den Fußabtreter der mittigen Terrassentür. Dann verstaute er die Plastiktüte mit ruhiger Hand im Rucksack, den er schulterte.

»Lasst uns abhauen!«, befahl er.

Das Mädchen und der schmächtige Teenager widersprachen ihm nicht. So leise, wie sie gekommen waren, huschten sie zurück in die Dunkelheit. Das blaue Licht im Obergeschoss brannte die ganze Nacht weiter.

6. KAPITEL

Als Charlie gerade die beiden brandneuen Nummernschilder mit dem Heppenheimer Kennzeichen auf dem Parkplatz der Zulassungsstelle an ihrem Camper anbrachte, tippte ihr jemand auf die Schulter.

»Moije, Bobbelsche!«

Seufzend drehte sich Charlie um. »Wie oft habe ich dir gesagt, dass du mich nicht Bobbelsche nennen sollst?«

Gunter Haase grinste. »Einmal Bobbelsche, immer Bobbelsche.«

»Odenwälder Sturkopf!« Am liebsten hätte Charlie wütend mit dem Fuß aufgestampft. Weil sie aus den Augenwinkeln eine dunkelhaarige Frau neben Gunter Haase bemerkte, verkniff sie sich den infantilen Impuls.

Die junge Frau streckte Charlie die Hand entgegen. »Hallo! Ich verzweifele an dem Ourewäller Sturkopf übrigens auch jeden Tag.«

Charlie schüttelte die entgegengestreckte Hand und überlegte fieberhaft, ob Gertie oder Reiner eine neue Frau in Gunters Leben erwähnt hatten. Bis dahin war Charlie davon ausgegangen, dass Gunter beharrlich seiner verflossenen Suzanne nachtrauerte. Sollte sich für ihn eine neue Beziehung angebahnt haben, umso besser, dachte Charlie. Die schlanke Frau mit dem fetzigen Kurzhaarschnitt war, wie Charlie fand, einen Tick zu jung für Gunter, machte aber den Eindruck, als könnte sie ihn gehörig aufmischen. Genau das, was der grüblerische und mitunter zur Besserwisserei neigende Kriminalhauptkommissar gut gebrauchen konnte. Charlie lächelte.

»Das ist Martina Lohse, meine Kollegin.« Mit diesen Worten brachte der Kriminalhauptkommissar Charlie zurück auf den harten Boden der Tatsachen.

»Bleiben wir einfach bei Martina«, sagte die Kriminalkommissarin.

»Charlie.«

»Wie ich sehe, hat das Ummelden geklappt«, stellte Gunter mit einem Blick auf Charlies Camper fest.

»Ja, alles bestens. Ich hab mir vorher einen Termin geben lassen. Damit war ich in null Komma nichts wieder draußen.«

»Wir haben gedacht, dass es besser ist, wenn wir uns nicht direkt auf dem Kommissariat unterhalten«, sagte Gunter.

»Wegen der Wände mit den Ohren …« Martina grinste.

»Wie wäre es, wenn ich uns im Camper einen Kaffee koche?«, bot Charlie ganz pragmatisch an.

»Martina dachte eher an die ›Muse Chocolat‹ in der Altstadt«, wandte Gunter ein.

»Der Dienstwagen steht da vorne«, sagte Martina und wies mit der Hand auf einen schwarzen Passat Variant.

»Schade, dass es zum Draußensitzen zu kalt ist«, bedauerte Charlie, als sie das liebevoll renovierte Fachwerkhaus mit dem schokoladenbraunen Gebälk, strahlend weißem Putz und den runden Türeinrahmungen aus rotem Buntsandstein in der Marktstraße erreicht hatten.

»Warte ab, bis du das Innere gesehen hast!«, erwiderte Martina und schlüpfte durch die taubenblau gestrichene Eingangstür, die Gunter Haase den beiden Frauen galant offen hielt.

»Wow! Das ist wirklich ganz entzückend«, musste Charlie zugeben.

Sie hatten sich die letzten freien Plätze an einem runden, dunklen Tisch gesichert, der an einem mit nostalgischen Silberleuchtern und silbernen Etageren bestückten Belle Époque-Regal stand. Kunstvoll gerahmte Spiegel, Fotos und Kunstdrucke hingen an den Wänden, ein üppiger Kristallleuchter funkelte von der weiß verputzten Gewölbedecke. Alles in diesem Teil des Cafés hatte den Retro-Charme von Omas Wohnzimmer, allerdings ohne verstaubt oder altmodisch zu wirken. Ein weiteres Zimmer am Eingangsbereich wirkte mit den weißen Stühlen und weißen Tischen mit naturbelassenen Holzplatten wie ein Ausflug nach Schweden, so als ob Carl Larsson bei der Wahl des Ambientes Pate gestanden hätte. Über all dem lag der verführerische Duft nach süßen, hausgemachten Schokoladenspezialitäten, frisch gemahlenem Kaffee, aromatischen Teemischungen sowie selbst gebackenen Kuchen und Torten. Charlie war von der zauberhaften Atmosphäre der »Muse« gleich entzückt.

»Hier gönne ich mir gern eine kleine Auszeit«, bemerkte Martina, während sie verträumt ein Stückchen Zucker auf den Milchschaum ihres Cappuccinos legte.

»Ich befürchte, dass wir trotzdem eher dienstlich hier sind«, erwiderte Gunter, nachdem er sich genüsslich ein Stückchen seiner mit einem Schokoplättchen und einer frischen Physalis verzierten Baisertorte zu Gemüte geführt hatte.

»Das mit diesem Schorschel Binz ist schon merkwürdig«, meinte Martina und gönnte sich ein Löffelchen von der mit einer Kugel Vanilleeis angerichteten Apfelcrêpe.

»Wart ihr inzwischen auch in dem Bungalow?« Charlie rührte in ihrem Earl Grey-Tee, der nach Zitrone und Orangeblättern duftete.

»Außen pfui, innen so was von hui!« Martina schüttelte den Kopf. »So was ist mir, ehrlich gesagt, noch nicht vorgekommen.«

»Hatte der Schorschel geerbt? Oder wie ist der zu seinem Reichtum gekommen?«, fragte Charlie neugierig.

Gunter spießte bedauernd das letzte Stück seiner Torte auf die Kuchengabel. »Wir haben uns seine Konten vorgenommen. Wie es aussieht, muss er vor etwa 20 Jahren zu richtig viel Geld gekommen sein. Das er clever angelegt hat.«

»Für einen einfachen Lkw-Fahrer ziemlich erstaunlich«, meinte Martina.

»Wusste seine Frau davon?«, wollte Charlie wissen.

»Ich habe mit ihr telefoniert«, erwiderte Martina. »Sie ist aus allen Wolken gefallen. Ihr Göttergatte hat ihr gegenüber immer einen auf arm und vom Schicksal gebeutelt gemacht. Angefangen, heimlich in Saus und Braus zu leben, hat er wohl erst nach der Trennung.«

»Der Mayer von der Spusi meint, dass ein paar dieser Modellautos fast so viel wert sind wie ein ausgewachsener Porsche 911«, warf Gunter ein.

»Hatte er Freunde, jemanden, der ihm nahestand?« Charlie goss sich aus der Teekanne nach.

Martina zog eine Grimasse. »Wer wollte mit dem schon befreundet sein? Frag mal lieber nach seinen Feinden!«

»Die gesamte Nachbarschaft ist wahrscheinlich froh, dass sie den Schorschel vom Hals hat«, vermutete Charlie.

»Genau dort haben wir mit unseren Nachforschungen angesetzt«, verkündete Gunter. »Wir sind uns sicher, dass der Täter im näheren Umfeld von dem Binz zu finden ist.«

Charlie nippte gedankenversunken an ihrem Tee. »Ich weiß nicht, ob ihr da auf der richtigen Spur seid«, meinte sie schließlich. »Ich hatte zwar schon den Eindruck, dass die in Ober-Schönmattenwag alle mordsmäßig sauer auf den Schorschel waren. Aber deswegen gleich einen echten Mord begehen?«

Martina Lohse schnaubte. »Ich kann dir aus Erfahrung

sagen: Es ist schon wegen deutlich weniger als ein paar Blättern von Nachbars Baum auf dem eigenen Rasen gemordet worden.«

»Ja, wahrscheinlich«, räumte Charlie ein. Aber sie hatte so ein dummes Gefühl im Bauch. Das sie dazu brachte, auf ihre Art an dem Fall dranzubleiben. Nicht lockerzulassen. »Was ist mit dem dunklen Geländewagen?«, wollte sie wissen.

»Bis jetzt leider nichts weiter als ein Phantomauto«, musste Martina eingestehen. »Das außer dieser türkischen Nachbarin niemandem aufgefallen ist.«

»Dafür wissen wir inzwischen, woran der Binz gestorben ist«, verkündete Gunter stolz.

»Ach ja?« Charlie schaute den Kriminalhauptkommissar gespannt an.

»An einer Methanolvergiftung.«

»Hat er illegal gebrannten Schnaps gesoffen? Weil ihm der aus dem Supermarkt zu teuer war?« Charlie grinste.

»Wir gehen eher davon aus«, erwiderte Gunter, »dass ihm jemand das Methanol unter den Fusel, den er sonst runtergekippt hat, untergemischt hat.«

»Schmeckt man das nicht?«, wunderte sich Charlie.

»Pur schon«, mischte sich Martina Lohse wieder in das Gespräch ein. »Auch der süßliche Geruch sollte einen warnen. Aber unser Freund Schorschel hatte, wie wir erfahren haben, eine ausgesprochene Vorliebe für so einen heimischen Kräuterbitter.«

»Odenwälder Bub?« Charlie schaute Gunter an.

Der grinste zurück. »Genau der.«

Charlie schwelgte plötzlich in Erinnerungen. »Erinnerst du dich an unsere wilden Kerwe-Vorbereitungsfeten?«

Gunter zog eine Grimasse. »Ich erinnere mich vor allem an den dicken Kopf am Morgen danach, den mir der ›Bub‹ verschafft hat.«

»Eins der 40 im Odenwälder Bub verwendeten Kräutlein muss damals wohl schlecht gewesen sein«, feixte Charlie.

»Da lob ich mir unseren ehrlichen weißen Heppenheimer Schloßberg«, hielt Martina die önologische Ehre ihrer Heimatstadt hoch.

Charlie wurde wieder ernst. »Der Mörder hat das Methanol also mit dem ›Bub‹ vermischt?«

»Und zwar in einer Konzentration, die für den Schorschel in kürzester Zeit tödlich gewirkt haben muss«, stimmte Martina ihr zu. »Eine Dosis von etwa einem Milliliter Methanol pro Kilogramm Körpergewicht dürfte ausreichen, um das Kreislauf- und Atemzentrum zu lähmen.«

»Wenn der Schorschel tatsächlich so ein Schluckspecht war, wie die Nachbarn ihn beschrieben haben«, sagte Gunter, »muss es für den Mörder ein Leichtes gewesen sein, sein Opfer dazu zu bringen, die notwendige Menge an Kräuterbitter runterzuspülen.«

»Mörder und Opfer müssen sich also gekannt haben«, stellte Charlie fest.

Gunter nickte. »Davon gehen wir aus.«

»Ein Nachbar, der mit zwei Flaschen rüberkommt ...« Martina hob ein imaginäres Schnapsglas und prostete ihrem Kollegen zu.

»Anschließend verfrachtet er den toten Binz bei Nacht und Nebel in sein Auto ...«, spann Gunter den Ermittlungsfaden weiter.

»... vielleicht in den dunklen Geländewagen«, warf Charlie ein.

»Dann fährt er zur Gaderner Höhe hoch und deponiert die Leiche mitten im Holzstoß für das Lärmfeuer.« Für Gunter nahm die Lösung dieses Falls deutliche Konturen an.

»Wird der Holzstoß für das Lärmfeuer nicht von der Feuerwehr bewacht?«, wollte Charlie wissen. »Ich meine gelesen zu haben, dass man so verhindern will, dass das Holz schon vorzeitig angezündet wird.«

»Theoretisch sollte das gesamte Holz erst am Tag des Lärmfeuers aufgeschichtet werden«, erwiderte Martina. »Damit will man auch unterbinden, dass sich Wildtiere darin einnisten.«

»Also war der Vorwurf dieser Tierschützer durchaus berechtigt?« Charlie hob fragend die blonden Augenbrauen.

»In gewissem Maße schon«, musste Gunter eingestehen.

»In den meisten kleinen Gemeinden, die ein Lärmfeuer ausrichten«, warf Martina ein, »hält man sich aus praktischen Gründen nicht so sklavisch an die Vorschriften. Dort wächst der für das Lärmfeuer vorgesehene Holzstoß quasi über Tage, wenn nicht sogar über Wochen an. Weil die Landwirte einen Teil ihres Schnittholzes, ein paar Gartenbesitzer den Grünschnitt und die Jugendfeuerwehr die eingesammelten Christbäume dort deponieren.«

»Der Mörder muss sich also gut mit den örtlichen Gepflogenheiten ausgekannt haben«, stellte Charlie fest.

Gunter nickte.

»Er muss sogar noch die Gelegenheit gefunden haben, kurz vor Entzünden des Feuers den Brandbeschleuniger auszuschütten«, fügte Martina hinzu.

Charlie runzelte nachdenklich die Stirn. »Vielleicht war es einer der Feuerwehrleute. Habt ihr in der Richtung schon nachgeforscht?«

»Ja, haben wir. Aber bis jetzt gibt es dort keine heiße Spur.« Gunter Haase schob mit der Kuchengabel ein paar Krümel auf dem Teller zusammen.

»Und diese Tierschützer? Die die Farbe verspritzt haben?«, hakte Charlie nach.

»Wahrscheinlich ein paar harmlose, aber übereifrige Jugendliche. Die passen überhaupt nicht ins Täterprofil.«

Martina gab der Bedienung mit einem Handzeichen zu verstehen, dass sie zahlen wollten.

Charlie kramte in ihrem Lederrucksack nach dem Portemonnaie. »Trotzdem danke, dass ihr mich auf dem Laufenden haltet.«

»Da du die Leiche als Erste entdeckt hast«, erwiderte Gunter Haase mit einem schiefen Grinsen, »hast du quasi ein Anrecht darauf.«

»Lass das bloß nicht den Wölfelschneider mitbekommen!«, warnte ihn Martina.

»Das Bobbelsche wird uns schon nicht in die Pfanne hauen«, erwiderte Gunter und schob seinen Stuhl zurück.

Charlie knuffte den Kriminalhauptkommissar in den Oberarm. »Das Bobbelsche kann höchst unangenehm werden, wenn man es ständig Bobbelsche nennt.«

Gunter rieb sich die schmerzende Stelle. »Ich meinte, Frau Knapp kann schweigen wie ein Grab.«

Charlie hob anerkennend den ausgestreckten Daumen in die Höhe. »Schon viel besser!«

»Dann hoffen wir mal, dass das Morden im Odenwald nicht Schule macht!«, sagte Martina, als sie in ihre dunkle Lederjacke mit den Nieten schlüpfte.

»Eigentlich sind die dort oben doch alle harmlos«, meinte Gunter. »Nicht war, Frau Knapp?« Das letzte Wort betonte er besonders deutlich.

»Klar.« Charlie nickte zustimmend. Aber in ihrem Bauch grummelte es. Und das lag nicht an der exquisiten Schokotorte, die sie gerade im »Muse Chocolat« verspeist hatte.

7. KAPITEL

In der Nacht hatte Charlie abermals diesen Traum:

Sie steht in dem Raum mit den hellbraunen Fliesen und den weiß gekachelten Wänden, wo es ständig nach Desinfektionsmittel und ungewaschenen Körpern riecht. Auf dem Tresen zum Ausgabebereich steht ein kleines Edelstahltablett, auf dem zwei steril verpackte Alkoholtupfer, eine frisch aus der Blisterpackung entnommene Einwegspritze, ein Metalllöffel, ein Heftpflaster und ein roter Abbinder liegen. Die Grundausstattung für Drogensüchtige, die sich im Konsumraum der Hamburger Drogenhilfe »Drob Inn« ganz legal einen Schuss setzen möchten.

Alles läuft wie immer. Charlie ist entspannt, fühlt sich fast heiter. Heute ist einer der guten Tage, wo sie es im »Drob Inn« beinahe ausschließlich mit Stammkunden zu tun haben. Die ihnen keine Scherereien machen und nicht mit unliebsamen Überraschungen aufwarten. In einer halben Stunde hat sie einen Termin mit der jungen Annalena, die seit fast zwei Jahren in den Straßen um den Hamburger Hauptbahnhof anschafft. Charlie hat sich vorgenommen, Annalena vor dem Gefängnis zu bewahren und ihr einen Platz in einer Suchtklinik zu verschaffen. Die Chancen stehen gut, dass sie es schafft.

Aber zuerst müssen die letzten Wartenden im Konsumraum versorgt werden. Charlie lächelt den Mann, der auf das Tablett mit den Utensilien wartet, freundlich an. Da bemerkt sie das Messer in seiner Hand.

Zuerst ist es nur ein kleines Küchenmesser, so eines, wie man zum Kartoffelschälen verwendet. Aber das Messer scheint mit jedem von Charlies Herzschlägen größer zu werden: Es ist ein Gemüsemesser, ein langes Brotmesser mit Wellenschliff so scharf wie Piranhazähne, ein Ausbeinmesser mit spitz zulaufender Klinge, ein Beil, um Fleisch zu hacken, ein gebogener Säbel, ein Dolch, ein Schwert. Dessen Klinge im Neonlicht funkelt. Charlie versucht panisch, die Hände schützend vor ihr Gesicht zu halten, doch zu spät. Der erste Schwerthieb trifft sie am Arm. Charlie kann ihr eigenes Blut riechen, das aus der klaffenden Wunde in ihrem Oberarm sprudelt. Und schon wieder sieht sie das Schwert auf sich niedersausen. Charlie stößt einen gellenden Schrei aus. Aber vergeblich. Niemand will ihr Schreien hören. Niemand kommt ihr zu Hilfe. Sie ist allein.

»Nein!«

Mit einem Ruck erwachte Charlie von ihrem eigenen Schrei. Panisch blickte sie sich im dunklen Zimmer um, suchte den Mann, der so viel Unheil über sie gebracht hatte. Aber im Zimmer war alles ruhig. Unauffällig. Der Mond schien durch das große Giebelfenster. Im Stall muhte eine Kuh. Eine zweite antwortete. Dann war alles still.

Charlie strich sich das verschwitzte Haar aus der Stirn und bückte sich nach dem Oberbett, das auf den Boden gerutscht war. Ihr Kopfkissen war total zerknautscht, so als ob sie darauf eingehauen hätte. Charlie schüttelte ein paarmal den Kopf. Das Rauschen in ihren Ohren schien ihr so laut wie ein Meeressturm, der gegen eine Felsküste anbrandete. Gleichzeitig glaubte sie, dass ihr das hektisch klopfende Herz jeden Moment aus der Brust springen müsste. Fühlte es sich so an, wenn man einen Herzinfarkt erleidet, fragte sie sich bang. Sie war viel zu jung, um an plötzlichem Herztod zu sterben.

Reichte die Macht der bösen Träume aus, einen Menschen umzubringen? Charlie versuchte, bewusst ein- und auszuatmen, den rasenden Puls zur Ruhe zu bringen. Eine Strähne ihres rotblonden Haares klebte auf der tränennassen Wange fest. Charlie wischte sie mit dem Handrücken fort. Mit zittrigen Händen tastete sie nach dem Pipettenfläschchen auf dem Nachttisch und gab zehn von den Tropfen, die der Arzt ihr für Notfälle wie diesen verschrieben hatte, auf die Zunge. Dann ließ sie ihren Kopf auf das Kopfkissen sinken und wartete mit geschlossenen Augen, dass die Angst abebbte.

Als die Panikattacke abgeklungen war, wagte sich Charlie aus dem Bett. Ihre Beine zitterten wie Wackelpudding und über ihren Rücken liefen kalte Schauder. Charlie hüllte sich in die dicke Strickjacke, die Dirk ihr auf der Reise zum Nordkap geschenkt hatte. Ihre Beziehung mit Dirk, ihre gemeinsamen Pläne und Träume hatten den Folgen des blutigen Anschlags und des nachfolgenden Prozesses nicht standhalten können. Doch die warme, kuschelige Strickjacke schenkte Charlie ein Stück Geborgenheit. Vorsichtig öffnete sie die Zimmertür und schlich hinunter in die Küche.

Die sie, zu ihrem Erstaunen, nicht, wie um diese Nachtzeit üblich, dunkel und verlassen vorfand. Die Neonleuchte über der Spüle war eingeschaltet. Der Wasserhahn tropfte, wie er es immer für drei, vier Minuten tat, nachdem man das Wasser hatte laufen lassen. Am Küchentisch saß Emelie. Das junge Mädchen trug eine dunkle Jogginghose und ein dunkelgraues T-Shirt. Die langen, karottenfarbenen Rastalocken hatte sie hochgesteckt und unter einer dunklen Basketballkappe verborgen. Emelie hatte beide Hände um eine dampfende Tasse Yogi-Tee gelegt und sah, wie Charlie dachte, ungewöhnlich blass und mitgenommen aus.

»Hey? Was ist los?«, fragte Charlie leise.

»Kann nicht schlafen«, murmelte Emelie.

»Ich dachte, Schlafstörungen seien eher was für Frauen in meinem Alter, bei denen sich die Menopause so langsam ankündigt«, meinte Charlie, während sie frisches Wasser in den Wasserkocher gab.

»Vielleicht bin ich in der Beziehung ja ein Frühstarter.« Emelie zog eine Grimasse.

Charlie schüttelte den Kopf. »Lass dir mit dem Mist ruhig noch ein paar Jahrzehnte Zeit! Ich kann dir versichern, das braucht kein Mensch. Und schon gar keine Frau!«

Emelie pustete stumm auf ihren Tee. Der aufsteigende heiße Dampf gab ihren blassen Wangen ein wenig Farbe zurück.

»Hockst du schon lange hier?«, wollte Charlie mitfühlend wissen.

»So zehn Minuten.«

Charlie gab ebenfalls einen Teebeutel in eine Tasse, goss kochendes Wasser darüber und ging an Emelie vorbei auf die andere Seite des Tisches, wo sie sich steif auf einen Küchenstuhl fallen ließ.

»Warst du vorher draußen? Ist was mit den Kühen?«

Emelie schaute alarmiert auf. »Wieso?«

»Ich dachte nur«, meinte Charlie stirnrunzelnd. »Irgendwie riecht es hier ein bisschen nach feuchtem Wald und Wiese.«

Ein Schatten huschte über Emelies Augen und ihre Unterlippe zitterte leicht. »Ich habe eben am offenen Fenster frische Luft geschnappt.«

Charlie nippte vorsichtig an ihrem heißen Tee. »Hast du Probleme?«

»Ach, weiß nicht!«

»Möchtest du darüber reden?«

»Nee, ist schon gut.« Emelie seufzte.

»Läuft was in der Schule schief?«, versuchte es Charlie noch einmal.

Emelie zuckte mit den schmalen Schultern. »Nicht mehr als sonst.«

Charlie gab sich geschlagen. Ihre Beziehung zu Reiners Tochter war nicht so innig, dass sie es wagte weiterzubohren. Stumm tranken die beiden ihren Tee.

Bis Emelie die Augen hob. »Du kennst dich doch mit solchen Sachen aus. Ab wann ist man eigentlich strafmündig?«

Charlie blickte das Mädchen erstaunt an. »Du meinst als Jugendlicher?«

Emelie nickte zustimmend.

»Nun, das hängt vom Alter ab«, erwiderte Charlie und fragte sich gleichzeitig, was die seltsame Frage zur späten Nachtstunde sollte. Sie ahnte, dass sie jetzt ganz behutsam vorgehen müsste.

»Mit unter 14 Jahren sieht es so aus, dass du, wenn du Mist gebaut hast, für dein Handeln nicht im klassischen Sinn bestraft werden kannst. Meistens ordnet das Familiengericht sogenannte Erziehungsmaßnahmen an.«

»Und nach 14?« Emelie löste die Hände von ihrer Teetasse.

»Dann bist du, wie man sagt, bedingt strafmündig.«

»Heißt was?«

»Du unterliegst dem Jugendstrafrecht und kannst, je nach Vergehen, zu einer Jugendstrafe verurteilt werden.«

»Ich müsste also in den Knast?« Emelie riss die haselnussbraunen Augen erschrocken auf.

»Kommt auf die Schwere deines Vergehens an«, erwiderte Charlie. »Bei gewissen kriminellen Handlungen kann der Richter als erzieherische Maßnahme Jugendarrest anordnen. Den du am Wochenende in einer Jugendarrestanstalt verbüßt.«

»Shit!«, murmelte Emelie kaum hörbar.

Charlie versuchte, in dem blassen Gesicht des Mädchens zu lesen, worum es bei diesem Gespräch wirklich ging. »Ist etwas passiert? Bist du in Schwierigkeiten?«

»Nein, natürlich nicht!« Emelie sprang auf, warf den Teebeutel in den Eimer für den Biomüll und stellte ihre Tasse in die Spülmaschine.

»Ganz sicher?«, hakte Charlie nach.

»Ist für ein Referat, das ich halten muss«, erwiderte Emelie und gähnte demonstrativ. »Deshalb zieh ich jetzt besser wieder ins Bett ab. Sonst kann ich die Schule nachher vergessen.«

Charlie schaute dem Mädchen nachdenklich hinterher, das mit hängenden Schultern aus der Küche schlurfte. Sie fragte sich, ob sie Reiner von dem Gespräch berichten sollte. Aber sie wollte keine Petze sein. Charlie beschloss, fürs Erste zu schweigen.

»Mach dich auf den besten Fisch in ganz Süddeutschland gefasst!«, hatte Charlies ehemalige Schulfreundin Annette versprochen.

Mit ein paar innerlichen Zweifeln, was sowohl den Fisch als auch ihr Treffen anging, manövrierte Charlie den Subaru auf der sich durch dichten Wald windenden Straße hoch nach Raubach. In dem kleinen Ort, der sich an eine Schleife der Straße schmiegte, wurde, wie Charlie sich aus dem Heimatkundeunterricht erinnerte, Mitte des 19. Jahrhunderts der Raubacher Jockel geboren. Ein Unikum, Komödiant, Schlitzohr und begnadeter Musiker, der heute noch in vielen Anekdoten, Geschichten und Liedern des Odenwaldes weiterlebte. Unten in Wald-Michelbach war dem Raubacher Jockel mit seiner Ziehharmonika ein Denkmal in Form einer fast lebensgroßen Bronzeskulptur gewidmet worden, die Charlie beim Betreten der Sparkasse nicht hatte übersehen können. Ihre Schulfreundin Annette hatte sie darauf hingewiesen, dass man im Bistro an den Forellenteichen nur bar bezahlen konnte.

Charlie ließ die letzten Häuser auf der Raubacher Höhe hinter sich und fuhr langsam mit Hilfe der Motorbremse hinunter zum Finkenbachtal, durch das sich der Finkenbach als Namensgeber für dieses schmale, von bewaldeten Höhen begrenzte Tal schlängelte. Zu ihrer Rechten passierte Charlie die Finkenbachquelle, von der ein in der Kreisstadt Heppenheim ansässiger Hersteller von Erfrischungsgetränken einen Teil seiner Mineralwässer bezog. Kurz vor dem seit mehr als 100 Jahren im Familienbesitz befindlichen Sägewerk konnte Charlie die durch den Finkenbach gespeisten Forellenteiche erkennen. Sie setzte den Blinker und fuhr auf einem schmalen Schotterweg zwischen zwei Teichanlagen auf die aus heimischen Hölzern gezimmerte Fischerhütte zu. Vor der Eingangstür erwarteten sie ein großer, an der Wand angebrachter Blechkarpfen mit offenem Maul und ihre Freundin Annette.

»Olieweleid! Wie loang iss des jedz her?«, rief die Freundin mit dem adrett geföhnten brünetten Pagenkopf und der modischen dunklen Brille.

»So gut 15 Jahre«, musste Charlie eingestehen und erwiderte die herzliche Umarmung der Schulfreundin.

»Enn halbe Ewischkeid iss des jedz her! Äwwer basse mol uff, isch häbb enn Iwwerraschung fer disch!« Die Schulfreundin bugsierte Charlie durch die Tür in das schlichte, mit hellem Holz verkleidete, gemütlich eingerichtete Bistro. Dort ließ Charlie sich auf die mit Kissen gepolsterte Holzbank fallen und schlüpfte aus ihrer Jacke.

»Ich hoffe nicht, dass ich mir jetzt einen von denen aussuchen muss«, bemerkte Charlie und wies mit der Hand auf das große Aquarium, wo Graskarpfen und Koi-Karpfen gemächlich ihre Runden zogen.

»Bleedsinn!« Annette Dörsam legte ihren modischen Blazermantel ab und strich mit den Fingern ihren leicht durchgestuften Pagenkopf in Form. »Unser Fisch kimmd gleisch aus de Kisch.«

Wie zur Bestätigung tauchte die Köchin und Besitzerin des Bistros hinter dem Tresen auf. Charlie starrte die mollige Frau mit dem langen, dunkelblonden Pferdeschwanz, den roten Apfelbäckchen und den lachenden braunen Mandelaugen verdutzt an.

»Tina? Tina Weihrauch?«

»Seit gut fünf Jahren Steinmann!«, erwiderte die Bistrobesitzerin und streckte Charlie stolz den mit einem goldenen Ehering geschmückten Ringfinger entgegen.

»Na, häbb isch der zu veel versproche?« Annette Dörsam grinste wie ein Honigkuchenpferd.

Charlie sprang auf und schloss die blonde Frau in die Arme. »Ich hab gedacht, du wärst in Australien!«

»Als eschde Ourewäller Mädsche war es ehr zu haaß dort unne«, feixte Annette Dörsam.

»Heer mer uff!« Tina Steinmann gab der Schulfreundin einen liebevollen Klaps auf die Schulter. »Die Hitze hat mir nichts ausgemacht. Ich hatte schlicht und ergreifend Heimweh. Und dir ist es wohl ebenso ergangen?«, wandte sie sich an Charlie.

»So ähnlich«, meinte Charlie ausweichend.

»Hodd der Reiner nedd vezäihld, dessde do owwe, in Hamburg verheiraded bischd?« In Annettes Augen glomm Neugier auf.

»Ich hab in Hamburg mit jemandem zusammengelebt«, murmelte Charlie.

»Und jetzt?« Tina schaute sie aus ihren braunen Augen mitfühlend an.

Charlie atmete tief durch. »Jetzt bin ich wieder Single.«

»Unn isch, isch bin gligglisch geschiede!« Annette Dörsam strahlte in die Runde.

»Ich glaube, wir haben eine ganze Menge nachzuholen«, stellte Tina lächelnd fest. »Aber auf leeren Magen schwätzt es sich schlecht. Sagt mir erst, was ihr essen möchtet!«

Eine gute halbe Stunde später musste Charlie ihrer Schulfreundin recht geben. »So zarten und aromatischen Räucherfisch habe ich lange nicht mehr gegessen. Der Flammlachs ist ein Gedicht.«

Tinas Apfelbäckchen wurden durch das Kompliment noch eine Spur röter. »Der Flammlachs ist bei uns Chefsache. Den macht der Peter immer selbst«, sagte sie stolz.

Annette tupfte sich die Lippen mit einer Serviette ab. »Enn bissel Kost vunn dehoam dudd der midd Sischerheid goanz guud«, wandte sie sich an Charlie. »Du bischd enn bissel blass um de Noas.«

Charlie rieb sich schuldbewusst die Spitze ihrer Stupsnase. »Die letzten Monate in Hamburg waren nicht leicht«, gab sie zu. »Ich muss schauen, dass ich wieder richtig auf die Beine komm.«

Tina nahm die Schürze ab und setzte sich neben Charlie auf die Bank. »Was willst du denn jetzt machen? Hast du schon einen Job?«

»Nicht direkt«, musste Charlie eingestehen. »Ich mach ein bisschen juristische Beratung im Internet. Aber eigentlich suche ich nach Räumlichkeiten für eine eigene kleine Kanzlei.«

»Ist bestimmt nicht einfach«, sagte Tina mitfühlend. »Im Moment muss man selbst bei uns hier im Odenwald für eine Hundehütte ein Vermögen hinblättern.«

»Auf den Hund bin ich schon gekommen«, sagte Charlie und seufzte innerlich, »aber am Vermögen hapert es noch.«

»Isch koann jo mol de Schef froage. Der hockd im Gemeinderat unn kennd sisch aus«, bot Annette, die bei einem kleinen Industriebetrieb im Gewerbegebiet von Absteinach arbeitete, an.

»Fragen kann mit Sicherheit nicht schaden.« Charlie lächelte dankbar.

»Und sonst? Hast du dich schon wieder gut eingelebt?« Tina musterte Charlie besorgt.

»Auf dem Atzeldoalhof werd ich nach Strich und Faden verwöhnt«, erwiderte Charlie. »Die machen mir den Neuanfang total leicht. Es könnte wirklich nicht besser sein!« Dass sie trotz der Reha von Schuldgefühlen, Versagensängsten und Minderwertigkeitskomplexen geplagt wurde, verschwieg Charlie tunlichst vor den Schulfreundinnen.

»Äwwer trotzdem! Als bloß midd de oalde Leit zoamme, dess iss doch nix!« Annette Dörsam schüttelte den brünetten Pagenkopf. »Du musst äwweraach mol raus!«

»Deswegen bin ich ja gerade hier, mit euch!«, konterte Charlie.

»Wir sehen uns jetzt wieder öfter, nicht wahr? So wie früher?« Tina drückte Charlies Hand.

»Klar.« Charlie nickte zustimmend.

»Isch häbb do enn Idee!«, verkündete Annette. »Kimm doch midd mer in de Yogakurs. Moi Kolleeschin unn isch, mer dabbe jede Middwoch zum Yoga. Sou enn bissel uff de Madde spordeln dudd rischdisch guud.«

»Gehst du mit der Brigitte zusammen? Mit der Brigitte Dingeldein?«, wollte Tina verwundert wissen.

Annette nickte. »Die Brigidde dudd doch bei uns in de Buchhaldung schaffe.«

»Ganz schön heißer Feger, wie man so hört.« Tina war deutlich anzusehen, was sie von Annettes Kollegin hielt.

»Jo, die Brigidde lässt do nix anbrenne«, stimmte Annette

ihr zu. »Äwwer die koann es sisch jo aach leiste. Die schafft jo blouß noch zum Vergniesche.«

»Man munkelt, die hat gut geheiratet und sich nach fünf Jahren noch besser getrennt.«

»Koann guud soi! Äwwer eischendlisch isse e goanz Liewe.« Annette nahm den letzten Schluck von ihrer Apfelschorle.

Auf dem Parkplatz vor dem Bistro knallten Autotüren. Tina warf einen gehetzten Blick auf ihre Armbanduhr. »Himmel! Schon gleich zwei. Eine Angelgruppe aus Viernheim hat für heute Nachmittag den kleinen Angelsee gemietet. Und für den Abend ein Fischbuffet bestellt. Tut mir leid, aber ich muss wirklich zurück in die Küche.«

Charlie sprang ebenfalls auf. »Ich komme bald wieder. Mit Reiner, Gertie und Theo«, versprach sie der Schulfreundin und hauchte ihr zum Abschied einen Kuss auf die Wange.

8. KAPITEL

Seine Frau hatte wieder Ärger gemacht.

Er hatte gehofft, dass es mit ihr ganz anders als mit der ersten sein würde. Seine neue war gesund, jung, voller Ideen und Tatendrang. Aber genau das war das Problem. Sie gab nie Ruhe. Drängte ihn, dies oder jenes zu tun, ihr zur Seite zu stehen, für sie da zu sein. Dabei brauchte er vor allem Stille und Abgeschiedenheit. Musste allein sein, um mit sich ins Reine zu kommen.

Deshalb war er heute wieder in den Wald gefahren. Auf dem Hinweg hatte er bei einem Blumenladen angehalten und ein Töpfchen mit Osterglocken gekauft. Ostern stand vor der Tür. Das Fest der Auferstehung, des Lebens. Er wollte an das Leben glauben. An die Unvergänglichkeit der Liebe. Trotz allem.

Heute hatte er einen anderen Parkplatz gewählt, sodass er sich von der hinteren Seite seinem Zielpunkt näherte. Dennoch musste er vorsichtig sein. An diesem Nachmittag waren viele Leute im Wald. Die Osterferien hatten begonnen und das Wetter lud zum Spazierengehen ein. Die Sonne schien ihm mild ins Gesicht und die Bäume erstrahlten im ersten frischen Grün. Vögel zwitscherten und zirpten. Hummeln summten von Blüte zu Blüte der weißen Buschwindröschen, die den Waldboden bedeckten. Die Farne, die vor wenigen Wochen noch braun und tot auf dem winternassen Boden gekauert hatten, entrollten ihre lindgrünen Wedel, streckten sich dem Licht und der Sonne entgegen. Von den weißen

Narzissen mit dem rot-gelben Kern, die er unter der Jacke verborgen hielt, stieg ihm ein Duft wie von Orangen in die Nase. Beschwingten Schrittes eilte er den kleinen Hügel hoch, wo die jungen Ahornbäume standen. Einen Moment hielt er inne und stellte sich vor, wie es sein würde, wenn die Bäume ausgewachsen wären. Doch das würde er nicht mehr sehen. Dann wäre er selbst schon lange ein Teil des Waldes. Der Gedanke war tröstlich. Seine Füße fanden wie von selbst den kleinen Wildwechselpfad, der von der Anhöhe hinab in die Senke führte. Dort war er, von den Vögeln und den anderen Tieren des Waldes abgesehen, allein. Vor fremden, neugierigen Blicken geschützt.

Das war gut so, denn er wusste, dass er erneut gegen die Regeln verstieß. Trotzdem konnte er nicht anders. Am Treffpunkt würde er die mitgebrachten Narzissen aus dem Töpfchen nehmen und behutsam in den braunen, humusreichen Waldboden setzen. Sie der Natur zuführen, wie es die Tradition zu Ostern wollte. Denn sie brachten Freude, Hoffnung. Waren das Symbol für den festen Glauben, dass sie beide das Richtige taten. Die letzten Pflichten, die ihnen das Schicksal abverlangte, klaglos erfüllten.

Er hatte gehofft, dass es anders laufen würde. Einmal hatte jedoch nicht gereicht. Er würde es mindestens ein zweites Mal tun müssen. Nur so hätten sie beide die Chance, wie Jesu den Tod zu überwinden. Durch ihre Taten wäre das Böse endlich ausgelöscht und sie unsterblich.

»Achtung!« Martina Lohse knuffte den jungen Kollegen in die Seite.

Timo Keil schaffte es gerade noch, die Füße vom Tisch zu schwingen, bevor Dr. Kuno Wölfelschneider mit wehender, offen getragener Anzugsjacke im Besprechungszimmer auflief.

Das Team des K 11 machte sich bereit zum frühmorgendlichen Rapport.

Dr. Kuno Wölfelschneider rückte seine extralange, rotgrau gestreifte Krawatte zurecht und zeigte mit einem breiten Lächeln seine makellos überkronten Schneidezähne.

»Getreu dem Motto ›Morgenstund hat Gold im Mund‹ darf ich, meine Dame und meine Herren, hoffentlich davon ausgehen, dass Sie mir Erfreuliches zu berichten haben.«

Timo Keil starrte auf seine Schuhspitzen. Frajo Helferich blätterte konzentriert in seinen Unterlagen und weckte den Anschein, dass das Erfreuliche sich irgendwo zwischen Seite 85 und 99 seines Collegeblocks verbarg. Martina Lohse kramte in ihrer Handtasche und brachte eine Packung Papiertaschentücher hervor. Mit einem entschuldigenden Lächeln schnaubte sie sich dezent die Nase.

Das Lächeln auf Dr. Kuno Wölfelschneiders Gesicht erschlaffte. Ein Flackern tauchte in seinen blassblauen Augen auf. »Wie darf ich das verstehen? Haben Sie mir nichts zu berichten?«

Kriminalhauptkommissar Gunter Haase ließ seinen Blick kurz über sein stummes Team schweifen und erbarmte sich.

»Wir haben gestern die Befragung der Nachbarn abgeschlossen.«

»Und?« Dr. Kuno Wölfelschneider schaute ihn erwartungsvoll an.

»Kein Treffer.« Gunter Haase vermied den direkten Blickkontakt mit seinem Vorgesetzten.

»Das bedeutet?« Die Spitze von Dr. Kuno Wölfelschneiders rechtem Zeigefinger begann leise, aber rhythmisch auf die Tischplatte zu klopfen.

»Dass keiner der Nachbarn als Täter von Georg Binz infrage kommt.«

Die Spitze des Zeigefingers verharrte kurz in der Luft,

bevor sie mit einem deutlichen Tock wieder Kontakt mit der Tischplatte aufnahm. Tock, tock. Tock, tock.

»Was ist mit dem Alibi der Ehefrau des Getöteten?«

»Das ist so was von wasserdicht«, meldete sich Timo Keil zu Wort, »dass es selbst bei einer Sturmflut nicht absaufen würde.«

Dr. Kuno Wölfelschneider warf seinem Mitarbeiter einen gereizten Blick zu. »Ich hatte Sie schon einmal gebeten, an Ihrer Ausdrucksweise zu arbeiten.«

Timo Keils Ohrenspitzen nahmen eine rötliche Färbung an. Tock, tock, tock machte der Zeigefinger auf der Tischplatte.

»Was ist mit dem Rest? Hat jemand mit der Feuerwehr gesprochen? Irgendwie muss der Brandbeschleuniger ja auf das Holz gekommen sein.«

»Und ich dachte immer, die wären zum Löschen da«, murmelte Martina Lohse kaum hörbar.

»Wie bitte?« Dr. Wölfelschneider beugte sich ein wenig vor.

»Von der Feuerwehr kann es niemand gewesen sein«, sagte Martina Lohse, nun mit normaler Stimme.

»Warum nicht?« Das Tock, Tock, Tock des Zeigefingers steigerte sich zu einem stampfenden Staccato.

»Weil die zu dem Zeitpunkt noch alle unten auf dem Friedhof herumgestanden haben«, erwiderte Frajo Helferich.

»Bei einem Einsatz?«

»Nicht direkt.« Frajo Helferich schüttelte den Kopf.

»Kruzitürken! Nun lassen Sie sich nicht jedes Wort aus der Nase ziehen!« Die Handfläche von Dr. Kuno Wölfelschneider klatschte auf die Tischplatte, wodurch die Blechdose mit den Boardmarkern umkippte. Martina Lohse zog den Kopf ein. Gunter Haase bückte sich, um die Stifte wieder aufzusammeln und zurück in die Dose zu stecken.

»Die gesamte Feuerwehr war bei der Beerdigung eines Kameraden, um ihm das letzte Geleit zu geben«, sagte der Kriminalhauptkommissar schließlich.

Dr. Kuno Wölfelschneider verzog die Lippen zu einem fast kreisrunden Schmollmund. »Wir haben also nichts. Nichts, womit ich meinen Freund Dr. Hinze in Wiesbaden beruhigen könnte.«

»So pessimistisch würde ich das jetzt nicht formulieren«, widersprach ihm Gunter Haase. »Da ist noch die Sache mit dem Geländewagen.«

»Ja?« In Dr. Wölfelschneiders blassblauen Augen glomm ein Funken Hoffnung auf.

»Einem Mountainbiker ist am Tag des Lärmfeuers ein dunkler Geländewagen oben auf der Höhe aufgefallen«, sagte Gunter Haase.

»Haben wir das Kennzeichen? Oder die Marke des Wagens?«, drängte der Kriminalrat.

»In der Beziehung war die Aussage des Mountainbikers eher eine Spur unpräzise«, erwiderte Frajo Helferich und konsultierte seine Notizen. »Er sagte lediglich: ›Halt so ein Jeep.‹ Aber wir nehmen uns jetzt alle geländefähigen Fahrzeuge in der Umgebung vor.«

»Nun ja, das ist immerhin besser als nichts.« Dr. Kuno Wölfelschneider zeigte sich versöhnlich. Er musste sich sputen, denn er hatte gleich ein Interview mit dem »Starkenburger Echo«. Darin ging es, dem Himmel sei Dank, nicht um den Fall »Odenwälder Lärmfeuer«, sondern um die glückliche Auffindung eines der Seniorenresidenz im Stadtzentrum abhandengekommenen Rentners. Dr. Kuno Wölfelschneider wies mit ausgestrecktem Zeigefinger auf seine Mitarbeiter.

»Sie bleiben dran, meine Dame und meine Herren!«

»Nee, ehrlich, eine vegane Ostertorte!« Emelie strahlte über das ganze Gesicht. Sie fuhr mit der Spitze ihres Zeigefingers am Rand der zweistöckigen Torte entlang und schleckte den Klecks Schoko-Kokossahne genüsslich von der Fingerspitze ab.

»Woas sinn des denn fer Maniere?« Gertie gab ihrer Enkelin einen Klaps auf die Hand.

»Vielleicht sollten wir das gute Stück mal anschneiden?«, grummelte Theo. »Schließlich hat es heute kein richtiges Mittagessen gegeben.«

»Von den zwei Tellern Kartoffelsupp', die du dir genehmigt hast, mal abgesehen«, bemerkte Reiner trocken.

»Davon wird kein erwachsener Mann satt«, brummte Theo und schaute sehnsüchtig auf die Schokotorte.

»Mer woarde, bis der Gunner do iss.« Gerties Gesichtsausdruck ließ keinen Widerspruch zu.

»Ich gieß schon mal den Kaffee ein«, bot Charlie an und griff nach der Kaffeekanne. Draußen schlug eine Autotür zu. Gunter Haase brachte einen Schwall kalter Luft mit in die Küche.

»Ganz schön frisch heute«, bemerkte er und rieb sich die Hände.

»Wurde aber auch Zeit!« Emelie schnappte sich das große Küchenmesser und schnitt die mit kleinen Marzipankarotten verzierte Torte an.

Gertie schloss ihren Ältesten in die Arme. »Goanz koald bischde. Unn verhungerd gugschde aach aus.«

Gunter Haase drückte seine Mutter kurz an sich. »Keine Sorge, mir geht es gut, Modder.«

Willy, der Rauhaardackel, war von seinem Nachmittagsschläfchen auf dem Sofa aufgewacht und bellte den Neuankömmling zur Begrüßung ausgiebig an.

»Ist der immer noch bei euch?«, wunderte sich Gunter.

»Ich kann es einfach nicht übers Herz bringen, ihn nach Heppenheim ins Tierheim zu verfrachten«, musste Charlie sichtlich verlegen eingestehen.

Emelie steckte dem Dackel, der sich vor ihren Stuhl gesetzt hatte und sie mit seinen braunen Augen anhimmelte, ein Stückchen von der Torte zu. »Der Willy bleibt hier!«

»Heer uff! Vunn de goanze Gschneegsl driggd ihm gleisch wärre de Ranze!«, rügte Gertie ihre Enkelin.

Der Dackel leckte sich die Lefzen und zog zu Theo weiter, der ebenfalls beim Anblick der treuen Hundeaugen dazu neigte, seine Prinzipien zu vergessen.

»Was gibt's Neues? Ist dein Mörder schon gefasst?«, wollte Reiner zwischen zwei Bissen Schokotorte wissen.

»Wieso *mein* Mörder?« Gunter warf seinem Bruder einen verschmitzten Blick zu. »Das ist doch eher der Mörder vom Bobbelsche.«

Charlies Fußspitze peilte unter dem Küchentisch Gunters rechtes Schienbein an und schnellte vor.

»Aua!« Gunter rieb sich den schmerzenden Körperteil.

»Wie steht es also? Kann man sich als ehrlicher Mensch des Nachts wieder vor die Tür trauen?« Theo schaute seinen Fast-Schwiegersohn fragend an.

»Keine Sorge, Theo!« Gunter ließ sich von seiner Mutter ein weiteres Stück Torte auf den Teller legen. »Es wird dir niemand mit einem Viehwaadstiggl auflauern und dir damit eins über den Kopp ziehen.«

»Viehwaadstiggl?« So allmählich ging Charlie auf, wie lange sie aus ihrer Heimat fortgewesen war. Begriffe aus dem Odenwälder Dialekt, die sie früher mit Leichtigkeit selbst verwendet hatte, waren ihr heute fremd.

»Weidezaunpfahl«, übersetzte Reiner grinsend. »Stehen hier draußen wahrscheinlich zu Hunderten herum.«

»Stimmt.« Charlie grinste zurück.

Gunter wandte sich erneut an Theo. »Was deine Frage betrifft. Wir gehen mit an Sicherheit grenzender Wahrscheinlichkeit von einer Beziehungstat aus.«

»Iss do also doch enn Fra midd im Schbeel gewäse?« Gertie war alt genug zu wissen, dass die Beziehung zwischen den Geschlechtern nicht immer harmonisch verlief.

»Das müsste ein ganz schön gestandenes Weibsbild gewesen sein, die den toten Schorschel Binz zuerst ins Auto und dann in den Holzstoß gesteckt hat«, bemerkte Gunter skeptisch.

»Mit den ganzen Muckibuden, die selbst hier bei uns auf dem Land eröffnet haben«, warf Theo ein, »würde ich eine Frau als Täterin nicht ausschließen.«

»Nee, ich weiß nicht so recht.« Gunter schüttelte den Kopf. »Im Moment haben wir eher diese Tierschützer im Visier. Der Jeep, der am Morgen auf der Höhe gesehen wurde, hat höchstwahrscheinlich zu denen gehört, die die Plakate aufgehängt und die Farbe verspritzt haben. Denen sind wir jetzt auf der Spur.«

Emelies Kuchengabel landete klappernd auf dem Küchenboden. Reiner warf seiner Tochter einen vorwurfsvollen Blick zu. Mit rot angelaufenen Wangen hob Emelie die Kuchengabel auf und drückte sich vom Stuhl hoch.

»Tut mir echt leid. Aber ich hab ganz vergessen, dass ich noch diesen Berg an Texten für mein Praktikum lesen muss«, bemerkte das Mädchen und war prompt aus der Küche verschwunden.

Gunter zog fragend die hellbraunen Augenbrauen hoch. »Seit wann ist unsere Emelie so strebsam?«

»Sie fängt Dienstag ein Praktikum bei der Kelterei König an«, informierte ihn sein Bruder.

»Weil sie dann ein Deputat von diesen BEMBEL-WITH-CARE-Dosen bekommt?«, wollte Gunter Haase grinsend wissen. »Momentan wird um diesen angeblich so coolen Apfelweinmix ja ein derartiger Hype gemacht. Selbst meine Kollegen schwören darauf.«

»Früher hieß das Äppler und war auch gut«, brummte Theo in seinen Kaffee.

»Ich vermute, dass Emelies Wahl auf die Kelterei König

gefallen ist, weil ein gewisser Luka ebenfalls in Reichelsheim ein Praktikum beginnt«, bemerkte Reiner, dem die zahlreichen Handygespräche zwischen Emelie und ihrem Klassenkameraden nicht entgangen waren. »Eigentlich wollte sie die knapp zwei Wochen ja beim Tierarzt schaffen.«

»Nimmt meine Nichte eigentlich schon die Pille?«, fragte Gunter unverblümt.

»Gunner!« Gertie schaute ihren Sohn entsetzt an. »Doariwwer babbeld mer doch nedd bei Disch!«

»Sicher ist sicher«, meinte Gunter lakonisch.

»Dazu musst du deine Nichte schon selbst fragen«, schlug Reiner diplomatisch vor. »Als Vater gehe ich mal davon aus, dass sie noch in jeder Beziehung unschuldig ist.«

Charlie kraulte nachdenklich die Schlappohren des Dackels, der sich vertrauensvoll an ihre Waden schmiegte. Nach dem nächtlichen Gespräch mit Emelie hegte sie die Befürchtung, dass das Mädchen in etwas hineingeraten war, was sie alles andere als unschuldig machte. Charlie beschloss, Emelie demnächst in einer ruhigen Minute auf den Zahn zu fühlen.

Als Charlie gerade aus der Dusche kam, klingelte ihr Handy. Gertie und sie hatten die beiden Brüder vor dem Kaminfeuer im Wohnzimmer zurückgelassen und das abendliche Melken übernommen. Reiner würde die kleine Auszeit vom Hofalltag guttun.

»Knapp«, murmelte Charlie ins Telefon, während sie gleichzeitig versuchte, einen Handtuchturban um ihr nasses Haar zu schlingen. Weil sie nach dem Aufstehen den Thermostatregler auf klein gestellt hatte und es nun im Zimmer spürbar frisch war, schlüpfte sie unter die Bettdecke.

»Frohe Ostern aus deiner alten Heimat!«

»Frieda!«, rief Charlie erfreut. »Ich dachte, du und Felix, ihr wäret auf Sylt.«

»Dachte ich auch«, seufzte Frieda. »Doch ich habe mir dummerweise Mittwochmorgen den Knöchel verstaucht.«

»Schlimm?«, wollte Charlie mitfühlend wissen.

»Wie man's nimmt«, erwiderte Frieda und schaute auf ihren dick mit einer elastischen Binde umwickelten linken Knöchel. »Ich bin für mindestens zwei Wochen krankgeschrieben.«

»Du Ärmste!«

»Mein Chef hat alles andere als begeistert reagiert«, gestand Frieda Olsen. »Wo der Pflegenotstand auch bei uns in der exklusiven Elbresidenz angekommen ist. Aber was soll ich denn machen? Ich kann doch nicht auf Krücken oder mit dem Rollator durch unsere heiligen Hallen humpeln.«

»Lässt du dich wenigstens von Felix verwöhnen?«

»Den habe ich gerade losgeschickt, um uns ein komplettes Menü vom Thailänder zu holen«, erwiderte Frieda. »Sozusagen als Entschädigung für entgangene Urlaubsfreuden.«

»Das mit Sylt könnt ihr bestimmt später nachholen«, versuchte Charlie die Freundin zu trösten. Sie wusste, unter welchem Druck Frieda als Pflegedienstleiterin der Elbresidenz stand und wie sehr sie sich auf die arbeitsfreien Osterfeiertage gefreut hatte.

»Mal sehen. Aber so haben wir zwei wenigstens Zeit für einen lütten Klönsnack. Wo geiht di dat denn?« Frieda, die in einem kleinen Ort bei Bremen aufgewachsen war, verfiel instinktiv in ihre heimische Mundart.

»Basse mol uff, mer gaids guud!«, konterte Charlie auf Odenwälderisch.

Frieda lachte laut auf. »Hört sich an, als ob du dich ganz gut eingelebt hättest!«

»Nun ja, es wird mit jedem Tag einfacher«, erwiderte Charlie und knuffte ihr Bettkissen in eine für ihren Rücken bequemere Position. Dann berichtete sie der Freundin über ihren Alltag auf dem Atzeldoalhof, über ihre vergebliche Wohnungssuche und wie sie nicht ganz freiwillig auf den Hund gekommen war.

Über Letzteres wollte sich Frieda schier schlapplachen. »Du mit einem Dackel!«, prustete sie los. »Pass mal auf, dass du nicht wie Hausmeister Krause endest!«, warnte sie die Freundin in Anspielung an die Kult-Comedy-Fernsehserie mit Tom Gerhardt.

»Ich bezweifle, dass ich Willy zum Drogenspürhund oder Rettungsdackel ausbilden kann«, erwiderte Charlie trocken.

»Was? Dein Dackel heißt Willy?« Frieda konnte sich überhaupt nicht mehr einkriegen. »Wie schräg sind die denn bei euch im Odenwald drauf?«

Charlie sah davon ab, die Freundin über den Ursprung des Dackelnamens aufzuklären, und wartete geduldig, bis Frieda sich wieder gefangen hatte.

»Tut mir leid.« Frieda wischte sich die Lachtränen von den Wangen. »Aber jetzt mal was Ernstes. Weißt du, wem ich im Krankenhaus vor dem Röntgen über den Weg gelaufen bin?«

»Nein.«

»Dirk.«

»Oh.« Charlie spürte, wie ihr Magen sich schmerzhaft zusammenkrampfte.

»Er hat seine Mutter besucht. Die Ärzte wussten zu dem Zeitpunkt noch nichts Definitives. Aber sie vermuten, dass Dirks Mutter einen leichten Schlaganfall hatte.«

»Das wird nicht einfach für Heidemarie werden«, prophezeite Charlie. Sie wusste aus Erfahrung, wie schwer es der Mutter ihres ehemaligen Lebenspartners fiel, ruhig sitzen zu bleiben und Dinge einfach geschehen zu lassen. Deshalb hatte Heidemarie Renke es auch nicht lassen können, sich stets in Charlies und Dirks Beziehung einzumischen. Vor allem in den düsteren Tagen, als Charlie sich vor Gericht verantworten musste.

»Unkraut vergeht nicht«, meinte Frieda lakonisch. »Dirk hat übrigens nach dir gefragt.«

»Und was hast du ihm gesagt?« Charlie hoffte inständig, dass sich die Freundin an die Abmachung gehalten hatte. Doch sie hätte unbesorgt sein können.

»Wie abgesprochen«, versicherte ihr Frieda. »Ich habe Dirk verklickert, dass du mit deinem Camper im Ausland bist. Um alles für eine Weile hinter dir zu lassen.«

Charlie atmete hörbar auf. »Gut.«

»Da ist allerdings noch etwas, was Dirk mir anvertraut hat«, sagte Frieda und unterdrückte nur mit Mühe ein Seufzen. »Dirk hat erfahren, dass der Bruder von dem Litauer, der dich angegriffen hat, wieder in Hamburg ist.«

Die Schokotorte in Charlies Magen drängte plötzlich nach oben. Charlie schluckte schwer. »Und?«, fragte sie mit tonloser Stimme.

»Tut mir leid.« Frieda war anzuhören, dass sie sich in ihrer Rolle als Übermittlerin schlechter Nachrichten mehr als unwohl fühlte. »Aber in der Justizbehörde munkelt man, dass der Litauer auf Rache aus ist.«

Charlie lief trotz der warmen Bettdecke ein kalter Schauder den Rücken hinunter. »Er muss doch wissen, dass ich unschuldig bin!«, presste sie zwischen bebenden Lippen hervor.

»Wissen heißt nicht akzeptieren«, meinte Frieda leise. »Aus seiner Sicht hast du seinen kleinen Bruder für gut 15 Jahre in den Knast gebracht.«

»Aber er wollte mich umbringen!«, empörte sich Charlie.

Frieda stöhnte auf. »Weiß ich! Aber du musstest ja mit eigenen Ohren anhören, wie der Verteidiger von diesem Mistkerl alles verdreht und verleugnet hat.«

»Allerdings!« Bei der Erinnerung daran ballte Charlie die Hände zu Fäusten.

»Von mir wird niemand was erfahren«, versicherte ihr Frieda. »Aber vielleicht ist es fürs Erste besser, wenn du auch im Odenwald den Ball flach hältst.«

»Ich frag mich, wie ich jemals wieder meinen Lebensunterhalt verdienen soll«, stöhnte Charlie. »Bis in alle Ewigkeit kann ich nicht von den paar Internetaufträgen oder Recherchen und meinem Ersparten leben.«

»Der Typ wird sich schon wieder beruhigen«, beteuerte Frieda, obwohl sie berechtigte Zweifel an ihrer eigenen Aussage hegte. »Dann wird alles wieder gut.«

»Dein Wort in Gottes Gehörgang …«, erwiderte Charlie betrübt.

»Du, ich glaube, Felix steht gerade mit unserem Abendessen vor der Tür«, beendete Frieda das Gespräch.

»Lasst es euch schmecken!«, sagte Charlie. »Und natürlich gute Besserung.«

»Wird schon.« Frieda drang der verführerische Duft von Ingwer und Kokosnusssoße in die Nase. »Und du pass gut auf dich auf!«

»Mach ich!«, versprach Charlie und versuchte zuversichtlich zu klingen.

Doch die Angst, die sie bis vor ein paar Minuten in die hinterste Ecke ihres Bewusstseins zurückgedrängt hatte, war mit Macht zurückgekehrt. Und würde sie, wie Charlie befürchtete, so schnell nicht wieder loslassen.

9. KAPITEL

Reiner Haase fuhr sich mit den Fingern durch das kurz geschnittene hellbraune Haar und gab ein lautes Seufzen von sich. Charlie blickte von ihrer Arbeit am Computer auf. Weil Reiner sich beharrlich weigerte, einen Beitrag für Kost und Logis auf dem Atzeldoalhof anzunehmen, half Charlie bei der Buchhaltung und beim Papierkram aus. Schließlich wollte sie Gertie und Reiner nicht zur Last fallen. Die beiden hatten genug um die Ohren.

»Probleme?«, wollte Charlie mitfühlend wissen.

Reiner verzog das Gesicht zu einer Grimasse. »Wann gibt es die nicht?«

Charlie schwang den Schreibtischstuhl so herum, dass sie Reiner ins Gesicht blicken konnte. »Wo drückt denn der Schuh?«

»Letztlich ist immer alles eine Frage des Geldes«, erwiderte Reiner mit Verbitterung in der Stimme.

»Die Zahlen sehen gar nicht schlecht aus«, erwiderte Charlie und wies mit dem Zeigefinger auf die Excel-Tabelle auf ihrem Bildschirm. »Der um fast zehn Cent pro Liter gestiegene Milchpreis macht sich mittlerweile schwarz auf weiß bemerkbar.«

»Zum Glück«, brummte Reiner.

»Wie es momentan auf dem Markt aussieht«, fuhr Charlie fort, »wird die Kurve wahrscheinlich noch ein bisschen nach oben steigen.«

Reiner knüllte ein mit Zahlenkolonnen und Kritzeleien

beschriebenes DIN-A4-Blatt zusammen und warf es in den Papierkorb. »Das verschafft uns eine kleine Atempause.«

Charlie setzte den Cursor auf »Datei speichern« und drückte die linke Maustaste. »Ich hab übrigens vorgestern den Bernd vom Kastanienhof getroffen. Während Willy mit Bernds Wachtelhündin angebandelt hat, haben wir uns über die Stallerweiterung auf dem Kastanienhof unterhalten.«

»Schon ganz die Landfrau!«, spottete Reiner.

Charlie zuckte nonchalant mit den Schultern. »Ich bin halt flexibel. Außerdem gehören das Hofleben und die Viecher inzwischen zu meinem Alltag. Der Bernd meint auch, dass ich für jemanden, der mehr als zehn Jahre in der Großstadt gelebt hat, erstaunlich gut informiert bin. Ich hätte das Zeug dazu, eine richtig gute Bauersfrau abzugeben, sagt er.« Charlie musste bei der Vorstellung, ständig in Gummistiefeln und Blaumann herumzulaufen, grinsen.

Reiner warf ihr einen unergründlichen Blick zu. »Und? Hast du diesbezüglich Ambitionen?«

»Mit dem Bernd den Stall und das Bett zu teilen?« Charlie lachte laut auf. »Nein danke! Für ›Bauer sucht Frau‹ bin ich keine Kandidatin.«

Reiner versuchte, einen neutralen Gesichtsausdruck zu bewahren, und hoffte, dass Charlie die Tonne an Steinen, die ihm gerade vom Herzen gefallen war, nicht poltern hörte. Charlie hatte sich wieder der Excel-Tabelle zugewandt. »Um zum eigentlichen Thema zurückzukommen: Der Bernd hat gemeint, dass beim Milchpreis bis zum Jahresende noch mal eine Steigerung drin ist. So 40, 42 Cent pro Liter Milch könnten es letztendlich werden. Deshalb lohnt sich für ihn auch die Stallerweiterung. Der Bernd will auf über 350 Kühe aufstocken.«

»Ich weiß«, erwiderte Reiner. »Für den Kastanienhof macht die Erweiterung vielleicht sogar Sinn. Aber ich bin da eher konservativ aufgestellt. Mich hat die Erfahrung gelehrt, dass bei jedem Gewinnanstieg bei uns Landwirten von Seiten der Politik gleich wieder die bösen Worte ›Mengensteuerung‹ und ›Preisabsicherungen‹ in den Ring geworfen werden. Außerdem können wir auf Europa-Ebene noch gar nicht abschätzen, was der Brexit für die Agrarwirtschaft bedeuten wird.«

»Halt ich eh für kompletten Schwachsinn«, murmelte Charlie.

»Wenn den Schlaumeiern in Brüssel der Haushaltsanteil Großbritanniens flöten geht«, sagte Reiner, »kommt es zu schmerzhaften Kürzungen des Agrarhaushaltes. Ich befürchte, dass damit unsere Produktionskosten locker um sieben, wenn nicht um zehn Prozent in die Höhe schnellen werden. Damit wäre der Gewinn durch den gestiegenen Milchpreis gleich wieder aufgefressen.«

»Kannst du nicht auch wie der Bernd erweitern?«, schlug Charlie vor. »Vielleicht sogar in eine Biogasanlage investieren? Die Kreditzinsen sind momentan ja auf einem historischen Tiefstand.«

Reiner warf einen Blick aus dem Fenster, wo die Abendsonne den Spitzen der Kiefern und Fichten einen rotgoldenen Glanz verlieh. Die jungen Rinder waren noch auf der Weide und rupften an den grünen, saftigen Grasbüscheln. Eins der Pensionspferde bäumte sich auf der Koppel spielerisch auf und brach in einen von Freudensprüngen begleiteten Galopp aus. Der Rest der Herde ließ sich anstecken und folgte mit donnernden Hufen. Alles wirkte so friedlich, so idyllisch und war doch so fragil. Die Hypothek für die modernen Stallungen und die Umbauten der Silos lasteten schwer auf dem Atzeldoalhof. Reiner seufzte.

»Bei uns ist die Lage anders als auf dem Kastanienhof. Der Bernd hat genügend Weideland und Ackerflächen im Familienbesitz, um den Viehbestand so zu erhöhen, dass sich damit gleichzeitig eine Biogasanlage rentiert. Wir haben hier nicht die Kapazitäten, um eine Biogasanlage voll auszulasten.«

»Und wenn du zusätzliches Land anpachtest?« Charlie wollte sich von Reiners Pessimismus nicht anstecken lassen.

Reiner schüttelte vehement den Kopf. »Sag mir bitte, wie! Oder von wem? Wir sind nicht in Norddeutschland, wo leicht zu bewirtschaftendes Ackerland die Norm ist. Bei uns im Odenwald geht es den Buckel nuff und gleich darauf den Buckel wieder runter. Im Vergleich zu dem, was zum Beispiel auf den riesigen Agrarflächen in Mecklenburg-Vorpommern abgeht, sind unsere Felder nichts weiter als Miniaturausgaben und unsere Schlepper Spielzeuge. Uns fehlen die notwendigen Erträge. Und Land zu kaufen oder zu pachten, das gibt es sowieso nur bei einem Todesfall. Oder wenn einer der Kollegen die Flinte ins Korn wirft«, fügte Reiner düster hinzu.

Charlie straffte die Schultern. »Komm bloß nicht auf die Idee!« Ihre rauchgrauen Augen funkelten kämpferisch.

»Nein, natürlich nicht«, versicherte ihr Reiner. »Schon allein wegen der Modder. Aber wir müssen in den kommenden Monaten den Riemen deutlich enger schnallen. Und hoffen, dass wir eine gute Saison hinkriegen.«

»Das wird schon!« Charlie klopfte dem Freund aufmunternd auf die Schulter.

»Wenn du es sagst!« Reiners Lächeln wirkte gequält. Dann zuckte er zusammen, weil das altmodische Telefon schrillte.

Charlie griff nach dem Hörer. »Ja?«

»Charlie, bischd du dess?«

Eine schrille Stimme drang an Charlies rechtes Ohr. »Wer spricht denn da?«

»Isch bin dess, de Annedde.« Die helle Frauenstimme überschlug sich fast vor Aufregung. »Isch bin bei de Brigidde. Mer wollte doch zoamme zum Yoga. Äwwer jedz isse doud. Koannschde kumme? Isch wärd do noch verrickt!«

Charlie wurde unter den Sommersprossen, die sich als Folge der schönen, warmen Tage auf ihrem Gesicht breitgemacht hatten, blass.

»Bin schon unterwegs«, presste sie zwischen bebenden Lippen hervor.

Die Zufahrtstraße zu dem Zweifamilienhaus gegenüber der Aschbacher Kirche war großflächig durch rot-weißes Flatterband mit dem Aufdruck »Polizei« abgesperrt. In der Garageneinfahrt stand ein Krankenwagen mit geöffneter Hecktür. Der Wagen des Notarztes hatte direkt dahinter geparkt. Der Gehweg vor dem Hauseingang wurde von zwei Einsatzfahrzeugen der Wald-Michelbacher Feuerwehr eingenommen. Drei Feuerwehrleute in grauen Feuerwehrjacken mit gelber Reflektorenbestreifung und weißen Schutzhelmen diskutierten mit einem Streifenbeamten der Polizeistation Wald-Michelbach. Eine junge Beamtin stand mit vor der Brust verschränkten Armen und gespreizten Beinen hinter dem Absperrband.

Charlie, die den Subaru auf der steilen Zufahrt kurz hinter der Eisdiele abgestellt hatte, hastete auf den abgesperrten Bereich zu.

»Sie können hier nicht durch!«, sagte die Beamtin prompt.

»Meine Freundin hat mich um Hilfe gebeten«, keuchte Charlie.

»Kann nicht sein.« Die Beamtin schüttelte grimmig den Kopf. »Die ist tot.«

Charlie atmete ein paarmal tief durch, um wieder zu Atem zu kommen. »Meine Freundin, Annette Dörsam, hat die Tote gefunden. Und mich angerufen«, stellte sie richtig.

»Das mag schon sein«, erwiderte die Beamtin ungerührt. »Aber ich kann Sie da trotzdem nicht reinlassen. Wir müssen erst alle Zeugen befragen. Und dann warten wir noch auf die Spurensicherung aus Heppenheim. Vorher kommt da keiner rein noch raus.« Der letzte Satz klang wie eine Drohung.

Charlie seufzte. Annette hatte sich am Telefon angehört, als ob sie kurz vor einem Zusammenbruch stünde. Sie benötigte dringend ihren Beistand und ihre Unterstützung. Doch die Polizistin war in ihrer ablehnenden Haltung steinhart wie der Granit, der im Odenwald schon seit Jahrhunderten abgebaut wurde. Verdammt noch mal! Womit, fragte sich Charlie ungeduldig, könnte sie das gestrenge Auge des Gesetzes erweichen? Was würde ihr helfen, um in die Wohnung von Brigitte Dingeldein zu kommen? Einen Augenblick zögerte Charlie. Dann beschloss sie, zum Äußersten zu gehen und ihre Beziehungen spielen zu lassen. Eine Taktik, die sie eher ungern und nicht ohne schlechtes Gewissen anwandte. Aber manchmal heiligte der Zweck eben die Mittel. Charlie straffte die Schultern und streckte die mit Sommersprossen übersäte Stupsnase in die Höhe.

»Ich bin Anwältin und vertrete die Angelegenheiten der Zeugin, die die Tote gefunden hat.«

Beim Wort »Anwältin« zuckte die junge Polizeibeamtin sichtbar zusammen.

Geht doch, dachte Charlie zufrieden und legte verbal noch einen drauf: »Außerdem bin ich der festen Überzeugung, dass mein Schulfreund, Kriminalhauptkommissar Gunter Haase, es nicht schätzen wird, dass Sie einer Leidtragenden eines Gewaltverbrechens den nötigen Beistand verwehren.«

»Aber ich weiß nicht, äh, ich meine, wir wissen noch gar nicht, ob es sich tatsächlich um ein Gewaltverbrechen handelt«, stammelte die Beamtin. Aber sie ließ es zu, dass Charlie unter dem Absperrband hindurchschlüpfte und auf den Hauseingang zueilte.

Annette Dörsam saß in Begleitung eines Sanitäters auf der Wohnzimmercouch des Opfers und schluchzte in ein verknülltes Taschentuch. Charlie versuchte krampfhaft, über die leblos im Übergang zwischen der geräumigen Wohnküche und dem Wohnzimmer liegende Gestalt hinwegzusehen, und ging vor dem Sofa in die Knie. Sie griff nach Annettes freier Hand, die eiskalt war. Charlie begann, sie sanft zwischen ihren eigenen Händen zu reiben. »Annette! Ich bin jetzt da.«

»Dess iss der Schock«, meinte der Sanitäter, der selbst etwas bleich um die Kiemen aussah. »Aber koa Wunder! Muss koa schäih Anblick gewäse soi.«

»Was ist denn passiert?«, wollte Charlie wissen, während sie weiter beruhigend die Hände der Schulfreundin rieb.

Annette Dörsam hob den Kopf und schaute Charlie aus tränennassen Augen an. Die verlaufene Wimperntusche ließ sie wie ein kleiner, verstörter Panda aussehen.

»Wie isch kumme bin, do hodd de Brigidde oafach sou doageläige«, brachte sie mit nasaler Stimme hervor. »Hodd koa Mucks vunn sisch gäwwe. Unn debai wollde mer heid beim Yoga doch zoamme die Krabb lerne.«

»Die Krabb?« Der Sanitäter blickte Annette Dörsam an, als ob sie auf Suaheli gesprochen hätte.

»Die Krähe«, übersetzte Charlie leise. »Ich glaub, das ist so eine Yogafigur.«

»Oanschdadd misch zu verbiesche und verschiebe, gäih isch liewer runner zum Neckar. Do hock isch midd meiner Angel und guck nooch de Fisch«, erwiderte der Sanitäter und schüttelte den Kopf mit dem schütteren Haupthaar.

»De Brigidde, de hodd als gsoad, dess ehr des mit dem Yoga sou guud dudd. Dess se doann rischdisch energedisch iss. Äwwer jedz, jedz dudd se doaliesche wie bei de Shavasana.«

»Shavasana?«, wiederholten Charlie und der Sanitäter gleichzeitig.

»De Dodenhaltung«, präzisierte Annette und begann erneut laut zu schluchzen.

»Isch bin mer sischer, dess alles goanz schnell goange iss«, unternahm der Sanitäter einen vergeblichen Versuch, Annette Dörsam zu trösten. »Doi Freundin hodd bestimmt nedd veel gemaikd. Rumms unn um!«

Annette Dörsams Schluchzen wurde so laut, dass es einem hysterischen Schreien gleichkam. Der Notarzt, der am Küchentisch einen Stapel Formulare ausfüllte, kam alarmiert ins Wohnzimmer gelaufen.

»Ich spritze ihr lieber was!«, sagte er und holte seinen Arztkoffer.

Charlie hatte derweil allen Mut zusammengenommen und sich zum Opfer hinuntergebeugt. Die braun gebrannte Frau mit der blonden Lockenmähne lag zusammengekrümmt auf den hellen, ein wenig rötlich schimmernden Travertinfliesen. Eine Lache von grünlich Erbrochenem war wegen der eingeschalteten Fußbodenheizung eingetrocknet und roch säuerlich. Charlies feine Nase nahm zudem den Geruch von Urin und Fäkalien wahr. Das dezent geschminkte Gesicht von Brigitte Dingeldein war im Tod zu einer qualvollen Fratze verzogen. Die Finger zu Klauen verkrampft. Charlie erschauderte. Wie »Rumms unn um« sah das nicht aus.

»Können Sie schon sagen, woran sie gestorben ist?«, fragte Charlie den Notarzt, der wieder am Küchentisch Platz genommen hatte.

»Sieht mir nach einer Vergiftung aus«, erwiderte der Arzt, während er »Todesursache unklar« auf dem obersten Formular vermerkte.

»Hm, könnte sein.« Charlie beäugte nochmals das Opfer. So, wie Brigitte Dingeldein auf den Travertinfliesen lag, war klar, dass sie einen langen und qualvollen Todeskampf hinter sich hatte. »Haben Sie eine Ahnung, um was für ein Gift es sich handeln könnte?«, wollte Charlie wissen.

»Das wird die Gerichtsmedizin in Frankfurt klären«, brummte der Notarzt und setzte seine Unterschrift unter das Formular.

»Aber Sie haben bestimmt eine Vermutung«, drängte Charlie. Sie fühlte sich wie Willy, wenn der eine frische Kaninchenfährte aufgestöbert hatte. Charlies Jagdinstinkt war geweckt.

Der Notarzt rieb sich die müden Augen. Er war schon seit mehr als 16 Stunden im Dienst. Hatte bei drei Schwerverletzten die Erstversorgung vornehmen müssen. Bei einem 20-Jährigen, der das schöne Wetter für die erste Ausfahrt mit seinem Motorrad genutzt hatte, sah es kritisch aus. Auch bei dem Handwerker, der mit einem Herzinfarkt zusammengebrochen war, konnte er nicht sicher sein, dass er die Nacht überlebte. Und jetzt, kurz vor Dienstschluss, tauchte noch diese Leiche auf, die ganz offensichtlich nicht freiwillig über die Schwelle des Todes geschritten war.

»Ich nehme an, es war was im Essen«, brummte der Arzt und wies mit der Hand zur Küchenspüle.

Zögerlichen Schrittes stahl Charlie sich an der Toten vorbei. Mit dem Zeigefinger fuhr sie über die glatte, schneeweiße, aus hochwertiger Keramik angefertigte Spüle. Dabei dachte sie an die zerkratzte Edelstahlspüle, die sie in ihrer Hamburger Wohnung mit der abgenutzten Küche vom Vormieter übernommen hatten. Aber weder sie noch Dirk hatten Zeit und Energie darauf verwendet, lange Stunden in der Küche zu werkeln. Wegen ihrer beiden Jobs musste immer alles schnell, schnell gehen. Da war ein guter Pizzadienst wichtiger als ein Induktionskochfeld oder eine Küchenmaschine mit allen Schikanen gewesen.

Bei Brigitte Dingelein hatten die Prioritäten, wie Charlie vermutete, genau entgegengesetzt gelegen. Alles in dieser perfekt geplanten, aus Vollholz angefertigten Landhausküche strahlte gediegene Eleganz aus. Sündhaft teuer aussehende Kristallgläser waren in Reih und Glied in den verglasten Oberschränken nach Größe und Zweck gruppiert. Auf der aus poliertem dunkelgrauem Granit angefertigten Arbeitsfläche stand ein Messerblock mit sechs verschiedenen Messern, von denen eins, schätzte Charlie, so viel kostete, wie sie in einem halben Monat im »Drob Inn« verdient hatte. Dem luxuriösen Ambiente von Brigitte Dingeldeins Küche entsprechend, fehlten in puncto Ausstattung weder die edle KitchenAid Küchenmaschine, ein silbrig glänzender Hochleistungsmixer, noch eine echt italienische Espressomaschine, die sich ebenfalls in einem Bistro gut gemacht hätte. Ein ambitioniertes Fototeam der Hochglanzmagazine zum noch schöneren Wohnen würde, vermutete Charlie, sich hier liebend gern einen Wolf fotografieren. Sie warf einen verstohlenen Blick zum Notarzt, der immer noch am Tisch saß und ins Leere starrte. Wahrscheinlich hätte ihm ein doppelter Espresso aus Brigitte Dingeldeins Espressomaschine gutgetan.

Charlie kam die Schläfrigkeit des Notarztes mehr als gelegen. Sie verspürte den Drang, den Dingen auf den Grund zu gehen. Was war hier geschehen? Es konnte kein Zufall sein, dass innerhalb von gut sechs Wochen gleich zwei Mordopfer zu beklagen waren! Und das im bis dahin so friedlichen Odenwald. Hatten sie es etwa mit einem Serienmörder zu tun? Der seine Opfer gezielt aussuchte und auf perfide Art ins Jenseits schickte? Charlie spürte, wie eine Gänsehaut ihre Unterarme überzog. Doch welchen Zusammenhang, fragte sie sich, gab es zwischen Georg Binz und Brigitte Dingeldein? Dem unverbesserlichen Stänkerer und der im Luxus lebenden Buchhalterin? In den jeweiligen Lebensentwürfen fanden sich, wie es derzeit aussah, keine Schnittstellen. Auch was die Todesursache betraf, konnte Charlie keine Übereinstimmung feststellen. Oder vielleicht doch? Beim Betreten der Wohnung war Charlie ein deutlich wahrnehmbarer Brandgeruch in die Nase gestiegen. Außerdem stand die Feuerwehr vor der Tür. War hier etwa ein Brand gelöscht worden? Charlie blickte sich gehetzt um. Weder im Wohnzimmer noch in der Küche gab es einen Hinweis auf ein Feuer. Seltsam, dachte Charlie.

Ein Stuhl knarzte. Der Notarzt war aus seiner Starre erwacht. Charlie beugte sich über die Keramikspüle, wo sie einen weißen Porzellanteller erblickte, auf dem sich ölig grüne Schlieren befanden. Im Ausguss lag eine spiralförmige Nudel.

»Es war Pesto«, sagte Charlie.

»Wie? Pesto?« Nur mit Mühe unterdrückte der Notarzt ein herzhaftes Gähnen.

»Das Opfer hat Nudeln mit Pesto gegessen«, präzisierte Charlie.

Der Notarzt stand auf, reckte sich und schlurfte an Charlies Seite. Charlie zeigte auf die grünen Schlieren. »Das ist eindeutig Pesto.«

»Gut möglich«, murmelte der Notarzt. »Aber leider wird das für eine Analyse nicht ausreichen.«

»Vielleicht finden wir ja noch etwas von dem Pesto im Kühlschrank.« Charlie blickte vielsagend in Richtung des riesigen, mit Doppeltüren aus Edelstahl versehenen Kühlgeräts.

»Es wäre vernünftiger, auf die Spurensicherung zu warten.« Dem Arzt war anzusehen, dass er sich den Augenblick herbeisehnte, an dem andere das offizielle Kommando übernahmen.

Charlie schnappte sich das blau-karierte Geschirrtuch, das über den Edelstahlgriff des Backofens geschlungen war. »Damit passiert nichts«, versicherte sie dem Notarzt.

Da der keinen Widerspruch äußerte, öffnete Charlie die Kühlschranktür. Ein kleines, schlichtes Marmeladenglas mit leuchtend grünem Inhalt fiel ihr sofort ins Auge. Vorsichtig bugsierte sie das Glas auf die Arbeitsplatte und schraubte den Deckel ab. Ein knoblauchartiger Geruch stieg ihr in die Nase.

»Bärlauch«, diagnostizierte Charlie triumphierend.

»Davon stirbt man aber nicht. Ist doch gesund«, meinte der Notarzt.

»Es sei denn, da ist mehr als nur Bärlauch, Öl und Salz drin.« Charlie schraubte das Glas wieder zu und hängte das Küchenhandtuch an seinen Platz zurück.

»Nun, das ist jetzt definitiv ein Fall für die Spurensicherung.« Der Notarzt warf einen Blick auf seine Armbanduhr. »Ich wundere mich, wo die Heppenheimer bleiben.«

»Stecken vielleicht im Stau?« Charlie zuckte mit den Schultern. Ihr konnte es nur recht sein, wenn sie noch ein paar ungestörte Minuten zum Erkunden hätte. »Tut mir leid, aber ich muss ganz dringend auf die Toilette«, schwindelte sie.

»Ich geh kurz raus, um Luft zu schnappen.« Der Notarzt verschwand durch die Küchentür.

Charlie warf einen Blick ins Wohnzimmer. Dort hatte sich ihre Schulfreundin Annette so weit beruhigt, dass sie mit dem Sanitäter über Yoga und ihre Migräneanfälle, die sie stets bei Stress im Büro bekam, reden konnte. Auf Zehenspitzen schlich Charlie den Flur entlang, von dem rechts zwei und links eine Tür abgingen. Die letztere stand sperrangelweit offen. Charlie zögerte eine Sekunde, dann huschte sie über die Schwelle.

»Wow!«, entfuhr es ihr.

Auch im Schlafzimmer von Brigitte Dingeldein traf Charlie auf gediegene Eleganz. Auf einem Boxspringbett mit einem Gestell aus heller Wildeiche und schokobraunem Leder türmten sich seidene Kissen. Vor dem Bett lag ein rot eingefärbtes Schaffell in XXL-Größe. Zwei weiße, flauschige Bademäntel baumelten von Haken an der Innenseite der Schlafzimmertür. Ein Einbauschrank mit breiter Spiegelfront nahm die ganze dem Bett gegenüberliegende Zimmerseite ein. Eine der Schranktüren war aufgesprungen und ein langer, dunkel silberfarbener

Mantel vom Kleiderbügel gerutscht. Fasziniert und angewidert zugleich machte Charlie einen Schritt darauf zu. Konnte es sein, dass der Mantel aus echtem Pelz gefertigt war? Mit der Fingerspitze strich sie über das flauschige Material, zuckte dann jedoch zurück, als ob sie sich verbrannt hätte. Der Mantel war eindeutig aus echtem Pelz! In dem geöffneten Schrankbereich hingen, wie Charlie überschlug, noch mindestens zehn weitere Exemplare dieser morbiden Bekleidungsstücke. Was für ein Mensch war Brigitte Dingeldein gewesen, dass sie sich mit toten Tieren schmückte? Auf Zehenspitzen trat Charlie den Rückzug an. Von draußen vernahm sie laute Stimmen, Autotüren knallten. Das K 11 aus Heppenheim war im Anmarsch!

Charlie wusste, dass ihr nur noch wenige Minuten blieben. Sie riss eine weitere Tür auf, die zum Arbeitszimmer von Brigitte Dingeldein führte. Dort empfing Charlie ein Chaos, das so gar nicht zum Rest der Wohnung passen wollte. Auf dem gläsernen Schreibtisch türmte sich ein Stapel von Druckerpapier und aus Aktenordnern gerissenen Papieren. Lose Blätter einer Küchenrolle waren zusammengeknüllt an der Spitze des Stapels aufgehäuft worden. Darauf war eine flache Wachskerze platziert und, wie es aussah, auch angezündet worden. Die Kerze war bis auf einen kleinen Rest des Stumpfes abgebrannt. Das Feuer hatte sich bereits bis hin zu den oberen Blättern der Küchenrolle ausgebreitet und war dann durch eine Art Schaum gelöscht worden.

Gütiger Himmel, dachte Charlie entsetzt. Sie hatte, was den Brandgeruch betraf, tatsächlich recht gehabt. Hier hatte die Feuerwehr im letzten Moment Schlimmeres verhindert. Wenn der Papierstapel durch die Kerze in Brand geraten wäre, hätte das ganze Haus in Flammen aufgehen können. Dann wären auch die Bewohner des oberen Stockwerkes in akute Lebensgefahr geraten. Hatte der Mörder, denn von einem Mord ging Charlie zweifelsfrei aus, seine Tat durch anschließende Brandstiftung vertuschen wollen? Gab es eine Parallele zum Mord an Georg Binz? Ein Zusammenhang, an dem Charlie eben noch gezweifelt hatte? Aus dem Wohnzimmer konnte Charlie erregte Stimmen vernehmen. Sie drehte sich auf dem Absatz um und versuchte, so ruhig wie möglich zu den anderen zurückzukehren.

»Jedz bischde äwweraach goanz schäih blass um die Noas«, bemerkte Annette Dörsam, von der einer der Streifenbeamten gerade die Personalien aufgenommen hatte.

Der Beamte runzelte misstrauisch die Stirn. »Wo kommen Sie denn her?«

»Toilette«, nuschelte Charlie und gab sich alle Mühe, glaubhaft unpässlich auszusehen.

»Dess iss moi Fraindin. Die häbb isch ebben oangerufe«, sprang Annette für Charlie in die Bresche.

»Ihre Personalien brauchen wir auch noch«, sagte der Beamte. »Ich hoffe, Sie haben hier nichts angefasst!«, fügte er mit grimmigem Gesichtsausdruck hinzu.

»Natürlich nicht!« Um ihre Unschuld zu beweisen, hob Charlie beide Hände in die Höhe. Aus den Augenwinkeln bemerkte sie, wie eine große, hagere Gestalt mit langen Schritten vom Flur ins Wohnzimmer hastete. Charlie atmete noch einmal tief durch.

Kriminalhauptkommissar Gunter Haase blieb wie vom Donner gerührt stehen. »Daiwel naa, schon wieder des Bobbelsche!«

Charlie zuckte mit den Schultern und lächelte. Tat so, als ob es für sie etwas ganz Normales wäre, sich zum zweiten Mal in kurzer Zeit an der Seite einer Leiche einzufinden.

»Äwwer dess glawisch jedz nedd! Dess iss jo de Gunner! De Gunner vunn unsere Schul!« Annette Dörsam strahlte über beide Wangen.

Kriminalhauptkommissar Gunter Haase stöhnte laut auf.

10. KAPITEL

Heute war er wütend.

Der Schotter unter den Reifen seines Wagens spritzte auf, als er auf dem Waldparkplatz eine Vollbremsung hinlegte. Eine Frau in Regenjacke und kniehohen Gummistiefeln, die gerade ihren pitschnassen Köter in den Kofferraum ihres Wagens springen ließ, schüttelte missbilligend den Kopf.

Die Tusse kann mich mal herzlichst am A… lecken, dachte er und knallte seine Autotür zu. Der Regen, der in der Nacht eingesetzt hatte, war in der letzten halben Stunde stärker geworden und trommelte auf das Autodach. Er zog die Kapuze seiner wasserdichten Jacke tief ins Gesicht und stapfte los. Seine dunkelbraunen Schnürschuhe waren nach wenigen Minuten durchnässt, sodass die ebenfalls nassen Socken an seinen Füßen klebten. Jeder seiner Schritte wurden von einem erdigen Platsch, Platsch begleitet. An der ersten Gabelung des Waldweges hielt er sich nicht, wie sonst, links, sondern bog nach rechts auf den geschotterten Forstweg ab. Heute war es ihm egal, ob ihn jemand sah. Aber bei dem Mistwetter hatte er den Wald für sich allein.

Vornübergebeugt, damit ihm der niederprasselnde Regen nicht direkt ins Gesicht schlug, stapfte er weiter. Seine zu Fäusten geballten Hände hatte er tief in den Taschen seiner Jacke vergraben. Seine Kiefermuskeln waren angespannt, der Mund zu einem dünnen Strich verzogen.

Wie hatte das passieren können? Er hatte sich genauestens an die Abmachung gehalten, war wie geplant vorgegangen.

Ganz schnell hätte alles gehen sollen. So lautete wenigstens die Theorie. In der Praxis hatte er warten und warten und warten müssen, bis endlich das eintrat, worauf sie hingearbeitet hatten. Die langen Momente, in denen er hilflos hatte ausharren müssen, waren die schlimmsten gewesen. Ihn schauderte noch immer, wenn er daran zurückdachte.

In der vergangenen Nacht hatte er sich, während sie mit geöffnetem Mund, leise schnarchend neben ihm schlief, eines vorgenommen: Beim nächsten Mal würde er es anders machen. Schließlich war er nicht mehr der Jüngste und die Belastung hatte seinem geschwächten Körper nicht gutgetan. Er musste mit seinen Kräften haushalten. Vor allem die Bilder im Kopf mussten verschwinden.

Mit grimmiger Miene stapfte er weiter. Fest entschlossen, heute am Treffpunkt auf seinem Standpunkt zu beharren. Seine Art der Durchführung festzuklopfen. Er war immerhin der Ältere. Dem Respekt und Gehorsam zu zollen war. Doch genau hier lag zwischen ihnen beiden das Problem. Ihre Beziehung war von Anfang an mit Angst, Schuldgefühlen und Bitterkeit belastet gewesen. Aber auch mit Liebe. So viel grenzenloser, bedingungsloser Liebe. Deshalb würde er trotz allem weitermachen. Bis zum bitteren Ende.

Emelie seufzte laut auf und ließ den Kopf im Nacken kreisen, um die verspannten Muskeln zu lockern. So hatte sie sich ihr Praktikum bei der Kelterei König weiß Gott nicht vorgestellt! Seit drei Tagen tat sie nichts anderes, als uralte Belege, die wahrscheinlich noch aus der Gründungszeit der Kelterei vor 90 Jahren stammten, aus verschlissenen Ordnern in neue Ordner zu heften. Ihre Nasenschleimhäute prickelten vom Staub der vergilbten Schriften und ihre Fingerspitzen fühlten sich wund an. Sollte sich ihr späterer Berufsalltag derart öde gestalten, nahm Emelie gern noch ein paar Jahre Schule und Uni in Kauf. Sie musste so heftig niesen, dass die in allen Regenbogenfarben glitzernden, in ihre Dreadlocks eingeflochtenen Perlen klapperten.

Emelie fischte ein Papiertaschentuch aus ihrer Jeans und putzte sich geräuschvoll die Nase. Ob sie vielleicht gegen das, was die alten Belege ausdünsteten, allergisch war? Dann könnte sie sich heute Nachmittag krankschreiben lassen. Mit einer guten Entschuldigung aus dem Praktikum aussteigen. Allerdings würde sie so die Bescheinigung, die die Schule als Bestätigung forderte, nicht erhalten. Müsste vielleicht das ganze Praktikum wiederholen. Keine schöne Perspektive! Genervt griff Emelie nach einem der auf dem Schreibtisch liegenden Bleistifte und pfefferte ihn an die gegenüberliegende Wand. Wo er ihren Klassenkameraden Luka, der gerade die Tür zu ihrem winzigen Büroraum öffnete, nur um Haaresbreite verfehlte.

»Bist du bescheuert, oder was?« Luka strich sich mit der Hand über den blonden, modisch gestylten Haarschopf, der auf der rechten Seite raspelkurz geschnitten war und ihm links mit einer Tolle fast bis zum Kinn fiel.

»Hättest ja vorher anklopfen können!«, fauchte Emelie zurück. Seitdem sie täglich acht Stunden in dem muffigen Büro absitzen musste, hatte sich ihre heimliche, heiße Schwärmerei für Luka deutlich abgekühlt. Schließlich war er es, der ihr diesen öden Job eingebrockt hatte.

Luka machte Anstalten, die Tür hinter sich zu schließen. »Okay, dann bist du beim Probekosten mit dem Juniorchef halt nicht dabei.«

Emelies büroblasses Gesicht hellte sich augenblicklich auf. »Wo denn? In der Kelterei?«

Luka verdrehte die Augen zur Zimmerdecke. »Was meinst du denn? Vielleicht bei McDo auf 'em Klo?«

Emelie schnappte sich ihre Jacke. »Ich komme!«

Im Tanklager wartete Hendrik König, der Juniorchef der Kelterei, mit dem Auszubildenden Tim an seiner Seite auf die jungen Leute. Tim, der auch im dritten Ausbildungsjahr vergeblich auf den bis dahin ausgebliebenen Wachstumsschub hoffte, wurde bei Emelies Eintreffen rot und blickte zu Boden. Der Juniorchef, dessen lange Beine in verwaschenen Jeans steckten, lächelte die beiden Jugendlichen freundlich an.

»Hier kommen also meine zukünftigen Fruchtsafttechniker?«, fragte er hoffnungsvoll.

»Schon möglich«, sagte Luka, der wie Emelie zurzeit heftig mit der Schule, seinem Mathematik- und Physiklehrer sowie mit seinen Noten haderte.

Emelie zuckte mit den Schultern. »Weiß noch nicht so genau«, erwiderte sie ausweichend. Sie wollte den Besitzer des Betriebes, der ihr das Praktikum ermöglichte, nicht gleich vor den Kopf stoßen. Das würde sich für die von der Schule geforderte Bescheinigung bestimmt nicht gut machen. Außerdem musste sie nach Praktikumsende ein halbstündiges Referat über das halten, was sie in der Kelterei gelernt hatte. Mit verstaubten Ordnern würde sie da nicht punkten können. Emelie beschloss, taktisch geschickt vorzugehen. »Was muss man als Fruchtsafttechniker denn so alles können?«

Der Juniorchef gab nur zu gern Auskunft: »Nun ja, Voraussetzung sind ein mittlerer Bildungsabschluss mit technischer Ausrichtung oder, wie bei unserem Tim hier«, dabei klopfte er dem Auszubildenden auf die schmalen Schultern, »ein guter Realschulabschluss. Wenn ihr das Abitur in der Tasche habt, sagen wir allerdings auch nicht Nein.«

»Aber so ein Einserdurchschnitt ist da nicht unbedingt nötig?« Luka schaute den Juniorchef beschwörend an. Der lächelte.

»Nein. Es kommt natürlich auch immer auf den Menschen an.«

Luka atmete erleichtert auf.

»Außerdem«, fuhr der Juniorchef fort, »sollte unser zukünftiger Fruchtsafttechniker technisches Verständnis und ein Händchen fürs Handwerkliche mitbringen.«

Luka jubelte innerlich. »Am Wochenende helfe ich immer in der Schlosserei von meinem Onkel aus«, verkündete er stolz.

Hendrik König musterte den Praktikanten interessiert. »Dann sind Zangen, Muffen, Schraubenschlüssel, Steckschlüssel, Bolzenschneider und so was also keine Fremdwörter für dich?«

»Natürlich nicht, alles easy.« Hier fühlte sich Luka auf sicherem Terrain. Die nächste Frage stellte er mit der Absicht, den guten Eindruck, den er gerade bei seinem vielleicht zukünftigen Arbeitgeber gemacht hatte, zu vertiefen. »Muss man als Techniker bei Ihnen so einen Tank wie den hier«, sagte er und wies mit der ausgestreckten Hand auf einen der riesigen, 100.000 Liter fassenden Edelstahltanks, »auch allein warten können?«

»Nicht direkt«, erwiderte der Juniorchef. »Die Wartungsarbeiten für die Tanks und die Anlage werden von einer Fachfirma durchgeführt. Handwerkliches Geschick ist dann gefragt, wenn es während des Betriebes mit der Anlage ein Problem gibt und sie ausfällt.«

»Kommt öfter vor, als man denkt«, murmelte Tim.

»Bevor man bei einem Ausfall die Fachfirma anruft«, setzte der Juniorchef seine Erklärungen fort, »sollte man sich zuerst selbst einen Überblick verschaffen können, um festzustellen, woran es hapert. Wir können uns tagelangen Stillstand nicht leisten.«

»Klaro.« Luka nickte.

»Aber bevor wir in den ganzen Technikkram einsteigen«, meinte der Juniorchef lächelnd, »wollen wir erst einmal probieren, was wir hier so fertigen. Tim, schenk uns einen kleinen Schoppen ein!«

Der schmale Junge griff nach dem Bembel, der auf einem bereitgestellten Tablett stand. Behutsam öffnete er den Hahn des Edelstahltanks und ließ die goldene Flüssigkeit in den grauen Tonkrug plätschern. Danach füllte er die vier Schoppengläser mit der rautenförmigen Außenstruktur jeweils zu einem Drittel. Als Tim die Gläser weiterreichte und seine Finger dabei die von Emelie berührten, nahmen seine Wangen die Farbe eines Feuerwehrautos an.

»Zum Wohl!« Der Juniorchef hob sein Glas und nahm einen kleinen Schluck. Die beiden Jungen und das Mädchen taten es ihm gleich.

Emelie verzog den Mund. »Ganz schön sauer. Kommt da noch Zucker rein?«

Hendrik König schüttelte den Kopf. »Eure Generation weiß nicht mehr, wie unverfälschter Genuss schmeckt! Ein echter Äppelwoi ist keine Cola oder Latte Macchiato. Äppelwoi schmeckt wie die Gegend, aus der er stammt. Ein bisschen herb, ein bisschen erdig, frisch und mit einem Hauch von Süße.«

Tim nahm einen großen Schluck aus seinem Glas und wagte es, Emelie direkt ins Gesicht zu schauen. »Dir würde bestimmt ein Süßgespritzter besser schmecken.«

Emelie musste grinsen. »›Gespritzter‹ hört sich ein bisschen nach Heroin, Stoff oder so an.«

Hendrik König lachte laut auf. »Wer sein Gläschen Stöffsche hat, der braucht keine anderen Drogen, hat mein Großvater immer gesagt. Aber der Tim, der meint, dass du dir einen Schuss Orangen- oder Zitronenlimo in den Äppelwoi geben sollst.«

»Oder du nimmst gleich den mit Cola oder Kirschsaft gespritzten von BEMBEL-WITH-CARE«, fühlte sich Tim mutig genug zu empfehlen. »Den stellen wir hier nämlich auch her«, fügte er mit sichtlichem Stolz hinzu.

»Bei uns auf der Aschbescher Kerwe ist das der Renner«, mischte sich Luka ein.

Emelie nahm vorsichtig einen zweiten Schluck, der ihr schon leichter von der Zunge in den Schlund rann. »Wie wird so ein Apfelwein eigentlich gemacht?«

Hendrik König gab seinem Auszubildenden einen aufmunternden Klaps auf die Schulter. »Das kann dir am besten der Tim erzählen.«

Der schmale Junge mit den dicken Brillengläsern schluckte schwer und räusperte sich. »Zuerst sind da mal die Äpfel.«

»Schlaumeier«, murmelte Luka, dem Tims schmachtende Blicke in Richtung Emelie nicht verborgen geblieben waren.

»Ganz genau. Die Äpfel sind unser größtes Kapital!«, sagte Hendrik König, dem die Spannungen zwischen den beiden pubertierenden Jungspunden nicht entgangen waren. »Unsere Äpfel kommen direkt von den Streuobstwiesen des Odenwaldes.«

Tim warf seinem Chef einen dankbaren Blick zu. »Wo die Apfelbäume weder gedüngt noch gespritzt werden. Das heißt, unsere Äpfel sind total bio und regional. Und natürlich auch vegan«, fügte er mit einem Seitenblick auf Emelie hinzu.

Die begann, auch in Hinblick auf das ausstehende Referat, sich ernsthaft für das Thema zu erwärmen. »Was passiert denn so mit den Äpfeln? Die werden also gepflückt ...?«

Tim nickte. »Ja, da kann jeder aus der Region, der eine Streuobstwiese und gesunde, reife Äpfel hat, mitmachen. Wir nehmen alles, egal, ob du nur fünf Kilo im Eimer oder 5.000 Kilo mit Schlepper und Anhänger zu uns bringst.«

Emelie dachte an die Apfelbäume auf dem Atzeldoalhof, unter denen die Pensionspferde im Sommer grasten. »Geilo!

Wir haben auch ein paar Bäume. Wann kann ich meine Äpfel bei euch vorbeibringen?«

Tim, der sowohl in der Kelterei als auch in der Berufsschule richtig Gas gab, verlor zusehends seine anfängliche Scheu. »Das hängt von der Sorte ab, die ihr anbaut. Manche Äpfel sind schon Ende August, Anfang September reif. Manche, wie der Bohnapfel, erst im späten Oktober.«

Emelie zuckte bedauernd mit den Schultern. »Keine Ahnung, was für Bäume wir haben.«

Hier mischte sich Hendrik König wieder in das Gespräch ein. »Frag doch heute Abend deinen Vater! Dann kann ich dir morgen früh sagen, ob eure Äpfel für uns infrage kommen.«

»Mach ich!«, versprach Emelie. »Vielleicht können wir dann im kommenden Jahr Apfelwein trinken, in dem unsere eigenen Äpfel stecken.«

»Von den Äpfeln, die im Herbst geliefert werden«, erwiderte der Juniorchef lächelnd, »sollte der Wein im Januar fertig sein.«

»Ihr könnt eure Äpfel natürlich auch zu Apfelsaft verarbeiten lassen«, schlug Tim vor.

»Ist vielleicht besser«, murmelte Emelie, die sich mit dem herb-frischen Odenwälder Nationalgetränk nicht wirklich anfreunden konnte.

»Schade um die Äpfel!« Luka leerte sein Glas demonstrativ in einem Zug.

Emelie warf ihm einen genervten Blick zu. »Nicht jeder hat Lust, sich dauernd Alko reinzuziehen.«

»Dafür haben wir auch alkoholfreien Apfelwein.« Tim spürte, wie er zusehends an Boden gewann.

Emelie stellte ihr Glas ab und ließ ihren Blick nachdenklich über das riesige Tanklager schweifen. »Wenn ich das also richtig verstehe, werden die Äpfel bei euch angeliefert und gewogen.«

»Danach gewaschen, gemahlen und ausgepresst«, kam es von Tim wie aus der Pistole geschossen. »Dem so entstandenen Apfelmost setzen wir Hefe zu, die zur ersten Gärung führt. Nach etwa vier Wochen hat die Hefe den im Most enthaltenen Zucker zu Alkohol verwandelt. Dann können wir den Wein abstechen, verschneiden und zur zweiten Gärung umfüllen. Nach zwei Monaten Reifung geht es zum Abfüllen.« Tim hatte so schnell gesprochen, dass er außer Atem war. Sein Chef nickte anerkennend.

Wieder musste Emelie an ihre Bäume auf der Pferdewiese denken. Deren Äpfel im Spätsommer oft halb verfault oder wurmstichig im Gras lagen. »Was macht ihr eigentlich, wenn ihr faule Äpfel angeliefert bekommt?«

»Eine gute Frage«, lobte sie Hendrik König. »Faulobst ist für uns ein großes Problem. Deshalb kontrollieren wir die Äpfel bei der Abnahme und nochmals nach dem Waschen. Ein einziger fauler Apfel kann 50 Kilogramm beste Mostäpfel verderben.«

»Krass!« Emelie war sichtlich beeindruckt.

»Es kann aber auch sein, dass wir erst hinterher im Labor was feststellen«, warf Tim, der bei Emelie weiter mit seinem Fachwissen glänzen wollte, ein.

Hendrik König zuckte zusammen, als ob er gerade in einen faulen Apfel gebissen hätte. »Nun ja, wir bemühen uns natürlich, die Qualität gleichbleibend hochzuhalten«, versuchte er abzuwiegeln.

»Genau!« Tim war nicht mehr zu stoppen. »Deshalb mussten wir in der vergangenen Woche die verseuchten 100.000 Liter Most entsorgen.«

»Entsorgen, also wegschütten?« Emelies Neugier war geweckt. »Weil da faule Äpfel drin waren?«

»Nein«, erwiderte Tim, bevor der Juniorchef ihn daran hindern konnte. »Weil der Most mit Blei, Kadmium und ein paar anderen Schwermetallen belastet war.«

»Wie konnte das denn passieren?«, rief Emelie entsetzt.

»Das ist die Frage, die wir ganz schnell zu klären haben«, erwiderte Hendrik König mit düsterer Miene. »Sonst kann uns der verseuchte Most in kürzester Zeit Kopf und Kragen kosten.«

11. KAPITEL

Gunter Haase war, wie immer, mit gemischten Gefühlen ins Polizeipräsidium Südhessen nach Darmstadt gefahren. Das K 11 in Heppenheim hatte gehofft, dass sie, wenn nicht ein paar Tage, dann wenigstens ein paar Stunden in Ruhe ermitteln könnten. Doch der zweite Mord in Wald-Michelbach hatte nicht nur die Bevölkerung des Überwaldes, sondern vor allem die Presse alarmiert. Die zentrale Stelle für Presse- und Öffentlichkeitsarbeit in Darmstadt war mit Anfragen bezüglich einer polizeilichen Stellungnahme quasi bombardiert worden, sodass die zuständige Staatsanwältin, Frau Dr. Raiter, kurzfristig eine Pressekonferenz einberufen hatte.

Dr. Kuno Wölfelschneider, der zu Gunter Haases Rechten im bis auf den letzten Platz gefüllten Sitzungssaal saß, rückte seine extra für diesen Anlass umgebundene tiefschwarze Trauerkrawatte zurecht. In der Brusttasche seines dunkelgrauen Anzugs steckte ein Einstecktuch aus Seide im gleichen Farbton. Sogar die in Gold eingefassten Manschettenknöpfe trugen durch die dunkle Karboneinlage Trauer. Fehlt bloß, dass er sich gleich eine dezente Träne aus dem Augenwinkel tupft, dachte Gunter Haase. Der Kriminalrat lief bei solchen Gelegenheiten erfahrungsgemäß zur Höchstform auf. Er aalte sich bereits jetzt im zu erwartenden Rampenlicht.

Die Staatsanwältin war in einem nüchternen dunkelgrauen Kostüm gekommen. In ebenso nüchternem Ton teilte sie den Pressevertretern die Tatsachen mit: Zwei Morde in einem Abstand von gut sechs Wochen, beide Male war der Tod durch eine Vergiftung hervorgerufen worden. Aussagen zu dem oder den Tätern konnten sie bis jetzt nicht machen, da die Auswertung der Spuren, vor allem im zweiten Fall, noch nicht abgeschlossen war. Man arbeitete mit Hochdruck an der Klärung der beiden Fälle.

Allen dreien, die sich auf dem Podium den Fragen und Blitzlichtern der Presse stellen mussten, war von vornherein klar, dass die schreibende Zunft sich mit diesem dünnen Informationsgehalt nicht zufriedengeben würde.

»Gibt es eine Verbindung zwischen den beiden Opfern?«, wollte der Redakteur des »Darmstädter Echos« prompt wissen.

»Bis jetzt deutet nichts darauf hin, dass die beiden Opfer sich gekannt haben«, erwiderte die Staatsanwältin.

»So ist es.« Dr. Kuno Wölfelschneider nickte bedächtig und legte die gefalteten Hände auf den Tisch. Er machte den Eindruck eines gütigen Paterfamilias, der seine aufgebrachte Kinderschar zur Besinnung bringen wollte. Gunter Haase wünschte sich sehnlichst, dass er bereits wieder in seinem Büro in Heppenheim sitzen würde. Aber die Pressekonferenz hatte gerade erst angefangen.

»Welche Art von Gift wurde verwendet? Und wie wurde es verabreicht?« Die Redakteurin der »Allgemeinen Zeitung« hielt der Staatsanwältin ein Mikrofon vor die Nase.

»Dazu können wir, um die aktuellen Ermittlungen nicht zu gefährden, derzeit nichts sagen.« Frau Dr. Raiter ließ sich nicht aus der Ruhe bringen.

»Was haben Sie bis jetzt unternommen, um die ahnungslose Bevölkerung vor weiteren feigen Giftanschlägen zu schützen? Wäre es nicht angebracht, vorläufig alle Supermärkte, Restaurants und Imbissbuden zu schließen?«, rief die blonde Vertreterin einer regionalen Frauenzeitschrift in den Saal. Gunter Haase sah schon jetzt die morgige Schlagzeile vor seinem geistigen Auge: »Mörder vergiftet Essen im Odenwald – Warum Sie ab jetzt besser fasten sollten«.

»Da die Opfer nicht an einem öffentlichen Ort aufgefunden wurden, erscheinen mir diese Vorsichtsmaßnahmen übertrieben«, schmetterte die Staatsanwältin den Vorschlag ab.

»Gibt es einen Verdächtigen?« Sogar der »Mannheimer Morgen« war angereist, um über die Mordfälle zu berichten.

Die Staatsanwältin warf Gunter Haase einen fragenden Blick zu.

»Wir ermitteln noch in alle Richtungen«, erwiderte der Kriminalhauptkommissar und hoffte, dass man ihn mit weiteren Fragen verschonen würde.

»Das heißt, Ihr habt keine Ahnung!«, rief ein Reporter in die Menge. Ein paar der Versammelten klatschten und johlten.

Frau Dr. Raiter warf einen gestrengen Blick in die Runde. »Ich bitte um Ruhe!«

Der versammelte Pressechor murrte, befolgte aber nach und nach den Befehl der Staatsanwältin. Gunter Haases verkrampfte Kiefermuskeln lockerten sich so weit, dass seine aufeinandergepressten Zähne nicht mehr schmerzten. Die kurze Phase der Entspannung endete mit der nächsten Fragerunde.

»Haben wir es mit einem Serienkiller zu tun?«, wollten mehrere Journalisten gleichzeitig wissen.

Dr. Kuno Wölfelschneider wandte den Kopf nach rechts, damit die Kameras seine Schokoladenseite einfingen. Seine Lippen umspielte ein beruhigendes Lächeln. »Nun, wir wollen doch nicht vom Schlimmsten ausgehen.«

»Wer zweimal mordet, schreckt vor einem dritten Mal nicht zurück!«, wandte ein Rundfunkjournalist ein.

»Oder vor einem vierten, fünften Mal!«, rief die Redakteurin der »Odenwälder Zeitung«, die selbst im Überwald wohnte, aufgebracht aus.

Der Kriminalrat machte eine schwingende Handbewegung, als wolle er die Bedenken der Pressevertreter mit einem sanften Schubs wegwischen. »Ich kann Ihnen versprechen, dass wir unser Möglichstes und mehr tun ...«, hier machte er eine bedeutungsschwangere Pause, »... um genau dies zu verhindern.«

»Wie denn?«, hakte die Redakteurin nach.

»Was konkret machen Sie, damit die Menschen im Odenwald sich wieder sicher fühlen können?«, schlug ein für HR1 tätiger Rundfunkjournalist in die gleiche gedankliche Kerbe.

Dr. Kuno Wölfelschneiders glatte, perfekt manikürte Hand verharrte einen Moment erstaunt in der Luft, bevor sie in Zeitlupentempo auf dem Tisch landete. »Lassen Sie mich Ihnen versichern, dass die Bevölkerung des Odenwaldes ohne Sorge sein kann«, verkündete er mit tragender Stimme. »Meine Mitarbeiter werden alle Maßnahmen ergreifen, um den Fall so schnell wie möglich aufzuklären.«

»Was für Maßnahmen?« Ein ganzer Pulk von Mikrofonen richtete sich auf den Kriminalrat.

Dr. Kuno Wölfelschneider drehte das Handgelenk, um einen Blick auf sein bis fünf bar wasserdicht geschütztes Chronometer zu werfen. »Darüber wird Sie mein Mitarbeiter, Kriminalhauptkommissar Haase, informieren. Ich habe bedauerlicherweise noch einen Anschlusstermin. Wenn Sie mich bitte entschuldigen wollen.« Dr. Kuno Wölfelschneider schob seinen Stuhl nach hinten, stand auf und war mit einem leisen Rauschen seiner wehenden Sakkoschöße verschwunden.

Die Meute positionierte sich blitzschnell neu, nahm Gunter Haase ins Visier. Der Kriminalhauptkommissar blinzelte in die Kameras und gab sein Bestes, nur so wenig zu sagen, dass die laufenden Ermittlungen nicht gefährdet wurden, und so viel rauszulassen, dass er und seine Kollegen nicht als komplette Deppen dastanden.

»Bring Hunger mit!«, hatte in der WhatsApp gestanden, die Charlie von ihrer Schulfreundin Tina Steinman erhalten hatte.

Den Weg zu den Finkenbacher Forellenteichen legte Charlie dieses Mal nicht am Steuer von Reiners Subaru, sondern an dem ihres Campers zurück. Weshalb sie zeitig losgefahren war und prompt überpünktlich den Schotterweg zwischen den beiden Teichanlagen erreichte. Trotzdem standen Tina und Peter Steinmann bereits als Empfangskomitee vor dem Bistro bereit. Tina Steinmann drückte die Freundin herzlich an sich.

»Danke, dass du es dir so schnell einrichten konntest.«

Peter Steinmann hielt eine Kamera in der Hand. »Wollen wir die Fotos sofort machen?« Auf seinem Gesicht spiegelte sich eine Mischung aus freudiger Erwartung und Ungeduld.

Tina Steinmann fasste Charlie am Ärmel ihrer dunkelblauen Fleecejacke. »Nichts da, zuerst wird gegessen!«

Peter Steinmann zeigte auf den Himmel, an dem eine Wolkenfront von Südwesten herannahte. »Nachher ist das Licht nicht mehr so gut.«

Charlie blickte sich um. »Welchen Teil des Geländes habt ihr als Stellplatz vorgesehen?«

»Die Wiese gleich hier hinter dem Bistro«, erwiderte Peter Steinmann. »Dort sind unsere Campinggäste unter sich und können gleichzeitig die Toiletten vom Bistro mitbenutzen.«

»Nun, hoffentlich nicht nur die Toiletten«, warf Tina lächelnd ein. »Mit der Einrichtung eines Stellplatzes für Wohnmobilisten wollen wir vor allem die Bistroküche rund ums Jahr auslasten. Wenn der eine oder andere von den Campern seine Angel mitbringt, umso besser.«

Charlie betrachtete die von Büschen umsäumte Wiese, die auf der einen Seite an die sanft ansteigenden bewaldeten Höhen, auf der anderen Seite an den großen Teich grenzte. Das Wasser plätscherte leise gegen das sandige Ufer. Schilf wiegte sich in der milden Brise. Ein paar Enten zogen zwischen den Seerosenbüscheln seelenruhig ihre Runden. Plötzlich kräuselte sich die grünblaue, glatte Wasseroberfläche und wie Diamanten glitzernde Wassertropfen stoben auf. Eine Forelle schnellte aus dem Wasser, krümmte den silbern glitzernden Leib zu einem Halbkreis, verharrte zwei, drei Sekunden regungslos in der Luft, bevor sie zurück ins Wasser eintauchte.

»Also ich würd mich hier wohlfühlen«, sagte Charlie. »Ich habe mit dem Camper schon auf Stellplätzen gestanden, die aus einer betonierten Fläche mit Blick auf ein paar altersschwache Industrieanlagen bestanden. Für den fragwürdigen Luxus durfte ich knapp 20 Euro pro Nacht berappen. Dagegen ist eure Anlage das Paradies!«

»Weil du die Erfahrung hast, ist uns dein Rat ja so wichtig«, erwiderte Tina Steinmann. »Nicht nur, was das Gesetzliche angeht, sondern auch, was man sonst alles beachten muss. Wir kennen uns mit Wohnmobilen und Camping überhaupt nicht aus.«

»Wir kriegen das hin!«, versprach Charlie. »Was die Fotos angeht«, wandte sie sich an Tinas Ehemann, »da kommt es eigentlich doch nur auf den Camper an. Mich brauchst du dabei nicht, oder?«

»Ich hab mir gedacht, dass wir ein paar hübsche Fotos von deinem Camper auf der Wiese und am Teich machen«, erklärte Peter Steinmann. »Die Fotos stellen wir dann auf unsere Webseite.«

Charlie reichte Peter den Schlüssel. »Fahr den Camper dahin, wo du ihn brauchst! Im hinteren Außenfach findest du zwei Campingstühle und einen Tisch. Damit kannst du ein bisschen Campingflair erzeugen.«

»Super!« Peter nickte.

»Und wir lassen es uns jetzt erst einmal schmecken!« Tina

bugsierte die Freundin in Richtung des Bistroeingangs. »Ich habe ein neues Rezept ausprobiert.«

Charlie schob den Teller, auf dessen Rand ein paar restliche Pommes Frites lagen, von sich und strich sich mit der Hand über den Bauch. »Himmel, das war so was von gut! Aber jetzt kann ich nicht mehr.«

Tina zog die Stirn kraus. »Und du glaubst wirklich, dass Süßkartoffelfrites aus dem Backofen für den Odenwald nicht zu extravagant sind?«

Charlie drückte die Freundin kurz an sich. »Das waren, ungelogen, die besten Fish und Chips, die ich jemals gegessen habe. Und das Rezept für die Remoulade mit Odenwälder Wildkräutern solltest du dir patentieren lassen.«

Tina strahlte über beide Wangen, die bei Aufregung stets rot anliefen. »Gebongt! Ab nächster Woche kommt das Rezept auf die Karte. Und jetzt hole ich uns einen doppelten Espresso.«

Charlie lehnte den Rücken an die hölzerne Lehne der Sitzbank und machte die Beine lang. »Dazu sage ich nicht Nein.«

»Wie geht es Annette?«, wollte Tina wissen, als beide Frauen an dem dunkelbraunen, mit einer perfekten Crema überzogenen heißen Getränk nippten.

Charlie stellte die dickwandige Tasse auf der Untertasse ab. »Ab Montag wird sie wieder zur Arbeit gehen. Aber die Bilder sind natürlich noch im Kopf.«

»War es wirklich so schlimm, wie die Brigitte da gelegen hat?«, fragte Tina leise.

Charlie dachte an die gekrümmte Gestalt und das vom Todeskampf gezeichnete Gesicht. »So etwas möchte ich nicht noch einmal erleben«, sagte sie. Die beiden Toten vom Odenwald schlichen sich nachts auch in ihre Träume.

Tina seufzte laut auf. »Wer macht so was?«

»Genau das ist die Eine-Million-Dollar-Frage, die wir uns alle stellen.« Charlie spielte gedankenverloren mit dem Kaffeelöffel.

»Hast du eine Ahnung? Weißt du was Näheres?« Tina schaute die Freundin forschend an.

»Wieso gerade ich?« Charlie zog eine der blonden Augenbrauen in die Höhe.

Die Röte von Tinas Apfelbäckchen wanderte ihren Hals hinunter. »Nun ja«, murmelte sie. »Du hast die beiden Toten mitentdeckt. Und außerdem gibt es ein paar Leute, die behaupten, dass du jetzt mit dem Gunter zusammen bist.«

Charlie blieb erst einmal die Spucke weg. Dann lachte sie laut auf. »Ich und der Gunter? Niemals!«

Tinas Gesicht war derweil so rot wie die Kissen, die auf der gemütlichen hölzernen Sitzbank im Bistro lagen. »Ich persönlich konnt mir das ja nicht so vorstellen ...«

»Glaub mir, ich mir auch nicht!«, konterte Charlie.

»Die Leute reden halt gern dummes Zeug«, murmelte Tina. »Aber ihr seid in letzter Zeit oft zusammen gesehen worden.«

»Reiner Zufall«, sagte Charlie. »Außerdem trauert Gunter immer noch seiner Suzanne nach.«

Tina legte ihre Hand auf die von Charlie. »Und du?«

»Ich kannte Theos Tochter überhaupt nicht.« Charlie schaute die Freundin verdutzt an. »Warum sollte ich ihr dann nachtrauern?«

Tina steckte sich eine Strähne, die sich aus dem locker gebundenen Pferdeschwanz gelöst hatte, hinter das Ohr. »Ich meine doch nicht die Suzanne! Du hattest bei unserem letzten Treffen erwähnt, dass du in Hamburg mit jemandem zusammen warst. Aber du bist allein in den Odenwald zurückgekommen.«

Charlie nickte stumm.

»Da hab ich mir halt meine Gedanken gemacht«, meinte Tina. »Auch weil ich den Reiner auf der Sparkasse getroffen habe. Wo der mir gesagt hat, dass du noch ein bisschen Zeit brauchst, bis du alles richtig überstanden und verdaut hast.« Tina wusste nicht, ob sie zu weit gegangen war, und senkte verlegen die Augen.

Diesem Plappermaul drehe ich den Hals um, dachte Charlie wütend. Ein paar Sekunden gab sie sich der genüsslichen Vorstellung hin, wie sie Reiner für seine unbedachten Äußerungen büßen lassen würde. Hätte er nicht seine Klappe halten können? Charlie hatte genug Probleme, ohne dass der halbe Odenwald über ihre unglückliche Liebesgeschichte Bescheid wusste. Und ihr prompt eine neue Affäre mit dem Kriminalhauptkommissar andichtete.

»Tut mir leid, ich wollte dich nicht verletzen«, murmelte Tina. Ihre Stimme klang, als ob sie den Tränen nahe wäre.

Charlie atmete tief durch, um sich zu sammeln. Es brachte nichts, weiterhin alles abzustreiten und zu behaupten, dass es ihr blendend gehen würde. Vor allem nicht bei Tina. Tina hatte bereits in der Schule die Gabe besessen, Charlie zu durchschauen. Hatte in ihrem Inneren wie in einem Buch lesen können. Eine Fertigkeit, die die Freundin, wie es aussah, auch 25 Jahre später noch bis aufs i-Tüpfelchen beherrschte. Charlie räusperte sich. »Ich habe eine ziemlich schmerzhafte Trennung hinter mir.«

»So etwas habe ich mir schon gedacht«, erwiderte Tina prompt.

»Dabei war ich davon ausgegangen, in Dirk den Mann meines Lebens gefunden zu haben.« Charlie lachte bitter auf. »Aber er hat zum Schluss nur an sich selbst gedacht.«

»Gab es eine andere?«, bohrte Tina behutsam weiter.

»Wenn es das nur gewesen wäre!« Charlie griff nach der Papierserviette, die sie beim Essen nicht benutzt hatte, und zerknüllte sie zwischen den Händen. »Damit hätte ich vielleicht noch leben können.«

»Was war es dann?«

»Als ich seine Hilfe am nötigsten brauchte, hat er mich wie eine heiße Kartoffel fallen lassen.« Charlies Stimme klang rau. »Hat mir mitgeteilt, dass mein Lebenskonzept nicht mit dem seinen übereinstimmt.«

»Oh je!« Tina seufzte mitfühlend.

Charlie spürte, wie sich tief in ihrem Inneren etwas verändert hatte. Dass eine Art Damm gebrochen war. Die aufgestauten Emotionen, die ganze Wut, der Schmerz, die Angst wollten raus. »Eines Abends bin ich von einer dreitägigen Fortbildung in unsere Wohnung zurückgekommen«, erzählte Charlie leise. »Da hatte Dirk bereits seine Koffer gepackt. Hatte eine Liste aufgestellt, wer was mit in die Beziehung eingebracht hatte und wer was folglich wieder mitnehmen darf. Kannst du dir das vorstellen?« Charlie schaute die Freundin mit vor Wut funkelnden Augen an. »Dieser Korinthenkacker hatte tatsächlich das ganze Geschirr und Besteck fein säuberlich in zwei Stapeln auf dem Esszimmertisch aufgetürmt. Der eine Teil war für mich, der andere für ihn. Die teuren mundgeblasenen Weingläser, die uns seine Mutter aus Venedig mitgebracht hatte, standen natürlich bei seinem Teil des Küchenmobiliars. Auch das Bett, das Sofa, den Esszimmertisch, unsere CD-Sammlung und den Schaukelstuhl, den wir zusammen in Schweden gekauft haben, hatte er für sich beansprucht.«

»Und? Ist er damit bei dir durchgekommen?« Tina war sichtlich empört.

Charlie schwieg einen Moment. Sie schaute den Koi-Karpfen zu, wie sie im großen Aquarium behäbig ihre Runden drehten und nach Futter suchten. Charlie rang mit sich, ob sie Tina alles erzählen sollte. Reinen Tisch machen sollte. Dann gewannen die Angst und die Scham erneut die Oberhand. Sie beschloss, mit der halben Wahrheit rauszurücken. »Ich stand damals beruflich unter wahnsinnigem Druck. War kurz vor dem Burn-out. Da hatte ich weder die Nerven noch die Kraft, mich gegen Dirk zu wehren. Letztendlich blieben mir meine Klamotten, die altersschwache Kücheneinrichtung, ein paar Stühle und ein aufblasbares Luftkajak, mit dem wir in diesem Sommer die Seen in Mittelschweden erkunden wollten. Ich hab alles, was nicht in den Camper passte, verkauft.«

Tina drückte mitfühlend Charlies Hand. »Das muss für dich schrecklich gewesen sein. Hast du es nicht kommen sehen? Ich meine, wenn dieser Dirk so ein Oberarschloch war, wie du ihn eben geschildert hast ... Warum warst du dann mit ihm zusammen?«

»Rate mal, wie oft ich mir diese Frage gestellt habe!« Charlie zog eine Grimasse.

Tina grinste. »Wie ich dich kenne, so mindestens eine halbe Milliarde Mal.«

»Falsch!« Charlie grinste Tina trotz der schmerzlichen Erinnerungen an. »Mindestens doppelt so oft.«

»Und? Hast du eine Antwort gefunden?«

»Dirk war der Meister des schönen Scheins. Ein Blender erster Güte«, erwiderte Charlie. »Wenn er etwas wollte, konnte er sich wahnsinnig gut verkaufen. Total überzeugend sein.«

»Und am Anfang wollte er dich«, vermutete Tina.

»Mit Haut und Haar.« Charlie spürte, wie sich ihr Brustkorb bei der Erinnerung schmerzhaft zusammenzog. Der gut aussehende, beredte und ehrgeizige Jurist im Präsidialstab der Hamburger Justizbehörde hatte sie anfänglich nach allen Regeln der Verführungskunst umgarnt. Sie mit roten Rosen, mit Kurzreisen nach Sylt und Rügen, mit Komplimenten und mit seiner angeblichen Aufrichtigkeit überschüttet. Bis Charlie, die bis dahin fest überzeugt war, kein glückliches Händchen für Beziehungen zu haben, nachgegeben hatte. Das anfängliche Hochgefühl hielt genau zwei Jahre an. Dann zeigten sich die ersten Risse in Dirks nach außen stets freundlicher Fassade. Er fing an, Charlie für Dinge zu kritisieren, für die er sie vorher gelobt hatte: ihr soziales Engagement, ihre Empathie, ihr Job beim »Drob Inn«. Heidemarie, Charlies Schwiegermutter in spe, schlug in die gleiche Kerbe. Binnen weniger Monate fühlte sich Charlie klein und unbedeutend, zweifelte an ihren Grundüberzeugungen und an sich selbst. Als sie, was ihre Selbstzweifel und Unsicherheit anging, den Tiefpunkt erreicht hatte, passierte der Anschlag im »Drob Inn«. Infolgedessen sich Charlie vor Gericht verantworten musste. Ein Umstand, den Mutter und Sohn Renke nicht hinnehmen wollten und konnten. Aus Angst um seine politische Karriere kehrte Dirk ihr den Rücken, ließ sie mitten in dem ganzen Schlamassel im Stich. Charlie stöhnte leise auf. »Ich war so eine Idiotin!«

»Du warst verliebt«, widersprach Tina ihr sanft.

»Glaub mir!« Charlie straffte die Schultern. »Derart hormongesteuert treffe ich mein Lebtag keine Entscheidungen mehr. Von trauter Zweisamkeit bin ich fürs Erste kuriert.«

Tina blieb eine Weile still. Dann knuffte sie Charlie mit dem Ellbogen in die Seite. »Wenn du mir die Adresse von deinem Verflossenen gibst, schicke ich Hänschen bei ihm vorbei.«

Charlie schaute die Freundin verdutzt an. Dann fiel der Groschen und sie lachte laut auf. »Macht dein kleiner Bruder etwa noch immer Karate?«

»Mein kleiner Bruder«, erwiderte Tina, »ist knapp zwei Meter groß, hat 120 Kilo und leitet in Mannheim eine Schule für Martial Arts.«

»Wie es aussieht, ist aus dem kleinen Hänschen ein verdammt stattlicher Hans geworden«, feixte Charlie. Dann wurde sie mit einem Schlag wieder ernst. Ein furchtbarer

Gedanke schoss ihr durch den Kopf. Hätte Brigitte Dingeldein, das zweite Opfer, ihren Mörder mit ein paar einfachen, gezielten Verteidigungstechniken außer Gefecht setzen können? Wäre sie, hätte sie sich gewehrt, noch am Leben? Charlie nahm sich vor, Gunter bei Gelegenheit danach zu fragen.

»Soll ich nun oder nicht?«, drängte Tina und schaute bedeutungsvoll auf ihr Handy.

»Wir machen es anders«, stoppte Charlie sie. »Du gibst mir die Adresse von Hans-Peter und ich frische bei Gelegenheit meine Judokenntnisse bei ihm auf.«

»Wow!« Tina schaute sie bewundernd an. »Du kannst Judo?«

»Ich habe im Studium damit angefangen und es nach und nach bis zum braunen Gürtel gebracht. In den letzten zwei Jahren bin ich allerdings nicht mehr zum Trainieren gekommen.«

»Respekt.« Tina lächelte anerkennend und tätschelte ihre prallen Oberschenkel. »Für mich bedeutet schon die Damengymnastik im Dorfgemeinschaftshaus eine sportliche Herausforderung.«

»Dafür bin ich in der Küche eine absolute Niete«, gestand Charlie der Freundin. »Ich schaffe es gerade, eine Tiefkühlpizza in den Ofen zu schieben. Vielleicht hat Dirk mich auch deswegen im Stich gelassen«, fügte sie nachdenklich hinzu. »Seine Mutter ist eine exquisite Köchin.«

»Jetzt fang bloß nicht an, für diesen Scheißtypen Entschuldigungen zu finden«, erboste sich Tina.

»Nein, du hast ja recht«, sagte Charlie und seufzte laut auf.

Die Tür des Bistros öffnete sich und Peter Steinmann trat ein. »Was ist denn mit euch los?«, wollte er verwundert wissen.

»Nichts, nur ein kleiner Plausch unter Frauen«, erwiderte Tina schulterzuckend.

142

Peter schob den Zündschlüssel des Campers auf dem Tisch zu Charlie hinüber. »Wirkt auf mich eher so, als ob ihr eine Beerdigung plant.«

»Quatsch!« Tina sprang auf und drückte ihrem Ehemann einen Kuss auf die Wange. »Hast du ein paar schöne Fotos im Kasten?«

Peter Steinmann nickte und drehte sich zu Charlie um. »Dein Camper hat sich auf unserer Wiese richtig gut gemacht. Ich hoffe, die Wohnmobilfahrer werden uns bald die Bude einrennen.«

»Das hoffe ich auch«, pflichtete Charlie ihm bei. »Aber vorher müssen wir noch die Unterlagen für die Genehmigung durchgehen. Überlegen, wo und wie ihr die Ver- und Entsorgungsstation aufstellen lasst. Und die Platzordnung festlegen.«

Tina sammelte die Teller und Espressotassen ein. »Ich setze frischen Kaffee auf.«

Als seine Frau in der Bistroküche verschwunden war, wandte sich Peter Steinmann mit ernstem Gesicht an Charlie. »Der Ernst ist gerade mit dem Streifenwagen vorbeigekommen.«

Charlie schaute ihn erschrocken an. »Ist schon wieder was passiert?«

Peter schüttelte den Kopf. »Nein, der Ernst wollte nur ein paar Forellen zum Abendessen holen. Aber er hat mir verraten, dass sie eine heiße Spur, einen Verdächtigen haben.«

»Hat er gesagt, wen sie verdächtigen?« Charlie war ganz Ohr.

»Ja.« Peter schaute betreten zu Boden. »Sie glauben, dass der Martin die Brigitte umgebracht hat.«

»Welcher Martin?«

»Martin Schmitt.«

Charlie wurde blass. »Das glaube ich nicht!«, presste sie zwischen bebenden Lippen hervor.

»Ich auch nicht!« Auf Peters Gesicht spiegelte sich Verzweiflung wider. »Aber wie es aussieht, hat der Martin kein Alibi. Und dann ist da noch die Sache mit der Wohnung.«

»Die Wohnung von der Brigitte?«

Peter nickte. »Der Ernst hat gesagt, dass die Brigitte dem Martin vor einem knappen halben Jahr sowohl die Wohnung überschrieben als auch eine Lebensversicherung zu seinen Gunsten abgeschlossen hat.«

»Warum hat sie das getan? Kannten die beiden sich denn so gut?« Charlie sah Peter verwundert an.

Der zuckte mit den Schultern. »Keine Ahnung.«

Charlie kombinierte blitzschnell. Ein grimmiger Zug legte sich um ihren Mund. »Wenn das mit der Wohnung und der Lebensversicherung stimmt, hat die Polizei einen idealen Hebel, wo sie ansetzen kann. Sie werden den Martin so schnell nicht mehr aus ihren Fängen lassen.«

Peter Steinmanns gebräuntes Gesicht nahm eine ungesunde bleiche Farbe an. »Das können wir nicht zulassen!«

»Nein.« Charlie hieb mit der geballten Faust auf die Tischplatte.

12. KAPITEL

Auf dem Rückweg zum Atzeldoalhof war Charlie tief in Gedanken versunken. Als sie das Schild zum Parkplatz auf der Raubacher Höhe bemerkte, setzte sie den Blinker und bog nach links ab. Sie atmete ein paarmal tief durch und griff nach dem Handy. Sie wusste, dass sie sich nicht einmischen sollte. Doch sie konnte nicht anders. Sie alle hatten Martin viel zu verdanken.

»Bobbelsche?«, meldete sich Gunter Haase atemlos. »Was ist los? Ist was auf dem Hof passiert?«

»Das könnt ihr nicht machen!« Charlies Stimme bebte vor Wut.

»Was nicht machen?«

»Den Martin verdächtigen.«

»Woher weißt du das denn?« Gunter war hörbar erstaunt.

»Das tut nichts zur Sache«, erwiderte Charlie und ließ die Scheibe des Fahrerfensters einen Spalt hinunter, um nach frischer Luft zu schnappen. »Ich weiß nur, dass der Martin es nicht gewesen sein kann.«

»Dann weißt du mehr als wir«, erwiderte Gunter und warf einen gehetzten Blick auf seine Armbanduhr.

»Ich bitte dich, das ist absurd!« Charlies Stimme hatte einen schneidenden Ton angenommen. »Der Martin hat damals im Tischtennisverein auch dich trainiert. Hat für uns die Sommerfreizeiten am Marbachstausee organisiert. Zur Nikolausfeier den Nikolaus gegeben. Uns in der Schule aus der Patsche geholfen, wenn wir Mist gebaut haben. Das Geld für die Familie mit dem krebskranken Jungen gesammelt. Er sitzt in der Gemeindevertretung, ihm ist der Ehrenbrief des Landes Hessen verliehen worden und er ist, verdammt noch mal, viele Jahre auch dein Freund gewesen.« Jetzt klang Charlie ebenfalls atemlos.

Gunter stöhnte laut auf. »Das weiß ich alles, Bobbelsche.«

Charlie war so aufgebracht, dass sie auf die mehrfache Nennung ihres Spitznamens nicht reagierte. »Und warum habt ihr ihn dann trotzdem einkassiert?«, wollte sie wissen.

»Was heißt denn ›einkassiert‹?«, empörte sich Gunter. »Wir haben den Martin wegen dringenden Tatverdachtes festgenommen.«

Charlie gab einen Laut von sich, der dem Schnauben einer angriffsbereiten Bache glich, die ihre Jungen verteidigt.

»Daraufhin hat Richter Kampmann mittels Haftbefehl die Untersuchungshaft angeordnet«, fuhr der Kriminalhauptkommissar dessen ungeachtet in ruhigem Ton fort.

»Wegen Fluchtgefahr oder Verdunkelung? Das ist mehr als lächerlich«, knurrte Charlie.

»Nun mach mal halblang!« Gunter merkte, wie sein Geduldsfaden merklich dünner wurde. »Gerade du als Juristin solltest wissen, dass bei Mord oder Totschlag nach § 112 Absatz 3 der Strafprozessordnung ausdrücklich kein Haftgrund notwendig ist.«

»Schon …« Charlie merkte, wie sie argumentativ ins Schwimmen geriet. »Trotzdem kann ich mir nicht vorstellen, dass gerade Martin, der keiner Fliege etwas zuleide tut, einen heimtückischen Mord nach § 112 begeht.«

»Auch wenn es deine Vorstellungskraft überschreitet«, konterte Gunter, »haben wir Indizien, die auf Martin als Täter hinweisen.«

»Indizien sind, wie du vielleicht weißt, keine hieb- und stichfesten Beweise.«

»Martin war der Geliebte von Brigitte Dingeldein«, warf Gunter ein.

Charlie lachte tonlos auf. »Das macht ihn gleich zum Mörder? Dann müsste mindestens ein Drittel der männlichen Bevölkerung der Bundesrepublik als verdächtig gelten. Also all die, die sich durch einen kleinen Seitensprung das Liebesleben versüßen. Bisschen dünn, nicht? Ich wundere mich, dass der Haftrichter bei eurem bösen Spielchen mitgemacht hat.«

So langsam, aber sicher fühlte sich der Kriminalhauptkommissar in seiner beruflichen Ehre verletzt. »Selbstverständlich haben wir weitere Ansatzpunkte, nach denen der Martin als Täter infrage kommt«, stellte er richtig. »Du wirst sicherlich Verständnis dafür aufbringen, dass ich dir das jetzt nicht alles lang und breit erkläre. Du bist schließlich nicht die Polizei, Bobbelsche.«

Charlie beschloss, Gunters Sarkasmus zu ignorieren. »Hat der Martin einen Anwalt?«

»Einen verdammt guten«, musste Gunter eingestehen.

»Wenigstens etwas«, murmelte Charlie erleichtert.

»Du, ich muss Schluss machen.« Gunter stand vor der Tür des Besprechungsraumes. »Wir haben Teamsitzung. Ich bin fast zehn Minuten zu spät dran.«

»Okay.« Charlie musste sich fürs Erste geschlagen geben. Aber sie würde dranbleiben. Und sich Verbündete suchen. »Bis dann!«

»Bis dann, Bobbelsche!«

Über Charlies Gesicht huschte ein Lächeln, bevor sie einen letzten verbalen Warnschuss in Richtung des Kriminalhauptkommissars abgab: »Ich bin gespannt, was Gertie dazu sagt, dass ausgerechnet ihr eigener Sohn den Martin für einen gemeingefährlichen Verbrecher hält.«

Gunter Haase verzog das Gesicht zu einer gequälten Grimasse. Er ahnte, dass der Rapport bei Kriminalrat Dr. Kuno

Wölfelschneider ein Kinderspiel zu dem werden würde, was er am Wochenende von seiner Mutter zu erwarten hätte.

»Wir wollten gerade eine Vermisstenanzeige aufgeben«, sagte Frajo Helferich, als der Kriminalhauptkommissar durch die Tür des Besprechungsraums stürmte.

»Tut mir leid«, schnaufte Gunter Haase und ließ sich auf einen Stuhl fallen. »Ich bin telefonisch aufgehalten worden.«

»Wölfelschneider?«, wollte Martina Lohse mitfühlend wissen.

»Schlimmer«, murmelte Gunter Haase und griff nach einer der in der Tischmitte aufgestellten Mineralwasserflaschen, um sich ein Glas Wasser einzuschenken. Als er den ersten Schluck der kühlen, prickelnden Flüssigkeit trinken wollte, verirrten sich ein paar der Kohlensäurebläschen in seine Nase. Gunter Haase musste herzhaft niesen, wodurch er sich gleichzeitig verschluckte und einen Hustenanfall bekam. Als er nach einer gefühlten halben Ewigkeit wieder zu Atem kam, war sein Gesicht knallrot angelaufen und seine Augen tränten. »Tschuldigung!«, japste er.

Ulf Mayer, der zur Verstärkung hinzugezogene Chef der Spurensicherung, rückte seine Titanbrille mit den kreisrunden Gläsern zurecht und bemerkte: »So ähnlich muss sich das Opfer gefühlt haben.«

Timo Keil schielte auf ein Foto von Brigitte Dingeldein. »Nur dass die Tote eine hübschere Leiche abgibt als unser Kriminalhauptkommissar. Diese Dingeldein war, trotz ihres Alters, noch ein richtig heißer Feger.«

»Bei der du Milchbubi nicht den Hauch einer Chance gehabt hättest. Mach dir nix vor!« Frajo Helferich grinste den jungen Kollegen spöttisch an.

»Na hör mal!«, ging Timo Keil hoch. »Soll ich dir mal

erzählen, was auf der letzten Ü-30-Party abgegangen ist, zu der mich die beiden DJs extra eingeladen hatten?«

»Glaub mir, das will hier niemand wissen!« Martina Lohse verzog den Mund, als ob sie in eine Zitrone gebissen hätte.

»Könntet ihr bitte mal mit dem Kinderkram aufhören?«, mischte sich Gunter Haase, dessen Stimme vom Hustenanfall noch rau klang, ein. »Unsere neue Praktikantin muss den Eindruck bekommen, sie wäre in einer Kleinkinderbewahranstalt gelandet.«

Franka Kastrow blickte von dem ausgedruckten Bericht der Spurensicherung, in dem sie geblättert hatte, hoch. »Och, ich bin mit drei pubertierenden Brüdern aufgewachsen«, bemerkte sie trocken.

Martina Lohse grinste und machte das Daumen-hoch-Zeichen. Nach einer Reihe von Duckmäuschen hatten sie mit Franka Kastrow endlich eine Praktikantin abbekommen, die sich nicht so schnell die Butter vom Brot nehmen ließ. Martina freute sich darauf, die Durchläuferin, wie die Praktikantin im Fachjargon des K 11 hieß, unter ihre Fittiche zu nehmen. Vor der geballten Frauenpower müssten sich die Kollegen in Acht nehmen!

Ulf Mayer griff derweil unter den Tisch und holte eine Jutetasche hervor. Darin befanden sich zwei transparente Plastikbeutel, die mit grünem Blattwerk befüllt waren. »Ich war gestern im Hessischen Ried, im Auenwald.«

»Ist es für die Pilzpirsch nicht noch ein bisschen früh im Jahr?« Frajo Helferich schaute den Kollegen von der Spurensicherung verwundert an.

Ulf Mayer strich sich über den grau melierten, kurz gehaltenen Bart, der sein hageres, fast schon ausgezehrt wirkendes Gesicht einrahmte. Doch der asketische Eindruck täuschte: Ulf Mayer war profilierter Hobbykoch und ein Gourmand, wie er im Buche steht. »Schon mal was von Wildkräutern gehört?«

Timo Keils Lippen umspielte ein überhebliches Lächeln. »Davon mixe ich mir jeden Morgen eine Handvoll in meinen grünen Smoothie. Was die Vitaminbilanz angeht, sind Wildkräuter unschlagbar.«

»Morgens ist mir eine ordentliche Dosis Koffein wichtiger als irgend so ein Kräutlein.« Frajo Helferich zeigte auf seine Kaffeetasse.

»Was hat es mit diesem Grünzeug denn auf sich?«, wollte die Praktikantin, der ein derartiger Ermittlungsansatz bis dahin noch nicht untergekommen war, interessiert wissen.

Ulf Mayer reichte einen der durchsichtigen Plastikbeutel an sie weiter. »Bitte nehmt jeder zuerst ein Blatt davon! Und danach ein Blatt hiervon!«, wies er sie an und drückte Frajo Helferich, der zu seiner Linken saß, den zweiten Beutel in die Hand.

Nachdem die Plastiktüten die Runde gemacht hatten, lagen vor jedem Mitarbeiter des K 11 zwei grüne Blättchen. »Was seht ihr nun?«, wollte Ulf Mayer wissen.

»Salat.« Frajo Helferich grinste.

»Richtig.« Ulf Mayer nickte. »Wildkräuter werden gern einem Salat beigemischt. Nur dass man nach dem Genuss von einem dieser Kräutlein eher früher als später mausetot ist.«

Martina Lohse legte eins der grünen Blätter, das sie zwischen Daumen und Zeigefinger gezwirbelt hatte, flugs auf den Tisch zurück und wischte sich die Fingerspitzen an ihrer Jeans ab.

Gunter Haase blickte den Kollegen von der Spurensicherung aufmerksam an. »Willst du damit sagen, dass der Täter dem Opfer einen vergifteten Salat aus Wildkräutern zubereitet hat?«

Ulf Mayer nickte. »So ähnlich. Wir haben herausgefunden, dass das Gift, durch das das Opfer zu Tode kam, im Pesto enthalten war.«

Martina Lohse beugte sich zur Praktikantin hinüber. »Das Opfer hatte, wie wir an einem Teller in der Spüle und am Mageninhalt feststellen konnten, als letzte Mahlzeit Pasta mit Pesto zu sich genommen.«

Franka Kastrow beäugte die beiden Blättlein. »Bärlauchpesto hab ich schon zig Mal gegessen. Und ich erfreue mich bester Gesundheit!«

Ulf Mayers dunkle Augen funkelten über der aristokratisch gebogenen Nase, die ihm das Aussehen eines römischen Senators verlieh. »Eins der Blätter ist kein Bärlauch.«

»Wie?« Franka Kastrow hielt sich die Blätter näher vor die Augen. »Die sehen doch identisch aus.«

»Nein.« Ulf Mayer schüttelte den Kopf. »Schaut euch mal dieses Blatt an! Seht ihr, wie es auf beiden Seiten glänzt?«

Das Team vom K 11 nickte.

»Und jetzt schaut euch die Beschaffenheit der Blätter an!«, forderte der Chef der Spurensicherung die Kollegen auf. »Das eine Blatt wirkt nicht nur deutlich größer, fast schon wie ein Tulpenblatt, sondern ist auch viel fester.«

»Eindeutig.« Frajo Helferich wirkte verblüfft. »Das ist mir auf den ersten Blick gar nicht aufgefallen.«

Ulf Mayer griff in einen der Plastikbeutel und wedelte mit einem Bund Blätter. »Diese Blätter sind dagegen viel weicher und empfindlicher, sodass sie weniger Standhaftigkeit zeigen und an den Seiten ein bisschen herunterhängen. Außerdem ist ihre Unterseite matt.«

»Ich finde, die anderen Blätter wirken appetitlicher.« Timo Keil hob eins der besagten Blätter an und hielt es vor seinen Mund.

»Nimm das sofort da weg!«, brüllte Ulf Mayer. »Und ihr geht euch gleich alle gründlich die Hände waschen.«

»Würdest du uns jetzt bitte darüber aufklären, was es mit diesem Blättersalat auf sich hat?« Gunter Haase wurde sichtlich ungeduldig.

Ulf Mayer zog die dunklen Augenbrauen zusammen. »Bei den Blättern, die der Kollege Keil so appetitlich findet, handelt es sich um die hochgiftigen Blätter von Herbstzeitlosen.«

Der junge Kommissar wurde um die Nase sichtbar blass. Er rückte mit seinem Stuhl einen halben Meter vom Tisch weg.

»Ich sehe den Zusammenhang trotzdem noch nicht.« Gunter Haase blickte ratlos auf die grünen Blätterbündel.

»Nachdem wir die Laborergebnisse hatten, war der Rest ein Kinderspiel.« Ulf Mayer war jetzt ganz in seinem Element. »Den Bärlauchblättern, die für das Pesto zerkleinert wurden, wurden fast identisch aussehende Blätter von Herbstzeitlosen untergemischt. Wer sich damit nicht auskennt, wird den Unterschied kaum erkennen. Oder schmecken. Allerdings bald danach spüren. Die Herbstzeitlose ist durch das darin enthaltene Alkaloid Colchicin hochtoxisch. Bereits zehn Blätter davon reichen aus, um einen Menschen zu töten.«

Auch Franka Kastrow war derweil blass geworden. »Dieses Jahr geh ich wohl besser nicht in den Wald, um Bärlauch zu pflücken«, murmelte sie.

»Seitdem Wildkräuter kulinarisch in Mode geraten sind, hat die Giftnotzentrale jedes Jahr, wenn der Bärlauch sprießt, Hochsaison.« Ulf Mayers hageres Gesicht hatte einen grimmigen Ausdruck angenommen. »Am Anfang der Erntezeit verwechseln die Leute den Bärlauch mit den tückischen Herbstzeitlosen, später, im Mai, mit den ebenfalls giftigen Maiglöckchen.«

»Gesunder Ernährung wird allgemein viel zu große Bedeutung beigemessen.« Frajo Helferich schüttelte sich.

Martina Lohse zog die Stirn in Falten. »Heißt das etwa, dass wir es gar nicht mit einem Mord, sondern mit einem

Unfall zu tun haben? Ich meine, wenn die Brigitte Dingeldein die Blätter selbst gesammelt und daraus Pesto zubereitet hat?«

»Wäre theoretisch möglich gewesen.« Gunter Haase tippte mit der Spitze seines Kugelschreibers auf die vor ihm ausgebreiteten Unterlagen. »Aber praktisch kommt hier die Aussage von Martin Schmitt ins Spiel.«

»Genau.« Frajo Helferich nickte zustimmend. »Der hat brühwarm zu Protokoll gegeben, dass er das Glas in der Hand hatte. Es stand ihm angeblich im Weg, als er sich bei dem Opfer ein Bier aus dem Kühlschrank geholt hat.«

Martina Lohse schaute fragend in die Runde. »Waren die Fingerabdrücke von dem Schmitt auf dem Glas?«

»Seine und die von der Dingeldein.« Gunter Haase zog eine Grimasse.

»Ist doch klar wie Kloßbrühe!« Timo Keil rutschte auf seinem Stuhl nach vorn. »Der Schmitt hat das giftige Pesto selbst zusammengemischt und der Dingeldein zu ihrem letzten Treffen als Geschenk mitgebracht. Weil er sie auf diese Weise ein für alle Mal loswerden wollte. Wahrscheinlich ist seine Frau ihm auf die Schliche gekommen und hat angefangen, Stress zu machen.«

»Vielleicht wollte er auch die Wohnung und die Lebensversicherung einkassieren?«, warf Frajo Helferich ein.

»Die ihm die Brigitte Dingeldein vor Monaten überschrieben hatte«, fügte Martina Lohse hinzu.

»Wissen wir, ob der Schmitt finanzielle Probleme hatte?« Gunter Haase runzelte nachdenklich die Stirn.

Frajo Helferich schüttelte den Kopf. »Sieht nicht so aus. Der Schmitt ist außerdem dort oben in Wald-Michelbach so eine Art Nationalheld.«

Gunter Haase unterdrückte ein lautes Aufstöhnen.

»Auch Helden morden«, warf Martina Lohse ein. »Wenn nicht aus Geldgier, dann aus Eifersucht, aus verletztem Stolz, aus Hass oder verkannter Liebe. Die Latte an Motiven ist quasi endlos.«

»Das Problem ist nur«, sagte Gunter Haase und fuhr sich mit der Hand durch das sandblonde Haar, »dass keins dieser Motive, soweit wir bis jetzt wissen, für den Martin Schmitt infrage kommt.«

Ulf Mayer klopfte mit der Spitze seines Zeigefingers auf den Untersuchungsbericht. »Aber der Schmitt war eindeutig in der Wohnung des Opfers. Vom Pestoglas mal abgesehen, haben wir seine Fingerabdrücke überall gefunden. Außerdem Spermaspuren auf dem Bettlaken.«

»Er hat gar nicht bestritten, dort gewesen zu sein«, bemerkte Gunter Haase. »Auch nicht, dass er mit der Toten ein Verhältnis hatte.«

Franka Kastrow begann sich für den ungewöhnlichen Mordfall aus dem Odenwald sichtlich zu begeistern. Sie beugte den Oberkörper vor, um ja nichts von der Diskussion zu verpassen. Hier bot sich ihr eine gelungene Abwechslung zum Schulalltag auf der Polizeihochschule in Wiesbaden. »Wie muss ich mir den Tathergang konkret vorstellen?«, fragte sie provozierend. »Der Schmitt geht seine Geliebte Dingeldein besuchen und bringt ihr ein Gläschen vergiftetes Pesto mit. Zuerst landen die beiden im Bett, was die Spermaspuren beweisen. Nach dem Schäferstündchen bekommen sie Hunger und die Dingeldein kocht ihnen Nudeln mit Pesto. Von denen, aus welchen Gründen auch immer, aber nur die Dingeldein was isst. Der Schmitt holt sich ein Bier aus dem Kühlschrank, hockt sich neben seine Geliebte und schaut tatenlos zu, wie sie das tödliche Zeug in sich hineinschaufelt. Dann wartet er in aller Seelenruhe ab, bis seine Geliebte mit dem Tod ringt, und macht sich vom Acker?«

Martina Lohse grinste.

Auch Gunter Haases Lippen umspielte ein Lächeln. »An deiner Schilderung könnte durchaus was dran sein.«

»Wie wirkt dieses Gift von den Herbstzeitlosen eigentlich genau?«, meldete sich Timo Keil zu Wort und beäugte misstrauisch das wieder in den Plastiktüten verstaute Grünzeug.

Ulf Mayer rieb sich mit den Fingern die hohe Stirn. »Das Problem einer Vergiftung mit Colchicin ist, dass die ersten Symptome im Normalfall erst nach zwei bis sechs Stunden eintreten. In unserem Fall war die Dosis allerdings so hoch, dass das Opfer bereits nach einer guten halben Stunde ein Kratzen und Brennen im Mund gespürt haben muss.«

»Brigitte Dingeldein brachte höchstens 55, 56 Kilogramm auf die Waage«, bemerkte Martina Lohse und zeigte auf ihre Unterlagen.

»Im Allgemeinen können wir davon ausgehen, dass 0,8 Mikrogramm pro Kilogramm Körpergewicht letal sind«, fügte Ulf Mayer hinzu. »Im Pesto, das wir sichergestellt haben, war genug, um einen Elefanten umzuhauen. Da musste die Dingeldein gar nicht den ganzen Inhalt des Glases vertilgen. Ein paar Löffel reichten aus.«

»Um den Tod wie genau herbeizuführen?«, wollte Gunter Haase wissen.

Ulf Mayer seufzte laut auf. »Es gibt, ehrlich gesagt, schönere Arten zu sterben. Zuerst ist da dieses Brennen im Mund, gefolgt von Schluckbeschwerden und Problemen beim Luftbekommen. Dann folgen heftige Bauchkrämpfe, Erbrechen und blutige Durchfälle. Die Körpertemperatur und der Kreislauf gehen in den Keller. Der Tod erfolgt in den meisten Fällen durch zunehmende Atemlähmung. Unser Opfer erstickte elendig.«

Franka Kastrows blaue Augen waren vor Entsetzen weit aufgerissen. »Und der Geliebte, dieser Schmitt, der sitzt daneben und schaut sich alles ohne mit der Wimper zu zucken an?«

Frajo Helferich fummelte seine Lesebrille unter einem Stapel Papier hervor und warf einen Blick auf das Vernehmungsprotokoll. »Der Schmitt behauptet, dass er nach dem Sex noch ein Bier getrunken hat und dann nach Hause abgezogen ist.«

»Brav zurück zu Mama und den Kindern.« Martina Lohses Stimme troff vor Zynismus.

»Eben nicht!« Gunter Haase hieb mit der flachen Hand auf die Tischplatte. »Kathrin Schmitt war mit ihren beiden Töchtern in der Odenwald-Therme in Bad König. Die drei sind danach noch gemütlich eine Pizza essen gegangen und waren erst gegen 21 Uhr wieder zu Hause.«

»Auf den Punkt gebracht«, konstatierte Frajo Helferich, »der Schmitt hat kein Alibi, das ihn entlastet.«

»So sieht es auch der Haftrichter«, pflichtete Gunter Haase dem Kollegen bei. »Wegen des fehlenden Alibis und der Häufung der Gründe, die einen Anfangsverdacht darstellen, sitzt der Martin Schmitt jetzt in U-Haft.«

Martina Lohse blickte in die Runde. »Ich bin der Ansicht, dass wir uns den Schmitt morgen früh noch einmal gehörig vornehmen sollten.«

Gunter Haase spürte, wie es hinter seinen Schläfen dumpf zu pochen anfing. Mit Daumen und Zeigefinger massierte er seine Nasenwurzel. Auch, um die Gedanken an sein Telefongespräch mit Charlie wegzukneten. Dann straffte er die Schultern und nickte. »Wir lassen Martin Schmitt gleich um acht zu uns rüberbringen.«

»Gut«, erwiderte Martina Lohse zufrieden.

»Was ich aber noch immer nicht verstehe«, bemerkte Frajo Helferich und nahm die Lesebrille von der Nasenspitze, »ist die Sache mit der versuchten Brandstiftung im Arbeitszimmer der Dingeldein. Warum hat der Schmitt versucht, genau die Bude anzustecken, die ihm seine Geliebte vermacht hat? Und warum ist er im Anschluss so blöd und lässt das Feuerzeug mit seinen Fingerabdrücken zurück?«

»Vielleicht hat der Täter eine Persönlichkeitsstörung?«,

warf die Praktikantin ein. »Ist der schizo oder manisch-depressiv oder so was?«

»Ich kann euch versichern, dass der Martin Schmitt völlig normal ist«, erwiderte Gunter Haase mit unglücklichem Gesichtsausdruck. »Wenn der Martin etwas macht, dann aus gutem Grund.«

»Genau den Grund müssen wir schnellstens herausfinden«, stellte Martina Lohse fest. Die Kriminalkommissarin ahnte, dass sie ihrer kleinen Tochter in den kommenden Tagen keine Gutenachtgeschichte würde vorlesen können.

»Richtig! Und dann müssen wir noch rausbekommen, wie das alles zusammenhängt.« Gunter Haase massierte erneut seine Nasenwurzel. »Schließlich haben wir nicht nur den Mord an Brigitte Dingeldein, sondern auch den an Schorschel Binz aufzuklären.«

Martina Lohse seufzte laut auf. »Das hätte ich fast total vergessen.«

Ulf Mayer verstaute die mitgebrachten Unterlagen in seiner großen ledernen Aktentasche und griff nach dem Jutebeutel. »Ich schätze, dass ihr mich nicht mehr braucht?«

Gunter Haase schüttelte den Kopf. »Nein. Danke für deine Unterstützung.«

Ulf Mayer hob zum Abschied die Hand. »Also dann, bis bald!«

»Hoffentlich nicht«, murmelte Frajo Helferich und schickte ein stummes Stoßgebet zur Zimmerdecke. Zwei Tote und ein lediglich halbwegs Verdächtiger reichten schon jetzt, um sie gehörig auf Trab zu halten. Noch ein Vorfall im Odenwald und man würde sie von allen Seiten gnadenlos in die Mangel nehmen. Frajo Helferich verging die Lust auf sein wohlverdientes Abendessen.

13. KAPITEL

Diesmal hatten sie sich in der Wohnung des Jeep-Fahrers, den sie in der Gruppe »Che« und in E-Mails »El Commandante« nannten, getroffen.

Das Mädchen mit den langen Locken und der pickelige Teenager saßen auf der altersschwachen Couch, die mittig zu einer Kuhle abfiel, wodurch die beiden sich zwangsläufig immer näher kamen, als ihnen lieb war. Das Mädchen stützte sich mit der linken Hand ab und rutschte erneut eine gute Handbreit nach rechts, bis ihr rechter Oberschenkel die Seitenlehne der Couch berührte. Mit dem linken Bein versuchte das Mädchen die Position zu stabilisieren, um nicht erneut in die Kuhle zu rutschen. Minuten später war ihr linkes Bein eingeschlafen und kribbelte. Das Mädchen seufzte, drückte sich von der Couch hoch und humpelte zum Fenster. Eine im Raum eingesperrte Schmeißfliege flog gegen die schmierige Fensterscheibe und brummte erbost. Das Mädchen öffnete das Fenster, sodass die Fliege mit einem Surren nach draußen schoss.

»Habt ihr was dagegen, wenn ich das Fenster offen lasse?«, wollte das Mädchen wissen. Die Luft im Raum war abgestanden und leicht übel riechend, so als ob irgendwo Obst verrottete.

»Nee«, erwiderte der pickelige Teenager und nahm sich einen der veganen Schokokekse, die das Mädchen von Edeka mitgebracht hatte. Krümel landeten auf seinem blauen Fleeceshirt, die er mit einer ungeduldigen Handbewegung wegwischte.

Der Anführer der Gruppe hielt eine Tasse mit grünem Tee zwischen den Händen und starrte auf den Dampf, der von der Tasse zur Zimmerdecke aufstieg. »Scheiße!«, wiederholte er. »Damit können wir unsere Pläne fürs Erste vergessen.«

»Unsere Fingerabdrücke sind bestimmt überall auf den Terrassentüren von dieser Dingeldein. Das blöde Klebeband für die Plakate wollte einfach nicht kleben«, meinte das Mädchen. Ihr Gesicht war ungewöhnlich blass und unter ihren braunen Augen lagen tiefe Schatten. Sie hatte die letzten Nächte kaum geschlafen.

Der Teenager schluckte den letzten Bissen seines Schokokekses hinunter. »Wenn du bis jetzt in keiner Kartei stehst, ist das mit den Fingerabdrücken egal. Wie sollen die dich finden?«

Das Mädchen seufzte und ließ die Schultern hängen. »Trotzdem. Jetzt, wo die Tusse tot ist, werden die von der Polizei jeden Stein umdrehen. Ich sag euch, die werden was finden. Wir haben ja nicht gerade versucht, uns unsichtbar zu machen.«

Che führte die Finger der rechten Hand zur rechten Halsbeuge und kratzte sich nachdenklich. »Scheißt euch nicht in die Hosen!«, brummte er. »Die Bullen haben schon einen Verdächtigen.«

»Zum Glück«, murmelte der Teenager.

Das Mädchen senkte die Augen. »Ich fand die Sache mit dem Kaninchen von Anfang an übertrieben.« Sie schüttelte sich noch immer innerlich, wenn sie an den blutigen, seines weichen, braunen Fells beraubten Kadaver dachte.

Che setzte die Teetasse, aus der er hatte trinken wollen, so heftig auf dem aus zwei Holzpaletten angefertigten Wohnzimmertisch ab, dass der Tee überschwappte. »Für zartbesaitete Zicken ist bei uns kein Platz! Such dir besser einen veganen Häkelkreis!«

»Hey, komm runter! Alles easy«, versuchte der Teenager die angespannte Stimmung zu lockern. »Wir wollten ein Zeichen setzen. Was uns gelungen ist. Die Tusse trägt keinen Pelz mehr.«

Das Mädchen gab einen Laut zwischen einem Lachen und einem Stöhnen von sich. »Aber nicht wegen uns!«

Che zog die Schale mit den Schokokeksen zu sich heran. »Wir sollten dem Mörder dankbar sein. Obwohl er uns einen Bärendienst erwiesen hat.«

»Wie soll es denn jetzt weitergehen?«, fragte das Mädchen leise.

»Die Aktion mit den Hochsitzen können wir knicken«, brummte Che zwischen zwei Bissen von seinem Keks. »Nachdem es hier vor Bullen wimmelt, möchte ich nicht mit einer Säge durch den Wald laufen.«

Der Teenager schnippte ein paar Krümel über den Tisch. »Um nicht aufzufallen, sollten wir in den nächsten Wochen alle Aktionen ablasen. Uns ein bisschen dünnemachen.«

Ches Augen flackerten unruhig. »Sollen wir etwa die Hände in den Schoß legen und nichts tun? Während draußen Abertausende unschuldige Tiere leiden?«

Der Teenager zuckte mit den schmalen Schultern. »Wenn der Verdächtige tatsächlich der Mörder ist, werden die Bullen aufhören, hier herumzuschnüffeln. Dann können wir wieder loslegen.«

»Was ist denn mit der Demo vor dem Odenwald-Schlachthof?«, wollte das Mädchen wissen. »Die E-Mails an alle befreundeten Gruppen sind seit Freitag verschickt.«

Che wischte sich die Hände an seiner schwarzen Jeans ab. »Da kommen Leute aus der ganzen Region nach Brensbach. Ich glaube nicht, dass wir dort auffallen werden.«

»Für den Verfassungsschutz sind wir zu kleine Lichter«, stimmte der Teenager ihm zu. »Die haben momentan sowieso die Windkraftgegner in Siedelsbrunn auf dem Kieker.«

»Krass!«, sagte das Mädchen und schüttelte die langen Locken. »Dabei sind die von ›Gegenwind‹ doch voll im Recht. Diese blöden Windräder verschandeln die Landschaft und zerstören Brutstätten!«

Der Teenager griff nach dem letzten Schokokeks, überlegte es sich dann jedoch anders und ließ die Hand sinken. »Ich weiß nicht so recht. Zig Atomkraftwerke in der Nähe find ich jetzt auch nicht gerade prickelnd.«

»Habt ihr das geile Video auf YouTube gesehen?« Che, der nie lange still sitzen konnte, war aufgesprungen und lief im Raum auf und ab.

»Welches Video?« Das Mädchen runzelte die Stirn.

»Das, wo einer der Windkraftgegner, als Henker verkleidet, oben auf dem Stillfüssel steht. Mit dem Beil schwingt und blutige Rache schwört.« Ches Stimme klang erregt, in seinen Augen funkelte es.

»Das ist ein Gag von denen, oder?«, wollte der Teenager verunsichert wissen.

Che lachte kurz auf. »Also für mich sah das ziemlich authentisch aus. Die wollen denen von der ENTEGA echt an die Eier.«

Das Mädchen riss ängstlich die Augen auf. »Glaubt ihr, die machen Ernst? Ich meine, demonstrieren, Plakate aufhängen und Sitzblockaden machen ist das eine. Aber drohen, jemanden umzubringen?«

Che zuckte mit den Schultern. »Jeder bekommt das, was er verdient.«

Das Mädchen spürte, wie ihr ein kalter Schauder den Rücken hinunterlief. Sie fragte sich bang, wo sie hineingeraten war. Und ob es noch eine Möglichkeit gab, rechtzeitig auszusteigen. Von Gewalt war am Anfang nie die Rede gewesen. Ganz im Gegenteil. Aber jetzt liefen die Dinge aus dem Ruder. Sie wünschte, sie hätte damals eine andere Entscheidung getroffen.

»Das gibt es doch nicht!« Charlie glaubte ihren Augen nicht zu trauen. Sie eilte zurück in die Küche, wo Gertie Kartoffeln für das Mittagessen schälte.

»Die Reifen sind kaputt.« Charlies Stimme klang fassungslos.

Gertie legte das Schälmesser zur Seite und blickte hoch. »Woas fer Reife?«

»Vom Camper. Alle vier.«

»Du duschd misch jedz äwwer uff de Oarm nemme, orre?« Gertie musterte Charlie misstrauisch.

»Nein«, versicherte ihr Charlie. »Aber ich verstehe das nicht. Vorgestern war ich in Heppenheim beim TÜV, da war alles in Ordnung. Und jetzt das ...« Charlie wies mit der Hand nach draußen auf die Hofeinfahrt, wo ihr roter Camper mit der weißen Aufsatzkabine geparkt war.

Gertie trocknete die feuchten Hände an einem Küchenhandtuch ab. »Do wärd die Kloane sisch jo äijern, dess ehr alleweil nedd losfahre kennd.«

Charlie rieb sich mit der Hand über die Stirn, als wolle sie die unangenehmen Geschehnisse wegrubbeln. Nicht nur Emelie, sondern auch sie hatte sich auf den Ausflug gefreut. Der Wetterbericht versprach ein sonniges Fronleichnam-Wochenende und Charlie konnte es kaum erwarten, hinter dem Lenkrad ihres Campers endlich wieder einen Hauch von Freiheit zu spüren. Seit den Geschehnissen im »Drob Inn« und ihrem Umzug nach Südhessen hatte Charlies Camper lediglich als Gepäcktransporter gedient. Das Wochenende wäre eine ideale Gelegenheit gewesen, mit dem Camper den südwestlichen Odenwald zu erkunden. Sowie Reiners Tochter so nahezukommen, dass Charlie sich endlich trauen könnte, die Fragen zu stellen, die ihr schon seit Wochen unter den Nägeln brannten. Charlie seufzte laut auf. »Wo bekomme ich jetzt so schnell neue Reifen her?«

Gertie zuckte mit den Schultern. »Koa Oahnung.«

»Wo ist Reiner?«, wollte Charlie wissen.

»Driwwe in de Schaije, bei dem naie Fassel.«

»Fassel?«, wiederholte Charlie und sah Gertie fragend an.

»Olieweleid! De naie Bulle moan isch.«

»Der Zuchtbulle! Ich hab schon verstanden.« Charlie spurtete los.

»Willy, lass das! Aus!«, rief Charlie mindestens zum zwanzigsten Mal. Der Rauhaardackel tat, was er meist in solchen Situationen tat, und stellte die braunen Schlappohren auf Durchzug. Er presste sich noch enger an den mit dem Oberkörper unter dem Camper liegenden Mann und schleckte ihm mit der rauen Zunge über das Gesicht.

»So zutraulich ist er sonst eigentlich nicht«, murmelte Charlie verlegen und versuchte vergeblich, den Rauhaardackel am Halsband zu packen.

Reiners Freund Uwe hatte unter dem Ford Ranger endlich den richtigen Punkt zum Ansetzen des hydraulischen Wagenhebers gefunden, rutschte auf dem Rücken ein Stück vor und pumpte mit der Heberstange so lange, bis das linke Vorderrad sich frei drehte. Mit einem zufriedenen Gesichtsausdruck kam er auf die Beine. »Dein Hund riecht wahrscheinlich meine Luna. Die ist seit letzter Woche läufig.«

Charlie gelang es endlich, den Dackel zu packen und das zappelnde Bündel ins Fahrerhaus zu verfrachten. Dort presste Willy die Nase gegen die Scheibe und bellte anklagend. »Nochmals danke, dass du so schnell gekommen bist«, sagte Charlie.

Uwe Ganter bückte sich, löste die Radschrauben und zog das Rad von der Nabe. »War reiner Zufall, dass ich noch einen kompletten Reifensatz mit den passenden Felgen hinten in der Werkstatt herumliegen hatte. Den Kunden, der die Bestellung aufgegeben hatte, hat's ein paar Tage später auf der Autobahn nach Karlsruhe erwischt. Sein Ford Ranger taugte nur noch für die Schrottpresse.«

»Mal jetzt bloß nicht noch den Teufel an die Wand«, murmelte Charlie.

Reiner Haase kam aus der Scheune hinüber und beäugte den Reifen. »Sieht nicht so aus, als ob du über eine Scherbe gefahren wärst.«

»Mit allen vier Reifen, schön langsam hintereinander?«, erwiderte Charlie mit Sarkasmus in der Stimme.

»Das ist eindeutig Sabotage.« Uwe setzte das neue Rad auf die Nabe und steckte die Radschrauben auf.

Reiner fuhr mit dem Zeigefinger über die Stelle, wo der abmontierte Reifen beschädigt war. »Ein sauberer Stich mit einem scharfen, spitzen Messer und kurze Zeit später ist die Luft raus.«

»Wer macht so was?« Charlie schaute die beiden Männer fragend an.

»Vielleicht ein Dummejungenstreich?« Uwe öffnete das Ventil am Wagenheber, sodass der Wagen sich ein wenig absenkte.

Reiner schüttelte den Kopf. »Glaub ich nicht. Wir liegen so abseits vom Schuss, dass sich kein dummer Junge hierhin verirrt.«

Charlie kickte mit der Fußspitze wütend einen Stein weg. »Wer immer das getan hat, hat das mit voller Absicht getan.«

»Sieht ganz danach aus«, stimmte Reiner ihr zu. Sein grimmiger Gesichtsausdruck verriet, was er mit dem Schuldigen am liebsten machen würde.

Uwe zog eine der Radschrauben an, bis der Drehmoment-schlüssel hörbar einrastete, und blickte zu Charlie hoch. »Bist du jemandem auf die Füße getreten?«

»Quatsch!«, widersprach Charlie ihm vehement.

»Vielleicht ein Klient? Dem deine juristischen Ratschläge nicht gepasst haben?«, vermutete Reiner.

Charlie rieb sich erneut die Stirn, hinter der es schmerzhaft zu pochen begann. »Da wäre es doch einfacher gewesen, mir im Internet eine schlechte Bewertung zu geben. Nein, ich kann mir beim besten Willen nicht vorstellen, wer so etwas machen würde.«

»Du solltest auf jeden Fall Anzeige erstatten«, riet Uwe und bugsierte den Wagenheber vor ein Hinterrad.

»Ich hab Emelie versprochen, dass wir gleich nach der Schule losfahren.« Charlie sah Reiner bedrückt an.

»Es wird ihr schon nicht schaden, ein paar Minuten zu warten«, brummte Reiner.

Charlie blickte auf den bereits gepackten Camper. Und auf den Dackel, der sie mit flehenden Augen anblickte. »Nein«, beschloss sie. »Eine Anzeige bringt nichts. Ich parke den Camper von jetzt an in der Scheune. Emelie und ich, wir starten wie geplant. Ich geh mal davon aus, dass so etwas wie mit den Reifen so schnell nicht wieder passieren wird.«

Anderthalb Stunden später winkte Emelie ihrer vor der Tür des Atzeldoalhofes versammelten Familie zum Abschied zu. Der Dackel saß, mit einem speziellen Geschirr gesichert, auf der Bank der kleinen Dinette im Heck und bellte aufgeregt. Charlie drückte dreimal kurz auf die Hupe.

»Enn guude Fahrd!« Gertie winkte aufgeregt zurück.

»Passt gut auf euch auf!« Theo hatte sein Mittagsschläfchen extra um eine Stunde nach hinten verschoben.

»Meldet euch, wenn ihr gut angekommen seid!«, verlangte Reiner. »Oder wenn euch unterwegs was komisch vorkommt.«

Der rote Camper mit der weißen Aufsatzkabine bog nach links ab und war kurz danach, als die Straße leicht zum Scharbacher Tal hin abfiel, aus ihrem Gesichtsfeld verschwunden. Entgegen seinen sonstigen Gewohnheiten beschloss Reiner, sein Handy über das ganze lange Feiertagswochenende eingeschaltet zu lassen. Er hatte so ein mulmiges Gefühl.

»Hey, du Schlafmütze, aufwachen!« Charlie warf ein Kissen nach Emelie, die um kurz vor halb elf noch immer wie eine Katze eingerollt oben im Alkovenbett lag.

»Manno! Heute ist Sonntag«, brummte es aus Emelies Schlafsack.

»Falsch!«, erwiderte Charlie ungerührt. »Es ist der Samstag nach Fronleichnam.«

»Ich hab trotzdem Ferien.« Emelie drehte sich demonstrativ um.

»Du hast Tim versprochen, ihm ab zwölf beim Ausschank zu helfen«, erinnerte Charlie das Mädchen an ihr Versprechen.

Emelie schnellte hoch und prallte prompt mit dem Kopf gegen das Dach des niedrigen Alkovens. »Aua!«, sagte sie vorwurfsvoll und rieb sich die schmerzende Stelle.

»Komm runter, Frühstück ist fertig«, erwiderte Charlie und wies mit der Hand auf den Tisch im Heck des Campers. Dort hatte Charlie ein reichhaltiges Frühstück mit Gerties selbst gekochter Konfitüre, Emelies Lieblingsaufstrichen, Nektarinen, Cherrytomaten, Gurkenscheiben und frisch geröstetem Toast angerichtet.

Emelie strich sich die karottenroten Rastalocken aus den Augen, hangelte sich die Aluleiter vom Alkoven hinunter und verschwand in der winzigen Nasszelle des Campers. Charlie goss sich eine Tasse Kaffee ein und schaute aus dem Heck-fenster.

Die letzten beiden Tage waren wie im Flug vergangen. Nachdem Charlie und Emelie die erste Nacht auf dem Wohnmobilstellplatz in Michelstadt verbracht und am Morgen von Fronleichnam den Englischen Garten in Eulbach erkundet hatten, waren sie am Abend in Miltenberg direkt am Main gelandet. Dort hatten sie bei fast hochsommerlichen Temperaturen bis nach Einbruch der Nacht vor dem Camper gesessen, vegane Würstchen und Gemüsespieße gegrillt und den Rauhaardackel daran gehindert, seinen Jagdtrieb auszuleben. Willy, der, wie Emelie vermutete, unter dem Napoleon-Syndrom litt und sich folglich in jeder Situation für den Größten hielt, war nur schwer davon abzubringen gewesen, sich in den Main zu stürzen und den vorbeituckernden Schiffen ins Heck zu zwicken.

Nach einer Stippvisite im malerischen Miltenberg am folgenden Morgen hatte Emelie Charlie so lange verbal bearbeitet, bis diese sich breitschlagen ließ, Kurs auf den Wallfahrtsort Walldürn zu nehmen. Dort stellte sich heraus, dass Emelie weniger an der Wallfahrtsbasilika St. Georg oder an den Resten des obergermanischen-raetischen Limes aus römischer Zeit, sondern an dem kleinen Freilichtmuseum im Ortsteil Gottersdorf interessiert war. Und das auch nur, weil Tim, der Lehrling aus der Kelterei König, an diesem Feiertagswochenende in der historischen Dorfschenke des Museums beim Ausschank half.

Das schöne Wetter würde viele Touristen aus nah und fern auf das Museumsgelände ziehen, wo 16 historische Gebäude, vom stattlichen Hof eines Großbauern bis zur Tagelöhnerhütte, um den malerischen Fischteich des ehemaligen Klosters Amorbach gruppiert waren. In diesem Teil des Odenwaldes, der einst als »Badisch Sibirien« verschrien war, waren das Klima rau und die Böden karg gewesen. Wie die Menschen der damaligen Zeit mit den schweren Bedingungen zurecht- gekommen waren, wurde im Freilichtmuseum Gottersdorf eindrucksvoll gezeigt. Tims Eltern waren Mitglieder beim Förderverein und trugen Sorge dafür, dass ihr Sprössling die Familientradition fortsetzte. Charlie waren die zahlreichen WhatsApp-Nachrichten, die Emelie während ihrer gemeinsamen Fahrt verfasst hatte, natürlich nicht verborgen geblieben. Doch Emelie hatte, was ihr Verhältnis zu Tim betraf, nicht viel rausgelassen. Charlie wusste lediglich, dass die beiden jungen Leute nach dem Praktikum in Kontakt geblieben waren und Tim das Mädchen auf die eine oder andere Kerwe in der Region begleitet hatte. Trotz ihres aufsehenerregenden Äuße- ren und der zur Schau gestellten großen Klappe war Emelie in ihrem Inneren schüchtern und verschlossen. Charlie hatte Mühe, an das Mädchen heranzukommen. Weshalb es auf die Fragen, die Charlie unter den Nägeln brannten, noch immer keine Antworten gab. Die Tür der Nasszelle sprang auf und Emelie schlurfte zum Frühstückstisch. Charlie beschloss, ihre vielleicht letzte Chance zu nutzen. Sie reichte Emelie einen Edelstahlbecher mit Kaffee. »Gut geschlafen?«

Emelie goss sich Hafermilch in den Kaffee und gähnte. »Zu wenig.«

Charlie griff nach der Stachelbeerkonfitüre und strich eine dicke Schicht davon auf ihren Toast. Dabei vermied sie es tun- lichst, Emelie anzuschauen. »Ich hab gar nicht gehört, wann du gestern Abend ins Bett gekommen bist.«

Emelie gähnte noch einmal herzhaft. »Muss so gegen zwei, halb drei gewesen sein.«

Charlie legte das Messer zurück auf das hölzerne Früh- stücksbrettchen. »Hat Tim dich wenigstens hierher zurück- gebracht?«

Emelie warf ihrer Begleiterin einen genervten Blick zu. »Ich bin doch kein Baby.«

Charlie stöhnte innerlich auf. Himmel, ich höre mich ja wie meine eigene Mutter an, dachte sie erschrocken. Sie versuchte, ihren Fauxpas wiedergutzumachen. »Ich weiß, dass du keine Bangebüchs bist.«

Emelie hörte auf, in ihrem Kaffee zu rühren. »Bangebüchs?«

Charlie lachte verlegen. »Sorry, das passiert, wenn man jahrelang im hohen Norden wohnt. Ich wollte sagen, dass du kein Angsthase bist.«

»Ach so.« Emelie schnappte sich eine Cherrytomate und schob sie in den Mund.

»Weil wir hier hinten auf dem Parkplatz, direkt an der Hecke, ganz schön weitab vom Schuss stehen«, versuchte es Charlie noch einmal.

»Was soll hier schon passieren?«, erwiderte Emelie. »Auf den Mannheimer Planken wäre es mit Sicherheit gefährlicher.«

»Ja, wahrscheinlich hast du recht.« Charlie schluckte den letzten Bissen ihres Toasts hinunter. Emelies Frühstücksbrettchen lag noch unberührt vor ihr. »Hast du keinen Hunger?«, wollte Charlie besorgt wissen.

»Nee, nicht wirklich.« Emelie nahm einen Schluck von ihrem Kaffee. »Ich hab gestern zu viel Pizza gegessen.«

Und zu viel Apfelwein getrunken, dachte Charlie. Aber sie schwieg. In ihrem Kopf begannen die Fragezeichen, Tango zu tanzen. Emelies Kaffeetasse war so gut wie leer und das Mädchen machte Anstalten aufzustehen. Beherzt griff Charlie nach dem Glas mit dem veganen Apfel-Zwiebel-Schmalz. Wenn auch diese Taktik fehlschlug, konnte sie, was ihr eigentliches Anliegen betraf, einpacken. Charlie setzte, wie sie hoffte, einen entspannten Gesichtsausdruck auf. »Das probier ich jetzt auch mal!«, verkündete sie und bestrich eine Toastscheibe, auf die sie keinen sonderlichen Appetit hatte, mit dem Schmalz.

Emelie stand auf und stellte ihre Tasse in die kleine Edelstahlspüle der Campingküche.

Charlie hielt ihren Toast hoch. »Mmh, das ist wirklich lecker! Schmeckt mir besser als das Original.«

»Prima.« Emelie öffnete eins der oberen Staufächer und kramte nach ihrer Handtasche.

Mach was, befal sich Charlie.

Emelie hatte die Handtasche und das darin verstaute Handy gefunden. »Mist, der Akku ist fast leer«, murmelte sie.

»Ich habe einen Adapter für die Wohnraumbatterie. Damit kannst du dein Handy aufladen«, beeilte sich Charlie, dem Mädchen zu antworten.

»Dauert das lange?« Emelie stand die Ungeduld ins Gesicht geschrieben.

»Nein, geht ganz schnell«, schwindelte Charlie und schloss Emelies Handy an das Ladegerät an. »In der Zwischenzeit kannst du noch einen Kaffee mit mir trinken.«

Emelie warf einen Blick auf ihre Armbanduhr. »Okay«, sagte sie und ließ sich erneut auf die Sitzbank sinken.

Charlie atmete innerlich erleichtert auf. Sie holte Emelies Tasse aus der Spüle und goss noch einmal vom Kaffee nach. »Ist das eigentlich schwer, vegan zu sein?«, wollte sie wissen.

Emelie zuckte mit den Schultern. »Geht so.«

»Ich finde es toll, dass du zu deinen Überzeugungen stehst«, beeilte sich Charlie dem Mädchen zu versichern. »Vor allem, wenn ich an die armen Tiere denke. Ich hab mir übrigens gestern überlegt, dass ich fürs Erste auch auf Fleisch verzichten werde.«

»Echt?« Emelie blickte Charlie erstaunt an.

Charlie nickte und wies mit der Hand auf den Kühlschrank des Campers. »Das Steak, das da oben im Tiefkühlfach liegt, trete ich gern an Willy ab.«

Der Rauhaardackel wedelte erwartungsvoll mit dem Schwanz.

»Cool!« Emelies Gesicht hellte sich sichtbar auf.

Jetzt hab ich sie, dachte Charlie zufrieden. »Bist du eigentlich nur für dich vegan?«, fragte sie mit Unschuldsmiene. »Oder gehörst du so einem Club oder einer Gruppe an?«

»Du meinst bei Facebook?«, fragte Emelie zurück.

»Ja, wenn es so was bei Facebook gibt.«

»Massenweise.«

»Aber auch in echt?«, bohrte Charlie weiter. »Gibt es bei uns im Odenwald so eine Art Gruppe?«

»Ich treff mich manchmal mit ein paar Leuten«, erwiderte Emelie ausweichend.

»Zum Kochen?«, fragte Charlie scheinheilig. Sie wusste, dass Emelie, was die vegane Selbstversorgung betraf, wenig Talent und noch weniger Ambitionen hatte. Wenn es auf dem Atzeldoalhof vegane Köstlichkeiten gab, dann stammten diese aus der Hand von Gertie.

»Nee, wir treffen uns zum Reden«, antwortete Emelie erwartungsgemäß. »Wir diskutieren über Tierrechte und so was. Ob wir eine Aktion mit Flyern machen, eine Petition unterschreiben oder auf eine Demo gehen. Letzten Winter haben wir in der Schule eine Tierschutz-AG gegründet.«

»Find ich richtig gut!« Charlies Zustimmung war nicht geheuchelt. Sie wünschte, dass sich mehr Schüler in Emelies Alter in ihrer Freizeit engagierten. Allerdings nur bis zu einem gewissen Punkt. Was Charlie wieder zu ihrem eigentlichen Anliegen brachte. »Gibt es bei euch auch Leute, die ihre Interessen vielleicht nicht ganz so friedlich kundtun?«

Emelie blickte misstrauisch auf. »Wie meinst du das?«

Charlie spielte mit ihrem Frühstücksmesser. »Du erinnerst dich bestimmt an das Lärmfeuer?«

»Claro.«

»Da gab es am Morgen so einen Vorfall, wo ein paar Tierschützer ziemlichen Mist gebaut haben.«

Emelie stieß den Edelstahlbecher von sich. »Glaubst du etwa, dass ich dabei war?« In ihren haselnussbraunen Augen flackerte ein gefährliches Funkeln auf.

»Warst du?« Charlie hielt dem Blick des Mädchens stand.

Emelie war diejenige, die zuerst die Augen senkte. »Natürlich nicht! Was denkst du denn von mir?«

Wenn ich das nur so genau wüsste, dachte Charlie verzweifelt. »Hast du eine Ahnung, wer es gewesen sein könnte?« Charlie ließ nicht locker.

Emelie warf den Kopf zurück, sodass ihre langen Rastalocken mit den eingeflochtenen Perlen gegen die Seitenwand des Campers flogen. »Soll das hier etwa ein Verhör werden, oder was?«

Charlie wusste, wann sie sich geschlagen geben musste. Sie lachte leise auf. »Tut mir leid. Da ist gerade wohl die Anwältin mit mir durchgegangen. Soll nicht wieder vorkommen.«

Emelie erhob sich von der Sitzbank. »Ich muss los. Der Tim wartet bestimmt schon auf mich.«

»Ich schau nachher mal bei euch in der Schenke vorbei«, verkündete Charlie und begann, die Konfitürengläser zuzuschrauben.

Emelie warf Charlie unter gesenkten Wimpern einen unergründlichen Blick zu. Dann klopfte sie dem Hund zum Abschied auf die Kruppe und war aus dem Camper verschwunden.

Charlie raufte sich das rotblonde Haar.

»Das hast du ja prima hinbekommen!«, rügte sie sich. Was die Antwort auf ihre Fragen betraf, da tappte sie weiter im Dunkeln. Und würde, wie es aussah, auch in den letzten Tagen ihres gemeinsamen Campingausfluges diesbezüglich nicht das Licht der Erkenntnis erlangen. Weil sie es sich gerade gründlich mit Emelie verdorben hatte.

»Das kann ja heiter werden«, murmelte Charlie und begann, das Geschirr in der kleinen Spüle des Campers abzuspülen.

14. KAPITEL

Der Sommer hatte im Wald Einzug gehalten.

Auf dem Waldboden, dessen trockene Nadeln und Blätter unter den Füßen knisterten, wiesen Sonnenflecken ihm den Weg. Die Wildblumen am Wegesrand verströmten einen süßlichen Duft. Im Fichtenhain roch es durch die ausströmenden ätherischen Öle wie in einem wohltuenden Schaumbad. Insekten summten, von all den Wohlgerüchen trunken, durch die sonnenwarme Luft. Er stöberte ein Rudel Rotwild auf, das in großen, weiten Sprüngen tiefer in den Wald floh. Fast erlag er der Versuchung, ihnen zu folgen. Trotz des schönen Wetters verspürte er heute keine Lust, den Treffpunkt zu erreichen. Widerwillig setzte er einen Fuß vor den anderen. Schleppte sich vorwärts. Als er die Senke auf halbem Weg erreichte, ließ er sich schwer atmend auf einen umgestürzten Baumstamm fallen. Er war müde, so furchtbar müde.

Bevor er sich hatte loseisen können, hatte sie ihn genötigt, ein Käsebrötchen zu essen. Was er nun bedauerte. In seinen Eingeweiden rumorte es und ihm war übel. Er schluckte schwer, um den galligen Geschmack im Mund loszuwerden. Mit dem Handrücken wischte er sich den Schweiß von der Stirn. Laut seinem Geburtsdatum war er noch kein richtig alter Mann, doch heute fühlte er sich wie ein tatteriger Greis. Sein Arzt hatte ihn gewarnt, dass es so kommen würde. Dass die Kräfte ihn zunehmend verließen, er hinfällig würde. Zum Schluss müssten die Maschinen das ersetzen, was sein Körper nicht mehr von allein bewältigen könnte. Verächtlich spuckte er aus. So weit würde er es nicht kommen lassen. Er hatte schon die notwendigen Vorkehrungen getroffen. Einen Moment war er versucht, nach Hause zurückzukehren und dem ganzen Elend ein Ende zu bereiten. Aber dann mahnte er sich zur Vernunft. Er durfte nicht gehen, bevor das Böse ausgerottet, sein Versprechen eingelöst war.

Mit dem rechten Arm stützte er sich am Baumstamm ab und richtete sich mühsam auf. Sein Kreislauf kam mit der Hitze nicht gut klar. Doch er stapfte weiter, obwohl die Welt um ihn herum Karussell fuhr und das Herz ihm in der Brust wummerte. Bis zum Treffpunkt waren es höchstens zehn Minuten. Dort würde er sich ausruhen können, Trost und Verständnis finden. Von beidem hatte er bitter nötig, denn in den letzten Tagen war ihm der Mut abhandengekommen. Trotz der großen Worte, die er zuvor geschwungen hatte. Tief in seinem Herzen verachtete er Gewalt. Es bereitete ihm Qualen, sich das auszumalen, was in Kürze folgen müsste.

Diesen Schmerz, die Angst, auf den letzten Metern zu versagen, konnte ihm nur einer nehmen.

»Schsch!«, machte Charlie und kicherte. »Wir wecken alle auf.«

Emelie schaute sich um. »Wen denn? Ich seh hier niemanden.« Am Nachmittag war der vordere Teil des Parkplatzes bis auf den letzten Platz belegt gewesen und zwei weitere Wohnmobile hatten sich zu Charlies Camper gesellt. Jetzt, um kurz nach eins, parkte lediglich ein alter Audi gegenüber der Schautafel, auf der die Wanderwege um den Ort angezeigt wurden.

»Ich hab den Schlüssel gleich.« Charlie kramte in den Untiefen ihrer Handtasche. Schließlich hielt sie ein metallisches Objekt triumphierend in die Höhe. Der Dackel bellte frenetisch und kratzte an der Innentür des Campers. »Ruhe,

Willy!«, nuschelte Charlie und versuchte, den Schlüssel ins Schloss einzuführen. Was ihr nicht gelang. Charlie runzelte verdutzt die Stirn. War der Schließzylinder etwa im Verlauf der letzten vier, fünf Stunden geschrumpft? Charlie starrte auf das, wie sie fand, viel zu winzige Loch und führte den Schlüssel in die vorgegebene Richtung. Schlüssel und Zylinder verfehlten einander um satte drei Zentimeter. »Das ist ja schwieriger, als einen Faden durch ein Nadelöhr zu ziehen«, beschwerte sie sich.

»Soll ich dir helfen?« Emelie hatte den Kopf in den Nacken gelegt und schaute in den Sternenhimmel. Von Osten zogen dunkle Wolken auf, die den hochsommerlichen Temperaturen ein Ende bereiten würden. Die Luft roch bereits feucht.

»Warum geht das denn nicht?« Charlie stand vor einem Rätsel.

»Gib mal her!« Emelie schnappte sich den Schlüssel, der zu Charlies Verwunderung sofort in das Schloss passte. Die Tür des Campers sprang auf. Der Dackel war mit einem Satz draußen und erleichterte sich an der Hecke. Als er mit zum Boden gerichteter Nase den Ansatz machte, das tierische Nachtleben von Gottersdorf erkunden zu wollen, packte ihn Emelie resolut am Halsband. »Halt, du Schlawiner, erst an die Leine! Wir drehen jetzt eine Runde um den Platz und dann geht es ab ins Bett.«

»Bett wäre ganz wunderbar.« Charlie gähnte herzhaft.

»Hau dich schon mal hin! Ich komm mit Willy alleine klar«, verkündete Emelie.

Charlie zögerte einen Moment. Konnte sie das Mädchen wirklich mutterseelenallein in tiefer Nacht über den Parkplatz ziehen lassen? Aber was sollte hier, wo sich Fuchs und Hase bereits gute Nacht gesagt hatten, passieren? Charlie griff nach der Taschenlampe, die sie immer im Schränkchen neben der Eingangstür parat hielt. »Hier! Nimm die mit!«, sagte sie und drückte Emelie die Lampe in die Hand.

Im Camper begnügte sich Charlie mit einer Katzenwäsche und verwandelte die Sitzecke im Heck zu ihrem Bett. Als sie gerade unter ihre Bettdecke geschlüpft war, kam Emelie mit dem Hund zurück. Der Rauhaardackel sprang ohne zu zögern auf Charlies Bett, rollte sich am Fußende ein und fing leise an zu schnarchen. Emelie schlüpfte aus Jeans und T-Shirt und war kurz danach im Alkoven verschwunden, wo ihr sofort die Augen zufielen.

Charlie hatte dagegen Mühe, den ersehnten Schlaf zu finden. Der Apfelschaumwein, mit dem die feucht-fröhliche Runde in der historischen Schenke wiederholt angestoßen hatte, führte dazu, dass ihr Gehirn nicht zur Ruhe kam. Was als ein vermeintlich langweiliger Nachmittag begonnen hatte, hatte sich im Laufe der Stunden zu einem amüsanten Abend gemausert. Tims Vater hatte, obwohl er ein waschechter Odenwälder war, seine frühen Erwachsenenjahre bei der Marine verbracht und konnte daher manches Seemannsgarn spinnen. Charlie kicherte in ihr Kopfkissen, als sie sich an die Piratenwitze erinnerte, die Tims Vater zum Besten gegeben hatte. Nicht alle davon waren strikt jugendfrei gewesen. Doch Tim und Emelie hatten mit ein paar Jugendlichen aus dem Dorf an einem Tisch im vorderen Teil der Schenke gesessen und ihr eigenes Ding gemacht. Als Charlie den Teenagern eine Runde Fassbrause spendiert hatte, hatte sie zu ihrer Erleichterung festgestellt, dass Emelie ihr gegenüber keinen Groll mehr hegte. Das Gespräch vom Frühstück war vergessen.

Charlie gähnte und schubste den Dackel, der auf ihren Füßen gelandet war, ans Fußende des Bettes zurück. Die ersten Tropfen der Regenfront, die von Osten her aufgezogen war, prasselten auf das Dach des Campers. Trotzdem war die

Luft im Inneren noch immer stickig. Charlie kroch aus dem Bett und öffnete das Fenster über der Küchenzeile eine gute Handbreit. Sie überprüfte, ob die Eingangstür richtig verriegelt war, dann schlurfte sie zurück ins Bett. Das Glucksen und Plätschern des Regens auf dem Aluminiumdach wirkte wie ein Wiegenlied. Charlie schloss die Augen und schlief ein.

Allerdings war ihr Schlaf nicht traumlos. Charlie war zurück in Schweden, wo sie mit Dirk am Kamin des kleinen, rot gestrichenen Ferienhauses saß. Dirk hatte seinen Arm um sie gelegt und sie kuschelte sich wohlig an seine Schulter. Versonnen schauten sie in die Flammen, die im Kamin züngelten. Dirk spielte mit einer Strähne ihres rotblonden Haares und begann, zärtlich an ihrem Ohr zu knabbern. Eine Welle der Erregung schoss durch Charlies Körper und ihr wurde heiß. So heiß, dass ihr bald die Luft zum Atmen fehlte. Etwas, das sich wie eine raue, kratzige Decke anfühlte, legte sich schwer auf ihren Oberkörper. Charlie hustete und keuchte, versuchte, die Decke mit den Händen abzustreifen. Da hörte sie das Bellen eines Hundes.

Mit einem Ruck war Charlie wach und musste noch stärker husten. Beißender Rauch machte ihr das Atmen schwer. Selbst der Dackel klang heiser. Panisch schaute sich Charlie in der Dunkelheit um. Was war geschehen? War die Gasflasche, die sie für den Kühlschrank, zum Kochen und für die Heizung benötigte, in Brand geraten? Oder hatte es einen Motorbrand gegeben? Irgendetwas stimmte hier ganz und gar nicht.

Trotz des Hustens und Würgereizes kam Charlie auf die Beine. In ihrem Kopf drehte sich alles und ihre Augen tränten. Woher, verdammt noch mal, kam der Rauch, dachte sie verzweifelt. Doch sie war nicht mehr in der Lage, einen klaren Gedanken zu fassen. Sie handelte rein instinktiv. Blind vor Tränen tastete sie sich in dem beengten Raum vorwärts, bis sie endlich die Verkleidung der Eingangstür unter ihren Händen spürte. Sie entsperrte den Riegel. Aber die Tür ließ sich nicht öffnen. Selbst als Charlie sich mit ihrem ganzen Körpergewicht dagegenstemmte, blockierte die Tür. Verzweifelt hämmerte Charlie mit den Fäusten dagegen und schrie um Hilfe. Aber wer sollte sie mitten in der Nacht auf diesem abgelegenen Parkplatz hören? Charlie lehnte sich gegen die Tür und brach in Schluchzen aus. Etwas Weiches drängte sich an Charlies Waden und eine kalte Nase stupste sie an. Sie beugte sich hinunter und bemerkte, dass der Hund stark hechelte und speichelte. Reiß dich zusammen, befahl sie sich und wandte sich von der Tür ab. Ihre Augen hatten sich trotz des Rauches an die Dunkelheit gewöhnt. Hustend blickte sich Charlie um. Verdammt, sie musste den Ort, von dem aus sich der Rauch im Camper verbreitete, ausmachen! Da flackerte im Küchenfenster kurz ein rötlicher Schein auf. Charlie schleppte sich zur Küchenzeile, von wo aus der Rauch immer dicker wurde. Geistesgegenwärtig riss sie das Fenster, das zum Glück nicht blockiert war, so weit wie möglich auf. Frische, feuchte Nachtluft durchflutete den Raum. Charlie keuchte wie ein Sprinter, der gerade einen 3.000-Meter-Lauf hinter sich gebracht hatte. Da entdeckte sie den Brandherd: In der Spüle lagen zusammengeknüllte Lumpen, die beißenden Rauch ausspien. Es roch nach Benzin. Charlie schnappte sich die dicken Grillhandschuhe, die sie mit den Suppenkellen, dem Pfannenwender und dem Korkenzieher an der Küchenwand aufgehängt hatte, und beförderte die brennenden Lumpen durch das Fenster nach draußen. Die angekohlten Grillhandschuhe schmiss sie gleich hinterher. Ein erneuter Hustenanfall schüttelte sie, aber die Luft wurde spürbar besser. Charlie konnte wieder atmen. Sowie klar denken. Emelie, schoss es ihr durch den Kopf. Was war mit Emelie? In ihrer Panik und dem verzweifelten Bemühen, das Feuer zu löschen, hatte sie das Mädchen völlig vergessen. Charlie eilte zum Alkoven und schüttelte Reiners Tochter an der Schulter. Emelie rührte sich nicht.

Charlie zitterte trotz der dicken Decke, die man ihr um die Schultern gelegt hatte.

»Und Sie sind ganz sicher, dass sie nicht ins Krankenhaus muss?« Charlie schaute auf Emelie, die im Inneren des Krankenwagens versorgt wurde.

Der Notarzt schüttelte den Kopf. »Das Mädchen hat Glück gehabt, weil sie kaum etwas vom Rauch abbekommen hat. Ich mache mir eher Sorgen um Sie. Mit einer Rauchgasvergiftung ist nicht zu spaßen. Außerdem stehen Sie unter Schock.«

»Es geht schon.« Charlie versuchte vergeblich, einen Hustenanfall, der sie erneut durchschüttelte, zu unterdrücken.

Der Arzt zog die Augenbrauen hoch. »Das sehe ich! Ab mit Ihnen in den Rettungswagen! Sie bekommen noch einmal Sauerstoff. Dann sehen wir weiter.«

Mit der Sauerstoffmaske auf dem Gesicht begrüßte Charlie eine Viertelstunde später Gunter, den sie nach dem Alarmieren des Notarztwagens angerufen hatte.

Der Kriminalhauptkommissar beugte sich zu ihr hinunter. »Was machst du denn für Sachen, Bobbelsche?«

Charlie zog sich die leise gluckernde Maske vom Kopf. »Ich bin nicht ...«, setzte sie gereizt an.

»Jaja.« Gunter winkte ungeduldig ab. Angesichts des flackernden Blaulichts und des vom Camper ausgehenden Brandgeruches war ihm nicht danach, auf den üblichen Running Gag zwischen ihm und Charlie einzugehen. »Was ist passiert?«, presste er zwischen schmalen Lippen hervor.

»Jemand hat uns ein Knäuel brennende Lumpen in den Camper gesteckt. Und die Tür von außen blockiert«, erwiderte Charlie und erschauderte bei der Erinnerung an die endlosen Minuten, während der sie sich im Camper gefangen gefühlt hatte.

Gunter warf einen Blick auf seine Nichte, die sich angeregt mit einem der Sanitäter unterhielt. »Emelie scheint wieder fit zu sein.«

Charlie fuhr sich durch das zerzauste Haar, das nach Rauch roch. »Sie hat zum Glück von der ganzen Sache so gut wie nichts mitbekommen.«

»Hat Emelie etwa nicht bei dir im Camper geschlafen?« Der Kriminalhauptkommissar wusste nicht, ob er jetzt doppelt beunruhigt sein sollte.

»Doch, natürlich.« Charlie nickte. »Aber sie hatte den Vorhang zum Alkoven zugezogen und die Dachluke geöffnet. So hat sie vom Rauch, obwohl der nach oben steigt, kaum etwas inhaliert.« Trotz der Erleichterung schossen Charlie erneut die Tränen in die Augen. »Ich hab im ersten Moment gedacht, sie ist tot!«, schluchzte sie.

Gunter zog Charlie in seine Arme und streichelte ihr beruhigend den Rücken. »Ist sie aber nicht«, sagte er leise. »Meine renitente Nichte kann sogar schon wieder Witze machen. Sie hat mir eben die Zunge rausgestreckt.«

Charlie schniefte. »Sie war nicht tot, sondern hat nur fest geschlafen. Ich musste sie ein paarmal heftig schütteln, bevor sie reagiert hat.«

»Das hat sie von ihrem Opa«, erwiderte Gunter. »Neben dem konnte auch eine Bombe hochgehen und er hat selig weitergeschnarcht.«

»Das mit dem Schnarchen ist anscheinend ebenfalls erblich«, meinte Charlie leise und schenkte Gunter ein wässriges Lächeln.

Der lächelte zurück, wurde dann sofort wieder ernst.

»Hast du denjenigen gesehen, der euch die brennenden Lumpen in das Wohnmobil gesteckt hat?«

»Es muss passiert sein, als ich gerade eingeschlafen war«, mutmaßte Charlie.

Gunter rieb sich nachdenklich das stoppelige Kinn. »Also muss derjenige euch beobachtet haben.«

Charlie lief erneut ein kalter Schauder über den Rücken. »Erst die Sache mit den durchstochenen Reifen und dann das.«

»Ich verwette meine Ernennungsurkunde darauf, dass die beiden Vorfälle zusammenhängen«, sagte der Kriminalhauptkommissar grimmig.

»Sieht ganz danach aus«, musste Charlie eingestehen.

»Hast du eine Ahnung, wer dahinterstecken könnte?«

Charlie zögerte einen Moment. »Vielleicht.«

Der alte Subaru von Reiner Haase kam mit quietschenden Reifen vor dem Rettungswagen zum Stehen. Reiner stürzte aus dem Auto und lief auf die beiden Frauen zu, die ihm auf dieser Welt am meisten bedeuteten.

»Isch glaab dess nedd! Isch koann dess iwwerhaupt nedd glaawe.« Gertie rang ihre Hände. »Wär dudd denn sou woas?«

Reiner fuhr sich erneut durch das kurz geschnittene Haar, das ihm dadurch wirr vom Kopf abstand. »Das ist die Frage, die wir gerade zu klären versuchen, Modder.«

Nachdem der Notarzt sein Einverständnis gegeben und Charlie den Schlüssel des Campers der von Gunter herbeigerufenen Spurensicherung überlassen hatte, waren Charlie, Emelie und die beiden Brüder auf den Atzeldoalhof zurückgekehrt. Dort hatte sich Emelie, von Gertie mit heißer Mandelmilch mit Zimt und Ahornsirup verwöhnt, in ihr Bett zurückgezogen. Gunter hatte Theo, der vor Aufregung kaum einen zusammenhängenden Satz zustande brachte, einen großen Cognac eingeschenkt und dann ebenfalls ins Bett zurückgeschickt.

Charlie, die zuerst den sich heftig wehrenden Dackel und dann sich geduscht hatte, kam zurück ins Wohnzimmer. Ihr Haar war noch feucht und ihr Gesicht unter den Sommersprossen blass. Gunter hob fragend die Cognacflasche in die Höhe. Charlie schüttelte stumm den Kopf. Obwohl der Schreck und die Panik sie mit einem Schlag nüchtern gemacht hatten, war ihr nicht nach Alkohol. Denn auch Alkohol schaffte es letztendlich nicht, ihr die Angst zu nehmen. Ihr ein Gefühl von Sicherheit vorzugaukeln. Sie wusste, dass sie endlich reinen Tisch machen musste.

Reiner schloss seine Mutter tröstend in die Arme. »Geh ins Bett, Modder. Ist schon spät.«

»Äwwer isch koann doch nedd …« Gertie zögerte.

»Doch, du kannst!«, erwiderte Gunter sanft, aber bestimmt. »Hier gibt es für dich nichts mehr zu tun.«

Gertie schlurfte mit hängenden Schultern aus der Küche.

»Tee?« Reiner blickte fragend in die Runde und hielt den Wasserkessel unter den laufenden Wasserhahn. Charlie und sein Bruder nickten zustimmend.

»Was geht hier vor sich?«, fragte Gunter, nachdem Reiner ihnen vom Tee eingegossen hatte. »Zwei Vorfälle innerhalb kürzester Zeit sind kein Zufall!«

Reiner gab zwei Stückchen braunen Würfelzucker in seine Tasse und blickte seinen Bruder fragend an. »Hat das möglicherweise was mit den beiden Morden zu tun?«

Gunter seufzte. »Kann ich mir, ehrlich gesagt, nicht vorstellen. Aber komplett ausschließen möchte ich es auch nicht.«

»Ich meine, weil du«, Reiner blickte zu Charlie hinüber, »ja an beiden Morden beteiligt warst.«

Charlie starrte entgeistert zurück. »Ich?«

»Natürlich nicht in dem Sinn, dass du als Täterin infrage kommst«, beeilte sich Reiner ihr zu versichern. »Aber du warst beide Male am Tatort. Hast Nachforschungen betrieben …«

»Was eigentlich die Sache der Polizei ist«, warf Gunter streng ein.

»Vielleicht bist du dem Mörder damit auf die Füße getreten«, formulierte Reiner seine Gedanken zu Ende. »Es könnte doch sein, dass er dir einen Denkzettel verpassen wollte. Damit du Ruhe gibst.«

»Das passt irgendwie nicht zum Täterprofil«, murmelte Gunter.

Charlie, die innerlich noch immer zitterte, schloss beide Hände um die heiße Tasse. »Wie ist denn euer Stand der Ermittlungen? Kann man davon ausgehen, dass es sich um ein und denselben Mörder handelt? Der sowohl den Schorschel als auch die Brigitte auf dem Gewissen hat?«

Der Kriminalhauptkommissar stöhnte laut auf. »Wenn ich es nur wüsste!«

»Aber der Martin? Ihr habt doch noch immer den Martin hinter Schloss und Riegel«, warf Reiner ein.

»Der Martin ist unschuldig«, beteuerte Charlie sofort.

Gunter zog eine Grimasse. »Darauf weist, nachdem wir ihn uns nochmals vorgenommen haben, in der Tat einiges hin.«

»Wusst ich's doch!« In Charlies blasses Gesicht war wieder Farbe gekommen.

Der Kriminalhauptkommissar verneigte sich spöttisch vor Charlie. »Sorry, aber wir sind auch nur Menschen. Die hin und wieder Fehler machen.«

Charlie schnaubte leise.

Gunter zog eine Grimasse. »Da der Martin als Mörder nicht infrage kommt, ist unsere ganze Ermittlungstheorie im Eimer. Was bedeutet, dass wir praktisch wieder ganz am Anfang stehen.«

»Also gibt es doch einen Zusammenhang!« Reiner schlug mit der flachen Hand auf den Tisch, sodass etwas von seinem Tee überschwappte. Schleppenden Schrittes ging er zur Spüle und kam mit einem Lappen zurück. »Himmel, ich mache mir Sorgen!«

»Ich mir auch«, stimmte ihm sein Bruder zu.

»Charlie braucht ab sofort Personenschutz!« Reiners Gesicht drückte grimmige Entschlossenheit aus.

Gunter nickte.

Charlie schob ihre Teetasse, aus der sie noch nicht getrunken hatte, zur Seite. »Kann sein. Aber nicht wegen des Odenwald-Mörders.«

»Sondern?« Gunter schaute sie mit leicht geöffnetem Mund an.

Charlie rieb sich unbewusst die Narbe am Oberarm, die sie stets unter der Kleidung verborgen hielt. »Ich befürchte, dass so ein Typ aus Litauen hinter mir her ist.«

»Was hast du denn mit so einem aus Litauen zu tun?« Die unerwartete Wendung ihres Gespräches hatte Gunter sichtlich aus dem Konzept gebracht.

»Ich hab seinen Bruder in den Knast gebracht«, erwiderte Charlie leise.

»Wie, in den Knast?« Gunter schüttelte den Kopf, als ob er nicht glauben konnte, was er gerade hörte.

Charlie seufzte laut auf. »Ist eine lange Geschichte. Wollt ihr die wirklich hören?«

»Unbedingt!«, sagten Reiner und Gunter gleichzeitig.

Charlie spürte, wie ihr Herz schmerzhaft in der Brust zu hämmern begann. In ihrem Hals machte sich ein Engegefühl breit. Jetzt wünschte sie sich, dass sie vorhin auf Gunters Angebot eingegangen wäre und sich etwas Stärkeres als Tee in die Tasse hätte gießen lassen. Oder die Tropfen, die ihr der

Arzt verschrieben hatte, zur Hand hätte. Verdammt, warum tut das noch immer so weh? Warum haut mich das jedes Mal wieder um, fragte sie sich verzweifelt. Charlie biss sich auf die Unterlippe. Der Schmerz half ihr, sich zu fokussieren.

»Wie ihr wisst, habe ich in Hamburg beim ›Drob Inn‹ gearbeitet«, begann sie zögerlich.

»Dort, wo Drogensüchtige sich unter Aufsicht legal einen Schuss setzen können?«, fragte Gunter leise.

Charlie nickte. »Ja. Allerdings habe ich im ›Drob Inn‹ eigentlich nicht direkt im Konsumraum gearbeitet. Sondern als Anwältin versucht, unserer Klientel einen legalen Weg zum Ausstieg, zurück in ein drogenfreies Leben aufzuzeigen.«

»Und wie kommt dieser Litauer da ins Spiel?«, wollte Reiner wissen.

Charlie fuhr sich mit der Zungenspitze über die sich trocken anfühlenden Lippen. »Drei der Kollegen, die normalerweise im Konsumraum Schicht taten, waren damals an Grippe erkrankt. Weil wir in der Woche extrem viel Anlauf in St. Georg hatten, hatte ich angeboten, im Konsumraum auszuhelfen.«

»Du warst schon immer viel zu gutmütig, Bobbelsche«, brummte Gunter.

»Ach was!« Charlie schüttelte den Kopf. »Normalerweise ist es im ›Drob Inn‹ überhaupt nicht gefährlich. Die meisten unserer Klienten sind für die Chance, die wir ihnen bieten, dankbar. Manche bleiben stundenlang, essen und duschen bei uns, nutzen die Waschmaschinen. Mit manchen ist es wie mit einer kleinen Familie. Und wenn trotzdem mal einer ausrastet, haben wir speziell ausgebildete Sozialarbeiter. Die scheuen sich nicht, im Zweifelsfall hart durchzugreifen.«

Reiner nahm einen Schluck von seinem Tee. »Wäre trotzdem kein Job für mich«, meinte er. »Und für jemanden wie dich erst recht nicht«, fügte er im Stillen hinzu.

»Ich hab mich im ›Drob Inn‹ immer sehr wohl gefühlt.«
Charlie kämpfte sichtbar mit den Tränen.

»Bis was passiert ist?«, drängte Gunter behutsam.

Charlie rieb die Tränen mit dem Handrücken fort. »Da
war dieser dunkelhaarige Mann, der fast akzentfrei Deutsch
sprach. Ein Litauer, wie ich später erfuhr«, begann Charlie
leise zu erzählen. »Er hat sich aufgeregt, weil er warten musste.
Aber wir waren wegen der Grippe total unterbesetzt. Und
dann hatte noch ein Junkie Schwierigkeiten, mit der Spritze
richtig in die Vene zu kommen. In der Spritze war schon ver-
klumptes Blut. Und natürlich das Kokain. Wir wollten, dass
er mit dem Spritzen aufhört und in unser Sanizimmer zum
Arzt geht, aber er hat sich geweigert. Nun ja, ich konnte ihn
irgendwie verstehen. Kokain für knapp 100 Euro schmeißt
man schließlich nicht so einfach in den Abfalleimer.«

»Mannomann!« Reiner schüttelte missbilligend den Kopf.
»Hört sich für mich wirklich nach einem Traumjob an.«

»Lass Charlie in Ruhe erzählen!«, herrschte Gunter seinen Bruder an.

Charlie holte tief Luft. »Um es kurz zu machen … Der
Litauer fing an rumzustänkern, weil ihm alles nicht schnell
genug ging. Er machte Anstalten, sich vorzudrängeln.«

Reiner gab ein verächtliches Grunzen von sich.

»Ich hab den Typen mehrmals höflich gebeten zu warten, bis er an der Reihe wäre. Zuerst dachte ich, dass er sich
beruhigen würde. Doch dann …« Charlie schluckte schwer.
»Dann zog er plötzlich dieses Messer hervor und setzte es
mir an die Kehle.«

»Lieber Himmel!«, entfuhr es Gunter.

Reiner spürte, wie sein Brustkorb sich schmerzhaft zusammenzog.

Charlie lachte bitter auf. »Ich hab ganz instinktiv gehan-
delt. Was man mir übrigens später zum Vorwurf gemacht hat.«

»Wieso?« Gunter schaute sie erstaunt an.

»Ich hab einen meiner Judogriffe angewendet«, erwiderte Charlie.

Gunter war baff. »Du kannst Judo?«

»Konnte«, verbesserte sich Charlie. »Ich hab den Typen zwar samt Messer zu Fall gebracht. Aber ich hatte nicht genug Kraft, ihn unten auf dem Boden festzuhalten.«

»Haben die anderen im ›Drob Inn‹ dir nicht geholfen?«, wollte Reiner entsetzt wissen.

»Es ging alles viel zu schnell«, verteidigte Charlie ihre ehemaligen Kollegen. »Ehe die anderen sich aus der Schockstarre lösen konnten, hat der Typ erneut nach dem Messer gegriffen. Es gab ein Gerangel. Dabei hat er mich am Oberarm erwischt.« Charlie widerstand dem Impuls, ihre rechte Hand zur Narbe zu führen. »Aber ich hab ihm die Klinge in den Unterbauch gerammt.«

Reiner, der während Charlies Schilderung die Luft angehalten hatte, atmete hörbar aus.

Gunter griff nach Charlies Hand. »Aber das war Notwehr, Bobbelsche.«

Charlie schaute einen Augenblick aus dem Fenster, wo die Morgendämmerung die Dunkelheit der Nacht verdrängte. Ein neuer Tag mit alten Sorgen brach an. »Der Anwalt von diesem Typen hat das natürlich ganz anders gesehen«, sagte sie schließlich.

»Aber du bist freigesprochen worden, oder?« Reiner wirkte besorgt und verunsichert zugleich.

»Ja sicher«, erwiderte Charlie. »Die Richter haben mich letztendlich mit einem Freispruch erster Klasse gehen lassen.« Trotzdem sah sie alles andere als glücklich aus.

Gunter unterdrückte ein Gähnen und reckte sich ausgiebig. »Was ich nicht verstehe«, sagte er stirnrunzelnd, »ist, wieso dieser Typ, dieser Litauer, wie du sagst, plötzlich hier auftaucht und dir den Camper abfackelt. Müsste der nicht im Knast sitzen?«

»Das tut er«, gab ihm Charlie recht. »Und zwar für ziemlich lange Zeit. Das mit dem Camper war vermutlich der große Bruder.«

»Ich komm da so allmählich nicht mehr mit.« Reiner schaute Charlie fragend an.

Die seufzte und sagte: »Ich hatte euch ja vorgewarnt, dass es eine lange, verzwickte Geschichte ist.«

»Von der wir trotzdem das Ende hören müssen«, drängte Gunter.

»Also gut.« Charlie straffte die Schultern. »Es ist so: Der Litauer, der mich im ›Drob Inn‹ angegriffen hat, der hat noch einen älteren Bruder.«

»So was kann vorkommen«, murmelte Reiner mit Sarkasmus in der Stimme. Gunter reagierte nicht.

»Dieser ältere Bruder«, fuhr Charlie fort, »hat sich zuerst in Litauen und später in Norddeutschland einen Namen als Dealer und Zuhälter gemacht. Eins seiner Geschäftsmodelle beruhte darauf, dass er seinen kleinen Bruder ins ›Drob Inn‹ schickte, um dort neue Kunden aufzutun.«

»Ich kann mir lebhaft vorstellen, wie es nun weitergeht«, meinte Gunter, der mit den Machenschaften der südhessischen Drogenszene gut vertraut war.

»Da bist du schlauer als ich«, brummte Reiner.

»Leider ging die Rechnung des großen Bruders nicht ganz auf«, sagte Charlie mit einem verbitterten Lächeln. »Statt den Stoff an neue Kunden zu verscherbeln, hat der kleine Bruder reichlich für den Eigenbedarf abgezwackt. Was ihn psychisch immer instabiler machte. Bis ein winziger Funke genügte, um ihn zum Explodieren zu bringen.«

»Was an diesem Tag im ›Drob Inn‹ geschah.« Gunter nickte.

»Natürlich konnte der große Bruder nicht zulassen, dass eine blonde Tusse, wie ich es bin ...«, Charlie brachte ein schiefes Lächeln zustande, »den kleinen Bruder in den Knast bringt. Nachdem alle Einschüchterungsversuche seines Anwaltes nichts gebracht haben, versucht er jetzt wohl auf andere Art, sich an mir zu rächen.«

Reiner unterdrückte den Impuls, Charlie in seine Arme zu schließen und sie niemals wieder loszulassen. Er räusperte sich, um seine Emotionen in den Griff zu bekommen. »Wir müssen den Typ stoppen! Jetzt sofort!« Mit vor Aufregung rotem Kopf wandte er sich an seinen Bruder. »Mach was! Du bist schließlich die Polizei!«

Gunter rieb sich mit den Händen über das Gesicht. Er war hundemüde, doch an Schlaf war überhaupt nicht zu denken. Er hatte zwei Morde und einen Mordanschlag aufzuklären. »Ich werd mich gleich im Büro an die Hamburger Kollegen wenden. Um Akteneinsicht bitten. Ich frage mich nur«, dabei blickte er Charlie ratlos an, »was wir in der Zwischenzeit mit dir machen. Wenn Big Brother dich einmal aufgestöbert hat, wird er es auch ein zweites Mal schaffen.«

Charlie setzte sich kerzengerade auf. »Ich lass mich nicht einschüchtern. Und auch nicht von hier vertreiben«, presste sie hervor. »Ich hab keine Angst vor dem Typen.«

Ihr vor Aufregung pochendes Herz und ihre feuchten Hände straften ihre mutigen Worte Lügen. Am liebsten hätte Charlie die Beine in die Hand genommen und wäre bis ans Ende der Welt gerannt. Wo sie sich in Sicherheit wägen könnte. Doch Sicherheit war, wie sie aus Erfahrung wusste, ein trügerisches Gefühl. Es würde nicht lange dauern und der Litauer wäre ihr erneut auf den Fersen. Weglaufen brachte nichts. Sie musste das jetzt ein für alle Mal durchstehen. Ihr Leben wieder in den Griff bekommen. »Der ganze Wahnsinn muss endlich ein Ende haben«, sagte sie.

Gunter fischte sein Handy aus der Hosentasche. »Ich lass eine Streife kommen, die den Hof fürs Erste im Blick behält.«

Reiner gähnte herzhaft. »Können deine Leute mir vielleicht beim Melken helfen?«, wollte er mit einem Anflug von Galgenhumor wissen.

»Nix da!« Gunter wedelte mit dem Zeigefinger. »Mit deinen Viechern musst du schon selbst klarkommen. Meine Leute sind für meine Nichte und das Bobbelsche zuständig.«

»Wenn einer von denen es wagt, mich Bobbelsche zu nennen, schmeiß ich ihn eigenhändig vom Hof!«, verkündete Charlie kampfeslustig.

Gunter hob abwehrend die Hände. »Ich geh ja schon freiwillig!« Mit diesen Worten kam er schwerfällig auf die Beine.

Als die Haustür hinter dem Kriminalhauptkommissar ins Schloss gefallen war, schauten Reiner und Charlie sich lange schweigend an.

»Geh schlafen!«, sagte Reiner schließlich. »Ich seh zu, dass hier alle Türen verschlossen bleiben.«

Charlie stellte sich auf die Zehenspitzen und hauchte ihm einen Kuss auf die mit Bartstoppeln überzogene Wange. »Danke«, murmelte sie, bevor sie schleppenden Schrittes die Treppe zum Obergeschoss hinaufstieg.

Reiner blieb eine ganze Weile still mitten in der Küche stehen. Er hatte geahnt, dass in Hamburg etwas geschehen war, über das Charlie nicht hatte reden wollen. Dass sie, abgesehen vom Ende ihrer Beziehung mit diesem Dirk, noch andere Sorgen plagten. Dass ihr das Schicksal in den letzten Monaten nicht gut gesonnen gewesen war. Dass sie jedoch eine ganze Lawine von unvorhergesehenen Ereignissen in Gang setzte, damit hatte Reiner nicht gerechnet. Charlie schien ein Talent dafür zu haben, das Pech und die Komplikationen wie ein Magnet anzuziehen. Selbst die Toten streckten ihre klammen Finger nach ihr aus. Reiner lief ein kalter Schauder über den Rücken.

Die Kühe im Stall machten sich bemerkbar, indem sie vorwurfsvoll muhten. Ihre Euter waren voll, die Wiederkäuer-Mägen leer. Reiner seufzte laut auf und machte sich auf den Weg zum Melkstand. Sein Kopf fühlte sich vor Müdigkeit leer und dumpf an. Seine Glieder waren schwer. Bei der ersten Kuh, die sich zum Melken in Position brachte, rutschte ihm beinahe die Melkeinheit aus den steifen Fingern. Reiner atmete tief durch und zwang sich zu funktionieren. Er durfte jetzt nicht schwächeln, nicht nachlassen. Über dem bis dahin so friedlichen Atzeldoalhof hatte sich Unheil zusammengebraut.

15. KAPITEL

Das Mädchen mit den langen Locken trippelte nervös von einem Fuß auf den anderen. »Wo bleibt er denn?«, flüsterte sie.

»Shit«, murmelte der schmächtige, ganz dunkel gekleidete Teenager und lugte nochmals um die Ecke des Stalls.

Dieses Mal waren sie zu Fuß gekommen und hatten hinter dem heruntergekommenen Stall Deckung gesucht. Das Gelände fiel nach hinten ab, sodass sie den gepflasterten Vorhof des Stalles und die wegen der sommerlichen Wärme geöffneten Stalltüren gut im Blick behalten konnten. Von drinnen konnten sie das leise Klirren der Ketten und das malmende Schmatzen der wiederkäuenden Kühe vernehmen. Ansonsten war alles still. Zu still. Sie warteten schon eine gute halbe Stunde, aber von ihrem Anführer fehlte jede Spur.

»Was machen wir denn jetzt?«, wisperte das Mädchen und verlagerte die Griffe der schweren Reisetasche von der rechten auf die linke Schulter.

Der schmächtige Teenager schwitzte unter der dunklen Mütze mit dem Logo der Adler Mannheim, die für die Sommernacht viel zu warm war. »Weiß nicht«, erwiderte er. »Lass uns noch ein paar Minuten warten!«

Das Mädchen zog eine Grimasse und lehnte sich mit der Schulter an die rauen Holzbretter, aus denen der Stall gezimmert war. Ihre Schultern schmerzten und sie war müde. So schrecklich müde. Seit Wochen geisterten wirre Träume durch ihren Schlaf, wodurch sie jede Nacht mit Herzklopfen aufschreckte. An Einschlafen war danach nicht mehr zu denken. Morgens quälte sie sich total gerädert aus dem Bett. Ihre gestörte Nachtruhe zeigte Auswirkungen auf ihre Konzentration und folglich auch auf ihre schulischen Leistungen. Die letzte Mathe- und Französischarbeit hatte sie total versemmelt. Wenn das so weiterging, würde ihr Notendurchschnitt beim Versetzungszeugnis auf komplette Talfahrt schießen. Dabei hatte sie noch so große Pläne! Das Mädchen blinzelte die Tränen, die ihre braunen Augen zu überfluten drohten, unter Aufbietung all ihrer Willenskraft weg. Sie durfte jetzt nicht schlappmachen. Diese eine Aktion musste sie noch mit durchziehen. Zum Beginn der Sommerferien würde sie komplett aussteigen. Ob es Che nun passte oder nicht. Das Mädchen wollte sich nicht ihre gesamte Zukunft ruinieren. Die Aktionen, die Che für sie vorgesehen hatte, wurden ihr zu heiß. Forderten, sollte etwas schiefgehen, einen zu hohen Preis. Che schien unter dem Druck, immer am Rande der Kriminalität zu agieren, regelrecht aufzublühen. Wuchs über sich hinaus. Das Mädchen war anders. Sie hatte Angst.

»Ich glaub, der kommt nicht mehr«, flüsterte der Teenager und zog sich die Mütze ein Stück tiefer in die mit Aknepickeln übersäte Stirn.

»Lass uns versuchen, Che anzurufen!«, schlug das Mädchen vor und zog sein Handy aus der Gesäßtasche seiner Jeans.

Der Teenager umschloss ihr rechtes Handgelenk mit seinen Fingern. »Bist du verrückt! Wenn uns einer hört!«

Das Mädchen wies mit dem Kinn auf den Vorhof des Stalles und das auf der gegenüberliegenden Seite der Durchfahrt liegende Wohnhaus, von dem alle Fenster im Dunkeln lagen. »Die schlafen tief und fest!«

»Trotzdem. Pack das Handy weg!«, drängte der Teenager. »Und stell es am besten vorher auf Aus!«

Das Mädchen zuckte mit den Schultern und steckte das Handy zurück in seine Hosentasche. »Was schlägst du stattdessen vor?«

Der Teenager rieb mit dem Daumennagel an einem Pickel, der sich über seiner Oberlippe gebildet hatte. »Wir schaffen das allein. Auch ohne Che«, sagte er schließlich.

»Ich weiß nicht.« Das Mädchen zögerte. Am liebsten hätte sie die ganze Aktion abgeblasen. Erneut drang das Rasseln der Ketten an ihr Ohr. Sie gab sich einen Ruck. »Okay. Lass es uns hinter uns bringen!«, verlangte sie und umschloss mit den Fingern der rechten Hand die beiden Gurte der Tasche, damit sie ihr beim Rennen nicht von der Schulter rutschten.

Der Teenager eilte voran, wobei er darauf achtete, möglichst dicht an der Stallwand zu bleiben. Als sie die geöffneten Stalltüren erreichten, blieb er einen Moment stehen und blickte sich um. Dann machte er in Richtung des ihm folgenden Mädchens ein Handzeichen und huschte durch die Stalltüren. Ein paar der Kühe blickten erstaunt auf, eine muhte zur Begrüßung. Das Mädchen und der Teenager erstarrten, verharrten wie Salzsäulen auf der Stelle. Sie wagten es noch nicht einmal, normal zu atmen. Die Kuh fixierte sie mit ihren großen dunkelbraunen Augen. Dann neigte sie unter dem leisen Klimpern ihrer Ketten den Kopf und widmete sich der Silage im Futtertrog. Das Mädchen stieß die angestaute Luft aus. Der Teenager brachte ein gequältes Grinsen zustande. Das Mädchen ließ die Tasche von der Schulter gleiten und öffnete den Reißverschluss. Als Erstes zog sie den Bolzenschneider hervor, den der Teenager aus der Werkbank seines Vaters hatte mitgehen lassen. Die gehärteten Schneidkanten des Bolzenschneiders bissen sich durch die Metallringe der zum Anbinden im Kurzstand verwendeten Grabnerketten. Die Kühe, die nicht realisierten, dass ihnen gerade die Freiheit geschenkt wurde, kauten unbeeindruckt weiter. Das Mädchen kramte die 30 Blütenkränze, die es aus dunkelvioletten Papierblüten gebastelt hatte, aus der Tasche hervor und begann, jeder der Kühe einen Kranz um den Hals zu legen. Die braun-weiß gefleckten Rinder, die an das Kommen und Gehen der Menschen im Stall gewöhnt waren, ließen die Prozedur gutmütig über sich ergehen. Eine schleckte mit ihrer rauen rosafarbenen Zunge über die Hand des Mädchens.

»Jetzt bist du die Ketten los«, flüsterte das Mädchen und streichelte die mit lockigem weißen Fell bedeckte Stirn der Kuh. »Wenn es nach mir geht, kommst du nie wieder an die Anbindehaltung.«

»Beeil dich!«, zischte ihr der Teenager nervös zu und legte den Bolzenschneider auf den Stallboden. Das Mädchen verteilte die letzten beiden Blütenkränze, ging zurück zur Tasche und zog das Plakat hervor. Der Teenager griff nach dem ebenfalls mitgebrachten Hammer und dem Schächtelchen mit den Nägeln.

»Hilf mir beim Ausbreiten!«, bat das Mädchen den Teenager. Der packte das weiße Leinenbettlaken an den äußeren Enden und wartete, bis auch das Mädchen die Enden der Gegenseite in den Händen hielt. Im Parallelschritt erreichten sie die Hinterwand des Stalles. Der Teenager, der gut zehn Zentimeter größer als das Mädchen war, reckte sich, um die obere Spitze des Lakens mit einem Nagel an der Wand zu fixieren. Die Hammerschläge ließen die Holzwand erbeben. Das Mädchen schaute sich ängstlich um. Aber draußen rührte sich nichts. Der Teenager nagelte auch die zweite Seite fest. Danach gingen sie ein paar Schritte zurück, um ihr Werk zu betrachten.

Das Mädchen hatte ein Abbild der mit hellvioletten Flecken betupften Milka-Kuh auf das Laken gemalt, um die Schmetterlinge in allen Regenbogenfarben flatterten. Das sattgrüne Gras, auf dem die Milka-Kuh stand, war mit Gänseblümchen und Löwenzahn gesprenkelt. Darunter hatte das Mädchen in

dunkelvioletten Lettern gepinselt: »Anbindehaltung ist Qual-
haltung. Kühe brauchen Freiheit.«

Dem Teenager war das Plakat im Grunde genommen zu
kitschig gestaltet, aber er enthielt sich jeglichen Kommentars. Das Plakat würde seinem Zweck dienen und ihre »Mes-
sage« rüberbringen.

»Komm! Lass uns sehen, dass wir von hier verschwinden!«,
flüsterte er und warf Hammer und Nägel in die Tasche. Das
Mädchen streichelte ein letztes Mal die Stirn der freundlichen
Kuh, dann schulterte es die Tasche und folgte seinem Mit-
kämpfer. Der stoppte so plötzlich, dass das Mädchen gegen
seinen schmalen Rücken prallte.

»Shit, Shit, Shit!«, presste der Teenager zwischen den Zähnen hervor.

»Was ist los?«, wollte das Mädchen erschrocken wissen.

»Da vorn!« Der Teenager wies mit der Hand auf die Stall-
ecke rechts neben dem Eingang.

»Was soll da sein?« Das Mädchen schaute ihn fragend an.

»Verdammt noch mal! Che hat doch gesagt, dass das Stahl-
gitter der Trennstände direkt an die vordere und hintere Stallwand anschließt. Also komplett geschlossen ist.«

Das Mädchen wurde blass. Zwischen der vorderen Stallwand und dem Ende der aus Stahl gefertigten Standsäulen
klaffte eine Lücke von anderthalb Metern. Die war breit
genug, dass die von den Ketten befreiten Kühe in aller Seelenruhe dort hindurchspazieren und durch die geöffneten
Stalltüren auf Nimmerwiedersehen verschwinden konnten.
Das Mädchen fing an zu zittern. So viel Freiheit hatte selbst
sie den Kühen nicht verschaffen wollen. Sie mochte sich gar
nicht ausmalen, was passieren würde, wenn die Kühe es zur
nächsten Bundesstraße oder gar hinunter nach Wald-Michelbach schaffen sollten. Eine Kollision mit einem PKW konnte
für Mensch und Tier tödlich enden.

»Was machen wir denn jetzt?«, fragte sie ängstlich.

Der Teenager schaute sich gehetzt um. »Wir müssen die Stalltüren schließen«, befahl er mit rauer Stimme.

Sie spurteten zum rechten hölzernen Türflügel und stemmten sich mit aller Macht dagegen. Die Unterseite des mehr als drei Meter hohen Türblattes schrammte über das Pflaster und die rostigen Türangeln quietschten.

»Weiter!«, drängte der Teenager, nachdem der erste Türflügel geschlossen war, und hastete zur gegenüberliegenden Seite. Das Mädchen folgte ihm. Sie drückten und pressten sich gegen das raue Holz, bis ihre Gesichter hochrot angelaufen waren und sie Angst bekamen, dass ihre Augäpfel aus den Augenhöhlen springen würden. Das Türblatt bewegte sich nicht einen Zentimeter. Derweil hatte eine der Kühe bemerkt, dass sie den Hals länger als üblich strecken konnte und ihr der Weg nach hinten nicht mehr versperrt war. Frohen Mutes machte sie sich daran, die ihr unbekannten Bereiche des Stalles zu erkunden.

»Wir schaffen es nicht«, keuchte das Mädchen.

Der Teenager drehte sich um und lehnte sich mit zitternden Knien gegen den unkooperativen Türflügel. Sein Blick hastete über den Vorhof und durch den Stall. Gab es nichts, womit sie den verdammten Stall verschließen könnten? Nein, so musste er sich mutlos eingestehen, da war nichts. Keine Heuballen, keine Futtersäcke, keine Bretter. Außer vielleicht … Der Teenager beäugte den in die Jahre gekommenen Traktor, der im Stall geparkt war. Wenn er Glück hätte, steckte der Schlüssel noch im Zündschloss. Bei ihnen zu Hause machte sich am Abend niemand die Mühe, die Schlüssel abzuziehen. Ein Traktor war im Odenwald noch nie abhandengekommen.

»Hau ab! Sieh zu, dass du von hier verschwindest!«, presste der Teenager zwischen bebenden Lippen hervor und gab dem Mädchen einen Schubs.

Die schaute ihn mit flackerndem Blick an. »Was hast du vor?«

»Renn endlich los!«, drängte sie der Teenager und hastete zum Traktor. Er hatte Glück. Die Tür zum Fahrersitz war nicht verschlossen und der Schlüssel steckte. Mit lautem Knattern erwachte der Motor des Traktors zum Leben.

»Hau ab!«, wiederholte der Teenager und suchte bei der ungewohnten Schaltung nach dem richtigen Gang. Der Traktor machte zwei, drei Bocksprünge nach vorn. Das Mädchen spurtete los.

»Shit, Shit, Shit!«, wiederholte der Teenager, dann flutschte der Schalthebel in die richtige Position und der Traktor rollte vorwärts. Mit zitternden Händen lenkte der Teenager den Traktor aus dem Stall über den Vorhof und wendete. Dann ließ er das altersschwache Gefährt zurückrollen und brachte es in Querrichtung vor der offen klaffenden Stallöffnung zum Stehen. Der Motor erstarb. Als der Teenager von der Fahrerkabine sprang und losspurtete, öffnete sich die Tür des Wohnhauses und ein großer schwarzer Hund kam hinausgeschossen. Der mit einem blau-weiß gestreiften Schlafanzug bekleidete Landwirt stand barfuß im Türrahmen und wählte die 112 auf seinem Handy. Sekunden später jaulte das erste Martinshorn auf und Blitze von Blaulicht schossen durch die Sommernacht.

Dr. Kuno Wölfelschneider hatte am Montagmorgen alles andere als gute Laune. Seiner Frau war beim sonntäglichen Pitch auf dem idyllisch angelegten 18-Loch-Platz des Golfclubs Gut Sansenhof in Amorbach aufgefallen, dass das weiße Poloshirt ihres Gatten diesem nur noch knapp über den Bund seiner taupefarbenen Golfhose reichte. Dr. Kuno Wölfelschneider war beim Ankleiden davon ausgegangen, dass das Kurzarm-Shirt mit dem dezent abgesetzten Rippkragen in der Wäsche eingelaufen wäre. Seine Frau Inge hatte ihm mit dem

Argument widersprochen, dass die plötzliche Veränderung der Passform nicht auf ein Schrumpfen des Materials, sondern auf ein in den letzten Wochen beachtliches Anwachsen seiner Körpermitte zurückzuführen wäre. Seitdem kursierte das unappetitliche Wort »Diät« im Hause Wölfelschneider.

Statt sich von den Strapazen des Spiels im Restaurant des Golfclubs mit einem stattlichen Rumpsteak vom Angus-Rind samt Rahmsoße und Pommes frites zu erholen, hatte der Kriminalrat auf Anweisung seiner Frau mit einem Rohkostsalat, auf dem ein paar dünne Streifen magere Putenbrust lagen, vorliebnehmen müssen. Zum Frühstück hatte seine Inge ihm einen Magermilchjoghurt mit zwei untergerührten Teelöffeln gemahlenen Leinsamen und drei kleinen Erdbeeren serviert. Schon um kurz nach acht in der Früh klaffte im Magen des Kriminalrates ein großes, tiefes Loch.

Dr. Kuno Wölfelschneider warf einen verstohlenen Blick in das Büro seiner Sekretärin. Der Platz vor dem Computer war noch verwaist. Sehr gut, dachte Dr. Kuno Wölfelschneider. Von der im Aktenschrank seiner Sekretärin verstauten blauen Metalldose mit der Gebäckmischung für den Besuch aus Wiesbaden trennten ihn maximal 25 Schritte. Auf Zehenspitzen schlich der Kriminalrat an das Objekt seiner Begierde heran. Als er den Deckel von der Dose löste, hörte er, wie die Tür zum Vorzimmer sich öffnete. Schuldbewusst zuckte Dr. Kuno Wölfelschneider zusammen. Der Deckel landete scheppernd auf dem Fußboden.

»Was machen Sie denn hier?«, raunzte der Kriminalrat seinen Mitarbeiter an.

Kriminalhauptkommissar Gunter Haase hatte allen Grund gelassen zu reagieren. »Sie haben um Viertel nach acht eine Besprechung in Ihrem Zimmer angesetzt.«

»Sicher, sicher.« Dr. Kuno Wölfelschneider fuhr sich nervös durch das an der Stirn schüttere graue Haupthaar und überlegte hektisch, was er jetzt mit der Dose und dem vermaledeiten Deckel anfangen sollte.

Die hinter Gunter Haase aufgetauchte Kriminalkommissarin Martina Lohse nahm ihm die Entscheidung ab. Sie klaubte den Deckel vom Boden auf und trug die Dose samt Deckel in das Büro des Kriminalrates.

»Wie aufmerksam«, bemerkte sie anerkennend. »Dänisches Buttergebäck zur Besprechung. Kommt mir gerade recht. Zu Hause hat es zum Frühstücken mal wieder nicht gereicht.«

Dr. Kuno Wölfelschneider ließ sich auf seinen Schreibtischstuhl plumpsen und wies mit der Hand auf die Keksdose. »Bitte! Bedienen Sie sich!« Dabei fragte er sich bang, wie seine Sekretärin auf die Plünderung ihrer Vorräte reagieren würde.

Frajo Helferich ließ sich nicht zweimal bitten und griff beherzt zu. Auch Gunter Haase konnte dem nach Zucker, Vanille und Butter duftenden Gebäck nicht widerstehen. Nur Timo Keil, der atemlos und mit seinem Fahrradrucksack auf dem Rücken im Büro des Kriminalrates eintraf, enthielt sich bei der hochkalorischen Offerte. Er kramte eine Banane aus dem Rucksack hervor, schälte sie in aller Seelenruhe vor den Augen der Versammelten und biss von der Frucht ab. »Mein Blutzuckerspiegel ist im Keller«, sagte er mit einem entschuldigenden Schulterzucken.

Dr. Kuno Wölfelschneider spürte, wie ihm das Wasser in Strömen im Mund zusammenlief. Er schluckte schwer. Dann riss er sich zusammen und blickte auf das vor seinem Schreibtisch versammelte Team des K 11. »Nun, meine Dame und meine Herren, was haben Sie mir zu berichten?«

Martina Lohse bürstete sich ein paar Kekskrümel von der schwarzen Jeans. »Die Spurensicherung hat nochmals einen Test gemacht. Auf dem Pestoglas der Dingeldein waren tatsächlich keine Fingerabdrücke unseres Erstverdächtigen zu finden.«

»Das war zu erwarten! Weil er sie abgewischt hat!« Der Kriminalrat schaute verärgert in die Runde. Die Qualität der heutigen Polizeimitarbeiter ließ in der Tat zu wünschen übrig. Nicht zu vergleichen mit dem Standard, der zu der Zeit seiner Ausbildung in Wiesbaden noch vorgeherrscht hatte.

»Das sehe ich anders«, widersprach Gunter Haase seinem Chef. »Die Fingerabdrücke von Martin Schmitt waren sonst überall in der Wohnung auffindbar. Auch auf der Flasche Bier, die er nach dem Sex mit seiner Geliebten getrunken hat.«

Der Kriminalrat hob abwehrend die Hände. »Ersparen Sie mir bitte die pikanten Details!«

Timo Keil steckte sich die untere Spitze der Banane in den Mund und bemerkte kauend: »Habt ihr auch die Sammlung von Dildos in der Nachttischschublade gesehen? Mann, ich sag euch, die Dingeldein muss ja heißer als ein Vulkan gewesen sein.«

Die Ohrenspitzen des Kriminalrates wurden von dezenter Röte überzogen. »Könnten wir dann vielleicht …?«

»Ich nehme an, dass die nicht nur den Schmitt rangenommen hat«, unterbrach Frajo Helferich seinen Vorgesetzten. »Die Dingeldein soll ja nicht gerade ein Kind von Traurigkeit gewesen sein. Das behauptet man zumindest in der Nachbarschaft.«

»Wenn dem so ist«, Martina Lohse blickte in die Runde, »dann hatte die Dingeldein nach dem Schmitt vielleicht noch weiteren männlichen Besuch.«

»Wie am Fließband.« Timo Keil grinste anzüglich.

Gunter Haase rieb sich die Augen, die sich nach der durchwachten Nacht wie mit Sandkörnern gefüllt anfühlten und schmerzten. »Fingerabdrücke, die wir noch nicht zuordnen können, sind auf jeden Fall reichlich vorhanden.«

»Wieso ist der Schmitt jetzt eigentlich raus aus der U-Haft?«, wollte Frajo Helferich, der in den vergangenen

Tagen mit weiteren Befragungen von Zeugen im Mordfall Schorschel Binz beschäftigt gewesen war, wissen.

Gunter Haase seufzte laut auf. »Weil er letztendlich doch ein Alibi hat, das wir nicht knacken konnten.«

»So ein Sch…«, begann Frajo Helferich, verbesserte sich angesichts der Anwesenheit des Kriminalrats dann jedoch zu: »So ein Scheibenkleister! Wie hat der Schmitt denn seinen Kopf aus der Schlinge ziehen können?«

»Ein Bekannter hat ihn gesehen. Der Schmitt stand an der Ampel bei der Shell Tankstelle und hat auf Grün gewartet.« Gunter Haase war anzusehen, wie unglücklich er mit dem Verlauf der Dinge war.

Martina Lohse runzelte skeptisch die Stirn. »War vielleicht ein Gefälligkeitsalibi?«

Gunter Haase schüttelte den Kopf. »Nein, der Zeitverlauf vom Wegfahren aus der Wohnung von der Dingeldein, dem Warten vor der Ampel und der Ankunft zu Hause ist schlüssig.«

»Shit!«, murmelte Timo Keil.

»Hinzu kommt«, musste der Kriminalhauptkommissar eingestehen, »dass der Schmitt nichts von der Pasta gegessen haben kann. Er leidet, wie sein Hausarzt uns inzwischen bestätigt hat, an schwerer Zöliakie.«

Dr. Kuno Wölfelschneider merkte, wie ihm das ganze Hin und Her um vermeintliche Alibis und um Speisen, die ihm derzeit verwehrt waren, zunehmend auf die Nerven ging. »Na und?«, blaffte er seine Mitarbeiter an. »Was hat das schon zu bedeuten?«

»Dass ihn ein Teller von der Pasta, die die Dingeldein gekocht hat, ins Krankenhaus gebracht hätte«, erwiderte Gunter Haase ruhig.

»Was ist mit dem Bier, das er bei der Dingeldein getrunken hat?«, wollte Martina Lohse wissen.

»War glutenfrei.« Gunter Haase zuckte bedauernd mit den Schultern.

»Kruzitürken! Bedeutet das etwa, dass Sie auch im zweiten Odenwälder Mordfall nichts in der Hand haben?«, brauste Dr. Kuno Wölfelschneider auf.

»Ich würde eher sagen, dass wir umdenken müssen.« Gunter Haase gab sich alle Mühe, sich trotz seiner Erschöpfung nicht provozieren zu lassen.

»Na, dann denken Sie mal! Aber ein bisschen flott, wenn ich bitten darf!« Der Kriminalrat hieb mit der flachen Hand auf den Schreibtisch.

Timo Keil griff nach seinem Rucksack und hielt ihn wie einen Schutzschild vor seine Brust. Martina Lohse zupfte an einem Fussel ihres T-Shirts. Gunter Haase dachte an das, was in der vergangenen Nacht geschehen war, und fragte sich, ob die Kollegen aus Hamburg bereits den Bericht über den Litauer geschickt hätten. Er verspürte nicht die geringste Lust, weiter mit seinem Vorgesetzten zu diskutieren. Doch er wusste aus Erfahrung, dass der Kriminalrat das Team nicht eher aus seinem Büro entlassen würde, bis sie ihm eine glaubhafte Fährte präsentiert hätten. Gunter Haase schluckte seine Ungeduld hinunter und versuchte, eine halbwegs zuversichtliche Miene aufzusetzen. »Kommt! Lasst uns noch einmal alle Fakten zusammentragen! Dabei werden wir sicherlich feststellen, dass wir bereits mehr in der Hand haben, als wir jetzt denken.«

»Okay!« Frajo Helferich rückte seine Lesebrille zurecht.

Gunter Haase rieb sich mit der Daumenspitze die steile Falte zwischen seinen Augenbrauen, um sich besser konzentrieren zu können. »Also Fakt eins ist, dass die Dingeldein vergiftet wurde.«

Alle im Raum Versammelten nickten einmütig.

»Dann zu Fakt zwei«, fuhr Gunter Haase fort. »Obwohl die Dingeldein ihrem verheirateten Geliebten Martin Schmitt vor einem halben Jahr sowohl ihre Wohnung als auch eine Risikolebensversicherung notariell übertragen hat, scheidet der als Täter definitiv aus.«

»Wäre auch zu schön, um wahr zu sein«, murmelte Martina Lohse.

»Folglich muss ihr das Pesto von einer anderen Person überbracht worden sein«, kombinierte Frajo Helferich haarscharf.

»Und zwar von einer Person, die nach dem Schmitt in die Wohnung gekommen ist.« Inzwischen hatte sich selbst Timo Keil dem Ernst der Lage gestellt.

»Diese Person, die für uns als Täter infrage kommt, bringt die Dingeldein irgendwie dazu, sich Nudeln zu kochen und das Pesto als Soße dazu zu essen.« Gunter Haase war es innerhalb weniger Sekunden gelungen, sich so in den Fall hineinzuversetzen, dass er ein schemenhaftes Bild des Tathergangs vor Augen hatte.

»Also können wir davon ausgehen, dass Täter und Opfer sich gekannt haben«, warf Martina Lohse ein.

»Wie kommen Sie denn darauf?« Dr. Kuno Wölfelschneider beäugte seine Mitarbeiterin misstrauisch.

»Würden Sie in Anwesenheit eines völlig Fremden zuerst kochen und dann in aller Seelenruhe essen?«, konterte die Kriminalkommissarin.

Ja, dachte Dr. Kuno Wölfelschneider, dessen Magen aufsässig knurrte. Dann schluckte er schwer und sammelte sich so weit, dass sein Kopf wieder die Oberhand über den Bauch gewann. »Nun, wahrscheinlich eher nicht«, musste er zugeben.

»Es könnte sich doch so abgespielt haben«, meinte Frajo Helferich und bediente sich noch mal aus der Keksdose. »Die Dingeldein lädt sich von der Pasta und dem Pesto auf den Teller. Kurze Zeit später bemerkt sie das erste Kratzen im Hals.

Dann läuft alles so ab, wie der Ulf uns das bei seiner Präsentation mit dem Blättersalat beschrieben hat.« Frajo Helferich biss herzhaft in das Buttergebäck.

»Salat?«, hakte der Kriminalrat nach und sah plötzlich eine riesige Schüssel Kartoffelsalat mit einem Paar Wienerle vor seinem geistigen Auge aufsteigen.

»Blätter von Herbstzeitlosen«, so brachte Gunter Haase die heimlichen kulinarischen Visionen seines Vorgesetzten wie eine Seifenblase zum Platzen. »In der richtigen Dosis eingesetzt, wirken sie garantiert tödlich.«

»Genau.« Frajo Helferich nickte. »Das wusste natürlich auch unser Täter. Der kann ganz entspannt abwarten, bis die Dingeldein keinen Mucks mehr von sich gibt. Dann macht er sich still und heimlich vom Acker.«

»Nicht ganz«, widersprach ihm Gunter Haase. »Vorher legt der Täter noch den Brand im Arbeitszimmer. Wahrscheinlich weil er, wie im Fall Schorschel Binz, die Spuren seines Tuns durch das Feuer vertuschen will.«

Seine drei Kollegen nickten zustimmend.

»Wir liegen also nicht falsch«, schloss Gunter Haase seine Argumentation ab, »wenn wir davon ausgehen, dass es sich bei beiden Mordfällen um ein und denselben Täter handelt.«

Der mürrische Gesichtsausdruck von Dr. Kuno Wölfelschneider hellte sich augenblicklich auf. »Da haben wir doch etwas, das wir der Öffentlichkeit präsentieren können!«, rief er erfreut aus. »Jetzt müssen Sie nur noch schauen, dass Sie den Täter festnehmen. Am besten noch vor dem kommenden Wochenende. Damit sichern wir uns in den Samstagsausgaben der regionalen Medien eine gute Presse.«

Gunter Haase schluckte das bittere Lachen, das in seiner Kehle aufstieg, hinunter. Als ob das alles so einfach wäre! Der Kriminalrat schaute anscheinend zu viele Fernsehkrimis, die so angelegt waren, dass zwischen Tat und Festnahme des

Täters maximal 90 Minuten lagen. Die Wirklichkeit präsentierte sich dagegen wesentlich komplizierter. Aber der Kriminalrat war, wie sie alle im Team wussten, gegen Probleme und Schwierigkeiten hochgradig allergisch. Um ungestört weiter arbeiten zu können wäre es besser, den schönen Schein zu wahren. »Ich versichere Ihnen, dass wir unser Bestes geben werden«, versprach Gunter Haase.

»Gut!« Dr. Kuno Wölfelschneider erhob sich vom Schreibtischstuhl und zupfte seine Krawatte zurecht.

»Gar nicht gut!« Martina Lohse schüttelte heftig den Kopf, wodurch ihre kurzen schwarzen Locken knisterten.

»Wie bitte?« Der Kriminalrat war von der Impertinenz seiner Mitarbeiterin sichtlich irritiert.

»Nichts ist gut«, beharrte Martina Lohse widerspenstig auf ihrem Standpunkt. »Weil wir einen riesigen gedanklichen Fehler gemacht haben.«

»Kann nicht sein!«, brummte Frajo Helferich missmutig.

»Musst du immer so pingelig sein?« Timo Keil schaute die ältere Kollegin vorwurfsvoll an.

»Nicht pingelig, sondern genau«, konterte die Kriminalkommissarin. »In unseren bisherigen Betrachtungen liegen wir mit der Zeitabfolge völlig daneben.«

»Wie meinst du das?« Gunter Haase drehte sich zu seiner Kollegin um und schenkte ihr ein aufmunterndes Lächeln. Er wusste aus Erfahrung, dass die Einwände von Martina Lohse in der Regel berechtigt waren.

Die Kriminalkommissarin warf ihm einen dankbaren Blick zu. »Es verhält sich doch so«, sagte sie, »bis jetzt sind wir davon ausgegangen, dass die Dingeldein spät abends, also nach dem Besuch von diesem Schmitt ermordet wurde. Aber die Leiche wurde erst am darauffolgenden Nachmittag von der Freundin aufgefunden.«

»Das muss nichts heißen«, widersprach ihr Frajo Helferich. »Du weißt doch selbst, dass der Todeszeitpunkt und der Zeitpunkt des Auffindens meistens nicht identisch sind.«

Martina Lohse warf dem Kollegen einen gereizten Blick zu. »Ich bin keine Anfängerin.«

»Eben.« Frajo Helferich nickte.

»Mann, schaltet mal eure Gehirnzellen ein!«, brauste Martina Lohse auf. »Wegen des langen Feiertagwochenendes und der chronischen Überlastung konnte uns die Pathologie den genauen Todeszeitpunkt zwar noch nicht mitteilen. Aber Fakt ist, dass diese Freundin, die die Dingeldein am späten Nachmittag zum Yoga abholen wollte, zuerst das Opfer und dann den Brand im Arbeitszimmer entdeckt hat. Der daraufhin von der Feuerwehr mit geringem Aufwand gelöscht werden konnte. Glaubt ihr allen Ernstes, dass der Täter sich am Abend zuerst als Mörder und am Nachmittag darauf, also fast 20 Stunden später, als Brandstifter betätigt?«

Gunter Haase zuckte wie von einem Stromschlag getroffen zusammen. »Daiwel naa, da is was dran!«, sagte er mit tonloser Stimme.

»Sag ich doch!« Martina Lohse verschränkte die Arme vor der Brust.

»Scheibenkleister!«, brummte Frajo Helferich.

Gunter Haase rieb sich mit den Fingerspitzen hart über die Kopfhaut, wodurch sein sandblondes Haar wie bei einem Punk in alle Richtungen abstand. Himmel, wie hatte das passieren können? Sie hatten von Anfang an auf die falsche Fährte gesetzt. Sich lediglich auf den Schmitt und diese verdammte Schenkung konzentriert. Durch diese Schluderei hatten sie nicht nur einen Unschuldigen in U-Haft schmoren lassen, sondern dem Täter einen gewaltigen Vorsprung verschafft. Vielleicht war der Täter inzwischen schon drauf und dran, sich an sein nächstes Opfer heranzumachen. »Verdammt noch mal, nein!«, knurrte der Kriminalhauptkommissar.

»Was? Wie nein?« Dr. Kuno Wölfelschneider tippelte unruhig von einem Bein auf das andere.

Gunter Haase ließ von seinem malträtierten Schopf ab und straffte die Schultern. Er wusste, dass er jetzt trotz der bleiernen Müdigkeit und der Sorge um die Vorgänge um Charlie und Emelie sein Bestes geben musste. Ihren höchst unprofessionellen Fehler schnellstmöglich ausbügeln musste. »Wir werden die Sachlage noch einmal komplett neu evaluieren«, verkündete er mit resoluter Stimme.

Dr. Kuno Wölfelschneider schnappte nach Luft. Dann ließ er sich im Zeitlupentempo zurück auf seinen Schreibtischstuhl sinken. »Aber das dauert doch so lange«, brachte er mit quengeliger Stimme hervor.

»Ich bin mir sicher, dass wir ab jetzt auf der richtigen Spur sind«, unternahm Martina Lohse den Versuch, für das Team die heißen Eisen aus dem Ermittlungsfeuer zu holen.

»Deine Worte in Gottes Gehörgang …«, murmelte Frajo Helferich.

Martina Lohse ließ sich von der Skepsis des Kollegen nicht erschüttern. »Wir wissen, dass der Täter die Dingeldein nicht am späten Abend, sondern am helllichten Tag aufgesucht hat«, sagte sie. »Überlegt doch mal, dafür muss es sicherlich Zeugen geben! Ich meine, die Dingeldein wohnt auf dem Land. In einem winzigen Dorf. Wo an fast jedem Haus eins dieser Blechschilder mit dem Aufdruck ›Achtung! Wachsame Nachbarschaft!‹ klebt. Ich sag euch, die Nachbarn passen dort wie die Schießhunde auf.«

»Wahrscheinlich lauern gerade die Rentner den ganzen Tag hinter den Gardinen.« Timo Keil schüttelte sich. »Nee, da bleib ich lieber in meiner schönen großen und anonymen Stadt. Da kann ich sein, da bin ich Mensch, dem niemand dauernd auf den Zahn fühlt.«

Martina Lohse warf dem jüngeren Kollegen einen giftigen

Blick zu. »Deine Befindlichkeiten tun hier grad so gar nichts zur Sache«, zischte sie.

Frajo Helferich hob beschwörend die Hände. »Jetzt mal alle mit der Ruhe! Ich fahr gleich los und nehm mir die ganze Nachbarschaft von der Dingeldein gründlich vor.«

»Gut, mach das!« Gunter Haase nickte zustimmend. »Aber vergiss dabei bitte nicht, auch nach einem dunklen Geländewagen zu fragen.«

»Ich versteh nur noch nicht«, murmelte Martina Lohse, »wie der Täter es geschafft hat, dass die Dingeldein von dem Pesto isst und er nicht.«

»Vielleicht hat er vorgegeben, keinen Hunger zu haben?«, mutmaßte Gunter Haase. »Oder behauptet, dass er gerade auf Diät ist?«

Beim Wort »Diät« zuckte der Kriminalrat sichtbar zusammen.

Franka Kastrow, die derzeitige Praktikantin, kam mit einem Stapel Papierausdrucke unter dem Arm in das Büro des Kriminalrates gestürmt. »Das ist gerade von der Spurensicherung eingetroffen«, japste sie und drückte Gunter Haase die Ausdrücke in die Hand.

»Danke. Die schau ich gleich in aller Ruhe bei mir im Büro durch«, erwiderte der Kriminalhauptkommissar.

Martina Lohse blickte die junge Praktikantin mit einem breiten Grinsen an. »Spuck's schon aus! Was steht drin?«

Franka Kastrow grinste zurück. Der Aufforderung der Kriminalkommissarin kam sie nur zu gern nach. »Bei dem Brand im Arbeitszimmer von Brigitte Dingeldein«, begann sie, »hat nicht nur die Kerze als Brandbeschleuniger gedient. Der untere Teil des Papierstapels ist mit einem Öl, wahrscheinlich mit Eukalyptusöl eingesprüht worden.«

»Sieh mal einer an!« Frajo Helferichs breites Gesicht strahlte. »Das kommt mir bekannt vor.«

»Außerdem«, fuhr die Praktikantin mit vor Aufregung hoher Stimme fort, »hat die Spurensicherung im Arbeitszimmer Spuren von Erde gefunden. Die wahrscheinlich vom Täter mit hineingeschleppt wurde. Für einen kompletten Fußabdruck war es allerdings zu wenig.«

»Schade. Sonst hätten wir tatsächlich ein Stück seiner Visitenkarte in der Hand gehabt«, bedauerte Gunter Haase.

»Ich wäre da nicht so pessimistisch«, widersprach ihm die Praktikantin. »Die Spurensicherung schreibt, dass mit der Erde was nicht in Ordnung ist.«

Der Kriminalrat, dem die forsche Art der Praktikantin gegen den Strich ging, zog verärgert die buschigen Augenbrauen zusammen. »Was soll schon mit der Erde sein? Erde ist halt Erde.«

Franka Kastrow ließ sich vom Kriminalrat nicht einschüchtern. »Die Erde war toxisch«, sagte sie ruhig.

Gunter Haase spürte, wie es in seinem Magen zu kribbeln begann. Seine Füße zuckten ungeduldig, so als wollten sie von allein losstürmen. Die Müdigkeit war mit einem Mal wie weggeblasen. Endlich hatten sie einen Treffer, einen ernst zu nehmenden Ansatzpunkt. Der Täter war unachtsam gewesen, hatte einen Fehler gemacht. Dem noch andere folgen würden. Dessen war sich Gunter Haase ganz sicher. Und mit jedem Fehler würden sie ihm ein Stückchen näherkommen. Bis die Falle zuschnappte. Gunter Haase straffte die hageren Schultern. »Was heißt in diesem Zusammenhang toxisch?«, wollte er wissen.

Franka Kastrow zeigte auf die ausgedruckten DIN-A4-Blätter, die der Kriminalhauptkommissar noch immer in der Hand hielt. »So ganz frisch sind meine Chemiekenntnisse ja nicht mehr. Aber wenn ich die Spurensicherung richtig verstehe, waren in der Erde Metalle, die da normalerweise nicht hineingehören.«

»Bestimmt Gold, das uns alle auf einen Schlag reich macht«, witzelte Timo Keil.

Martina Lohse warf ihm einen vernichtenden Blick zu.

Gunter Haase runzelte nachdenklich die Stirn. »Metalle, die da normalerweise nicht hineingehören.« Wo hatte er diese Worte vor Kurzem schon einmal gehört? In welchem Zusammenhang waren sie ihm aufgefallen? Mist, er konnte sich nicht erinnern!

»Gibt es so was wie Karten, wo man nach verseuchten Böden suchen kann?«, fragte Martina Lohse in die Runde.

»Ich hab eben schon mal gegoogelt«, kam es von Franka Kastrow wie aus der Pistole geschossen. »Wir könnten bei der Bundesanstalt für Geowissenschaften und Rohstoffe nachfragen. Da gibt es jede Menge Kartenmaterial.«

Martina Lohse hob anerkennend den rechten Daumen in die Höhe. »Das machen wir.«

»Gute Arbeit!«, lobte Gunter Haase die Praktikantin. Dann wandte er sich seinem Vorgesetzten zu. »Sind wir so weit mit der Besprechung fertig?«

Dr. Kuno Wölfelschneider kam schwerfällig auf die Beine. »Sehen Sie zu, dass Sie dranbleiben!«, brachte er zwischen zusammengepressten Lippen hervor. »Sie wollen bestimmt auch nicht, dass Wiesbaden auf uns aufmerksam wird. Dass man über uns munkelt, dass wir hier an der Bergstraße nicht in der Lage sind, einen simplen Mordfall aufzuklären.«

Zwei, es sind bereits zwei Mordfälle. Und ein Mordanschlag, bei dem er auch noch völlig im Dunkeln tappte, dachte Gunter Haase bedrückt. Mit einem Kopfnicken gab er seinem Team zu verstehen, ihm zu folgen.

Dr. Kuno Wölfelschneider blieb eine ganze Weile reglos hinter seinem Schreibtisch stehen. Den Blick seiner blassblauen Augen hatte er dabei starr auf die Keksdose gerichtet, aus der die drei verbliebenen Butterkekse ihm »Komm schon! Iss mich!« zuzuflüstern schienen. Schließlich gab sich der Kriminalrat einen Ruck und setzte den Deckel zurück auf die Dose. Mit ausgestreckten Armen, so als transportiere er eine hochexplosive Ladung, beförderte er die Dose zurück in den Aktenschrank seiner Sekretärin. Gefahr erkannt, Gefahr gebannt, lobte sich der Kriminalrat mit vor Stolz geschwollener Brust.

Da stieg ihm der Duft von frisch gegrillter Bratwurst und Pommes frites in die Nase. Auf dem Großparkplatz an der Aldifiliale gegenüber der Feuerwehr machte sich die Imbissbude auf den Andrang zum zweiten Frühstück ihrer Kundschaft bereit. Dr. Kuno Wölfelschneiders starker Wille schrumpfte wie ein Luftballon, in den man mit einer Nadel ein Loch gepiekt hatte, in sich zusammen. Gierig riss der Kriminalrat den Deckel von der Dose und stopfte sich alle drei Kekse auf einmal in den Mund. Die Tür zum Vorzimmer schwang auf und Frau Eckstein, die Sekretärin, trat mit einem Berg Akten auf dem Arm ein. Der Kriminalrat erstarrte.

»Es ist nicht das, wonach es aussieht«, nuschelte er mit vollem Mund, während Kekskrümel auf den Fußboden rieselten.

»Das glaub ich jetzt nicht!« Charlie klappte beim Öffnen der Haustür die Kinnlade herunter.

»Überraschung!« Frieda Olsen drückte der Freundin einen Strauß pinkfarbener Rosen, der mit Thymian- und Salbeistängeln sowie Lavendelschopfblüten verziert worden war, in die Hand.

Charlie hielt den Strauß vor der Brust ausgestreckt und schaute Frieda verdattert an. »Was machst du denn hier?«

Frieda zuckte nonchalant mit den Schultern. »Ich hab gedacht, ich könnt ein bisschen Luftveränderung vertragen.«

Reiner Haase, der sich gerade die Hände an einem Küchenhandtuch abtrocknete, trat an Charlies Seite. »Willst du deine Freundin nicht hineinbitten?«

»Doch, natürlich, es ist nur …«, stammelte Charlie. Sie schien nicht in der Lage, sich von der Stelle zu bewegen.

»Immer mal rein in die gute Stube!«, Reiner gab Frieda mit einem Handzeichen zu verstehen, ihm zu folgen.

»Ischl steck dann mol die Blum in enn Voas.« Gertie nahm der immer noch sprachlos dastehenden Charlie den Strauß aus den Händen.

Frieda drehte sich um die eigene Achse und schaute sich in der mit hellen Kiefernmöbeln eingerichteten Wohnküche des Atzeldoalhofes um. »Schön gemütlich habt ihr es hier.«

Gertie stellte den Rosenstrauß, den sie in einen eierschalenfarbenen Emaillekrug gesteckt hatte, auf den frisch gewienerten Küchentisch und wandte sich an ihren Sohn: »Bischde mol sou liew unn holschde de Kuche vunn de Schbeis? Isch koch enn schäih stoarke Kaffee.«

Charlie fand ihre Stimme wieder. »Ihr habt das gewusst!«

Gertie strahlte über beide Wangen. »Äwwer nadierlisch häwwemer des gewisst. Schließlisch hodd der Reiner doch enn paarmol midd de Frieda telefoniert.«

Charlie stemmte die Hände in die Seiten und schaute ihre Freundin tadelnd an. »Warum hast du mich nicht vorgewarnt?«

»Muss ich glatt vergessen haben«, erwiderte Frieda Olsen mit Unschuldsmiene.

»Hinsetze!«, befahl Gertie und rückte für Frieda einen der mit Korbgeflecht bezogenen Küchenstühle zurecht. Bevor Frieda sich hätte hinsetzen können, stürmte Charlie auf sie zu und schloss sie fest in ihre Arme. »Ich freu mich so, dass du da bist!«, murmelte sie und schniefte.

»Nachdem du so ganz beiläufig erwähnt hattest, dass jemand versucht hat, deinen Camper abzufackeln, hab ich es in Hamburg nicht mehr ausgehalten«, gestand Frieda. »Auf deinem Handy hab ich dich ein paarmal nicht erreichen können, daher hab ich die Nummer des Hofes gewählt. Da war

Reiner am Apparat und wir sind ins Gespräch gekommen. Dabei hat er mich prompt in den Odenwald eingeladen.« Frieda warf Reiner, der mit dem Käse-Apfelkuchen in die Küche kam, einen dankbaren Blick zu.

»War doch selbstverständlich«, brummte Reiner verlegen.

»Nein, war es nicht«, widersprach ihm Charlie und wischte sich mit dem Handrücken über die Augen.

»Hinsetze! Orre der Kaffee wärd koalt!«, mischte sich Gertie erneut ein und verteilte großzügig portionierte Kuchenstücke.

Nach dem ersten Bissen verzog Frieda genießerisch den Mund. »Mmh, der Kuchen ist total lecker!«

»Weil die eischene Ebbel drin sinn«, erwiderte Gertie bescheiden.

»Wo sind eigentlich Emelie und Theo?«, wollte Charlie verwundert wissen.

»Die sind ins Rhein-Neckar-Zentrum gefahren«, sagte Reiner und lud sich eine üppige Portion Schlagsahne auf seinen Kuchen. »Emelie will für ihre Freundin Kristina ein Geburtstagsgeschenk kaufen. Und Theo braucht, wie er behauptet, ein Paar neue bequeme Schuhe.«

Gertie schnaubte verächtlich in ihren Kaffee. »Sou oft wie der uffem Schesslong hockd, kenne die oalde äwwer noch nedd abgelaafe soi.«

»Ich stell zwei Stücke für sie in den Kühlschrank«, bot Charlie an.

»Koa Soije! Isch häbb glei zwoa Kuche uff oanmal gebacke.« Gertie kannte ihre Pappenheimer.

Charlie wandte sich an Frieda. »Wie lange kannst du bleiben?«

Frieda grinste. »Ich hab dem Chef ein langes Wochenende aus dem Kreuz geleiert. Ich muss erst Montag wieder zurück.«

Charlie drückte dankbar die Hand der Freundin.

»Wie ernst ist die Lage wirklich?«, wollte Frieda von Charlie wissen, als sie nach dem Kaffeetrinken zu einem Verdauungsspaziergang aufgebrochen waren.

Charlie seufzte. »Wenn ich es nur wüsste!«

»Ich nehme an, dass der Streifenwagen, der schon zweimal seine Runden über den Hof gedreht hat, dies nicht aus Jux und Tollerei tut«, sagte Frieda.

Charlie fuhr sich mit der Hand durch das Haar. »Ich weiß ehrlich gesagt nicht, ob dieser verkappte Personenschutz überhaupt was bringt. Aber Gunter will unbedingt auf Nummer sicher gehen.«

Frieda schaute Charlie fragend an. »Gunter?«

»Kriminalhauptkommissar Gunter Haase. Reiners älterer Bruder.«

»Die Haase-Brüder, deine Freunde und Beschützer«, witzelte Frieda.

»Gunter hat schon in der Schule versucht, seinen Beschützerinstinkt an mir auszuleben«, erwiderte Charlie mit einem schiefen Lächeln.

Frieda knuffte die Freundin in die Seite. »Ist der etwa auch in dich verliebt?«

»Quatsch!« Charlie schüttelte so heftig den Kopf, dass ihre rotblonden Locken durch die Luft stoben. »Für Gunter bin ich die kleine Schwester, die er nie hatte.« Dann stutzte sie. »Wieso ›auch‹?«

»Oh Mann!« Frieda hob die Hände in die Höhe. »Das ist mal wieder typisch! Da liegen dir die nettesten und attraktivsten Männer zu Füßen und du bekommst null davon mit.«

Charlie schaute Frieda an, als ob ihr gerade eine zweite Nase im Gesicht gesprossen wäre. »Wovon, ich meine, von wem redest du, zum Teufel?«

»Natürlich von Reiner! Dass der bis über beide Ohren in dich verliebt ist, sieht doch ein Blinder mit Krückstock.«

Charlie lachte kurz auf. Aber ihr Lachen klang nicht echt. »Du spinnst! Reiner und ich, wir sind nichts weiter als gute Freunde.«

Frieda schnaubte. »Und ich bin der Osterhase, der morgen die Schokoweihnachtsmänner unter den Tannenbaum legt!«

Charlie stützte die Unterarme auf der hölzernen Umrandung der Pferdekoppel ab und schwieg einen Moment. »Wenn Reiner tatsächlich in mich verliebt wäre, wäre das eine Katastrophe«, sagte sie schließlich mit Verzweiflung in der Stimme.

»Also ich könnt mir Schlimmeres vorstellen«, konterte Frieda. »Wenn ich das richtig blicke, ist der Reiner ein Mann im besten Alter und Single. Dazu nicht auf den Mund gefallen, nett und zuvorkommend sowie äußerlich durchaus ansprechend. Wo liegt dein Problem?«

»Du verstehst das nicht!« Charlie schnellte zu Frieda herum. »Ich brauch keine neue Liebe! Keine neuen Komplikationen! Ich brauch einen verlässlichen und ehrlichen Freund, der mit mir durch dick und dünn geht.«

»Das eine schließt das andere doch nicht aus«, erwiderte Frieda leise.

Charlie seufzte laut auf. »Bei dir vielleicht. Du hast schließlich Felix an deiner Seite.«

Frieda legte kurz ihre Hand auf Charlies Unterarm. »Gib Reiner eine Chance! Nicht alle Männer sind so mies wie Dirk. Das muss selbst in deinen Dickschädel irgendwann mal reingehen.«

Statt einer Antwort stieß Charlie sich vom Zaun der Koppel ab und stürmte den Feldweg in Richtung Wald hinauf.

»Na toll!«, murmelte Frieda und hastete hinter der Freundin her. Bei der ersten Weggabelung hatte sie Charlie eingeholt und hielt sie am Bund ihrer Jeans fest. »Jetzt sei doch nicht eingeschnappt!«, schnaufte Frieda.

»Bin ich nicht«, presste Charlie zwischen schmalen Lippen hervor.

»Und warum preschst du wie die gesengte Sau durch den Wald?«

»Ach herrje!« Charlie raufte sich ihr Haar. »Im Moment ist einfach alles zu viel. Und dabei hab ich gedacht, dass ich hier im Odenwald endlich meinen Frieden finde. Stattdessen stolpere ich über eine Leiche nach der anderen und bin haarscharf daran vorbeigeschrammt, selbst eine zu sein.«

»Komm mal her!« Frieda zog Charlie zu sich heran und schloss sie in die Arme. »Ich kann verstehen, dass du völlig neben der Spur bist.«

Charlie, die fast einen Kopf größer als die quirlige Frieda war, legte ihr Kinn auf die Schulter der Freundin und schloss die Augen. Der Duft von Friedas Haarshampoo und ihrer von Fahrradtouren auf den Elbdeichen gebräunten Haut drang in ihre Nase. Charlie glaubte, einen Hauch von Salz und Nordsee darin ausmachen zu können. Heimweh nach dem Norden durchschoss sie wie ein spitzer scharfer Pfeil. Hatte sie etwa einen Riesenfehler gemacht, fragte sie sich bang. War sie fortgelaufen, nur um feststellen zu müssen, dass es vor den eigenen Gefühlen kein Entrinnen gab? Eine Träne tropfte auf Friedas Schulter. »Tschuldigung«, murmelte Charlie und zog die Nase hoch.

Frieda löste sich sanft aus der Umarmung. »Komm! Lass uns zu der Bank dort hinten zurückgehen!«, schlug sie vor. »Da können wir reden und ich kann meinen Knöchel schonen.«

Charlie legte den Kopf in den Nacken und blickte in den wolkenfreien Nachmittagshimmel, wo ein roter Milan über den frisch gemähten Wiesen seine Runden zog. »Manchmal wünschte ich, ich wäre so frei wie der da oben.«

Frieda streckte das Bein mit dem lädierten Knöchel auf der Bank aus und schaute ebenfalls in die Höhe. »Ich weiß nicht so recht. Der Odenwaldgeier da oben flucht bestimmt gerade, weil alle Mäuse stur in ihren Löchern hocken und seine im Hort zurückgebliebene Frau ihm die Hölle heißmachen wird, wenn er ohne einen fetten Braten ankommt.«

Charlie musste trotz ihres Kummers lächeln. »Sag schon, dass ich ein elendiger Jammerlappen bin!«

»Nein.« Frieda schüttelte den Kopf, sodass die weizenblonden kinnlangen Locken auf- und abtanzten. »Du hast allen Grund, besorgt zu sein. Ich an deiner Stelle würd mich vor Angst gar nicht mehr aus dem Haus trauen.«

Charlie verzog das Gesicht zu einer Grimasse. »Wenn ich eins aus der Sache im ›Drob Inn‹ gelernt habe, ist es das: Den Kopf in den Sand zu stecken, bringt nichts!«

»Nein, langfristig eher nicht«, gab Frieda ihr recht. »Aber sag mal: Gibt es schon neue Erkenntnisse, wer den Camper angesteckt hat? War das tatsächlich der große Bruder von dem Litauer?«

»Er ist, zumindest bis jetzt, der Hauptverdächtige«, erwiderte Charlie. »Deswegen ist Gunter dabei, in Hamburg wie auch Litauen alle ihm zur Verfügung stehenden Kanäle anzuzapfen. Leider fehlen bis jetzt die Beweise.«

»Es gibt nichts?«

»Nichts wirklich Brauchbares.« Charlie seufzte. »Was wir wissen, ist, dass er uns beobachtet haben muss. Dabei hat er gesehen, wie ich das Fenster über der Spüle geöffnet habe. Dann musste er nur noch abwarten, bis im Camper alles ruhig wurde, und hat die brennenden Lumpen hineingeworfen.«

»Schon allein die Vorstellung ist gruselig«, meinte Frieda und rieb sich die mit Gänsehaut überzogenen Unterarme. »Wieso hast du eigentlich die Tür nicht aufbekommen? Hatte er euch eingeschlossen?«

»So in der Art.« Charlie nickte. »Die Tür ging nicht auf, weil er einen dicken Zurrgurt um den gesamten Camper gewickelt und dann mit der Ratsche bombenfest gespannt hat. Einfach, aber sehr effektiv. Emelie und ich mussten aus dem Heckfenster klettern, um ins Freie zu kommen.«

»Gütiger Himmel!« Frieda war sichtlich entsetzt.

»Ja, darauf muss man erst einmal kommen.« In Charlies Stimme schwang Bitterkeit mit. »Der Täter gehört damit, wie wir wissen, nicht gerade zu den Doofen. Deshalb waren auch keine Fingerabdrücke nachweisbar. Und der Regen hat das Übrige getan, um die letzten Spuren zu verwischen.«

»Und wie geht es nun weiter?«, wollte Frieda besorgt wissen.

»Gunter und sein Team ermitteln mit Hochdruck. Ich nehme an, dass auch in Hamburg einige Beamte hinter dem Litauer her sind. Der Brandanschlag auf meinen Camper war, wenn man es realistisch sieht, wahrscheinlich nur eins der kleinsten Vergehen, die auf sein Kerbholz gehen.«

Frieda rieb sich nachdenklich den Knöchel, der bei Anstrengungen noch immer anschwoll. »Glaubst du, dass er es noch einmal versuchen wird?«

Charlie schwieg einen Moment und schaute erneut hoch in den Himmel. Der kreisende Milan war verschwunden. Wolken zogen von Westen auf. »Ich bezweifle, dass ich wirklich so wichtig für ihn bin«, meinte sie schließlich. »Er hat versucht, mir zu schaden und ist gescheitert. Jetzt bin ich auf der Hut, hab sogar so etwas wie zeitweisen Personenschutz bekommen. Das alles wird es für ihn nicht einfacher machen. Außerdem weiß er jetzt, dass man ihm auf den Fersen ist.«

»Dein Wort in Gottes Ohr!« Frieda blieb skeptisch.

Charlie stieß einen lang gezogenen Seufzer aus. »Was bleibt mir anderes übrig, als zu hoffen? Und an Gunter und sein Ermittlungsteam zu glauben? Wenn ich mich ständig verrückt mache, kann ich mir gleich die Kugel geben.«

»Hm.« Frieda kaute nachdenklich auf ihrer Unterlippe.

»Am meisten mache ich mir Vorwürfe wegen Emelie«, vertraute Charlie der Freundin an.

Frieda blickte erstaunt auf. »Wieso? Du konntest doch nicht ahnen, was passiert.«

»Anscheinend bin ich momentan eine potenzielle Gefahr für alles und jeden«, murmelte Charlie bedrückt.

Frieda knuffte sie in die Seite. »Also ich liebe den Nervenkitzel an deiner Seite.«

»Vielleicht sollte ich mir einen Zettel auf die Stirn kleben«, meinte Charlie mit einem schiefen Grinsen. »Kontakt auf eigene Gefahr.«

Frieda erwiderte Charlies Grinsen. »Nun ja, bei deinen Judokenntnissen könnte das glatt auch für den Täter gelten.«

Charlie wurde wieder ernst. »Leider habe ich dadurch Emelie nicht schützen können. Wenn ich mir überlege, was hätte passieren können …«

»Ist es aber nicht!«, erwiderte Frieda mit resoluter Stimme. »Mach dir nicht so einen Kopf! Emelie ist außer einem Schrecken nichts passiert.«

»Ich weiß nicht«, wandte Charlie ein. »Emelie gibt sich nach außen taff und unabhängig. Trotzdem ist sie im Inneren ein verletzliches kleines Mädchen, das gerade auf der Suche nach sich selbst ist.«

»Hast du schon mit ihr darüber geredet?«

Charlie seufzte. »Ich hab es zumindest versucht. Aber Emelie hat abgewiegelt. Ich hoffe, dass Reiner oder Gunter in der Beziehung erfolgreicher sind.«

»Nimm das alles nicht zu schwer!«, ermahnte Frieda sie noch einmal.

»Leichter gesagt als getan!«

Frieda setzte sich auf. »Gibt es bei euch im Odenwald einen anständigen Italiener?«

»Mehr als einen«, versicherte ihr Charlie.

»Gut.« Frieda kam auf die Beine, wobei sie versuchte, den schmerzhaften Knöchel möglichst wenig zu belasten. »Dann lade ich dich heute Abend zu einer Pizza ein.«

»Mit Oliven, aber ohne Artischocken?«, fragte Charlie spitzbübisch.

»Ganz genau!« Frieda hakte sich bei Charlie unter. »Und dann mache ich mich über deine Salamischeiben her.«

Charlie hob warnend den Zeigefinger. »Wage es bloß nicht!«

Wie kleine Mädchen kichernd schlenderten sie zum Atzeldoalhof zurück.

16. KAPITEL

»Wer weiß, wann die Vögel im Sommer aufstehen?« Uwe
Rensch, der pensionierte Förster und Geopark-vor-Ort-Be-
gleiter schaute seine junge Gefolgschaft erwartungsvoll an.

»Ist doch logisch: morgens!«, kam es von einem vorwitzigen Bengel mit keck in die Odenwälder Morgenluft gereck-
ter Stupsnase wie aus der Pistole geschossen.

Uwe Rensch verkniff sich ein Grinsen. »Richtig. Aber
wann denn genau morgens?«

»Wenn ich morgens wachwerde, höre ich sie schon im Park
singen«, meldete sich ein Mädchen mit kohlrabenschwarzen
Augen und dunklen Zöpfen zu Wort.

»Und wann stehst du auf?«, hakte Uwe Rensch nach.

»Um kurz vor halb sieben«, erwiderte das Mädchen.

»›Früher Vogel fängt den Wurm‹, sagt meine Oma immer«,
meldete sich ein Junge mit runden Brillengläsern und ernstem Gesicht.

»Nach der gestrigen Nacht hätte mich der frühe Vogel
eigentlich herzlichst können«, flüsterte eine der die Drittklässler aus der Weinheimer Weststadt begleitenden Lehrerinnen ihrer Kollegin zu. »Aber wegen des Ausflugs wollte
ich nicht krankmachen. Wenn der Kleine endlich mal durch-
schläft, mache ich drei dicke Kreuze in meinen Kalender.«

Die Kollegin unterdrückte ebenfalls ein Gähnen. »Ich zähl
auch die Tage bis zu den Sommerferien.« Da bemerkte sie,
wie ein Trupp von drei Mutigen sich aufmachte, sich von der
Gruppe zu entfernen und ins Unterholz zu schleichen. Ohne

zu zögern, streckte sie zwei Finger in den Mund und pfiff die Möchtegernausreißer resolut zurück.

»Also, wann wird der erste Vogel im Wald wach?«, versuchte es Uwe Rensch noch einmal.

Die 20 Drittklässler blieben ihm eine Antwort schuldig. Stadtkinder, dachte der pensionierte Förster. Sitzen den lieben langen Tag vor dem Computer oder tippen auf ihrem Handy rum. Um den Rundgang wie geplant fortzusetzen, blieb Uwe Rensch nichts anderes übrig, als seine Frage selbst zu beantworten: »Der Gartenrotschwanz beginnt schon anderthalb Stunden vor Sonnenaufgang mit seinem Gesang. Also so gegen vier Uhr in der Früh. Ihm folgen die Singdrossel, die Amsel und das Rotkehlchen. Distel- und Grünfinken sind dagegen richtige Langschläfer, die fangen erst eine Viertelstunde bis halbe Stunde, nachdem die Sonne aufgegangen ist, an zu singen.«

»Na, damit hättet ihr jetzt nicht gerechnet, oder?«, versuchte die ältere der beiden Lehrerinnen, Leben in die Diskussion zu bringen.

Ein paar der Drittklässler ließen sich dazu herab, wenigstens zu nicken.

»Wenn wir ein paar Schritte weiterlaufen, könnt ihr einen Blick auf die Vogeluhr werfen und sehen, dass ich nicht gelogen habe«, verkündete Uwe Rensch in munterem Ton und setzte sich in Bewegung. Mit seinem Wanderstock gab er das Tempo vor, bis sie die nächste Hinweistafel erreichten. Die befand sich, wie die vielen anderen Tafeln und Schilder, die sie an diesem Sommermorgen begutachten würden, auf einem kleinen historischen Juwel mitten im Odenwald: dem ersten deutschen Waldlehrpfad bei Ober-Schönmattenwag.

Dieser von Bäumen gesäumte Pfad schlängelte sich durch einen Teil des idyllischen Dürr-Ellenbacher Tals, wo der kleine Bach gleichen Namens munter plätscherte. Ins Leben gerufen worden war der Waldlehrpfad Mitte der 1950er-Jahre, als das Konzept eines umfassenden Wald- und Gewässerschutzes noch in den Kinderschuhen steckte und im Schulunterricht weniger die eigene Kreativität als strikte Disziplin, Gehorsam, Fleiß und Ordnung gefordert wurden. Der Ober-Schönmattenwager Volksschullehrer Rupprecht Bayer war ein Mann mit Visionen, der aus dem starren pädagogischen Gerüst seiner Zeit ausbrach. Bereits 1952 begann er, mit seiner Schülerschar eine Vogelschutzgruppe aufzubauen. Daraus entwickelte sich die Idee, in einem fächerübergreifenden und handlungsorientierten Projekt einen Waldlehrpfad zu erschaffen. Lehrer Bayer legte die dazu notwendigen Arbeitsschritte ganz in die Hände seiner Schüler: Sie wälzten Lexika und Biologiebücher, verfassten Texte, lernten die Holzschilder zu schnitzen und die Texte einzubrennen. Das Ergebnis war ein Waldlehrpfad, wie es ihn bis dahin noch nicht gegeben hatte. Auch wenn Lehrer Rupprechts Schule ein paar Jahre später aufgelöst wurde und die Schüler in einen anderen Ortsteil wechseln mussten, hatte ihr Werk Bestand und fand bis heute in anderen Teilen Deutschlands Nachahmer.

Uwe Rensch, der regelmäßig Touren entlang des Waldlehrpfades für Erwachsene wie auch Kinder anbot, war sich sicher, dass der pädagogische Geist von Lehrer Bayer noch immer über den Wipfeln der den Pfad säumenden Bäume schwebte. Wer sonst hätte sich dafür verantwortlich zeigen können, dass auf dem knapp drei Kilometer langen Weg so gut wie kein Handyempfang vorhanden war? Ein glücklicher Umstand, den Uwe Rensch begrüßte, weil dadurch seine Stimmbänder wie auch Nerven geschont wurden. Er hasste es, wenn er ständig gegen Handyklingeln anreden musste oder seine Zuhörer sich nicht ihm, sondern ihren Anrufern widmeten. Uwe Rensch schüttelte sich innerlich. An der Hinweistafel mit der Vogeluhr angekommen, präsentierte er seinem mit

Rucksäcken und Schirmkappen gegen die Sonne ausgestatteten Trüppchen eine Kostprobe verschiedener Vogelstimmen. Plötzlich waren die Drittklässler ganz Ohr und wollten alle vom Förster lernen, wie eine Nachtigall zu trällern oder wie ein Zaunkönig zu zirpen. Munter pfeifend passierten sie das »Himmelreich« und pflückten unter der Anleitung von Uwe Rensch auf der sanft zum Dürr-Ellenbach abfallenden Wiese Wildkräuter. Eine der letzten Stationen ihrer Wanderung war die »Kohlenplatte«, wo das schwere Tagewerk der ehemaligen Odenwälder Köhler veranschaulicht wurde. Uwe Rensch fing das Thema geschickt auf und versprach der Rasselbande zum Abschluss der Wanderung ein Lagerfeuer samt zünftiger Brotzeit. Ein Vorhaben, für das alle gleich Feuer und Flamme waren. Die letzten paar Hundert Meter bis zur Grillhütte am Anfang des Waldlehrpfades legten sie im Rekordtempo zurück.

An der Grillhütte war bereits Petra Rensch mit einem Kofferraum voller Vorräte eingetroffen. Unter ihrer Aufsicht spießte ein Teil der Drittklässler Teigschlangen für Stockbrot auf angespitzte Äste, schnippelte Wildkräuter für den Kräuterquark und wickelte dicke Kartoffeln in Alufolie ein. Der Rest der Kinder schwärmte auf der Suche nach Feuerholz aus. Mit lautem Gejohle preschten die kleinen Stadtindianer durch das Unterholz, was Uwe Rensch überhaupt nicht gern sah noch hörte.

»Loasse! Dess sinn doch noch Kinner«, meinte Petra Rensch, der der Unmut ihres Gatten nicht entgangen war.

Der Förster seufzte und streckte seine langen Beine aus. Die quirlige Kinderschar unter Kontrolle zu halten war anstrengender, als einen Sack Flöhe zu hüten. Die beiden Lehrerinnen waren zu seinem Leidwesen mehr an Privatgesprächen als an ihrer Aufsichtspflicht interessiert. Sie hatten an einem der unter dem Vordach der Grillhütte aufgestellten Picknicktische Platz genommen und waren metertief in eine lebhafte Diskussion vertieft. Uwe Rensch schnaubte verächtlich und drehte sich ein wenig nach rechts, um den an der Grillhütte vorbeiplätschernden Bach im Auge zu behalten. Konnten die kleinen Bleichgesichter aus der Stadt eigentlich alle schwimmen? Zwei Mädchen waren aus Schuhen und Strümpfen geschlüpft und wateten an einer flachen Stelle im Wasser. Ein pummeliger Junge hatte sich vor der kleinen Brücke die steile Böschung hinuntergehangelt und steckte den Kopf unter den Brückenbogen. Die anderen Kinder waren mit dem Sammeln von Feuerholz beschäftigt. Uwe Rensch hatte ihnen verschwiegen, dass er vorsichtshalber immer einen kleinen Vorrat hinter der Hütte bereithielt.

Der pummelige Junge machte zwei, drei Schritte rückwärts und wandte sich dem pensionierten Förster zu. »Da liegt einer«, sagte er.

Uwe Rensch wedelte mit der Hand, um eine auf Angriff programmierte Pferdebremse von seiner linken, nackten Wade abzuwehren. Erst als dies gelungen war, schenkte er seine Aufmerksamkeit dem Jungen. »Was hast du gesagt?«

»Dass hier so einer liegt«, wiederholte der Junge, ohne sich von der Stelle zu rühren.

»Is woas?«, wollte Petra Rensch wissen und legte ihre Hand auf die Schulter ihres Mannes. Ihre Hände waren wohltuend kühl und rochen nach dem frisch gebackenen Riwwelkuche, den sie von zu Hause mitgebracht hatte. Uwe Rensch war hungrig und freute sich auf ein Stück von dem nach einem alten Familienrezept hergestellten Streuselkuchen. Er schüttelte den Kopf. »Noa, der Junge hat ein bissel zu viel Fantasie.«

»Dess kimmd vunn de goanze Fernseen. Woas die do allemol fer enn Zeig gucke«, bemerkte Petra Rensch.

Der pummelige Junge hatte sich derweil die Böschung

hinaufgekämpft und war am Feuerplatz angekommen. Dort stellte er sich vor dem Förster und seiner Frau auf.

»Meine Mutti sagt immer, dass ich nicht lügen darf.«

Petra Rensch schenkte ihm ein aufrichtiges Lächeln. »Dess soacht dei Moddi goanz rischdisch.«

Der Junge trippelte von einem Fuß auf den anderen. »Ich glaub, der ist tot.«

Petra Renschs Lächeln erstarb. »Wer iss doud?«

Der Junge wies mit dem runden Kinn in Richtung der Böschung. »Der da unter der Brücke im Wasser liegt. Der sieht aus wie einer bei ›Tatort‹.«

»Dafür bist du noch gar nicht alt genug!«, raunzte Uwe Rensch den Jungen an. Es war wirklich unglaublich, dachte er, wie lange manche Eltern ihre Sprösslinge vor dem Fernseher sitzen ließen. »Tatort« für einen Drittklässler! Das hatte es bei seinen Kindern nicht gegeben. Die hatten pünktlich um acht im Bett gelegen.

Die ältere der beiden Lehrerinnen bemerkte, dass ihr Schüler in eine Diskussion mit dem Förster verwickelt war. Sie stand auf und kam auf das Försterehepaar zu.

»Gibt es Probleme, Maximilian?«

Der Junge kickte trotzig einen Kiesel, der vor seinen Füßen lag, weg. »Die wollen mir nicht glauben, Frau Markwart.«

»Was glauben?« Die Lehrerin schaute das Försterehepaar fragend an.

Uwe Rensch setzte ein nachsichtiges Lächeln auf. »Unser kleiner Freund hier behauptet, dass unter der Brücke ein Toter liegt.«

Die Lehrerin unterdrückte nur mit Mühe ein Seufzen. Maximilian war bekannt dafür, dass er sich mit seinen erfundenen Geschichten gern in den Vordergrund stellte. Wahrscheinlich würde er später Schriftsteller oder Journalist werden. Sofern er noch an seiner Rechtschreibung arbeitete …

Die Lehrerin fasste nach der Hand des Jungen. »Komm, Maximilian! Wir gehen da jetzt mal gemeinsam hin und schauen uns das an!«

Uwe Rensch kam steif auf die Beine. »Ich bereite in der Zwischenzeit schon mal alles für das Feuer vor.«

Er zog seinen »Hirschfänger«, das handgeschmiedete Jagdmesser mit dem echten Hirschhorngriff, aus einer seiner Hosentaschen hervor und begann damit, den Grillrost von verkohlten Verunreinigungen zu säubern.

Ein gellender Schrei ließ ihn zusammenzucken, wodurch ihm das Messer aus der Hand rutschte und zu Boden fiel. Uwe Rensch eilte zum Brückenbogen, wo die Lehrerin ihn mit kreidebleichem Gesicht anschaute. Ihre Unterlippe zitterte, so als ob sie gleich in Tränen ausbrechen würde. Mit bebenden Fingern wählte der pensionierte Förster die 112 auf seinem Handy. Nichts geschah. Scheiß Funkloch, dachte Uwe Rensch und spurtete zum Auto seiner Frau, um vom Ort aus die Polizei zu alarmieren.

»Glaubst du, dass er durchkommen wird?« Martina Lohse schaute ihren Kollegen vom Beifahrersitz des Dienstfahrzeuges skeptisch an.

Gunter Haase ließ die Schlosszunge des Sicherheitsgurtes in das Gurtschloss einklicken und zuckte mit den Schultern. »Keine Ahnung. Wir werden die Ärzte beim Wort nehmen müssen und abwarten, was die Nacht bringt.« Der Kriminalhauptkommissar steckte den Schlüssel ins Zündschloss, drehte ihn jedoch nicht nach rechts, um den Wagen zu starten. Sie standen am Neckarufer, auf dem Parkplatz der Neurochirurgischen Klinik in Mannheim, in die der Verletzte von der Grillhütte in Ober-Schönmattenwag eingeliefert worden war. Martina Lohse kramte in ihrer Handtasche und holte ein zerbeultes Zigarettenpäckchen hervor, aus dem sie eine Zigarette herausfischte und sich zwischen die gespitzten Lippen steckte.

»Nicht im Wagen«, wollte Gunter Haase protestieren. Dann überlegte er es sich anders und gab der Kollegin mit dem Feuerzeug, das immer in der Mittelkonsole lag, Feuer. Nach dem, was sie gerade hinter sich hatten, konnten sie eine Aufmunterung gut gebrauchen. Gunter Haases Finger wanderten, als ob sie einen eigenen Willen hätten, ein Stück nach rechts, in die Richtung, in der Martina Lohses Handtasche lag. Mit einem Ruck rief sich der Kriminalhauptkommissar zur Ordnung und steckte die marodierende Hand unter seinen rechten Oberschenkel. Martina Lohse ließ das Fenster hinunter und blies den Rauch ihrer Zigarette in die laue Abendluft.

»Die Familie tut mir leid«, sagte sie und seufzte laut auf. »Das neu gebaute Häusle ist gerade frisch bezogen. Die Tochter ist noch im Vorschulalter und wird, wie es aussieht, im Herbst ein Geschwisterchen bekommen. Wie soll die arme Frau das alles allein schaffen?«

»Vielleicht packt der Fischer das ja«, erwiderte Gunter Haase. Seine Stimme klang allerdings nicht so, als ob er gänzlich davon überzeugt wäre.

»Selbst wenn er die Nacht übersteht, kann er, wie du eben auch gehört hast, noch wochenlang im Koma liegen.« Martina Lohse schnippte die Asche ihrer Zigarette aus dem Fenster. »Wer weiß, in welchem Zustand er später aufwacht. Was für Schäden er zurückbehält.«

Gunter Haase zog die Hand unter dem Oberschenkel hervor, um sich ein Pfefferminzbonbon, von denen er immer einen Vorrat im Handschuhfach mit sich führte, in den Mund zu stecken. Er schwieg einen Moment, bis der würzig-süße Geschmack sich in seiner Mundhöhle ausgebreitet hatte. Dann schluckte er und sagte: »Es grenzt an ein Wunder, dass der Fischer es überhaupt bis hierhin geschafft hat. Wenn sein Kopf nur drei, vier Zentimeter tiefer gerutscht wäre, wäre er im Bach ertrunken.«

»Wenigstens hätte er davon nicht viel mitbekommen«, murmelte Martina Lohse. »Durch den heftigen Schlag auf den Hinterkopf muss er sofort bewusstlos gewesen sein.«

»Wenn der Junge ihn nicht unter der Brücke entdeckt hätte, wäre er in den nächsten Stunden mit Sicherheit gestorben. So ein massives Schädel-Hirn-Trauma überlebt kaum einer ohne rechtzeitiges Eingreifen.« Gunter Haase spürte, wie die Süße in seinem Mundraum einen bitteren Beigeschmack bekam.

Martina Lohse brachte ein schiefes Lächeln zustande. »Muss ein ganz schöner Dickschädel sein, dieser Carsten Fischer.«

»Hat Frajo schon mehr über ihn herausbekommen?«, wollte der Kriminalhauptkommissar wissen. Während er mit den behandelnden Ärzten auf der Intensivstation gesprochen hatte, war Martina Lohse in ein Telefongespräch mit dem Kollegen Frajo Helferich in Heppenheim vertieft gewesen.

»Du kennst doch den Frajo«, erwiderte die Kommissarin. »Wenn der einmal anfängt zu buddeln, ist der wie ein Terrier an einem Kaninchenbau. In der Kürze der Zeit hat er schon Beachtliches herausbekommen.« Martina Lohse öffnete die Wagentür, um ihre Zigarette auf dem asphaltierten Parkplatz auszudrücken. Die Kippe steckte sie zurück in die zerbeulte Zigarettenschachtel. »Unser Kenntnisstand ist dank Frajo bis jetzt, dass der Fischer in Bensheim geboren ist und dort auch sein Abi gemacht hat. Danach war er ein Jahr in den USA, wo er auf verschiedenen Baustellen gejobbt hat, wahrscheinlich, um sich die Reise zu verdienen. Seine Eltern sind nicht gerade das, was man als reiche Leute bezeichnen kann. Die haben sich ihr Reihenhäuschen vom Munde abgespart. Die Mutter hat durch verschiedene Putzjobs was dazuverdient. Auch, um den drei Kindern eine gute Ausbildung zu ermöglichen.«

»Hm«, machte Gunter Haase und steckte sich ein zweites Pfefferminzbonbon in den Mund.

Martina Lohse warf einen Blick auf ihren Notizblock. »Nachdem der Fischer aus den USA zurückgekehrt ist, hat er an der Technischen Universität Darmstadt Bauingenieurwesen studiert und anscheinend mit Gut abgeschlossen. Danach folgten«, die Kommissarin runzelte die Stirn, weil sie Schwierigkeiten hatte, die eigene Schrift zu entziffern, »verschiedene Jobs im Angestelltenverhältnis. Hier gibt es nichts Auffälliges, außer, dass der Fischer es geschafft hat, beharrlich eine Stufe nach der anderen auf der Erfolgsleiter zu erklimmen. Momentan ist er Oberbauleiter bei der WUSENG GmbH in Frankfurt.«

»WUSENG? Noch nie gehört«, meinte Gunter Haase.

»Wind- und Sonnenenergie«, sagte Martina Lohse. »Hier in der Region einer der Spitzenreiter, wenn es um erneuerbare Energien geht.«

»Was hat das mit dem Odenwald zu tun?«, wunderte sich der Kriminalhauptkommissar. »Ich meine, warum wurde der Fischer in einem kleinen Nest mitten im Odenwald niedergeschlagen und zum Sterben unter eine Brücke gelegt?«

Martina Lohse seufzte. »Das genau sind die Fragen, auf die wir noch eine Antwort finden müssen.«

»Toll!«, brummte Gunter Haase.

Martina Lohse blätterte nochmals in ihrem Notizblock. »Zwei Sachen sind laut Aussage von Frajo interessant: Zum einen war der Fischer begeisterter Mountainbike-Fahrer. Am liebsten ist er auf den Trails im Überwald gefahren. Die Touren über den Trommer Höhenzug und durch das Eiterbachtal sollen fahrtechnisch recht anspruchsvoll sein.«

Gunter Haase fragte sich im Stillen, wann er das letzte Mal auf einem Fahrrad gesessen hatte. Er konnte sich nicht erinnern. Wahrscheinlich zu der Zeit, als er noch Stützräder an seinem Velo benötigte.

»Zum anderen«, unterbrach Martina Lohse die Gedanken ihres Kollegen, »ist Carsten Fischer Bauleiter bei der WUSENG, also der Firma, die im Auftrag der ENTEGA die Windkrafträder im Odenwald aufgestellt hat beziehungsweise noch aufstellt.«

»Daiwel naa, das nenne ich ja mal interessant!« Gunter Haase, dem eben noch ein müder Schauder über den Rücken gelaufen war, war jetzt voll konzentriert.

»Wieso das?« Martina Lohse schaute den Hauptkommissar stirnrunzelnd an.

»Liest du keine Zeitung?«

»Höchstens mal am Wochenende. Morgens reicht die Zeit dafür nie aus.«

Gunter Haase schüttelte den Kopf. »Dann hast du von dem ganzen Wind, der um die Pläne der ENTEGA gemacht wurde, wahrscheinlich überhaupt nichts mitbekommen.«

»Ich weiß nur, dass ein paar Hartgesottene immer noch protestieren«, erwiderte Martina Lohse.

»Seit Monaten geht im Odenwald wegen des Baus der Windkrafträder die Post ab. Es gibt Gutachten und Gegengutachten, Petitionen, Donnerstagsdemonstrationen, kleinere Scharmützel mit der Polizei und jede Menge Leute, die auf der verzweifelten Suche nach geschützten Vogel- oder Insektenarten in der Nähe der Windräder durch den Odenwald pirschen. So einen Aufreger hatten wir dort schon seit Jahren nicht mehr.«

»Würdest du sagen, dass die Aufregung so groß ist, dass jemand dafür morden würde? Oder es zumindest versuchen würde?«

Gunter Haase strich sich mit der Hand durch das sandblonde Haar. »Die Fronten zwischen der ENTEGA und der

lokalen Bürgerinitiative sind, wie es aussieht, ziemlich ver-
härtet.«

»Lass uns das mal zusammen aufdröseln!«, schlug Martina
Lohse vor und warf nochmals einen Blick auf ihre Notizen.
Gunter Haase nickte zustimmend.

»Also«, begann die Kriminalkommissarin und tippte mit
der Spitze ihres Kugelschreibers auf den Block. »Der verletzte Carsten Fischer wurde in Ober-Schönmattenwag,
einem Ortsteil von Wald-Michelbach, gefunden. Wo es schon
seit Monaten heftigen Widerstand gegen diese Windmüh-
len gibt.«

»Richtig.«

»Unser Opfer ist demnach Teil eines Systems, gegen das
die Windkraftgegner mit harten Bandagen ankämpfen.«

Auf Gunter Haases hoher Stirn bildete sich eine steile
Denkfalte. »Stimmt. Trotzdem erscheint mir der Vorfall an
der Grillhütte, anders als bei den vorherigen beiden Morden,
nicht als persönliche Abrechnung. Nicht als ein Rachefeldzug speziell gegen diesen Carsten Fischer.«

Martina Lohse ließ ihren Kugelschreiber klicken. »Du hast
eben gesagt, dass sich einige von diesen Windkraftgegnern in
der Nähe der Baustellen auf die Pirsch legen.«

Gunter Haase bejahte durch Kopfnicken.

»Vielleicht sind die nicht nur auf der Suche nach geschützten Vögeln«, fuhr Martina Lohse fort, »sondern beobach-
ten auch die Vorgänge auf der Baustelle. Dabei können sie
leicht feststellen, wer wann dort ist, wer dort das Sagen hat
und so weiter.«

»Als Bauleiter muss der Fischer mehr oder minder ständig auf der Baustelle gewesen sein.«

»Wenn unser Täter nun so eine Art unübersehbares Zeichen setzen will?«, grübelte Martina Lohse. »Seine Ableh-
nung, seinen Protest bildhaft machen will? Dann fällt seine

Wahl wahrscheinlich auf ein Opfer, dessen er ohne große Mühe habhaft werden kann.«

»Kann gut sein«, stimmte Gunter Haase der Kollegin zu. »An die hohen Tiere von der ENTEGA kommt er nicht heran. Also schaut er sich um und wählt sein Opfer unter denen, die täglich auf der Baustelle vor Ort sind, aus.«

»Sehe ich genauso.« Martina Lohse malte ein dickes Ausrufezeichen auf ihren Block. »Zumal der Fischer sich, nach der Aussage von Frajo, nicht nur beruflich, sondern auch privat gern im Odenwald herumtreibt.«

Gunter Haase hatte Mühe, ein lautes Seufzen zu unterdrücken. Was war in den vergangenen Wochen nur aus seinem geliebten Odenwald geworden? Statt Naturidylle, Ruhe und Beschaulichkeit herrschten plötzlich Sodom und Gomorrha. Konnte es mittlerweile jeden jederzeit treffen?

»Ich stelle mir das so vor«, drängte sich Martina Lohse in die trüben Gedanken des Hauptkommissars. »Der Täter beobachtet den Fischer. Er weiß genau, welches Auto er fährt, wann er morgens zur Arbeit kommt und abends geht. Mit wem er auf der Baustelle quatscht, was seine Frau ihm auf das Mittagsbrot schmiert und wann sich der Fischer zum Pinkeln auf eins dieser widerlichen Dixi-Klos zurückzieht.«

Gunter Haase musste trotz der Anspannung grinsen. Seine Kollegin war voll in ihrem Element. Martina Lohse ließ sich nicht mehr bremsen.

»Kurzum: Er legt ein komplettes Beobachtungsprofil von seinem Opfer an. Dabei wird ihm natürlich nicht entgehen, dass der Fischer nach Feierabend oder am Wochenende mutterseelenallein auf seinem Bike durch den Wald radelt.«

Bei diesen Worten stutzte Gunter Haase. »Ich frag mich gerade, warum der Fischer an einem Donnerstag mit dem Bike unterwegs war. Hätte er da nicht auf der Baustelle sein müssen?«

»Vielleicht hatte er Urlaub? Oder hat Überstunden abgefeiert?« Martina Lohse zuckte mit den Schultern. »Oder der Donnerstag ist allgemein sein freier Tag, weil er am Wochenende arbeitet? Darauf werde ich gleich den Frajo ansetzen«, beschloss sie.

»Ja, tu das!«, stimmte Gunter Haase ihr zu.

»Lass mich vorher noch diesen Gedankengang zu Ende bringen!«, bat die Kommissarin. »Vielleicht ist es ja so oder so ähnlich abgelaufen: Unser Täter weiß, dass der Fischer donnerstagsmorgens immer mit dem Bike auf diesem Trail in diesem Dingsda ... wie heißt das Tal noch mal?«

»Dürr-Ellenbacher Tal«, half ihr Gunter Haase auf die Sprünge.

»Also in diesem Dürr-Ellenbacher Tal unterwegs ist«, beendete Martina Lohse ihren Satz.

»Ja.«

»Er sucht sich eine geeignete Stelle, wo er dem Fischer auflauert.«

»Vielleicht hat er sich ja unter dem Vordach der Grillhütte versteckt«, warf Gunter Haase ein. »Das Dach ist tief runtergezogen und die Holzbrüstung recht hoch. Zum Weg, an dem der Fischer vorbeikam, sind es von dort aus nur ein paar Sekunden.«

»Also, er sieht den Fischer auf seinem Mountainbike heranbrettern«, spann Martina Lohse den gedanklichen Faden weiter. »Sprintet zum Weg und stellt sich dem Fischer entgegen.«

»Vielleicht hat er ihn auch durch ein Hindernis zu Fall gebracht«, warf Gunter Haase ein. »Hatte der Fischer nicht am ganzen Körper Abschürfungen?«

»Ich dachte, die wären entstanden, als der Täter sein Opfer unter die Brücke geschleift hat.«

»Nach den Abschürfungen müssen wir morgen früh unbedingt die Ärzte befragen«, beschloss Gunter Haase.

Martina Lohse machte sich eine entsprechende Notiz auf ihrem Block. »Auf jeden Fall muss der Täter es geschafft haben, den Fischer mit seinem Bike auszubremsen.«

»Und dann hat er ihm mit einem stumpfen, schweren Gegenstand auf den Hinterkopf geschlagen. Hier ist die Spurensicherung noch gefragt.«

»Wahrscheinlich ist durch diese Kindergruppe eh alles an Spuren futsch«, meinte Martina Lohse düster.

»Ohne die Kindergruppe wäre der Fischer nicht mehr am Leben«, wandte Gunter Haase ein.

»Stimmt auch wieder!« Martina Lohse klappte ihren Notizblock zu.

Gunter Haase seufzte. »Ich schätze, dass jetzt jede Menge ermittlungstechnische Kleinarbeit auf uns zukommt.«

Martina Lohse raufte sich das kurzgeschnittene schwarze Haar. »So ein verdammter Mist! Zwei Morde und ein Mordversuch in nur ein paar Wochen.«

Zwei Morde und zwei Mordversuche, korrigierte Gunter Haase seine Kollegin im Stillen. Wer hinter dem Anschlag auf Charlies Camper steckte, hatte er ebenfalls noch nicht herausbekommen. Die Kollegen aus Hamburg hatten ihm diesbezüglich nicht wirklich weiterhelfen können. Oder wollen.

Martina Lohse rutschte unruhig auf ihrem Sitz hin und her. »Glaubst du, dass es einen Zusammenhang zwischen den Morden an dem Binz und der Dingeldein und dem, was heute passiert ist, gibt?«

Gunter Haase ließ seinen Blick einen Moment schweigend über den Parkplatz am Neckarufer schweifen, der sich in der letzten halben Stunde sichtbar geleert hatte. »Kann ich mir, ehrlich gesagt, nicht richtig vorstellen«, sagte er schließlich. »Die Art, wie der Täter vorgegangen ist, passt überhaupt nicht zu dem, was wir bis jetzt von den anderen Morden wissen.«

»Es ist zum Verrücktwerden! Auch bei den ersten beiden Morden passt nichts wirklich zueinander«, klagte Martina Lohse. »Die einzige echte Verbindung, die wir bis jetzt nachweisen konnten, ist das Eukalyptusöl als Brandbeschleuniger.«

Gunter Haase ließ den Motor an. »Komm! Wir holen uns bei McDo einen Kaffee und eine Kleinigkeit zu essen. Und dann schauen wir im Büro, was der Frajo und die Spurensicherung in der Zwischenzeit an Neuem zusammengetragen haben.«

»Wird eine lange Nacht«, murmelte Martina Lohse.

Der Kriminalhauptkommissar fädelte sich auf der Käfertalerstraße in den fließenden Verkehr ein. »Nicht nur eine lange Nacht«, brummte er. »Wie es derzeit aussieht, gehe ich von einem sehr, sehr langen und heißen Sommer aus.«

17. KAPITEL

Ein süßlich-fauliger Geruch lag in der Luft. Er versuchte, sich auf die andere Seite zu legen, um mehr Abstand zum Ausgangspunkt des Gestanks zu bekommen. Da merkte er, dass sein eigener Körper nach Schweiß und Urin roch. Aber auch nach Verwesung und Angst. Panik stieg in ihm auf, ließ sein Herz so heftig klopfen, dass ihm die Brust brannte. Einer der über seinem Bett angebrachten Monitore stieß Warntöne aus und eine ganz in Weiß gekleidete Gestalt eilte an seine Seite.

»Hallo! Können Sie mich hören?«

»Ja sicher, ich bin doch nicht taub!«, wollte er antworten. Das durchdringende Piepen des Monitors schien sein Trommelfell zum Platzen zu bringen. »Stellt das verdammte Ding ab!«, lag es ihm auf der Zunge. Aber aus seiner Kehle drang nur ein heiseres Krächzen.

»220 zu 140«, murmelte die ganz in Weiß gekleidete Gestalt und eilte aus dem Zimmer. Wenige Herzschläge später kehrte sie mit einem ebenfalls in Weiß gekleideten Begleiter zurück, der ihm eine Spritze setzte.

»Sie fühlen sich gleich besser«, hörte er noch, bevor er erneut in die Bewusstlosigkeit abdriftete.

Er träumte. Von früher. Als noch alles in Ordnung war. Er noch Hoffnung hatte. Bevor ihm sein Ein und Alles genommen und er gezwungen wurde, ein anderer Mensch zu werden. Eine Spezies von Mensch, die er insgeheim verachtet. Die man früher oder später richten würde.

Dann war wieder dieses Nichts. Als er erneut die Augen aufschlug, saß seine Frau neben seinem Bett. Die neue. Obwohl ihm die alte in seinen Träumen erschienen war.

»Du hattest einen Zusammenbruch«, sagte seine junge, kräftige und gesunde Frau. »Hast du deine Tabletten nicht genommen?«

Er versuchte sich zu erinnern. Sah die Pillendose, in die seine junge Frau die Tabletten für morgens und abends, die Einzeldosierungen für einen ganzen Monat füllte, vor seinem geistigen Auge. Doch er konnte sich nicht entsinnen, wann er den bitteren Beigeschmack der Medikamente das letzte Mal auf seiner Zunge gespürt hatte. Er war so beschäftigt gewesen. Sein Kopf war voll mit den Dingen, die er noch zu erledigen hatte. Bevor es zu spät war. Und jetzt lag er hier wie ein Waldmistkäfer auf dem Rücken und war zur Untätigkeit verdammt.

»Sie wollen dir morgen einen Shunt legen«, sagte seine Frau. »Zur Vorbeugung. Falls es plötzlich schneller gehen muss, als wir dachten.«

Er nickte stumm. Ihm war es egal. Er würde alles zulassen, alle Erniedrigungen ertragen, um möglichst schnell hier herauszukommen. Wieder auf den eigenen Beinen zu stehen. Gehen zu können. Seine Mission zu erfüllen.

Im Wald, an ihrem Treffpunkt erwartete man ihn bestimmt mit Ungeduld. Ihr Werk war noch nicht vollendet.

In diesem Sommer schien nichts normal.

Der Juli, normalerweise einer der wärmsten und sonnigsten Monate im Odenwald, präsentierte sich in diesem Jahr besonders kapriziös. Anfang des Monats gingen fast täglich Hitzegewitter in Kombination mit Sturm und Starkregen auf die grünen Höhen und Täler nieder, sodass viele kleine Flüsse und Bäche über die Ufer traten. Umgefallene Bäume blockierten für mehr als drei Tage die Bundesstraße nach Hirschhorn, wodurch die Pendler nach Heidelberg und Karlsruhe zeitaufwendige Umleitungen in Kauf nehmen mussten. Ein kurzer, aber heftiger Hagelschauer sorgte dafür, dass beim Maisanbau schwere Ausfälle zu beklagen waren. Die bereits überfällige Heuernte drohte, ein Totalausfall zu werden. Zum Ende des Monats war noch immer keine Wetterbesserung in Sicht. Ganz im Gegenteil. Ein Tiefdruckgebiet jagte das nächste, vertrieb die Sonne vom Firmament. Dicke graue Wolken legten sich als klatschnasse Decke über die Höhenzüge der Tromm. Regenschauer prasselten wie Maschinengewehrfeuer gegen die Fensterscheiben des Atzeldoalhofes. Die Kühe weigerten sich, den warmen und trockenen Stall zu verlassen. Die Pensionspferde fochten mit gebleckten Zähnen und auskeilenden Hinterbeinen darum, die besten Plätze im mit Stroh ausgelegten Unterstand zu ergattern. Selbst auf der Popwelle HR3 wurde in regelmäßigen Abständen Rudi Carrell musikalisch bemüht, der die berechtigte Frage stellte, wann es denn endlich wieder Sommer würde. Die Schlagerklamotte von 1975 machte sich 42 Jahre nach ihrem Erscheinen daran, erneut einen der oberen Plätze in den Singlecharts zu erobern.

Emelie saß, in eine dicke Fleecejacke gehüllt, im Schneidersitz auf ihrem Bett. Willy, der Rauhaardackel, hatte es sich auf Emelies Kopfkissen bequem gemacht. Er lag auf dem Rücken und hatte alle vier krummen Beine in die Höhe gestreckt. Dabei schnarchte er wie Theo, wenn der es beim Abendessen mit dem Apfelwein übertrieben hatte. Emelie stupste den Dackel in die Rippen, was das Schnarchkonzert jedoch nicht zum Abklingen brachte. Emelie seufzte und schaute zu Tim hinüber. Der hatte sich auf den einzigen Sessel in Emelies Zimmer gefläzt und blätterte in einem vergilbten Rezeptbuch für hausgemachte Fruchtweine, das

Gertie ihnen hochgebracht hatte. Beim Verlassen des Zimmers hatte sie darauf geachtet, die Zimmertür demonstrativ einen Spalt offen stehen zu lassen. Schließlich war ihre Enkelin noch keine 16. Emelie und Tim waren allerdings mit Wichtigerem als dem pubertären Ansturm der Hormone beschäftigt. Emelie schmiss die Französischgrammatik entnervt auf ihr Bett.

»Die ganzen Ausnahmen für diesen Scheiß ›subjonctif‹ werde ich nie blicken!«

Tim legte Gerties Rezeptbuch zur Seite. »Kannst du Französisch nicht einfach abwählen?«

»Spanisch ist keine Alternative«, erwiderte Emelie und stöhnte laut auf. »Das gehört ja auch zu den romanischen Sprachen. Da taucht dieser blöde ›subjonctif‹ bestimmt früher oder später ebenfalls auf. Wahrscheinlich mit noch mehr Ausnahmen.«

»Sorry, aber da kann ich dir echt nicht helfen.« Tim wirkte aufrichtig zerknirscht. »Was Sprachen angeht, da war ich eher der Looser. Beim Abschlusszeugnis hab ich mich in Englisch auf eine knappe Drei gerettet.«

Emelie kaute auf dem Ende des Bleistiftes, mit dem sie sich auf dem Collegeblock Notizen gemacht hatte. »Eine Drei reicht nicht aus, wenn ich Tiermedizin studieren will«, nuschelte sie.

Tim blickte Emelie überrascht an. »Tiermedizin? Ich hab gedacht, du hättest echtes Interesse an der Arbeit in der Kelterei.«

Emelie ließ mit ihren Zähnen vom Bleistift ab. »Was ihr da im Labor und mit den Tanks macht, das hat mich schon interessiert. Aber ich glaube, das wäre mir auf die Dauer zu technisch. Außerdem bin ich mit Tieren aufgewachsen. Weiß von klein auf, wie die ticken. Was ihnen guttut und so.« Zur Bestätigung begann sie, den Bauch des Dackels zu streicheln, worauf das Schnarchen abbrach und in ein genießerisches Grunzen überging.

Tims schmales Gesicht verdüsterte sich. »Schade. Ich hatte gedacht, wir würden so was wie Kollegen.«

»Nee.« Emelie schüttelte die roten Rastalocken. »Aber wir können trotzdem Freunde bleiben. Das ist doch auch okay, oder?«

»Klar«, erwiderte Tim mit wenig Begeisterung in der Stimme. Nach dem Wochenende im Museumsdorf und ein paar Besuchen des Kinopolis im Rhein-Neckar-Zentrum hatte er gehofft, dass sich sein Status von nur »ein Freund von Emelie« zu »Emelies Freund« verbessert hätte. Aber wie es aussah, war er zu optimistisch gewesen. Was sich für seine Allgemeinstimmung, die momentan eh im tiefsten Keller steckte, nicht gerade als förderlich erwies.

»Wahrscheinlich hat das alles hier«, sagte er und wies dabei auf Gerties Rezeptbuch, »sowieso keinen Sinn mehr.«

Emelie löste sich aus dem Schneidersitz und ließ die Beine über die Bettkante baumeln. »Ich dachte, dass du Fruchtweine als eins deiner Prüfungsthemen nehmen willst.«

»Will ich auch noch«, brummte Tim. »Aber nach der Gesellenprüfung ist wahrscheinlich eh für mich Schluss.«

Auf Emelies Gesicht spiegelte sich Erstaunen wider. »Du willst umschulen? Hast du nicht gesagt, dass du das bis zum Meister durchziehen willst?«

»Dazu muss ich vielleicht umziehen«, sagte Tim leise und warf Emelie einen flehentlichen Blick zu. Den diese diskret übersah. Sie zuckte mit den Schultern.

»Dann ziehst du halt um. Richtest dich wo neu ein. Ist doch no problem.«

Ist es doch, dachte Tim mit wachsender Verzweiflung. Er wollte nicht weg. Nicht weg von zu Hause, von der Kelterei, von seinem Chef und den Kollegen, vom Odenwald und vor allem nicht weg von Emelie. Tim stöhnte so laut auf, dass Willy aus seiner tiefenentspannten Position aufschreckte und zu bellen anfing.

»Pssst!«, machte Emelie und hielt dem Hund die Schnauze zu. »Paps hat die ganze Nacht bei einer kranken Kuh verbracht. Vor dem Abendmelken hat er sich gerade für eine halbe Stunde aufs Ohr gehauen.«

»Tut mir leid!«, flüsterte Tim.

Emelie griff nach der Dose mit Hundekeksen, die sie immer am Bett bereitstehen hatte. Der Dackel verstummte augenblicklich, legte den Kopf schief und leckte sich mit der Zunge über die Nase.

»Hier, du Fressmonster!« Emelie warf dem Dackel einen Keks zu, den er noch im Flug auffing. Daraufhin wandte sie sich erneut Tim zu.

»Was ist denn eigentlich los, dass du heute so rumpienzt?«

»Ich hab da so ein doofes Gefühl«, druckste Tim herum.

»Wegen was?«

»Wegen der Kelterei. Und dem Chef.«

»Ich fand den König eigentlich ganz nett«, meinte Emelie verwundert.

»Ist er ja auch«, erwiderte Tim bekümmert. »Aber …«

»Aber was?« Emelie stemmte die Hände in die Hüften und schaute Tim herausfordernd an.

»Vielleicht gibt es den Hendrik König ja bald nicht mehr«, murmelte Tim.

Emelie ließ erschrocken die Hände sinken. »Ist er krank?«

»Nein«, beeilte sich Tim ihr zu versichern. »Aber die im Labor haben schon wieder Schadstoffe entdeckt. Diesmal nicht im Most, sondern im fertigen Apfelwein.«

Emelie stieß hörbar die Luft aus. »Shit!«

»Anfang der Woche mussten wir zwei volle Tanks entsorgen. Sogar als Sondermüll.« Tims Stimme klang rau.

»Krass!« Emelie stellte sich vor, wie 20.000 Liter Apfelwein aus den Tanks sprudelten, weil sie ungenießbar waren. Sie hatte keine Ahnung, was die Kelterei König an einem Liter Apfelwein verdiente, ahnte jedoch, dass dies einen herben Verlust darstellte.

»Der Wein war für BEMBEL-WITH-CARE bestimmt und sollte in der kommenden Woche in Dosen abgefüllt werden«, sagte Tim. »Wenn wir jetzt nicht liefern, besteht die Gefahr, dass sie dem Chef die Verträge kündigen. Dann war's das mit der Kelterei. Und mit meiner Ausbildungsstelle«, fügte er bekümmert hinzu.

Emelie gab Tim einen aufmunternden Klapps auf das rechte Knie. »Ach komm! So schlimm wird es schon nicht werden.«

Nein, wahrscheinlich noch viel schlimmer, dachte Tim. Er spürte, wie seine Augen feucht wurden. Sofort riss er sich zusammen. Sei keine Heulsuse, befahl er sich. Emelie mochte bestimmt keine Weicheier. Eher so taffe Typen wie diesen Luka, dem es tatsächlich gelungen war, schon während des Praktikums einen Ausbildungsvertrag zu ergattern. Aber vielleicht gäbe es im September die Kelterei überhaupt nicht mehr. Tim schluckte schwer. »Hoffentlich kriegt der Chef noch mal die Kurve.«

Emelie wickelte eine ihrer roten Locken um den Zeigefinger. »Selbstverständlich schafft der Hendrik das«, behauptete sie und gab die Locke wieder frei.

»Ich weiß nicht so recht.« Tim runzelte die schmale, hohe Stirn. »Gestern war sogar die Polizei da.«

»Mein Onkel war bei euch?«, fragte Emelie erstaunt.

»Nee, zwei Beamte aus Erbach«, erwiderte Tim. »Bei uns gab es ja keinen Mord oder so.«

»Mal bloß nicht den Teufel an die Wand!« Emelie lief ein kalter Schauder über den Rücken. Sie zog ihre Fleecejacke enger um die Schultern und kaute nachdenklich auf ihrer Unterlippe.

Die Nachricht vom Mordversuch an der Grillhütte hatte sich wie ein Lauffeuer im Odenwald ausgebreitet. In den Dörfern und den Weihern ging die Angst um. Wann würde der Mörder noch mal zuschlagen? Wen würde es beim nächsten Mal treffen? Konnte man es überhaupt noch wagen, sorglos auf die Straße zu gehen? Selbst in der Schule diskutierten sie in den Pausen darüber, wie sie mit der Situation umgehen sollten. Manche Eltern in Wald-Michelbach gingen inzwischen auf Nummer sicher und ließen ihre Kinder nicht mehr allein zur Schule laufen. In den angrenzenden Dörfern hatten sich die Nachbarn zusammengetan und Fahrdienste für ihre Sprösslinge organisiert. Emelie wusste von einigen Mitschülern, dass deren Väter den gesetzlichen Bestimmungen trotzten und ihre Jagdwaffen stets geladen hielten. »Hilf dir selbst, sonst hilft dir niemand!«, lautete die Devise. In die Polizei hatten nur noch wenige Vertrauen. Schließlich hatte der angebliche »Freund und Helfer« es bis jetzt versäumt, den oder die Mörder zu finden. Die Bevölkerung zu schützen.

Emelie wusste, dass die Kritik an der Polizei ungerechtfertigt war. Die pauschalen Anschuldigungen jeglicher Grundlage entbehrten. Ihr Onkel und sein Team taten alles, um dem Grauen ein Ende zu bereiten. Den Mörder zu stellen. Dazu verzichteten sie auf freie Wochenenden und geplante Urlaubstage. Die Beamten vor Ort fuhren verstärkt Streife und wurden darin durch Kollegen von anderen Dienststellen unterstützt. Eine Hotline zur Entgegennahme von sachdienlichen Hinweisen war eingerichtet worden. Und trotzdem schlich sich die Furcht in alle gedanklichen Fugen. Selbst Emelie konnte sich nicht davon freimachen. Auch weil sie die Vorkommnisse beim Campingwochenende mit Charlie noch nicht verdaut, die Bilder noch nicht aus dem Kopf bekommen hatte. Abends konnte sie seitdem schlecht einschlafen und wurde nachts von Alpträumen geplagt. Ihre Familie tat ihr Bestes, sie die Geschehnisse auf dem Parkplatz des Museumsdorfes vergessen zu lassen. Sie darüber hinwegzutrösten. Aber Emelie konnte nicht vergessen. Schließlich befand sich auch der für diese Tat Verantwortliche weiterhin auf freiem Fuß. Emelie stieß einen lang gezogenen Seufzer aus. Wann würde dieser Wahnsinn endlich ein Ende nehmen?

Tim sprang vom Sessel auf und begann, in Emelies schmalem Zimmer wie ein Tiger im Käfig auf und ab zu gehen. Mit einem Ruck war Emelie wieder im Hier und Jetzt.

»Tut mir echt leid für die Kelterei«, murmelte sie.

Tim kam vor dem Fenster zum Stehen und blickte in das graue, trostlose Nass. »Was für eine Scheißsituation!«

»Stimmt!« Emelie konnte nicht anders, als ihm recht zu geben.

Tim drehte sich zu ihr herum. »Wenn ich das richtig mitbekommen habe, geht die Polizei von Sabotage aus. Vielleicht will sich ja jemand am Chef rächen.«

Emelie riss verwundert die braunen Augen auf. »Rache? Weswegen denn Rache?«

Tim zuckte mit den schmalen Schultern. »Wenn ich das nur wüsste!«

18. KAPITEL

Genug ist genug, dachte Charlie. Sie blickte dem Streifenwagen mit den beiden Beamten der örtlichen Polizeistation hinterher, wie er das Hofgelände verließ und in Richtung Hammelbach abdrehte. So konnte es nicht weitergehen. Sie hatte es satt, ständig zu überprüfen, ob alle Türen verschlossen waren. Nachts bei geschlossenem Fenster zu schlafen. Den Camper, der von der Spurensicherung wieder freigegeben worden war, in der Scheune einzuschließen. Kurz gesagt, sie wollte sich nicht länger wie eine Gefangene vorkommen. Für jeden ihrer Schritte Rechenschaft ablegen. Auch wenn alles zu ihrem Wohl und mit den besten Absichten geschah. Drei Wochen nach Friedas Besuch im Odenwald fasste Charlie einen Entschluss: So sehr sie ihr Leben auf dem Atzeldoalhof im Kreis der Familie Haase auch genoss – es war an der Zeit, den Absprung zu finden. Auf eigenen Füßen zu stehen. Außerdem wollte sie Reiner und seine Familie nicht länger mit den Schatten ihrer Vergangenheit belästigen. Oder schlimmer, weiter in Gefahr bringen.

Bevor sie es sich anders überlegen konnte, wählte Charlie die Nummer, die Tina Steinmann ihr bei ihrem letzten Telefonat durchgegeben hatte. Eine halbe Stunde später war Charlie unterwegs in das kleine Odenwälder Dörfchen Zotzenbach.

Sie parkte den Camper vor einem großen zweistöckigen Haus, dessen Eingangsbereich durch ein hölzernes Vordach vor Nässe geschützt wurde. Eine tiefrot blühende Kletterrose angelte sich über das Vordach bis zur Dachrinne hinauf, wo sie von den strahlend weißen Blüten einer Clematis empfangen wurde. Charlie schritt über ein paar Blütenblätter, die vom Wind hinuntergeweht worden waren, hinweg und fühlte sich in ihre Kindheit versetzt, als ihre Mutter ihr das Märchen von Schneeweißchen und Rosenrot vorgelesen hatte. Lächelnd drückte Charlie den Klingelknopf rechts neben der Tür, die sofort aufsprang. Charlie wurde bereits erwartet.

»Enaispaziert!« Gabriele Steinmann trat einen Schritt zur Seite. Charlie folgte der Patentante von Peter Steinmann ins Innere und wurde in die modern eingerichtete, aber gemütliche Küche geführt. Auf einem runden Glastisch standen handbemalte Keramikbecher sowie eine Keramikschale mit runden Butterkeksen. Charlie nahm auf einem der mit weißem Leder bezogenen Freischwinger, deren Sitzflächen mit bunt bedruckten Kissen gepolstert waren, Platz.

»Enn Bescher Milischkaffee?« Gabriele Steinmann hob einladend die Kaffeekanne in die Höhe.

Charlie bekundete ihre Zustimmung durch Nicken und sah zu, wie Gabriele Steinmann erst kräftig duftenden Kaffee und im Anschluss heiße, leicht aufgeschäumte Milch in zwei der Becher goss.

»Enn Löffelsche Zucker?«

»Danke, lieber ohne«, lehnte Charlie ab.

Gabriele Steinmann rührte zwei gehäufte Löffel Zucker in ihren Kaffee und nahm Charlie gegenüber Platz. Mit der schlanken, langgliedrigen Hand, deren Nägel die gleiche Farbe wie die Rosenblüten vor der Tür aufwiesen, zeigte sie auf die Schale mit den Keksen. »Nemme Se doch! De ›Buena Maria‹-Kekse bringe mer als aus Spoanien midd.«

Obwohl Charlie vor Aufregung weder Appetit auf den Kaffee noch die Kekse hatte, griff sie zu. Während sie kaute und peinlichst darauf achtete, keine Krümel auf den mit Terrakottafliesen ausgelegten Küchenboden rieseln zu lassen, musterte sie ihre vielleicht zukünftige Vermieterin. Gabriele Steinmann war, wie Tina ihr berichtet hatte, schon 67, wirkte aber mindestens zehn Jahre jünger. Das schmale, von der Sonne Spaniens gebräunte Gesicht umschmeichelte eine fransig geschnittene, perfekt geföhnte Kurzhaarfrisur. Charlie konnte nicht ein graues Härchen in dem dunkelbraunen, fast schwarzen Schopf entdecken, was sie auf die Künste eines talentierten Friseurs zurückführte. Die sehnigen, aber gleichzeitig muskulösen Arme und Beine zeugten von langen Stunden auf dem Tennisplatz. Ein Eindruck, der durch die weiße Leinenhose und den weißen Baumwollpulli, die Gabriele Steinmann trug, verstärkt wurde. Charlie wusste nicht so recht, was sie von der Hausbesitzerin halten sollte. Gabriele Steinmann, deren verstorbener Ehemann durch den Handel mit Altmetallen zu Wohlstand gekommen war, passte so gar nicht in das Odenwälder Ambiente. Sie wäre, dachte Charlie, besser auf der Zeil in Frankfurt oder der Königsallee in Düsseldorf aufgehoben. Lediglich der breite Odenwälder Dialekt verriet ihre wahren Wurzeln. Selbst Charlie, die in der Region aufgewachsen war, musste sich konzentrieren, um alles, was Gabriele Steinmann sagte, richtig zu verstehen.

»Wisse Se, jedz woa die Dschossie unn isch, mer beide mäih Zeit in Oandalusien soi wolle, such isch oan, woas sisch um des Haas kimmern dudd. Aach moal noch dem Gorde gucke dudd. Sou enn groußes Haas iwwer Monate ohne soi Leut losse, dess dudd dem nedd guud.«

Charlie stellte den Kaffeebecher auf den Tisch zurück und lächelte. »Ich bin zwar keine begnadete Gärtnerin«, gestand sie, »aber den Rasen mähen oder die Beete im Sommer wässern, das bekomm selbst ich hin.«

Gabriele Steinmann nickte zufrieden. »Dess dudd allemol reische. Die Dschossie hodd jo enn Dande unn enn Ungel,

woas de Heck schdudse unn sisch um de Teisch kimmern
dudd. De Reschd wärd sisch finne.«

»Und die Wohnung im Obergeschoss?«, hakte Charlie
nach.

»Die koann de Dschossie Ehne glei zäije«, schlug Gabriele
Steinmann vor. »Isch häbb nemlisch in oaner Stund en Termin
uffde Rimbescher Gemoinde. Moi Reisepass iss abgelaafe.«

»Gut, so können wir es gern machen«, signalisierte Charlie ihre Zustimmung. Gleichzeitig fragte sie sich, was sie vom
Verlauf des Gespräches halten sollte. Ihre bisherigen Erfah-
rungen mit Maklern und Vermietern hatten sie auf eine der-
artige Situation nicht vorbereitet.

Gabriele Steinmann beugte sich zu der Anwärterin für ihre
Wohnung hinüber. Ihre hellblauen Augen funkelten. »Äwwer
davor hädd isch do noch enn kloa Fraag.«

»Gern, was wollen Sie denn wissen?« Charlie gab sich alle
Mühe, Zuversicht auszustrahlen. Dabei war ihr das Herz in
die Hose gerutscht. Jetzt kommen die Killerfragen, dachte sie
nervös. Jetzt will die Steinmann wissen, ob ich eine Festan-
stellung habe oder Beamtin auf Lebenszeit bin. Oder Schul-
den gemacht habe. Vielleicht passt es ihr nicht, dass ich in
meinem Alter noch Single bin?

Gabriele Steinmann räusperte sich und schaute Charlie
erwartungsvoll an. »Iss dess rischdisch, dess de Bolizei bis
jedz sou gar koa Ploan hodd?«

Charlie stutzte. Mit einer derartigen Frage hatte sie nicht
gerechnet. »Die Polizei? Keinen Plan? In welcher Sache
denn?«, stammelte sie.

»Na, midd de goanze Morde, drowwe im Iwwerwoald«,
erwiderte Gabriele Steinmann. »Zwoa hodd de elendische
Killer doch schunn doud gemoachd unn der dridde, der iss
ehm groad noch mol vunn de Schipp gesprunge. Unn die
Bolizei hoggd doa unn dudd zugucke.«

»Nun ja, zugucken würde ich das nicht nennen«, wagte Charlie einzuwenden. »Ich nehme an, dass die Polizei mit Hochdruck an der Aufklärung der beiden Morde arbeitet.«

Gabriele Steinmann ließ sich von Charlies Gegenargument nicht beeindrucken. »Äwwer den Mörder, den häwwese noach nedd. Der laafd do owwe noch rum.«

»Stimmt«, musste Charlie zugeben.

Gabriele Steinmann verschränkte die Arme vor der Brust und nickte zufrieden. In Charlie stieg der Verdacht auf, dass es bei diesem Bewerbungsgespräch um ganz andere Auskünfte und Kernkompetenzen als allgemein üblich ging. Ihre potenzielle Vermieterin tat so, als ob ihr die aktuellen Entwicklungen in Sachen Odenwaldmorde wichtiger als das Wohl ihrer Immobilie wären. Aber warum, so fragte sich Charlie irritiert, hatte die Steinmann ausgerechnet sie ausgewählt, um ihren Wissensdurst zu stillen?

Die Antwort auf Charlies stille Frage folgte auf dem Fuß.

Gabriele Steinmann rückte ein Stückchen näher an Charlie heran und flüsterte verschwörerisch: »Isch glaab, Se häwwe do doch sou enn Idee. Sie sinn doch de, de die zwoa Leische gfunne hodd, nedd woar?«

Charlie stöhnte innerlich auf. Noch jemand, bei dem das Gerücht, dass sie quasi über die beiden Opfer gestolpert wäre, nicht totzukriegen war. Der auf alle Beteuerungen, dass sie im Grunde nichts damit zu tun hatte, keinen Deut gab. Dem die Neugier in dicken Lettern ins Gesicht geschrieben war. Hörte das denn nie auf? Nur mit Mühe hielt Charlie ihre Gesichtszüge unter Kontrolle. Sie verspürte den Drang, aufzuspringen und zu gehen. Sich dieser Art von Verhör zu entziehen. Dann kam ihr der eben gefasste Entschluss, die Entscheidung, die sie getroffen hatte, wieder in den Sinn: Sie wollte, nein, sie musste wieder ganz auf eigenen Füßen stehen. Ihr Leben allein regeln. Dazu benötigte sie eine Wohnung! Gabriele

Steinmanns Wohnung. Eine andere wäre auf dem leer gefegten Wohnungsmarkt so schnell nicht zu finden.

Charlie rutschte unruhig auf ihrem Stuhl hin und her. Gabriele Steinmann beäugte sie aufmerksam. Es war klar, dass sie auf eine Reaktion von Charlie wartete. Charlie spürte, wie ihr Puls schneller zu pochen begann. Himmel, in was für eine dämliche Situation war sie da geraten, fluchte sie innerlich. Statt über Verdienstbescheide, schriftliche Erklärungen des Vormieters oder SCHUFA-Auskünfte zu diskutieren, ging es darum, wie weit oder nicht sie in die Verbrechen der letzten Wochen involviert war. Was sie als Insiderwissen preisgeben konnte. Da kam Charlie ein Geistesblitz: Warum, so fragte sie sich, machte sie sich nicht genau dieses Insiderwissen zum Vorteil? Versuchte sie nicht, damit die anderen Bewerber für die Wohnung auszustechen? Charlie räusperte sich und gab sich alle Mühe, ihrer Stimme einen bedeutungsvollen Klang zu verleihen. »Nun ja, es ist so …«, begann sie.

Gabriele Steinmanns Kopf ruckte hoch. Die Neugier schien ihr wie heißer Dampf aus allen Poren zu strömen.

Dich krieg ich, dachte Charlie und setzte eine ernste Miene auf. »Wie ich aus zuverlässigen Quellen weiß, gibt es ein paar vielversprechende Spuren, die in Richtung Täter führen. Aber pssst, das muss jetzt unter uns bleiben!« Charlie führte den rechten Zeigefinger warnend vor den Mund.

Gabriele Steinmanns Wangen wurden vor Aufregung fast so rot wie ihr Nagellack. »Ach jo? Häwwe se jedz doch schoan enn Verdäschdische?«

Charlie beugte sich verschwörerisch vor. »Die Ermittler vom K 11 sind diesem dunklen SUV hart auf den Fersen«, tat sie kund. Dabei stieß sie ein stilles Stoßgebet aus, dass sich ihre zukünftige Vermieterin mit ein paar ermittlerischen Allgemeinplätzen zufriedengeben würde.

»Wie dess jedz?« Gabriele Steinmann wirkte ein wenig rat-

los. »Wollse doamit äwwa gsoad häwwe, dess der Schuldi-
sche schdändisch im Suff iss?«

Charlie biss sich in die Innenseite ihrer Unterlippe, um
nicht lauthals aufzulachen. Gabriele Steinmann besaß dank
des Vermögens ihres verstorbenen Ehemanns ein stattliches
Haus im Odenwald und wahrscheinlich ein ebenso beachtliches Feriendomizil an der Costa del Sol. Trotzdem war sie,
wie Charlie hatte feststellen dürfen, nicht gerade die hellste
Kerze auf der Geburtstagstorte. Charlie war sich inzwischen
sicher, dass ihre Taktik aufgehen würde. Ungerührt fuhr sie
mit ihrer Posse fort: »Nun, bis jetzt konnte nicht nachgewie-
sen werden, dass der Täter die Morde unter dem Einfluss von
Drogen begangen hat.«

Gabriele Steinmann hing förmlich an ihren Lippen.

»Was ich eben sagen wollte, ist«, fuhr Charlie fort, »dass die
Polizei nach einem großen dunklen Geländewagen fahndet.«

Gabriele Steinmann nickte so heftig, dass die dunklen Pony-
fransen auf der Stirn in Unordnung gerieten. »Jedz endsinns
misch doch. Dess hodd foigeschdern in de Ourewäller Zei-
dung gschdoanne, dess se nooch souem Flüschdische suche.«

Charlie stutzte. Ihr Kenntnisstand war, dass das Ermittlungsteam des K 11 nach der Pressekonferenz in Darmstadt
keine weiteren öffentlichen Verlautbarungen von sich gegeben hatte. Was meinte die Steinmann bloß? Dann erinnerte
sich Charlie an den Artikel in der Odenwälder Zeitung, den
Theo ihnen beim Frühstück vorgelesen hatte. Darin wurde
beklagt, dass der Fahrer einer dunklen Limousine ein in Wald-
Michelbach auf der Ludwigstraße geparktes Auto beschädigt
und im Anschluss Fahrerflucht begangen hatte. Charlie war
sich sicher, dass dieses Delikt in keinerlei Weise mit den beiden Morden in Zusammenhang stand. Um ihr eigenes Anliegen nicht zu torpedieren, entschied sie sich jedoch, Gabriele
Steinmann zum Schein recht zu geben.

»Da liegen Sie völlig richtig! Die Polizei spürt dem flüchtigen Geländewagen nach. Wie der Teufel hinter dem Weihwasser sind die hinter dem her.«

Gabriele Steinmann nickte zufrieden. »Iwwer koarz orre loang wärnse de Mörder finne.«

Hoffentlich, dachte Charlie. Als sie das letzte Mal mit Gunter gesprochen hatte, war das Team vom K 11 dabei, Berge von Geländekarten zu durchforsten und alle Bezugsquellen für Eukalyptusöl zu checken. Eine Arbeitskollegin von Brigitte Dingeldein hatte sich darin erinnert, dass die Dingeldein ein paarmal von einem neuen Bekannten geredet hatte, mit dem sie sich gut verstand. Alles in allem war der Ermittlungsstand noch immer mehr als mager zu bezeichnen.

»Morsche allerseits!« Die Küchentür sprang auf und eine große vollschlanke, in Jeans und Karohemd gekleidete Frau betrat die Küche. Der frische Ostwind, der an diesem Morgen von den Höhen pfiff, hatte ihr langes graues Haar, das im Nacken zu einem lockeren Knoten zusammengefasst worden war, in Unordnung gebracht. Ungeduldig strich sich die Frau eine Strähne hinter das Ohr und gab Gabriele Steinmann einen Kuss auf die Wange. »Bin isch froh, wenn wir endlisch in Andalusien sind! Diese dauernde Kälte macht mich noch ganz dabbisch.«

Gabriele Steinmann klimperte wie ein Teenager mit den leicht getuschten Wimpern. »Moije, Liewes!« Daraufhin wandte sie sich erneut Charlie zu. »Dess iss de Dschossie. Moi …«, begann sie.

Die Frau mit dem langen grauen Haar kam ihr zuvor und streckte Charlie die Hand entgegen. »Ich bin Josefa Beyer. Gabis Lebensgefährtin.«

Charlie gab sich alle Mühe, keine Miene zu verziehen, als ihre Hand von Josefas kräftigen Fingern zusammengequetscht wurde. »Freut mich. Charlotte Knapp. Nennen Sie mich einfach Charlie.«

»Gern. Josefa.«

Gabriele Steinmann stand auf und ging zur Kaffeemaschine. »Aach enn bissel vunn de Milischkaffee?«

»Noa, besser nedd. Sonst krieg ich wieder 'nen Herzkasper.« Josefa Beyer öffnete den Kühlschrank und goss sich ein Glas naturtrüben Apfelsaft ein. Nach dem ersten Schluck verzog sie das Gesicht zu einer Grimasse. »Dieses Industriegesöff aus dem Discounter sollte man verbieten!«

Gabriele Steinmann warf ihrer Lebensgefährtin einen schuldbewussten Blick zu. »Die Annemarie vunn de Edeka Maikd hodd gmaand, dess mer vunn de Kelterei Könisch besser koa Abbelsafd mäih kaafe solle. Wäije dem Gifdzeig, woas se dem Könisch in de Tank gschidd häwwe.«

Charlie horchte interessiert auf. Also war das, was Tim ihnen am letzten Wochenende beim Abendbrot erzählt hatte, doch wahr, dachte Charlie verwundert. Sie war davon ausgegangen, dass der Junge übertrieben hatte, um bei Emelie Eindruck zu schinden. Allem Anschein nach hatte sie Tim unrecht getan. Bei der Kelterei König gab es tatsächlich ein Problem mit verseuchtem Most. »Schlimme Sache«, murmelte sie.

»Ich glaub, ich steig auf Wasser um.« Josefa Beyer goss den Apfelsaft in den Ausguss der Spüle. »Ist eh gesünder«, fügte sie hinzu.

Gabriele Steinmann warf einen Blick auf die Uhr. »Olieweleid! Schunn sou spät. Isch muss jedz loangsam los!«

Charlie sprang auf. »Wie verbleiben wir denn mit der Wohnung?«

Josefa Beyer griff nach dem auf der Küchenanrichte liegenden Schlüsselbund. »Das regele ich für Gabi. Wollen wir zwei beide mal hochgehen und uns umschauen?«

»Die Aussicht ist ja traumhaft!«, entfuhr es Charlie, als sie aus dem Wohnzimmer auf den Balkon getreten waren. Über die aufgrund des vielen Regens sattgrünen Sommerwiesen konnte sie bis hinunter zum Flüsschen Weschnitz schauen. Zwei rot-weiße Waggons der bereits 1895 in Betrieb genommenen Weschnitztalbahn schlängelten sich von Rimbach aus in Richtung Mörlenbach und Weinheim. Die auf den Streuobstwiesen verteilten Apfelbäume trugen reich an Früchten und reckten ihre knorrigen Äste dem mit weißen Schäfchenwolken überzogenen Himmel entgegen. Die Autos auf der B 38 konnte Charlie zwar erkennen, aber kaum hören. Sie war sich sicher, dass sie sich hier wohlfühlen würde.

Zur Wohnung gehörten neben dem geräumigen Wohnzimmer mit Balkon zwei weitere Zimmer, von denen sie eines als kleines Büro einrichten könnte. Die einst winzige Küche war bei den Modernisierungsmaßnahmen vor knapp fünf Jahren durch einen Durchbruch zum Esszimmer vergrößert worden. Ein zusätzlich eingebautes Dachfenster sorgte für Licht und Abluft. Sogar eine Küchenzeile mit Herd, Kühlschrank, Spüle und Oberschränken mit einer Basisausrüstung an Geschirr waren vorhanden. Für die Kücheneinrichtung würde Charlie ihren ständig schrumpfenden Sparstrumpf nicht plündern müssen. Sie drehte sich zu Josefa Beyer, die ihre Unterarme auf das Balkongeländer aufgestützt hatte, um.

»Für mein Befinden ist alles perfekt.«

»Dann ist ja alles prima!« Josefa Beyer lächelte. »Ich kann Gabi erst nach Andalusien schleifen, wenn sie ihr Haus in sicheren Händen weiß.«

»Kann ich verstehen«, musste Charlie zugeben. So eine große Immobilie würde sie auch ungern für Monate am Stück unbewohnt lassen.

»Wenn es Ihnen recht ist, setze ich mit Gabi einen Standardmietvertrag auf, den wir Ihnen in den kommenden Tagen zukommen lassen«, schlug Josefa Beyer vor.

»Okay«, stimmte Charlie ihr zu, obwohl sie insgeheim enttäuscht war. Sie hätte das Vertragliche gern sofort unter Dach und Fach gebracht. Da fiel ihr siedend heiß ein, dass sie den Hund noch gar nicht erwähnt hatte. »Da ist nur noch eine Sache …«, begann sie zögerlich.

Josefa Beyer schaute sie verwundert an. »Ja?«

Charlie räusperte sich. »Mir ist vor Kurzem ein Hund zugelaufen«, sagte sie. »Ein Rauhaardackel. Da der Besitzer bis jetzt nicht auffindbar ist, habe ich mich entschieden, dass er fürs Erste bei mir bleiben darf.« Diese Aussage entsprach zwar nicht ganz der Wahrheit, doch Charlie wollte nicht schon wieder in ein Gespräch über die Odenwaldmorde verwickelt werden. Das wahre Vorleben von Willy behielt sie fürs Erste lieber für sich.

Josefa Beyer zögerte keinen Moment. »Ach du lieber Himmel, der arme Kleine! Das ist aber nett, dass Sie ihm, ohne zu zögern, ein neues Zuhause gegeben haben.«

Uff, dachte Charlie erleichtert. Das war gerade noch mal gutgegangen. »Mein Willy ist ein ganz lieber«, versicherte sie der Lebenspartnerin ihrer zukünftigen Vermieterin. »Wenn er auch manchmal seinen eigenen Kopf durchzusetzen versucht«, fügte sie mit einem Lächeln hinzu.

»Mit dem Hund werden Sie sich in dem Haus nicht so einsam fühlen«, prophezeite Josefa Beyer. »Mein Mann und ich, wir hatten früher auch immer Hunde«, fügte sie hinzu. Dann lächelte sie versonnen. »Aber inzwischen hat sich vieles verändert.«

Charlie, die ahnte, worauf Josefa Beyer anspielte, enthielt sich eines Kommentars und beschränkte sich darauf, freundlich zurückzulächeln.

»Von hier aus können Sie wunderschöne Gassirunden drehen«, schlug Josefa Beyer vor. »Wenn Sie den Hainbuchenweg bis zum Friedhof entlanggehen, erreichen Sie die offenen Wiesen und Felder, wo Ihr Dackel sich austoben kann.«

»Willy wird sich mit Sicherheit freuen, alles zu erkunden«, erwiderte Charlie schmunzelnd.

»Ich habe früher, auf dem Rückweg, immer frisches Obst und Gemüse oder hausgemachten Apfelsaft vom Schüssler Hof mitgebracht«, erinnerte sich Josefa Beyer. »Aber der Hofladen der Schüsslers ist mittlerweile geschlossen. Die Armen werden wirklich vom Pech verfolgt. Und jetzt auch noch diese schreckliche Tragödie. Ganz furchtbar!« Josefa Beyer seufzte mitfühlend.

»Was für eine Tragödie?«, wollte Charlie bestürzt wissen. Bitte, bitte, nicht noch eine Leiche, flehte sie gleichzeitig im Stillen.

»Der Schüssler musste Anfang des Jahres seinen einzigen Sohn zu Grabe tragen«, sagte Josefa Beyer leise. »Wir haben alle gedacht, dass er das selbst nicht überleben wird. Dass der Kummer ihn umbringt.«

»Schrecklich«, murmelte Charlie, die nicht ganz wusste, wie sie mit den Informationen über ihre zukünftigen Ortsnachbarn umgehen sollte. Ehrlich gesagt hatte sie fürs Erste genug von Leid, Tod und Gewalt. Aber wie hatte Reiner es neulich in Anspielung auf die Geschehnisse der letzten Wochen so trefflich ausgedrückt: »Leichen pflasterten anscheinend ihren Weg.« Dabei hatte Charlie Italowestern im Allgemeinen und Klaus Kinski im Besonderen noch nie viel abgewinnen können. Die unfreiwillige Nebenrolle, die Charlie in Sachen Odenwaldmorde hatte einnehmen müssen, gefiel ihr überhaupt nicht. Vor allem, weil sie nicht anders konnte, als sich ständig damit zu beschäftigen. Dauernd zu grübeln und nach Spuren zu suchen. Obwohl das im Grunde genommen die Aufgabe von Gunter und seinem Team war. Charlie rieb sich mit der Hand über die Stirn, um die trüben Gedanken zu vertreiben.

»Der arme, arme Junge.« Josefa Beyer sah richtig mitgenommen aus.

Charlie riss sich zusammen. »Muss schrecklich sein, als Eltern ein Kleinkind zu verlieren.«

»Matthias, der Sohn vom Schüssler, war 25«, erwiderte Josefa Beyer und seufzte noch mal laut auf.

»Ein Unfall?«, fühlte sich Charlie beflissen zu fragen.

»Nein, eigentlich war sein frühzeitiges Gehen absehbar«, erwiderte Josefa Beyer. »Der Matthias kam schon mit Behinderungen auf die Welt.«

»Geistige Behinderungen?«

Josefa Beyer gab einen Laut, der halb nach Lachen, halb nach Weinen klang, von sich. »Der Matthias war im Kopf fixer als wir beide zusammen. Nein, er kam mit Nervenschädigungen, die sich im Laufe der Jahre drastisch verschlimmert haben, auf die Welt. Ich vermute, dass schon vor seiner Geburt irgendetwas schiefgegangen ist. Seine Mutter ist ein gutes halbes Jahr nach seiner Geburt gestorben.«

»Hört sich wirklich alles ganz schlimm an.« Charlies Betroffenheit war inzwischen nicht mehr nur aufgesetzt.

Josefa Beyer zuckte mit den Schultern. »Im Dorf munkelt man, dass die Beate an Nierenversagen gestorben ist. Aber ich weiß nicht … Vielleicht hat sie auch die Belastung nicht ausgehalten. Der große Hof mit dem Gemüseanbau und den vielen Obstbäumen, dazu ein behindertes Baby und nun ja, der Alwin halt.«

»Ihr Mann?«, wollte Charlie wissen.

»Komischer Typ«, murmelte Josefa Beyer. »Ich hab den ja nur ein paarmal auf dem Hof auf seinem Trecker sitzen sehen. Oder bin ihm begegnet, wenn ich mit unserem Hund auf den Streuobstwiesen unterwegs war. Der Alwin, der kriegt die Zähne kaum auseinander, nicht mal zum Grüßen. Und immer dieser düstere Blick und die düsteren Klamotten, die der anhat.« Josefa Beyer schüttelte sich. »Den Hofladen hat dann ja auch seine zweite Frau geschmissen. Bis ihr das alles ebenfalls über den Kopf gewachsen ist.«

»Kann man verstehen«, meinte Charlie.

»Also ich wollt mit der Monika nicht tauschen«, stellte Josefa Beyer fest. »Aber eins muss man dem Schüssler lassen. Seinen Sohn hat er geliebt. Auf den hat er nichts kommen lassen. Hat ihn überall mit hingeschleppt. Sogar als der Matthias später im Rollstuhl saß.«

Charlie nickte. »Bewundernswert.«

»Und das, obwohl die beiden sich, als der Matthias seinen eigenen Kopf und seine eigenen Ansichten entwickelt hatte, manchmal wie die Besenbinder gestritten haben.« Josefa Beyer schnaubte.

»Woran ist dieser Matthias denn letztendlich gestorben?«, wollte Charlie wissen.

»Ich nehme an, dass man das als eine Art multiples Organversagen beschreiben könnte«, erwiderte Josefa Beyer. »Die Leber, die Nieren und das Herz haben nicht mehr mitgemacht. Außerdem waren die Knochen und ein paar Wirbel durch Osteoporose schwer geschädigt, weshalb er ja auch im Rollstuhl saß. Gehustet hat der Matthias, als ob er ein Kettenraucher gewesen wäre. Wahrscheinlich war die Lunge auch im Eimer.«

»Lieber Gott«, flüsterte Charlie entsetzt und erschauderte.

»Ja, der liewwe Gott lässt manche ein ganz schön schweres Päcksche schleppe«, erwiderte Josefa Beyer mit einem grimmigen Zug um den Mund. »Zum Schluss fast durchgedreht sind der Matthias und der Schüssler allerdings wegen der starken Nervenschmerzen. Sogar Morphium hat kaum noch was gebracht.«

Charlie wünschte sich inzwischen, dass sie das seltsame Gespräch schon vor zehn Minuten unter einem Vorwand abgebrochen hätte. Sie ahnte allerdings, dass sie Josefa Beyers Erzählungen bis zum bitteren Ende würde folgen müssen.

»Ich hab mit dem Schüssler ja nicht viel zu tun gehabt«, fuhr Josefa Beyer prompt fort. »Aber die Gabi, die hat den Schüssler damals auf der Volksbank getroffen. Da ist der Schüssler fast zusammengebrochen. Wie ein Schlosshund hat der geheult, sagt die Gabi. Fix und fertig war sie danach.« Josefa Beyer seufzte laut auf.

»Wie furchtbar!«

»Der Tod war für den Matthias letztendlich eine Erlösung«, stellte Josefa Beyer verbittert fest. »Leider Gottes sieht der Schüssler das aber total anders. Seit dem Tod des Jungen hadert er mit sich und allen anderen.«

Charlie stieß hörbar die Luft aus. Plötzlich war sie sich nicht mehr sicher, ob sie tatsächlich in Gabriele Steinmanns Wohnung einziehen wollte. Das Schicksal des Jungen und seines zum hilflosen Zusehen gezwungenen Vaters lasteten wie eine dicke schwere Wolke auf dem beschaulichen Odenwalddörfchen. Charlie spürte einen Druck auf der Brust, der ihr das Atmen schwermachte. Sie warf einen verstohlenen Blick auf ihre Armbanduhr.

»Schon so spät!«, stellte sie mit einem verlegenen Lachen fest. »Ich glaub, ich muss schleunigst zurück nach Hause. Sie lassen mir den Vertrag zukommen?«

»Abgemacht.« Josefa Beyer verabschiedete sich mit dem gleichen festen Händedruck, den Charlie bereits bei der Begrüßung hatte über sich ergehen lassen müssen.

Im Auto wurde Charlie von einem sich vor Freude schier überschlagenden Dackel empfangen.

»Na, hast du mich vermisst?« Charlie versuchte vergeblich, der feuchten rauen Zunge, die sich immer wieder ihrem Gesicht näherte, auszuweichen. Der Dackel klopfte mit dem Schwanz so heftig auf den Sitz, dass eine Staubwolke aufstieg. Charlie musste niesen.

»Uns beiden fehlt frische Luft!«, stellte Charlie fest und drehte den Zündschlüssel nach rechts. Ein paar Sekunden blieb sie bei laufendem Motor sitzen und überlegte, wo sie sich und dem Dackel Auslauf verschaffen könnte. Dann lenkte sie den Camper in Richtung des Zotzenbacher Friedhofes.

Irgendetwas an Josefa Beyers Schilderungen hatte bei Charlie ein komisches Bauchgefühl hinterlassen. Das furchtbare Schicksal des Jungen rührte sie an. Für den Vater empfand sie tiefes Mitleid. Und doch war die Geschichte nicht ganz schlüssig. Warum waren Mutter und Sohn offensichtlich ohne Grund schwer erkrankt? Warum hatten die Ärzte ihnen nicht helfen können? Und wieso kümmerte sich von behördlicher Seite niemand darum? Irgendetwas an der Angelegenheit war da superfaul, dachte Charlie misstrauisch. Spontan beschloss sie, den Hof von diesem Schüssler einmal unauffällig in Augenschein zu nehmen.

19. KAPITEL

Charlie stellte den Camper auf dem kleinen Parkplatz vor dem Friedhof ab und ließ den Dackel aus dem Auto springen. Der Hund sprintete los, zielgerichtet den Feldweg und die angrenzenden Felder im Blick. Um ja keine frische Kaninchenspur zu verpassen, hielt Willy die dunkle Nase dicht über den Boden gesenkt. Charlie erwog kurz, den Dackel an die Leine zu nehmen, entschied sich aber dagegen. Nachdem der Hund über zwei Stunden brav im Auto gewartet hatte, sollte er sich nun nach Herzenslust austoben.

Charlie schloss den Reißverschluss ihrer Allwetterjacke und streckte das Gesicht dem Himmel entgegen. Der kalte Wind, der den Südwesten Deutschlands über Wochen geplagt hatte, war zwar noch nicht ganz abgeflaut, aber die Sonne hatte sich ein paar Lücken zwischen den Wolken zurückerobert. Als Charlie an der ersten Streuobstwiese vorbeikam, stieg ihr der Geruch nach nassem Gras, grünen unreifen Früchten und üppig sprießender Sommerblumen in die Nase. Der Geruch ihrer Kindheit. Trotz der Anspannung, die sie nach dem Brandanschlag auf ihren Camper nicht hatte ablegen können, musste Charlie lächeln. Das Leben hatte sie in den vergangenen Monaten mit vielen Schattenseiten konfrontiert, doch Charlie hatte die Hoffnung auf die Kraft der Sonne und auf eine sorgenfreiere Zukunft nicht verloren. Vielleicht würde es ihr in Gabriele Steinmanns Wohnung ja gelingen, einen Schlussstrich unter die düsteren Kapitel ihrer Existenz zu ziehen und endlich mit dem geplanten Neuanfang durchzustarten.

Der Rauhaardackel hatte derweil Charlies Unachtsamkeit ausgenutzt, um sich still und heimlich vom Acker zu machen. Unter den Apfelbäumen stieß er auf die Fährte eines kleinen Wiesen- und Feldbewohners und gab begeistert Laut. Oh nein, nicht noch das, flehte Charlie leise. Sie wusste aus Erfahrung, dass Willy in seinem Jagdeifer kaum zu bremsen war. Nur das beherzte Eingreifen ganz zu Anfang eines seiner Jagdausflüge vermochte das Schlimmste verhindern. Charlie steckte den gekrümmten Daumen und Zeigefinger in den Mund und stieß einen energischen Pfiff aus. Der Dackel spitzte kurz die Schlappohren, kam aber zu dem Entschluss, dass seine Verfolgungsjagd wichtiger als übertriebener Gehorsam wäre. Er klappte die Ohren zu und widmete sich den wirklich wichtigen Dingen eines Hundelebens. Dabei schlug er einen Haken nach rechts, jagte eine kleine Anhöhe hoch, um kurz nach der mit mannshohen Sträuchern überwucherten Kuppe aus Charlies Sichtfeld zu entschwinden. Charlie ließ nochmals einen schrillen Pfiff ertönen. Als darauf keine Reaktion kam, versuchte sie es mit lautem Rufen. Nichts. Der Dackel war bereits über alle Berge.

»Mist, Mist, Mist!« Charlie beschleunigte ihre Schritte. Ihr war siedend heiß eingefallen, dass in einigen Ortschaften der Region inzwischen ein ganzjähriger Leinenzwang für Hunde herrschte. Charlie verspürte nicht die geringste Lust, sich wegen Willys Freiheitsliebe im günstigsten Fall die Strafpredigt des zuständigen Försters anhören oder, wenn es ganz dumm lief, ein saftiges Bußgeld hinblättern zu müssen.

»Willy!«, brüllte sie noch einmal und hastete den Hügel hinauf. Die Äste der Sträucher klatschten ihr ins Gesicht und Dornen verhakten sich in ihrer teuren wind- und wetterfesten Jacke. Außer Atem blieb Charlie am Rand der Kuppe stehen und versuchte sich zu orientieren. Von dem der Straße abgewandten Abhang fiel das Gelände zu einer locker mit

Apfel-, Birnen- und Zwetschgenbäumen bepflanzten Senke ab, in deren Mitte ein Bächlein entsprang. Hinter der Senke wurde das Landschaftsbild durch tiefgrüne, nicht durch Weidezäune begrenzte Wiesen bestimmt, bevor das Gelände nach gut 200 Metern wieder zu einem kleinen, fast rechteckigen Wäldchen anstieg. Vor dem Wäldchen erstreckte sich eine lang gezogene Scheune mit grauem Blechdach. In rechtem Winkel dazu stand das mit roten Ziegeln eingedeckte Wohnhaus, dessen Frontseite mit braunen Holzschindeln verkleidet war. Ein ebenfalls mit roten Ziegeln eingedeckter Anbau schloss sich L-förmig an das hintere Ende des Haupthauses an. Charlie kniff die Augen zusammen, um besser sehen zu können. Nach Josefa Beyers Schilderung musste es sich bei dem landschaftlichen Anwesen, das vor ihr lag, um den Hof von Alwin Schüssler handeln. Durch Willys Jagdausflug war Charlie auf der direkten Abkürzung zum Obsthof gelandet. Der Weg über die schmale geschotterte Straße wäre mindestens doppelt so lang gewesen.

»Na wenigstens etwas«, brummte Charlie. Aber wo zum Teufel war der Dackel? Nochmals ließ Charlie den Blick über das vor ihr liegende Gelände schweifen. An dem Teil der Senke, die an die Zufahrt zum Hof grenzte, glaubte sie eine Bewegung ausmachen zu können. Eine dünne Fontäne von Sand oder Erde spritzte auf.

»Mist!«, presste Charlie noch mal zwischen den Zähnen hervor. Wenn sie die Erdbewegungen unten in der Mulde richtig deutete, war der Dackel gerade auf dem besten Weg, sich in einen Kaninchen- oder Fuchsbau einzugraben. Freunde von Reiner hatten bei solch einer Aktion nicht nur beinahe ihren Hund, sondern nach dessen Rettung durch die ortsansässige Feuerwehr mehr als 1.500 Euro eingebüßt. In diesem Moment verfluchte Charlie ihr zu weiches Herz und sprintete los. Mehr schlitternd als laufend erreichte sie das kleine Tälchen. Mit dem rechten Fuß landete sie mitten in dem Bächlein, das etwa 30 Meter oberhalb aus einer mit grauem Schotter und fein zerkleinertem Bauschutt eingefassten Quelle entsprang. Hinter der Quelle war das ursprünglich wie mit einem scharfen Messer eingeschnittene, steil abfallende Gelände ebenfalls mit mehreren Lkw-Ladungen Bauschutt aufgefüllt worden, sodass sich zur Straße hin eine fast gerade Ebene ergab. Ein niedrig gewachsener Holunderbusch wiegte sich im Wind. Charlie stutzte. Nein, das war nicht der Wind. Die Senke lag im Windschatten. Nochmals wurde der Busch wie von Geisterhand geschüttelt. Ertappt, triumphierte Charlie. Sie war sich sicher, den vierbeinigen Ausreißer hinter dem Busch stellen zu können. Charlie spurtete los. Sie konnte den Dackel gerade noch am Halsband packen, bevor der von ihm vergrößerte Eingang des Fuchsbaus breit genug war, dass Willy auf Nimmerwiedersehen darin verschwand. Als der Dackel Charlies Hand im Nacken spürte, gab er ein empörtes Quieken von sich.

»Schluss damit!«, befahl Charlie und machte die Leine am Halsband fest. Widerstrebend ließ sich der Dackel vom Fuchsbau wegziehen. Seine Vorderpfoten, die Nase, Schnauze und der untere Teil der Schlappohren waren von roter Erde überkrustet. Außerdem hechelte er stark. Die Anstrengung der vergangenen Minuten stand ihm ins Gesicht geschrieben. Trotz ihres Grolls flammte Mitleid in Charlie auf. »Hast du Durst?«, fragte sie mitfühlend.

Der Dackel zog sie zielstrebig zum Bach, wo er sich bäuchlings ins Wasser legte und gierig trank. Als er seinen Durst gestillt hatte, sprang er die Böschung hoch und schüttelte sich. Charlie gelang es gerade noch einen Satz zur Seite zu machen, wodurch sie von einer unfreiwilligen Dusche verschont blieb.

»Auf jetzt!«, sagte sie und zog den Rauhaardackel, der einen sehnsüchtigen Blick zurück zum Fuchsbau warf, hoch zur Straße. Bis zum Hof von Alwin Schüssler waren es nur noch wenige Gehminuten.

Die vergangenen Tage waren nicht spurlos an ihnen vorbeigegangen: Die im Besprechungsraum des K 11 Versammelten wirkten mit ihren blassen Gesichtern und dunklen Augenringen wie eine Gruppe von Pandas, denen es seit Tagen an knackig-frischen Bambussprösslingen mangelte. Anders als die Pandas in den subtropischen Berghängen Chinas waren Kriminalhauptkommissar Gunter Haase und sein Team jedoch nicht von Natur aus vorwiegend nachtaktiv, sodass sie die dritte Nachtschicht in Folge an die Grenze ihrer Belastbarkeit geführt hatte. Gunter Haase fuhr sich mit der Hand über das Kinn, wo die blonden Bartstoppeln knisterten. Er sehnte sich danach, sein müdes und inzwischen zunehmend ratloses Haupt auf sein Kopfkissen sinken zu lassen und für ein paar wenige Stunden alles zu vergessen. Gleichzeitig wusste er, dass der ersehnte Schlaf sich nicht einstellen würde. Bevor die Odenwaldmorde nicht aufgeklärt wären, würde er keine Ruhe finden. Dafür stand viel zu viel auf dem Spiel. Der Kriminalhauptkommissar griff nach einer der auf dem Besprechungstisch abgestellten Thermoskannen und goss sich eine Tasse des schwarzen Gebräus ein. Nach dem ersten Schluck schüttelte er sich. »Ist ja widerlich!«, brummte er und wandte sich an die Praktikantin, die bis dahin tapfer mitgehalten hatte: »Würden Sie bitte Frau Eckstein im Sekretariat bitten, uns frischen Kaffee zu bringen?«

Franka Kastrow sprang auf und schnappte sich die drei Kannen. »Eine Kleinigkeit zu essen wäre auch nicht schlecht«, meinte sie.

»Am besten schön süß und kalorienreich«, stimmte Frajo Helferich ihr zu. Sein Magen hing auf halb acht und sein ausgepowertes Gehirn gierte nach Stärke und Kohlehydraten, um die kleinen grauen Zellen wieder fit zu bekommen.

Timo Keil brachte erstaunlicherweise noch die Kraft auf, mit dem Zeigefinger abzuwinken. »Süßzeugs bringt jetzt rein gar nichts! Wir benötigen komplexe Kohlehydrate und Omega-3-Fettsäuren. Am besten, Frau Eckstein stellt uns ein schönes Müsli mit frischem Obst, viel Nüssen, Chiasamen und Vollkornhaferflocken zusammen. Oder vielleicht einen kleinen Salat aus gekochten Hülsenfrüchten, frischen Sprossen und Kräutern.«

Frajo Helferich verzog angewidert das Gesicht. »Ich brauch kein Vogelfutter, sondern was Anständiges zu essen!«

Kriminalkommissarin Martina Lohse tippte sich mit dem oberen Ende ihres Kugelschreibers an die Stirn. »Spinnst du? Frau Eckstein gehört nicht zum Cateringservice von deinem exklusiven Fitnesscenter.«

Timo Keil verschränkte trotzig die Arme vor der Brust. »Der Mensch ist, was er isst. Beschwert euch nicht, wenn ihr in ein paar Jahren einen Herzinfarkt bekommt oder euch die Fußzehen wegen Diabetes abfallen.«

»Wird eher so sein, dass meine Frau wegen meiner vielen Überstunden das Weite sucht«, konterte Frajo Helferich.

Gunter Haase verschränkte die Arme über dem Kopf und reckte sich. »Kommt, lasst die Kindereien! Lasst uns lieber noch mal zusammenfassen, was wir in den letzten Stunden herausgefunden haben.«

»Wenn's unbedingt sein muss …«, stöhnte Martina Lohse.

»Punkt eins.« Gunter Haase zog die Verschlusskappe vom Whiteboard-Marker und schrieb in Rot »Eukalyptusöl« an den rechten Rand der mit Stichworten und angehefteten Fotos gut gefüllten Wandfläche. Dann drehte er sich zu seinem Team um. »Wissen wir inzwischen, woher das Öl stammt?«

»Als ätherisches Öl bekommst du reines Eukalyptusöl in jedem Drogeriemarkt«, erwiderte Martina Lose. »Ich frage mich nur, ob der Täter tatsächlich mit x kleinen Fläschchen in der Hosentasche losgezogen ist, um das Öl vor dem Anzünden des Lärmfeuers tropfenweise auf das Holz zu geben.«

Frajo Helferich blätterte in seinen Unterlagen. »Ich hab mal mit meinem Schwager gesprochen. Der schafft als Chemiker bei der BASF in Ludwigshafen.«

»Elendige Luftverpester!«, brummte Timo Keil in seinen in den langen Arbeitsstunden gesprossenen Stoppelbart.

Frajo Helferich ließ sich davon nicht beirren. »Der Oliver, der mein Schwager ist, hat gemeint, dass Eukalyptusöl auch als Lösungsmittel für Harze bei der Lackherstellung verwendet wird. Wenn unser Täter also Kontakte zur Zulieferindustrie für Chemieprodukte hat, kann er sich das Öl über diesen Weg besorgt haben. Auch in größeren Gebinden.«

»Hast du bei den regionalen Zulieferern mal nachgefragt, ob die an eine Privatperson Öl verkauft haben?«, hakte Gunter Haase nach.

»Ist die Franka noch dran«, erwiderte Frajo Helferich. »Allerdings müssen wir bedenken, dass man sich das Öl auch bei Amazon oder eBay in Halbliter- oder Literflaschen bestellen kann. Wenn der Täter es sich über diesen Weg besorgt hat, stehen wir, was unsere Ermittlungen betrifft, ganz schön im Regen.«

Gunter Haase blickte zum Fenster, wo die Sonne mit jeder Stunde mehr an Kraft gewann. Die lange Regenperiode im Juli schien endlich Geschichte zu sein. Bestes Badewetter kündigte sich an. Für die, die dafür Zeit und Muße hatten. Der Kriminalkommissar unterdrückte ein Seufzen. »Wie sieht es mit der Erde aus, die wir beim zweiten Opfer im Arbeitszimmer gefunden haben?«

Martina Lohse verzog das Gesicht, als ob sie ebenfalls vom lauwarmen und inzwischen bitteren Kaffee getrunken hätte. »Laut Spusi ein toxischer Cocktail aus Blei, Kadmium, Zink,

Kupfer und Quecksilber. Eingebettet in fein gemahlenem Gestein, ein bisschen Asche und eben ganz normaler Erde.«

»Habt ihr bei diesem Institut nachgefragt?«, wollte Gunter Haase wissen.

»Du meinst die Bundesanstalt für Geowissenschaften?«

»Ja genau, die meine ich.«

»Die konnten uns nicht weiterhelfen«, musste Martina Lohse eingestehen. »Die verseuchte Erde ließ sich keinem bestimmten Gebiet zuordnen.«

»So ein Mist!«, fluchte Gunter Haase.

Martina Lohse bekundete ihre Zustimmung durch Nicken. »Das Einzige, was wir mit Sicherheit wissen, ist, dass die Erde aus dem Odenwald stammt. Es handelt sich um fein gemahlenen roten Buntsandstein, der mit Mutterboden durchsetzt ist.«

»Also ist der Täter ein Einheimischer?« Gunter Haase zog die blonden Augenbrauen hoch.

»Könnte gut sein«, stimmte Martina Lohse ihm zu.

»Frühstück!« Franka Kastrow bugsierte in Begleitung der Sekretärin der Regionalen Kriminalinspektion, Frau Eckstein, einen Servierwagen über die Türschwelle des Besprechungsraums. Auf dem Servierwagen befanden sich zwei Tabletts mit belegten Brötchenhälften sowie die mit frisch gekochtem Kaffee gefüllten Thermoskannen. Frajo Helferich schob seinen Stuhl zurück und sicherte sich als Erstes eins der Tabletts. Martina Lohse füllte die Kaffeetassen auf.

»Ihr seid meine Rettung!«, brachte Frajo Helferich mit vollem Mund hervor und warf sowohl der Praktikantin als auch der Sekretärin einen dankbaren Blick zu.

Gunter Haase griff nach einem Schinkenbrötchen. In das er allerdings nicht sofort hineinbiss, weil ihm zwischenzeitlich ein Gedanke gekommen war. Mit der Hand, in der er das Brötchen hielt, wies er auf die an der Wand hängende Kopie des notariell beglaubigten Übertragungsvertrags. »Habt ihr herausbekommen, warum die Dingeldein dem Martin Schmitt die Wohnung und die Lebensversicherung übertragen hat?«

Frajo Helferich legte seine angebissene Brötchenhälfte auf eine Papierserviette. »Traurige Sache«, meinte er. In seinen Augen flammte Mitleid auf. »Die Dingeldein war krank. Todkrank.«

»Ach.« Obwohl die letzte Mahlzeit etliche Stunden her war, verspürte Gunter Haase plötzlich keinen Appetit mehr. »Krebs?«

»Schlimmer«, erwiderte Frajo Helferich. »Sie hatte ALS.«

»ALS?« Gunter Haase runzelte die Stirn.

»Amyotrophe Lateralsklerose. Eine nicht heilbare Erkrankung des motorischen Nervensystems«, mischte sich Timo Keil in die Diskussion ein.

Martina Lohse schaute ihn über den Rand ihrer Kaffeetasse hinweg an. »Wie bei Stephen Hawking?«

»Genau.« Timo Keil nickte zur Bestätigung. Er liebte Situationen, in denen er mit seinem Wissen glänzen konnte. »Nur dass die Krankheit bei dem Hawking schon sehr früh ausgebrochen ist und damit einen deutlich langsameren Verlauf nahm. Im Regelfall hast du nach den ersten Beschwerden noch zwei, wenn's extrem gut läuft vielleicht noch vier, fünf Jahre. Jahre, in denen du dich von einer Körperfunktion nach der anderen verabschieden musst. Zuletzt sitzt du im Rollstuhl, kannst nicht mehr sprechen, nicht mehr schlucken und erstickst irgendwann elendig.«

Martina Lohse wurde noch blasser, als sie es aus Überarbeitung eh schon war.

»Ich nehme an, dass die Krankheit bei Brigitte Dingeldein noch im Anfangsstadium war?«, vermutete Gunter Haase.

»Außer ihrem behandelnden Arzt und ihrem Geliebten, dem Schmitt, wusste niemand davon«, erwiderte Frajo Helferich. »Von den Symptomen her war sie anscheinend noch relativ unauffällig.«

Martina Lohse räusperte sich, weil sie einen dicken Kloß im Hals spürte. »Stellt euch das mal vor! Die arme Frau! Da bekommt sie eine solche Diagnose und beginnt, ihren Nachlass zu regeln. Weil sie keine Kinder hat, geschieden ist, schustert sie alles, was von Wert ist, ihrem Geliebten zu. Hofft darauf, dass sie vielleicht noch ein paar gute Monate zusammen haben. Und dann kommt der Mörder …«

»Der vielleicht nichts von der Erkrankung wusste«, warf Gunter Haase ein.

»Nein, wahrscheinlich nicht«, gab ihm Frajo Helferich recht. »Sonst hätte er einfach abwarten können.«

»Es sei denn, dass der Täter sie ausdrücklich sterben sehen wollte«, wandte Martina Lohse ein. »Weil er sich zum Beispiel wegen irgendetwas an ihr rächen wollte. In so einer Situation konnte er nicht die Hände in den Schoss legen und abwarten, bis sich die Sache von selbst erledigt. Da musste er handeln. Schnell handeln. Solange die Dingeldein noch allein in ihrer Wohnung lebte. Nicht auf Hilfe von außen angewiesen war.«

»RACHE«, schrieb Gunter Haase an die Wand. Daraufhin wandte er sich wieder seinem Team zu. »Ich geh mal davon aus, dass der Binz, unser erstes Opfer, gesund war.«

»Wie man's nimmt«, erwiderte Frajo Helferich trocken. »Seine Säuferleber hätte bestimmt nicht mehr ewig mitgespielt.«

Timo Keil schüttelte sich vor Ekel. »Wie kann man sich nur so gehen lassen?«

»Alkoholismus ist eine Krankheit«, bemerkte Martina Lohse spitz.

»Also waren beide, die eine mehr, der andere weniger, krank.« Gunter Haase strich sich nachdenklich über das stoppelige Kinn. »Also könnte es doch einen Zusammenhang zwischen den beiden Morden geben.«

»Das sollten wir in der Tat nicht ausschließen«, meldete sich Franka Kastrow zu Wort. »Ich für meinen Teil finde allerdings bemerkenswerter, dass die beiden Opfer sich kannten.«

»Kannten?«, stießen Gunter Haase, Frajo Helferich und Martina Lohse wie aus einem Munde aus.

»Ich hab mal die Vita von jedem Einzelnen überprüft.« Franka Kastrow blätterte in ihrem Notizheft vorwärts, bis sie die gesuchte Seite gefunden hatte.

»Aber ich bin deren Lebensgeschichten von A bis Z durchgegangen«, wunderte sich Frajo Helferich. »Ich hab da nix gefunden, was darauf hinweist, dass die beiden in Kontakt standen.«

»Ob sie noch in Kontakt standen, kann ich nicht mit Sicherheit sagen«, erwiderte Franka Kastrow. »Ich kann sie ja schlecht fragen«, fügte sie mit einem spitzbübischen Grinsen hinzu. »Aber Fakt ist, dass die beiden vor gut 20 Jahren den gleichen Arbeitgeber hatten.«

Frajo Helferich starrte sie mit offenem Mund an. Ein Stückchen Petersilie hatte sich zwischen seinen beiden Schneidezähnen festgesetzt. Er merkte es nicht. »Warum ist mir das nicht aufgefallen?«

Die Praktikantin zuckte mit den Schultern. »Weil es auf den ersten Blick nicht ersichtlich ist. Ich hab es auch erst gemerkt, als ich tiefer in das Firmenkonstrukt eingestiegen bin.«

»Jugend forscht?«, meinte Martina Lohse grinsend.

»Aber Hallo!«, gab Franka Kastrow kess zurück. »Wenn ich mich nicht hätte breitschlagen lassen, zur Polizei zu gehen, würde mir in ein paar Jahren garantiert der Nobelpreis in Physik verliehen.«

»Unsere kleine Marie Curie«, witzelte Timo Keil.

»Die Kombination von Köpfchen und Muskeln muss sich ja nicht zwangsläufig ausschließen. Zumindest bei Frauen«, parierte Franka Kastrow, die ebenso durchtrainiert wie der junge Kommissar war.

»Wenn wir dann zum eigentlichen Thema zurückkehren könnten«, mahnte Gunter Haase.

Frajo Helferich kratzte sich den nur noch dünn behaarten Oberkopf. »Wo hab ich da bloß was übersehen?«, murmelte er.

»Es ist so«, begann Franka Kastrow, die schlagartig wieder ernst geworden war. »Unser zweites Opfer, Brigitte Dingeldein, hat jahrelang bei Haffinger & Burger in Frankfurt gearbeitet. Hat sich von einer einfachen Sachbearbeiterin zur Leiterin der Buchhaltung hochgearbeitet.«

Martina Lohse runzelte die Stirn. »Haffinger & Burger sagt mir nichts.«

»Ging mir genauso«, gestand Franka Kastrow. »Obwohl es die Firma schon seit mehr als 35 Jahren gibt. Aber mit Bau und so 'nem Männergedöns«, bei diesen Worten warf sie Timo Keil einen vielsagenden Blick zu, »hab ich ja sonst nicht so viel am Hut.«

»Die Dingeldein hat also bei einer Baufirma gearbeitet?«, hakte Gunter Haase nach.

Franka Kastrow tippte mit der Spitze ihres Kugelschreibers auf ihr Notizheft. »Haffinger & Burger haben sich aus verschiedenen Baugesellschaften, die anfangs fusionierten, zu einem der größten deutschen Industriedienstleister entwickelt. Seit gut 15 Jahren sind sie auch ein Global Player, von dem man munkelt, dass er im nächsten Jahr an die Börse will.«

Frajo Helferich blätterte in seinen Notizen. »Aber der Schorschel Binz, der hat …«, er blätterte hektisch weiter, »der war doch als Fahrer bei der Anton Späth e.K. in Mörlenbach beschäftigt. Wie passt das zusammen?«

»Sehr gut. Man muss nur wissen wie«, konterte Franka

Kastrow. »Das ist ein bisschen wie ein langer Ratten-schwanz.«

»Wir sind ganz Ohr«, versicherte ihr Gunter Haase.

»Also«, Franka Kastrow atmete noch einmal tief durch. »Haffinger & Burger haben verschiedene Geschäftsfelder, die von Tochterunternehmen abgedeckt werden: Engineering, Fertigung und Montage im Bereich Tiefbau sowie Hoch-bau, Dienstleistungen für Instandhaltung, Verwaltung sowie Logistik.«

»Ganz schön kompliziert«, seufzte Martina Lohse.

»Ich nehme mal an, dass das auch steuerliche Gründe hat«, erwiderte Franka Kastrow. »Aber das tut hier nichts zur Sache. Für uns wichtig ist zum einen der Firmensitz in Frankfurt, wo die Dingeldein beschäftigt war. Zum anderen die angegliederte Transportfirma: Gabler Logistik mit Sitz in Mannheim.«

»Aber der Binz?« Frajo Helferich wurde sichtlich unge-duldig.

»Der Binz«, fuhr die Praktikantin fort, »war bei der Anton Späth e.K. angestellt, die wiederum als Subunternehmer für die Gabler Logistik in Mannheim gearbeitet hat.«

Kriminalhauptkommissar Haase fuhr sich mit der Hand durch das Haar. »Frankfurt, Mannheim, Mörlenbach. Die Firmen liegen alle verdammt weit voneinander entfernt. Wie sollen die Dingeldein und der Binz sich da begegnet sein?«

Franka Kastrows Augen blitzten triumphierend auf. »Ein-mal im Jahr veranstalten Haffinger & Burger ihr traditionel-les Sommerfest. In den letzten Jahren haben sie dafür immer die Commerzbank-Arena angemietet.«

»Nicht kleckern, sondern klotzen«, warf Frajo Helferich ein.

»Am Geld scheint es ja nicht zu fehlen«, gab Martina Lohse ihm recht.

Franka Kastrow nickte. »Mit Sicherheit nicht. Weil bei den Sommerfesten wirklich alle, vom Vorstand über den Aufsichtsrat bis hin zum einfachen Handwerker und der Putzfrau eingeladen werden.«

Gunter Haase nahm einen Schluck von seinem Kaffee. »Nehmen wir mal an, dass die Dingeldein und der Binz irgendwann anno dazumal beide an einem dieser Sommerfeste teilgenommen haben. Ohne dass sie sich vorher kannten. Wie sollten sie bei den Menschenmengen aufeinandergetroffen, ins Gespräch gekommen sein?«

Die Praktikantin ließ sich nicht verunsichern. »Im Rahmen des Sommerfestes gibt es immer eine große Tombola. Und Tataa!« Franka Kastrow streckte den Arm triumphierend in die Höhe. »Bei genauso einer Tombola haben der Binz und die Dingeldein mit 23 anderen Beschäftigten von Haffinger & Burger eine Wochenendreise ins Hotel Miramar auf Sylt gewonnen.«

»Wie hast du das denn herausbekommen?«, wunderte sich Martina Lohse.

»Da war ein bisschen ›Kommissar Zufall‹ mit im Spiel«, musste die Praktikantin eingestehen. »Die Sommerfeste von Haffinger & Burger sind ja immer Events, die in der lokalen Presse Erwähnung finden. Da habe ich mich auf das Archiv der ›Frankfurter Allgemeinen Zeitung‹ gestürzt und bin dort fündig geworden.«

»Inwiefern?«, wollte Gunter Haase wissen.

»Am Montag, den 14. August 1995, ist in der F.A.Z. ein Foto der Tomobolagewinner bei Haffinger & Burger erschienen. Zwei der Glückspilze hatten, wie mir schien, verblüffende Ähnlichkeit mit dem Binz und der Dingeldein.«

»Ich weiß nicht so recht.« Martina Lohse hatte einen skeptischen Gesichtsausdruck aufgesetzt. »Dieses Foto in der F.A.Z. ist immerhin 22 Jahre alt. Der Binz und die Dingeldein müssen sich in der Zeit verändert haben.«

»Vor allem der Binz. Bei dem Lebensstil!«, warf Timo Keil ein.

Franka Kastrow ließ sich nicht aus der Ruhe bringen. »Unter dem Foto waren die Gewinner namentlich erwähnt«, sagte sie mit fester Stimme.

Frajo Helferich klatschte mit der flachen Hand auf die Tischfläche. »Das gibt es doch nicht!«

»Doch!«, musste ihm die Praktikantin widersprechen. »Hier ist die Beweislage 100-prozentig. Das Hotel Miramar in Westerland hatte sogar noch eine Kopie der Liste der Reiseteilnehmer und der Rechnung an Haffinger & Burger. Was nach der langen Zeit ein purer Glücksfall ist. Normalerweise müssen Rechnungen ja nur zehn Jahre aufbewahrt werden.«

»Daiwel naa!« Gunter Haase begann, vor der großen als Wandtafel dienenden Fläche auf und ab zu gehen. »Da schippern die Dingeldein und der Binz zusammen nach Sylt und bleiben wahrscheinlich auch nach der Reise noch locker in Kontakt. Zumal sie inzwischen seit mehr als zehn Jahren in der gleichen Großgemeinde wohnen. Was sagt uns das über den Mörder?«

»Dass er sich seine Opfer nicht zufällig ausgesucht hat«, stellte Timo Keil fest.

»Dass er auf Rache oder Vergeltung, vielleicht wegen einer Gegebenheit, die schon viele Jahre zurückliegt, aus ist«, fügte Frajo Helferich hinzu.

Martina Lohse bekundete ihre Zustimmung durch Kopfnicken. »Der Mörder hat seine Taten genau geplant. Seine beiden Verbrechen geschickt inszeniert. Für jedes der Opfer hat er sich eine ganz bestimmte Todesursache überlegt. Ein Zeichen gesetzt.«

»Wir müssen den gesamten Bekanntenkreis der beiden in die Mangel nehmen.« Frajo Helferichs Augen funkelten aufgeregt.

»Und die ehemaligen Arbeitskollegen«, fügte Franka Kastrow hinzu. »Vielleicht finden wir dort ja einen Hinweis, warum sich der Täter ausgerechnet die beiden ausgesucht hat.«

»Hoffentlich hat der nicht noch weitere auf seiner To-do-Liste stehen«, brummte Timo Keil.

Frajo Helferich raufte sich das spärliche Haupthaar. »Himmel Herrgott, wie soll man darauf auch kommen! Tod im Lärmfeuer und Tod durch vergiftetes Pesto. Das passt doch wirklich nicht zusammen.«

»Der Schorschel Binz musste, bevor der Täter ihn im Lärmfeuer deponiert hat, durch eine Methanolvergiftung sterben«, widersprach Martina Lohse dem Kollegen.

Gunter Haase stutzte. »Haben wir es etwa mit einem Giftmischer zu tun?« Dabei kamen ihm die Worte von Theo beim österlichen Kaffeetrinken in den Sinn. »Vielleicht ist es ja sogar eine Frau.«

»Ich weiß nicht so recht …« Frajo Helferich verzog skeptisch das Gesicht. »Das Profil, das wir bis jetzt vom Täter erstellt haben, passt nicht wirklich zu einer Frau.«

Franka Kastrow schaute auf die dicht beschriftete und bebilderte Wandtafel. »Bei beiden Taten waren sowohl Gift als auch Feuer mit im Spiel«, bemerkte sie mit gerunzelter Stirn.

Bevor jemand ihr darauf hätte antworten können, klingelte Gunter Haases Handy. Er lauschte kurz, dann wandte er sich an die Kriminalkommissarin. »Das war die Uniklinik. Der Fischer ist in der Lage, eine erste Aussage zu machen.«

Martina Lohse schnappte sich ihre über die Stuhllehne gehängte Jacke und spurtete hinter dem Kriminalhauptkommissar her.

Als Charlie an der Scheune vorbeiging und den geräumigen Innenhof betrat, kam ein schokoladenbraunes, bellendes und knurrendes Haarbündel in der Größe eines ausgewachsenen Schafes auf sie zugeschossen. Charlie rutschte das Herz in die Hose. Willy nahm die Kampfansage des Hofhundes begeistert an und zerrte an der Leine, um sich auf den Widersacher zu stürzen. Charlie machte vorsichtig drei, vier Schritte rückwärts, wobei sie den sich an der Leine windenden Willy hinter sich herzog. Der Hofhund, eine Mischung aus Berner Sennenhund und Jagdhund, wie Charlie vermutete, machte keinen Ansatz ihnen zu folgen. Seine Körperhaltung drückte jedoch grimmige Entschlossenheit aus, beim ersten Anzeichen eines erneuten Näherns zum Angriff zu blasen. Beide Hunde verstummten. Mit zum Irokesenkamm gesträubtem Nackenhaar und entblößten Fangzähnen standen sie sich gegenüber. Taxierten den Gegner. Charlie spürte, wie ihre Hand, mit der sie die Leine fest umklammert hielt, feucht wurde. Ihr Vorsatz, sich den Hof von diesem Schüssler aus der Nähe anzusehen, löste sich in Luft auf. An dem zotteligen Monster würde sie mit dem wehrhaften Willy an ihrer Seite nie und nimmer vorbeikommen.

»Ist ja gut. Alles gut!«, gurrte sie und hastete nochmals drei, vier Schritte zurück. Willy rammte alle vier Pfoten in den mit Pflastersteinen bedeckten Boden des Innenhofes, sodass Charlie keine andere Wahl blieb, als den Dackel gnadenlos hinter sich herzuschleifen. Während der noch protestierte, öffnete sich die Tür des Wohnhauses. Eine hochgewachsene, athletisch gebaute Frau in über den Knien abgeschnittener Jeans und T-Shirt trat über die Schwelle. Ein Blick genügte ihr, um die Situation zu erfassen.

»Astor, bei Fuß!«

Der zottelige Hofhund zögerte einen Moment, bevor er sich von Charlie und dem Dackel abwandte und zu seiner Besitzerin trottete. Die umfasste sicherheitshalber sein Halsband.

»Was wollen Sie?«

Charlie strich sich eine Haarsträhne, die der Wind ihr ins Gesicht geweht hatte, mit der freien Hand zurück und lachte verlegen auf. »Ich werde demnächst nach Zotzenbach ziehen. Meine Vermieterin hat mir gerade berichtet, dass ich bei Ihnen Obst und Saft kaufen kann.«

Die hochgewachsene Frau befahl dem Hund, ins Haus zu gehen, und schloss die Tür hinter ihm.

»Wir verkaufen nicht mehr an privat.«

»Das ist aber schade. Da hat sich meine Vermieterin anscheinend geirrt.« Charlie gab sich alle Mühe, angemessen enttäuscht auszusehen. Nachdem sie den Hofhund sicher hinter Schloss und Riegel wusste, meldete sich der Drang, mehr über diesen Alwin Schüssler und seinen Obsthof herauszubekommen, zurück. Charlies Bauchgefühl, dass hier etwas nicht stimmte, machte sie ganz kribbelig. Sie musste sich zwingen, ruhig stehen zu bleiben.

»Schade«, wiederholte Charlie.

Die Frau, von der Charlie annahm, dass es sich um Alwin Schüsslers Ehefrau handelte, reagierte nicht. Nochmals versuchte Charlie, das Gespräch in Gang zu bringen.

»Bei welcher Kelterei kann ich denn Ihren Saft kaufen?«

»Da müssen Sie nach Reichelsheim fahren.« Die Hofherrin verschränkte die Arme vor der Brust.

»Reichelsheim? Wo liegt das noch mal? Ich bin ja noch ganz neu hier in der Region.« Charlie machte bewusst auf dumm und naiv. Dabei beäugte sie die Ehefrau von Alwin Schüssler. Die hatte die Arme inzwischen gelöst und kratzte sich an einem Mückenstich am linken Knie. Ihre Hände waren von der vielen Arbeit rau und die Nägel kurz gehalten. Die Füße steckten in abgetretenen Laufschuhen vom Discounter. Das T-Shirt, das die Frau von Alwin Schüssler übergestreift hatte, war an den Bündchen ausgeleiert und verwaschen. Hing müde von den zwar breiten, aber gebeugten Schultern der Frau. Charlie schätzte, dass Alwin Schüsslers Ehefrau um die 40 sein musste. Die tiefen Fältchen, die sich um ihre Augenwinkel eingegraben hatten, und die beiden steilen Falten, die von den Mundwinkeln bis zum Kinn reichten, ließen sie jedoch deutlich älter aussehen. Außerdem war die Frau nervös, verlagerte das Gewicht von einem Fuß auf den anderen. Es war klar, dass Besucher hier nicht gern gesehen waren.

»Gibt es in der Nähe vielleicht einen anderen Hof, wo ich einkaufen könnte? Wissen Sie, ich will wissen, woher mein Obst und mein Gemüse kommen. Frisches Obst vom Erzeuger, das ist was ganz anderes als dieses Zeug aus dem Supermarkt«, plapperte Charlie mit gespielter Munterkeit weiter.

»Weiß ich nicht.« Das Gesicht der Hofherrin blieb verschlossen.

Charlie musste sich geschlagen geben. »Gut, dann werd ich mich mal wieder auf den Weg machen«, verkündete sie und lockerte die Leine des Dackels.

Die Haustür öffnete sich und ein mittelgroßer, kompakt gebauter Mann streckte den Kopf heraus.

»Was gibt es, Moni?«, wollte er mürrisch wissen.

Charlie ahnte, dass der Hofherr persönlich vor ihr stand, und schenkte ihm ein honigsüßes Lächeln.

»Ihre Frau hat mir gerade gesagt, dass ich bei Ihnen leider nichts mehr kaufen kann.«

»Nein, können Sie nicht«, brummte der Mann, der trotz der sommerlichen Wärme eine dunkle Strickmütze und einen langärmeligen Pullover trug. Seine Stimme klang rau. Sowie abweisend. Charlie versuchte, Zeit zu schinden. Mit der freien Hand wies sie auf die Scheune und die dahinterliegenden Wiesen.

»Sie haben hier einen so schönen Hof. Ich hab jahrelang in der Großstadt gelebt. Jetzt bin ich froh, dass ich etwas Passendes zur Miete auf dem Land gefunden habe. Das Leben muss hier so herrlich sein!«

Alwin Schüssler lachte verbittert auf. »Herrlich, allmächtiger Gott! Und wie!«

Charlie überging den Zynismus in der Stimme des Hofherrn absichtlich. »All die gute Luft. Die schöne Natur.« Sie strahlte.

»Verschwinden Sie!« Alwin Schüssler kam ein paar Schritte auf sie zu.

»Alwin!«, sagte seine Frau warnend und versuchte, ihn am Ärmel seines blassgrauen Pullovers zurückzuhalten. Alwin Schüssler schüttelte ihre Hand wie ein lästiges Insekt ab. Wodurch er das Gleichgewicht verlor und sich, um nicht zu stürzen, am Arm seiner Frau abstützte. Sein Atem kam stoßweise und sein Gesicht hatte in etwa die Farbe seines Pullovers angenommen. Mitleid flammte in Charlie auf. Alwin Schüssler war einmal ein stattlicher Mann gewesen. Herr über Haus und Hof. Mit muskulösen Armen, die zupacken konnten. Einem Kinn, das von Entschlossenheit zeugte. Wachen, braunen Augen und einer hohen Stirn, hinter der sich die Gedanken vor allem um das Wohlergehen seines Hofes und seines Sohnes gedreht hatten. Bis das Schicksal erbarmungslos zuschlug. Ihn das Leben, der Verlust seines Sohnes gnadenlos zeichneten. Ihn zu einer Hülle seines ehemaligen Selbst machten. Er wirkte auf Charlie krank und verbraucht. Ein menschliches Wrack. Charlie unterdrückte ein Seufzen. Sie hatte sich geirrt. Auf dem Hof gab es nichts, was für sie von Interesse wäre. Alwin Schüssler war ein hinfälliger, zu früh gealterter und verbitterter Mann. Den man am besten in Ruhe ließ. Charlie hob die Hand zum Abschiedsgruß.

»Ich bin dann mal weg.«

Die Schüsslers blieben ihr eine Antwort schuldig.

Mit dem Dackel an der Leine überquerte Charlie den Innenhof. Durchschritt den langen rechteckigen Schatten, den das Scheunendach auf das Pflaster warf. Wandte sich nach rechts, um auf der geschotterten Straße zurück zu ihrem am Friedhof geparkten Camper zu gehen. Da fiel ihr Blick durch das einen Spalt offen stehende Scheunentor. Charlie stutzte. In der Scheune stand neben einem riesigen kornblumenblauen Traktor ein Wagen. Ein staubiger dunkler Geländewagen.

20. KAPITEL

Als Charlie mit ihrem Camper den Punkt der Straße erreichte, von dem aus man einen ersten Blick auf den Atzeldoalhof werfen konnte, bemerkte sie ein blaues flackerndes Licht vor dem Wohnhaus. Zuerst vermutete sie, dass es sich um das Blaulicht des Streifenwagens handelte, der in regelmäßigen Abständen über das Hofgelände patrouillierte. Dann fragte sie sich, warum die beiden Beamten der örtlichen Polizeiwache bei einer Routinekontrollfahrt das Blaulicht eingeschaltet hatten. Ein flaues Gefühl machte sich in Charlies Magengegend breit. Was war auf dem Atzeldoalhof passiert? War der Litauer etwa zurückgekehrt und hatte versucht, das zu Ende zu bringen, woran er beim ersten Mal gescheitert war? Waren Reiner und seine Familie durch den Schlamassel, in den sie in Hamburg geraten war, in akuter Gefahr? Charlie drückte das Gaspedal bis fast zum Boden durch und hetzte den Camper mit feuchten Händen die Hofeinfahrt hinauf. Vor dem Haus parkten der Wagen des Notarztes und ein Rettungswagen, dessen Hecktüren geöffnet waren. Der Camper war kaum zum Stehen gekommen, da hatte Charlie auch schon die Fahrertür aufgerissen und spurtete auf den Rettungswagen zu. Ein Sanitäter fing sie ab und hielt sie am Arm fest.

»Immer mal langsam, junge Frau!«

»Was ist passiert?«, keuchte Charlie und versuchte, an den breiten Schultern des Sanitäters vorbeizuschauen, um einen Blick in das Innere des Krankenwagens zu erhaschen.

»Isch bin jo sou enn Dabbes!«, jammerte Gertie Haase, die auf der Krankentrage lag.

»Gertie!«, rief Charlie entsetzt und machte sich aus der Umklammerung des Sanitäters frei. »Was machst du denn für Sachen?«

»Vom Apfelbaum ist sie gepurzelt.« Theo war mit Gerties Handtasche, in der sich deren Brille und Krankenversicherungskarte befanden, zum Krankenwagen zurückgekehrt. Seine Hand, mit der er dem Sanitäter die Tasche überreichte, zitterte. Trotz der Sommerbräune war Theo so blass, dass Charlie sich besorgt fragte, ob es nicht besser wäre, wenn er ebenfalls mit ins Krankenhaus fahren würde. Charlie steckte den Kopf in den Krankenwagen.

»Was hattest du denn auf dem Apfelbaum zu suchen?«

»Die Friehebbel sinn reif. Die muss doch oaner vunn die Beem hole. Schunschd verrote die. Do häbb isch mer gedenkt, dess isch fer heid Owend Ebbelklöße mache.« Gertie schaute bekümmert drein. Der Zustand der Kläräpfel auf der Streuobstwiese hinter dem Hühnerstall machte ihr offensichtlich mehr Sorgen als ihre eigene Gesundheit.

»Aber die Äpfel hätte ich pflücken können«, schalt Charlie sanft Reiners Mutter. Da bemerkte sie den Stützverband um Gerties rechte Hand und den linken Fuß. Der Notarzt, der gerade eine Spritze aufgezogen hatte, drehte sich zu ihr um.

»Letzte Klarheit werden erst die Röntgenaufnahmen bringen. Aber ich gehe von einer Fraktur des Handgelenks und einem Außenknöchelbruch aus.«

»Gütiger Himmel!«, murmelte Charlie.

Der Notarzt beugte sich zu Gertie hinunter. »Ich gebe Ihnen jetzt eine Spritze gegen die Schmerzen. Um den Rest werden sich die Kollegen in Weinheim kümmern.«

»Äwwer isch will nedd ins Kroankehaus!«, protestierte Gertie. »Oam Wocheenn iss doch der negschde Heuschnidd fällisch. Unn die veele Viescher. Wer soll sisch denn um dess oalles kimmern?«

»Der Reiner und ich, wir kriegen das zusammen hin«, versprach ihr Charlie. Dann wandte sie sich an Theo. »Wo ist der Reiner eigentlich?«

Theo seufzte. »Der ist zum Raiffeisen-Markt in Michelstadt gefahren, um die bestellten Stickel für den Elektrozaun abzuholen. Ich hab ihn schon auf seinem Handy erreicht. Er kommt direkt nach Weinheim.«

»Gut.« Charlie nickte. Dann griff sie sanft nach Gerties unverletzter Hand. »Ich kümmere mich um alles.«

»Sou enn Pesch! Warum muss aach die dabbische Laader umfalle?« Gertie war untröstlich.

»Weil du sie nicht richtig an den Baum gelehnt hast«, grummelte Theo.

Der Notarzt stieg aus dem Wagen.

»Wir müssen los«, sagte der Sanitäter und schloss die beiden Flügel der Hecktür.

»Wir kommen dich so schnell wie möglich in der Klinik besuchen!«, rief Charlie Reiners Mutter zu. Dann legte sie Theo den Arm um die Schulter. Gemeinsam schauten sie zu, wie der Rettungswagen mit Blaulicht, aber ohne Martinshorn den Hof verließ und hinter der ersten Straßenbiegung verschwand.

Theo räusperte sich mehrmals. Charlie bemerkte, dass seine Augen feucht waren.

»Das wird schon wieder«, sagte sie tröstend. Obwohl Theo nie ein Wort darüber verloren hatte und Gertie und er manchmal wie Hund und Katz waren, wusste Charlie, dass Theo tiefe Gefühle für Gertie hegte.

»Ich weiß nicht, in ihrem Alter ...«, murmelte Theo.

»Die Gertie ist für ihr Alter noch topfit«, widersprach ihm Charlie. »Wenn es glatte Brüche sind, dann heilen die ruckzuck wieder. Sie wird sich in den kommenden Monaten nur schonen müssen.«

»Eben!« Theo ließ den Blick über den Kuhstall, die Weide mit der Offenstallhaltung für die Pensionspferde und die sanft zur Tromm ansteigenden Streuobstwiesen gleiten. »Wie sollen wir das alles nur ohne Gertie schaffen?«

Charlie drückte aufmunternd seine Schulter. »Wir werden einen Weg finden.«

Theo stöhnte laut auf und ging mit hängendem Kopf zurück ins Haus. Aus dem Inneren des Campers drangen laute Belllaute zu Charlie. Der Dackel verlangte, ins Freie gelassen zu werden. Charlie fuhr sich mit der Hand über die Stirn, hinter der es dumpf zu pochen begann. Wenn sie Pech hatte, stand ein ausgewachsener Migräneanfall in den Startlöchern. Aber sie durfte jetzt nicht schlappmachen. Das hatte sie Gertie versprochen. Und das war sie Reiner, der ohne ihre Hilfe aufgeschmissen wäre, schuldig.

Charlie eilte zum Camper, wo sie Willy nach draußen springen ließ. Aus ihrem Lederrucksack kramte sie die Packung Kopfschmerztabletten hervor und drückte eine Kautablette aus der Blisterpackung. Da fiel ihr Blick auf den Zettel mit der Adresse von Gabriele Steinmann, der auf dem Armaturenbrett lag. Charlie zögerte kurz. Dann griff sie nach dem Zettel und zerknüllte ihn. Peter Steinmanns Patentante würde sich einen anderen Mieter suchen müssen.

Am Abend saßen Reiner und Charlie in der Küche, um einen Schlachtplan für die kommenden Wochen aufzustellen. Emelie bereitete sich bei ihrer Freundin Kristina auf eine Französischklausur vor und hatte beschlossen, gleich die Nacht dort zu verbringen. Theo hatte sich auf sein Zimmer zurückgezogen. Den Nudelauflauf, den Charlie zum Abendessen zubereitet hatte, hatte er kaum angerührt. Reiner rieb sich die müden Augen.

»Mir wird nichts anderes übrig bleiben, als mir zum Melken Hilfe zu holen. Ich werd gleich morgen beim Arbeitsamt in Mörlenbach anrufen.«

Charlie schob mit der Handkante ein paar Krümel auf dem Tisch zusammen und beförderte sie auf ihren mit Tomatensoße beschmierten Teller. »Ob das Arbeitsamt dir da weiterhelfen kann?« Charlie war skeptisch. »Kannst du nicht einen deiner Kollegen fragen?«

Reiner seufzte. »Schön wär's. Die haben alle selbst Personalprobleme. Die meisten Milchviehbetriebe hier im Odenwald sind reine Familienbetriebe. Da packt jede zur Verfügung stehende Hand mit an. Wenn zwei Hände ausfallen, dann wird's eng.«

»Ich hab dir schon ein paarmal gesagt, dass ich dir meine Hände anbiete. Alle beide!« Charlies Stimme hatte einen schneidenden Ton angenommen.

Reiner beugte sich zu Charlie hinüber und schloss ihre rechte Hand in seine linke. »Ich weiß dein Angebot zu schätzen. Aber du bist nicht vom Fach …«

Charlie verdrehte die Augen zur Küchendecke.

»Ich meine, dir fehlt die Erfahrung«, verbesserte sich Reiner. »Bei der Modder und mir, da flutscht alles. Da sitzt jeder Handgriff. Wir machen das schließlich schon unser ganzes Leben. Aber du, du bist noch ein Greenhorn.«

»Was soll ich deiner Meinung nach stattdessen tun?« Charlie versuchte ihre Hand zurückzuziehen, doch Reiner hielt sie eisern fest.

»Wenn du dich um den Haushalt plus die Fütterung der Pferde und Hühner kümmerst, dann ist das schon mehr als genug. Außerdem hast du ja auch noch einen Job.«

»In der kommenden Woche halte ich den letzten Vortrag zum Agrarrecht in Vielbrunn, dann ist bis Mitte September damit Schluss. Die Beratung im Internet kann ich zwischendurch einschieben. Und zur Not gibt es bekanntlich immer noch die Nächte, die man sich um die Ohren schlagen kann.« Charlie brachte ein schiefes Grinsen zustande.

»Nichts da! Du verbringst deine Nächte im Bett und nicht am Computer!«, widersprach ihr Reiner kategorisch. Er würde sich nie verzeihen, wenn Charlie das gleiche Schicksal wie Sandra widerfahren sollte. Der Krebs hatte sich im Körper seiner verstorbenen Ehefrau so schnell und vernichtend ausbreiten können, weil sie ständig erschöpft, ständig am Limit gewesen war. Den Fehler, stets zu viel zu fordern und diejenigen, die ihm etwas bedeuteten, nicht zu schützen, würde er nicht wieder begehen. Reiner tätschelte Charlies Hand. »Früher oder später hätte ich mich sowieso damit auseinandersetzen müssen, dass die Modder nicht ewig so weitermachen kann. Ich muss nach einer langfristigen Lösung suchen.«

Charlie stand steif vom Stuhl auf. »Ich werd mal das Geschirr in die Spülmaschine einräumen.«

Sie hatte gerade die Teller in das untere Schubfach gestapelt, als der Dackel aus seinem neben der Anrichte aufgestellten Körbchen kroch und sich auf dem Küchenfußboden erbrach. Charlie kniete sich neben das am ganzen Körper zitternde Tier und streichelte ihm behutsam über den Kopf.

»Hey, was ist denn los?«

Reiner riss ein paar Blätter von einer Küchenrolle ab und wischte die Lache an Erbrochenem damit auf.

»So wie es aussieht, hat er sich einen Magen-Darm-Virus eingefangen.«

Charlie hörte nicht auf, den Dackel zu streicheln. »Armer Willy, was machen wir denn mit dir?«

»Diät und Ruhe«, schlug Reiner vor.

Der Dackel fiepte. Dann gab er ein paar Würgegeräusche von sich, bevor die nächste Lache an Erbrochenem auf dem Fußboden landete.

»Ich hab mich schon gewundert, dass er heute Abend nichts gefressen hat. Ist sonst so überhaupt nicht seine Art«, meinte Charlie.

»Warst du heute nicht mit ihm unterwegs? Hat er da so einen Mist, der bestimmt nicht für Hunde geeignet ist, entdeckt und gefressen?«, wollte Reiner wissen. »Normalerweise schlingt er ja alles hinunter, was einigermaßen biologisch abbaubar ist.«

Charlie runzelte nachdenklich die Stirn. »Er ist mir kurz entwischt. Aber da war er mit Jagen und Buddeln beschäftigt. Ich glaub nicht, dass er in den zehn, zwölf Minuten an Fressen gedacht hat.«

Ein weiterer Schwall gallig-gelben Mageninhaltes ergoss sich auf die Küchenfliesen. Der Dackel wankte zum Küchentisch und begann, die Lefzen hart gegen eins der Küchenbeine zu reiben.

»Was macht er denn da?« Charlie blickte Reiner Hilfe suchend an. Sie hatte, bis Willy auf dem Atzeldoalhof einzog, keine Erfahrung mit Hunden gehabt und kam sich in der Krisensituation völlig überfordert vor.

Reiner ging in die Knie. »Sieht so aus, als ob ihn etwas an der Schnauze juckt. Vielleicht hat er da Bläschen oder einen Ausschlag oder so.« Reiner versuchte, den Kopf des Dackels zu fassen, um ihn ruhig zu stellen und einen Blick ins Maul zu werfen. Willy knurrte warnend. Reiner zog die Hand zurück.

»Ich glaub nicht, dass ich an ihn herankomme«, musste er eingestehen.

Charlie stöhnte laut auf. »An manchen Tagen kommt wirklich alles zusammen!«

»Das wird schon wieder«, versuchte Reiner sie zu beruhigen. »Wahrscheinlich hat sich der Virus bis morgen früh ausgetobt. Dann wird Willy wieder ganz der Alte sein.«

Als ob er Reiners Worte Lügen strafen wollte, ließ der Dackel vom Tischbein ab und begann, unruhig im Kreis zu laufen. Wobei er stark wankte und ihm die Hinterbeine immer öfter den Dienst versagten. Plötzlich blieb er stehen, der braune, lange Körper krampfte kurz zusammen und der Dackel kippte auf die Seite. Danach rührte er sich nicht mehr.

»Willy!«, schrie Charlie entsetzt.

Der Tierarzt, den Reiner von den Drückjagden auf Niederwild rund um den Adlerstein kannte, rieb sich nachdenklich das Kinn. Reiner hatte den Tierarzt und Jagdpächter zur späten Stunde mitten im Wald, auf einem Hochsitz per Handy erwischt. Die gute halbe Stunde, die Charlie und Reiner bis zum Eintreffen des Tierarztes mit dem bewusstlosen Dackel im Warteraum hatten verbringen müssen, war Charlie endlos erschienen. Jetzt starrten sie alle auf Willy, der an einen Tropf angeschlossen auf dem Behandlungstisch lag.

»Ich bin mir 150-prozentig sicher, dass das kein normaler Magen-Darm-Virus ist«, sagte der Tierarzt. »Und gegen Parvovirose ist er, wie ich gerade im Impfpass gesehen habe, geimpft. Außerdem hatte er bis jetzt keine Durchfälle, oder?«

Charlie schüttelte verneinend den Kopf.

»Dass kein Fieber aufgetreten ist, spricht ebenfalls gegen Parvovirose.«

»Aber was kann es denn sonst sein?« Charlies Stimme zitterte.

»Hm.« Der Tierarzt beugte sich noch einmal über den Hund. »Die Symptome, die ihr mir geschildert habt, weisen eher auf eine Vergiftung hin.«

»Vielleicht hat er ja doch was gefressen, als du ihn von der Leine gelassen hast«, meinte Reiner. »Möglicherweise lag irgendwo Rattengift oder Kunstdünger rum. Der ist auch giftig.«

»Wenn ich das gewusst hätte, hätte ich ihn nicht laufen lassen.« Charlie war den Tränen nahe.

Der Tierarzt berührte Reiner kurz an der Schulter. »Erinnerst du dich, wie manche Ställe früher hier im Odenwald ausgesehen haben?«

Reiner erschauderte. »Lassen wir das Thema lieber! Außerdem versteh ich nicht, was das mit dem Hund zu tun hat.«

»Viele Ställe bei den armen Wald- und Kleinbauern waren damals aus billigen Metallplatten zusammengezimmert«, sagte der Tierarzt. »Und die meisten davon waren leuchtend rot.«

»Stimmt. An das Rot kann ich mich gut erinnern. Sah ein bisschen aus wie in Schweden.« Reiner nickte zustimmend.

»Das war aber kein Falunrot«, widersprach ihm der Tierarzt. »Damals haben viele Bauern ihre Ställe mit dem billigsten Korrosionsschutz, dessen sie habhaft werden konnten, behandelt. Dazu haben sie rot pigmentierte Mennige mit Leinöl oder Terpentinöl vermischt und auf die Wände gekleistert.«

»Ist Mennige nicht giftig?« Reiner schaute alarmiert auf.

»Und wie!«, stimmte ihm der Tierarzt zu. »Mennige besteht im Wesentlichen aus hochtoxischen Bleioxiden. Deshalb sind die Kühe reihenweise krank geworden. Sie haben an der giftigen Farbe geleckt, wodurch Nieren und Blut geschädigt wurden. Später kamen neurologische Ausfälle durch Schädigungen des Zentralnervensystems hinzu. Mein Vorgänger hier in der Praxis hat mir erzählt, dass manche Kleinbauern ihren gesamten Viehbestand auf diese Weise eingebüßt haben.«

Reiner zog eine Grimasse. »Gut, dass mein Vater schon damals mehr ökologisch ausgerichtet war.«

»Da kannst du von Glück reden«, brummte der Tierarzt. »Aber wenn ich mir hier so euren Dackel anschaue, dann erinnert mich das verdammt an die Kühe mit Bleivergiftung!« Der Tierarzt zog vorsichtig eine Lefze des Dackels hoch. »Seht ihr das hier? Die Schleimhäute sind dunkel, fast schwarz. Alles Anzeichen für eine Verätzung. Dazu kommen noch das Erbrechen und der unsichere Gang bis hin zum Zusammenbruch.«

»Das hört sich nicht gut an«, meinte Charlie mit tonloser Stimme.

»Ist es auch nicht«, erwiderte der Tierarzt düster.

Charlie wischte sich mit dem Handrücken über die feuchten Augen. »Wenn ich nur wüsste, wo er sich die Vergiftung zugezogen hat!«

»Bei mir auf dem Hof mit Sicherheit nicht«, warf Reiner ein.

»Bei mir im Auto auch nicht«, meinte Charlie. »Als ich auf diesem Obsthof bei Zotzenbach war, hatte ich Willy an der Leine. Da hat er weder was gefressen noch getrunken.« Charlie stutzte. »Nachdem ich ihn beim Buddeln gestellt hatte, hat er aus so einem Bach, einer Quelle getrunken. Vielleicht war mit dem Wasser ja was nicht in Ordnung.«

Der Tierarzt zog die hohe Stirn in Falten. »Eine vergiftete Quelle auf landwirtschaftlich genutztem Gebiet? Hier bei uns im Odenwald? Das kann ich mir nicht vorstellen.«

»Ich mir auch nicht«, stimmte Reiner ihm zu. »Das wäre sicherlich bei den Wasserproben, die turnusgemäß entnommen werden, aufgefallen. Außerdem lag dieser Bach ja nicht am Rand eines Industriegebietes oder einer Müllhalde, nicht wahr?«

»Da war nichts außer Wiesen und ein paar Büschen.« Charlie war ratlos.

»Wie dem auch sei …« Der Tierarzt straffte entschlossen die Schultern. »Woher die Vergiftung kommt, werden wir wahrscheinlich nicht mehr feststellen können. Wichtig ist, dass wir sie behandeln. Ich werde gleich noch ein paar Tests machen und entsprechend eingreifen. Ich geb euch morgen in der Früh Bescheid.«

Charlie fuhr mit der Fingerspitze ihres rechten Zeigefingers sanft über den regungslosen Körper. »Wird er durchkommen?«, flüsterte sie.

Der Tierarzt seufzte. »Das kann ich nicht versprechen. Und selbst falls er die Vergiftung wegsteckt, müssen wir schauen, ob er Spätschäden davonträgt. Die Nieren werden sicherlich beeinträchtigt sein.«

Im Auto sprachen Charlie und Reiner kaum ein Wort. Der Tag war ein reiner Alptraum gewesen. Charlie fragte sich bang, was noch folgen würde.

»Wer will noch mal, wer hat noch nicht?« Martina Lohse hielt vier Schokoeistüten einladend in die Höhe.

Frajo Helferich war der Erste, der zugriff. »Wie kommen wir zu der Ehre?«, fragte er, während er den runden Pappdeckel abzog und das bunt bedruckte Verpackungspapier spiralförmig löste.

»Mein Mann war mit der Kleinen bei Langnese. Zum Fabrikverkauf«, erwiderte die Kriminalkommissarin. »Jetzt ist unsere Tiefkühltruhe mit Pizza und Eis vollgestopft.«

Gunter Haase knabberte an dem Schokoladentopping mit Haselnusskrokant und dachte an seinen Kühlschrank, in dem gähnende Leere herrschte. Zwischen den langen Dienststunden und seinen Besuchen auf dem Atzeldoalhof, wo er entweder seine zum Nichtstun verdammte Mutter bei Laune hielt oder seinem gestressten Bruder zur Hand ging, blieb keine Zeit zum Einkaufen. Zum Glück sorgte Charlie, die im Team mit Emelie beharrlich an ihren Kochkünsten arbeitete, dafür, dass Gunter nie hungrig nach Hause fuhr. An den Tagen, an denen er nicht zum Hof konnte, tat es auch die Imbissbude auf dem Aldi-Parkplatz. Aber bei der Bullenhitze, die sich pünktlich zum Hochsommer wie eine auf der Höchststufe eingeschaltete Heizdecke über die Rheinebene und Bergstraße gelegt hatte, war Kühles mehr gefragt als Kochkäseschnitzel. Gunter Haases Zunge strich genießerisch über das schneeweiße Vanilleeis im Herz der Eistüte.

»Willst du nicht?«, wandte sich Martina Lohse an ihren Kollegen Timo Keil.

Der hob abwehrend die Hände. »Bei der Hitze halte ich es wie die Südländer: Ein kleines Frühstück und bis zum Abend wird gefastet. Natürlich nicht an Wasser.« Er wies auf die beachtliche Ansammlung von Mineralwasserflaschen verschiedenster Anbieter, die er am linken Rand seines Schreibtisches aufgestellt hatte.

Martina Lohse zuckte mit den Schultern. »Wie du meinst.« Da bemerkte sie aus den Augenwinkeln, wie Dr. Kuno Wölfelschneider über den Flur in Richtung auf ihr Büro zueilte. Die Kriminalkommissarin unterdrückte den infantilen Impuls, die beiden verbliebenen Eistüten hinter ihrem Rücken zu verstecken. Stattdessen ging sie in die Offensive.

»Auch eine Erfrischung, Herr Kriminalrat?«

Dr. Kuno Wölfelschneider stutzte. Auf seinem Gesicht spiegelte sich eine ganze Abfolge von widersprüchlichen Emotionen: Überraschung über das Angebot. Verärgerung, weil im Büro gegessen wurde. Das Bestreben, seine guten Vorsätze in Sachen Diät einzuhalten. Die Gier, die süße, zartschmelzende Eiscreme auf der Zunge zergehen zu lassen. »Ich weiß nicht so recht«, stammelte er.

Martina Lohse nahm ihm die Entscheidung ab, indem sie ihm eine der Eistüten in die Hand drückte. Der Kriminalrat starrte ein paar Sekunden auf das, was er plötzlich umklammert hielt, dann schweifte sein Blick suchend durch den Raum. In der Ecke des Büros, in der das Kaffeegeschirr auf einem Tablett stand, wurde er fündig. Das Gesicht des Kriminalrates hellte sich auf. Vor den verblüfften Augen seiner Mitarbeiter schnappte er sich einen Teller, pulte das Verpackungspapier fein säuberlich von der Waffel, stürzte das Eis mit der flachen runden Oberseite auf den Teller und begann mit einem Dessertlöffel, das Vanilleeis am Rand abzukratzen. Martina Lohse lutschte an ihrem Eis und fragte sich, wobei sie innerlich grinsen musste, ob der Kriminalrat die knusprige Außenhülle gleich mit Messer und Gabel attackieren würde.

Dr. Kuno Wölfelschneider blickte auf. »Wenn wir jetzt schon alle hier so zusammensitzen, können Sie die Gelegenheit nutzen, mich über den neuesten Ermittlungsstand aufzuklären.«

Gunter Haase steckte die mit Milchschokolade ausgegossene Spitze seiner Eistüte in den Mund und wischte sich die Finger an seiner Baumwollhose ab. »Den dunklen Geländewagen, den das Bobbelsche«, der Kriminalhauptkommissar zuckte schuldbewusst zusammen, »ich meine natürlich Frau Knapp in dieser Scheune bei Zotzenbach gesehen zu haben glaubt, konnten wir leider vor Ort nicht ausmachen. Das Ehepaar, das den Obsthof betreibt, konnte uns glaubhaft versichern, dass sie als einziges Fahrzeug einen blauen Transporter besitzen.«

»Allerdings«, mischte sich Frajo Helferich in das Gespräch ein, »haben mehrere Anwohner in Hüttenthal unabhängig voneinander berichtet, dass ihnen ein altersschwacher schwarzer Jeep in den letzten Tagen aufgefallen ist. Der kurvte ein paarmal bei der Molkerei dort vor Ort rum.«

Dr. Kuno Wölfelschneider kippte sein Eishörnchen zur Seite und begann, das cremige Eis aus dem Inneren herauszulöffeln. »Was hat die Befragung der ehemaligen Arbeitskollegen der ersten beiden Opfer ergeben?«, wollte er zwischen zwei Löffeln Eis wissen.

»Da hatte ich mich ja drangemacht.« Frajo Helferich fuhr
sich mit der Hand über den Mund, um ein paar Krümel weg-
zuwischen. »Insgesamt war das Ergebnis meiner Befragung
eher enttäuschend.«

Dr. Kuno Wölfelschneider zog die buschigen Augenbrauen
in die Höhe. »Inwiefern?«

»Die meisten konnten sich an rein gar nix erinnern«, fuhr
Frajo Helferich fort. »Aber einer, der schon ein paar Jahre im
Ruhestand ist, dem ist im Gedächtnis geblieben, dass die Dingeldein nach Feierabend öfter in einen dunkelroten Mercedes
190 E eingestiegen ist. Und jetzt haltet euch fest!«, Frajo Helferich blickte über den Rand seiner Lesebrille in die Runde.
»Genau so ein Fahrzeug war mal auf den Binz zugelassen.«

»Meinst du, dass die Dingeldein und der Binz, dass die was
miteinander hatten?«, wollte Martina Lohse wissen.

Timo Keil goss sich ein Glas Mineralwasser ein. »Wenn
die Dingeldein schon immer so sexuell aktiv war wie kurz
vor ihrem Tod, warum nicht?«

Gunter Haase runzelte die Stirn. »Kann ich mir, ehrlich
gesagt, nicht so richtig vorstellen.«

»Das würd auch mit den Aussagen des Zeugen überein-
stimmen«, stimmte ihm Frajo Helferich zu. »Der hat nämlich
gemeint, dass da manchmal noch ein Dritter mit im Wagen
gehockt hat.«

»Ein flotter Dreier?«, fragte Timo Keil über den Rand seines Wasserglases hinweg.

Gunter Haase zog es vor, den jungen Mitarbeiter zu ignorieren, und wandte sich erneut an Frajo Helferich. »Hast du
herausbekommen können, wer der Dritte war?«

»Bis jetzt leider noch nicht«, musste der Kriminalkommissar passen. »Aber ich bleib dem auf der Spur.«

Dr. Kuno Wölfelschneider hatte derweil die gesamte Eiscreme ausgekratzt und sah sich nun mit der knusprigen

Umhüllung konfrontiert. Einen Moment hielt er inne, die Lippen vor Konzentration geschürzt. Dann entschloss er sich, das Hörnchen vom dünnen, mit Schokolade gefüllten Ende anzugreifen. Ein Fehler. Als die Löffelspitze auf die kompakte Masse traf und Dr. Kuno Wölfelschneider zusätzlichen Druck ausübte, wurde das Hörnchen vom Teller katapultiert. Es stieg kurz auf, beschrieb in der Luft einen Halbkreis und prallte auf Timo Keils penibel aufgeräumten Schreibtisch. Waffelkrümel stoben durch den Raum. Timo Keils Augen wurden so groß wie Untertassen.

»Ver…«, setzte er an, um zu protestieren, besann sich dann aber eines Besseren und schloss den Mund.

Der Kriminalrat legte den Löffel behutsam auf den Teller zurück. Seine Wangen hatten die Farbe von sonnenreifen Tomaten angenommen. Um seine Verlegenheit zu überspielen, rückte er seine Krawatte zurecht und blickte bedeutungsvoll auf sein Chronometer am Handgelenk. »Nun, wie ich gerade sehe, ist es bereits nach vier. Um halb fünf führe ich nochmals ein Gespräch mit Wiesbaden. Gibt es, meine Dame und meine Herren, noch etwas, was Sie mir sagen wollen?«

Gunter Haase kämpfte hart gegen einen aufsteigenden Lachanfall an. Er musste ein paarmal heftig schlucken, bis er sich wieder im Griff hatte, und sagte: »Carsten Fischer, das Opfer von der Grillhütte, ist inzwischen wieder so weit hergestellt, dass er eine Aussage machen konnte.«

»Gut, gut.« Dr. Kuno Wölfelschneider nickte und stand vom Stuhl auf. Dabei trat er mit dem rechten Fuß auf ein Stück seiner abtrünnigen Waffel. Das Knirschen ließ ihn zusammenzucken. »Wie gesagt: Alles Weitere können Sie mir morgen berichten«, beeilte er sich zu sagen und verließ fluchtartig den Raum.

Martina Lohse konnte nicht länger an sich halten und prustete los. Timo Keil beäugte angewidert seinen Schreibtisch.

»So eine Schweinerei«, murmelte er und wischte die Krümel mit der Hand vom Tisch.

Frajo Helferich säuberte seine fleckigen Brillengläser mit einem Zipfel seines T-Shirts. »Ich möcht mal sehen, wie der Wölfelschneider Spaghetti mit Tomatensoße isst«, meinte er grinsend.

»Wahrscheinlich schneidet seine Inge ihm die vor dem Servieren fein säuberlich in mundgerechte Stückchen«, feixte Martina Lohse.

»Ich befürchte, dass wir für die Showeinlage noch büßen müssen«, prophezeite Günter Haase und zog eine Grimasse. »Lasst uns deshalb lieber absprechen, wie wir im Fall Carsten Fischer weiter vorgehen wollen.«

Frajo Helferich kratzte sich den Kopf mit dem schütteren Haupthaar. »Die Angaben vom Fischer waren ja relativ präzise.«

Martina Lohse ließ sich auf ihren Schreibtischstuhl fallen. »Unglaublich, was der Fischer für ein Glück gehabt hat! Manch anderer wäre jetzt ein Pflegefall.«

»Oder mausetot«, murmelte Gunter Haase.

»Weil der Dickschädel vom Fischer standgehalten hat, wissen wir nun, zum Glück, wie die Attacke sich abgespielt hat«, stellte Frajo Helferich zufrieden fest.

»Ach?« Timo Keil blickte erstaunt auf. »Davon weiß ich ja noch gar nichts.«

»Wenn du mehr Zeit hier bei uns in der Kriminalinspektion und weniger Zeit im Fitnesscenter verbringen würdest«, erwiderte Martina Lohse spitz, »wärest du auch auf dem Laufenden.«

»Wärest du, Frajo«, so wandte sich Gunter Haase an den Kriminalkommissar, »vielleicht so liebenswürdig, auch unseren geschätzten jungen Kollegen auf den neuesten Stand zu bringen?«

»Mach ich, bevor ihr euch hier noch an die Köpfe kriegt«, brummte Frajo Helferich. »Nach der Aussage von dem Fischer können wir von folgendem Szenario ausgehen: Der Täter spannt eine unsichtbare Schnur über den Weg und legt sich bei der Grillhütte auf die Lauer. Der Fischer, der auf seinem Mountainbike mit Karacho angedüst kommt, wird durch die Schnur zu Fall gebracht. Bevor er sich wieder aufrappeln kann, knüppelt der Täter ihm mit einem Ast auf den Hinterkopf. Danach schleift er den Bewusstlosen in den Bach, unter die Brücke. Wo das Opfer um ein Haar elendig krepiert wäre.«

Timo Keil, der seinen Fauxpas wiedergutmachen wollte, war jetzt ganz bei der Sache. »Hatte der Fischer denn keinen Helm auf?«

»Das hab ich ihn auch gefragt«, erwiderte Martina Lohse. »Aber der Fischer ist meist ohne Schutzhelm durch den Odenwald gebrettert. ›No risk, no fun‹, hat er gemeint.«

»Nun, er konnte ja schlecht ahnen, dass da jemand mit 'nem Knüppel hinterm Busch steht«, gab Frajo Helferich zu bedenken.

»Nur schade, dass der Fischer das Gesicht des Täters nicht erkennen konnte«, seufzte Gunter Haase.

Frajo Helferich fuhr sich mit dem Handrücken nochmals über den fast kahlen Kopf. »Was ist das bloß für ein Perverser, der sich da in einer Kutte oder was hat der Fischer noch mal gesagt …?«

»Ein weißer Kapuzenumhang und eine spitz zulaufende Kopfbedeckung mit ausgeschnittenen Löchern für die Augen. Wie beim Ku-Klux-Klan«, half Martina Lohse dem Kollegen auf die Sprünge.

»Also was ist das für ein Perverser«, wiederholte Frajo Helferich, »der da einen auf rassistischen Geheimbund oder Hui Buh das Schlossgespenst macht und unschuldige Leute niedermäht?«

»Das ist seine Art, ein Zeichen zu setzen. Seine ganz persönliche Handschrift«, erwiderte Martina Lohse. »Deshalb bin ich mir fast 100-prozentig sicher, dass es sich bei unserem Mann in Weiß nicht um den Mörder von dem Binz und der Dingeldein handelt.«

»Das sehe ich genauso.« Gunter Haase nickte zustimmend. »Die Frage ist nur, wie wir dieser gesichtslosen Gestalt habhaft werden.«

»Was sagt denn die Spusi?«, wollte Timo Keil wissen.

»Die Ärzte haben aus der Wunde am Hinterkopf zwei Holzsplitter entfernt, an denen die Spusi sich jetzt abarbeiten kann«, informierte ihn Frajo Helferich. »Am Tatort selbst war nix mehr zu finden. Kein Wunder! Die Kinder sind da ja wie eine kleine Elefantenherde durchgeprescht.«

Gunter Haase stöhnte laut auf. »Uns wird nichts anderes übrig bleiben, als uns weiter diese Windkraftgegner, einen nach dem anderen, vorzunehmen. Aus dem Umfeld des Opfers sind das bis jetzt die Einzigen, die ein Motiv hätten.«

Martina Lohse starrte aus dem Fenster und knetete dabei ihre Unterlippe. Mit einem Ruck wandte sie sich wieder den Kollegen zu. »Hat der Fischer nicht gesagt, dass er so einen unangenehmen Geruch, der vom Täter ausging, bemerkt hat?«

»Mensch, das hatte ich ganz vergessen!« Gunter Haase schlug sich mit der flachen Hand gegen die Stirn. »Wie hat er das noch mal beschrieben?«

Martina Lohse scrollte sich am Bildschirm durch die Notizen. »Hier ist es«, triumphierte sie. »›So ein süßlicher, fauliger Geruch, ein bisschen nach Verwesung‹, hat der Fischer gesagt.«

»Ist vielleicht nicht gerade ein Reinheitsfanatiker, der Täter«, brummte Timo Keil und schüttelte sich innerlich.

»Vielleicht hatte er Mundgeruch?«, warf Frajo Helferich ein.

»Nein, das kann es nicht gewesen sein.« Martina Lohse schüttelte den Kopf. »Vor dem Mund hatte der Täter den Stoff von dieser Kopfbedeckung.«

»Woher kam der Geruch?« Gunter Haase wirkte ratlos.

»Wenn es nicht an mangelnder Körperhygiene liegt«, Frajo Helferich nahm die Brille ab und rieb sich die Nasenwurzel, »dann ist vielleicht mit dem Täter selbst was nicht in Ordnung. Gibt es nicht so speziell ausgebildete Hunde, die Krankheiten am Körpergeruch erschnüffeln können?«

»Willst du etwa unsere Suchhundestaffel losschicken? Damit sie im Unterholz nach was Verwesendem schnüffeln?« Gunter Haase war anzusehen, was er von den Spekulationen des Kollegen hielt.

Frajo Helferich schüttelte den Kopf. »Unsere Hunde sind für so was nicht trainiert. Auch Mantrailer helfen da nix. Mann, es muss doch jemanden geben, der sich mit so Gerüchen auskennt!«

Martina Lohse trommelte mit den Fingern auf der Schreibtischplatte. »Gibt es in Heidelberg nicht diesen Zellbiologen, der sich auch mit Geruchsforschung beschäftigt?«

Die Kommissarin glaubte fast, über den Köpfen der drei Kollegen fettgedruckte Fragezeichen schweben zu sehen.

»Egal«, meinte sie und hämmerte auf ihre Tastatur ein. »Ich frag mich an der Uni in Heidelberg einfach mal durch. Es müsste mit dem Teufel zugehen, wenn wir unser müffelndes Schlossgespenst nicht aus dem Dickicht des Odenwalds aufscheuchen könnten.«

21. KAPITEL

Er hatte lange warten müssen, bis der Parkplatz von allen Tagesbesuchern verlassen vor ihm lag.

In den Sommerferien waren viele Menschen im Wald unterwegs. Nicht nur solche wie er, die immer wieder an diesen grünen Ort der Ruhe, des Friedens zurückkehrten. Hundebesitzer führten ihre Tölen im Schatten der Bäume aus. Wanderer stapften über die mit trockenen Fichten- und Kiefernnadeln bedeckten Pfade. Morgens und abends führte der für das Revier zuständige Förster Trüppchen durch Höhen und Senken, um ihnen die verborgenen Schönheiten der Natur näherzubringen.

So ein Schwachsinn, dachte er. Die Natur konnte weder schön noch hässlich sein. Sie war einfach nur sie selbst. Blieb sich treu. Im Gegensatz zu ihm. Er hatte sich durch die Ereignisse der letzten Jahre verbiegen lassen, war verkümmert. Wie ein Baum, in den der Blitz eingeschlagen hatte. Doch während der Baum von den Wurzeln her wieder ausschlagen, wieder grün werden würde, erwartete ihn nach seinem allerletzten Tun nur noch die Dunkelheit.

Eine bleierne, undurchlässige Dunkelheit, wie er sie nach seinem Zusammenbruch hatte erfahren müssen. Er war heilfroh, dass er es noch einmal aus dem Krankenhaus hinausgeschafft hatte. Unter Bündelung all seiner Kräfte hatte er so lange gemurrt und gezetert, gedroht und gekämpft, bis sie ihn seines Weges hatten ziehen lassen. Trotz des zunehmenden Verfalls musste er sich aufbäumen, noch einmal alles geben, um das, was sie begonnen hatten, zu Ende zu bringen.

Nur deshalb ließ er es zu, dass seine Frau ihn von morgens bis abends mit ihrer Fürsorge überschüttete. Sie kochte ihm nährende Süppchen, mixte ihm gesunde Säfte zusammen und achtete mit Argusaugen darauf, dass er seine Medikamente regelmäßig einnahm. Dazu mühte sie sich ab, die ganze Last der Arbeit allein zu stemmen. Sie tat es aus Liebe. Er nahm aus Eigennutz. Um sich auf das große Finale vorzubereiten. Sein eigentliches Lebenswerk zu erfüllen.

Als er sich vergewissert hatte, dass niemand mehr zum Waldparkplatz kommen würde, lenkte er den Wagen aus dem Feldweg und steuerte die dem Wald am nächsten liegende Parkbucht an. Dort stieg er schwerfällig aus. Er wusste, dass er es heute nicht zum Treffpunkt schaffen würde. Für die weite Strecke war er noch zu schwach, zu wackelig auf den Beinen. Aber er trainierte jeden Tag. In drei, vier Wochen hätte er seine alte Form wiedererlangt. Könnte an ihrem Treffpunkt die letzten notwendigen Schritte einleiten.

Die Vorfreude darauf breitete sich wie wohlige Wärme in seinem geschundenen Körper aus. Er hob den Kopf zum grünen Blätterdach, spürte die laue Brise auf seinen Wangen.

Er lächelte. Alles würde gut werden.

Kriminalhauptkommissar Gunter Haase gähnte herzhaft und ließ den Kopf im Nacken kreisen, um die verkrampften Muskeln zu lockern. Da sie ermittlungstechnisch beharrlich auf der Stelle traten, hatte Gunter Haase den Kollegen Frajo Helferich gebeten, ihm alle Zeugenaussagen in Kopie zukommen zu lassen. Wodurch sich ein mehr als 20 Zentimeter hoher Papierstapel auf seinem Schreibtisch angesammelt hatte. Draußen brannte die Sonne von einem wolkenlosen Himmel und die meisten Freibäder der Region hatten wegen Überfüllung geschlossen. Die Sommerferien neigten sich dem Ende zu und alle, die noch Urlaub oder Ferien hatten, wollten eine der letzten Gelegenheiten nutzen, sich ins kühle Nass zu stürzen. Gunter Haase saß im abgedunkelten Büro, nippte an einer lauwarmen Cola light und gab sich alle Mühe, nicht einzuschlafen. Abhilfe würde nur eine Zigarette bringen. Leider hatte er sich die selbst verboten. Gunter Haase seufzte und unternahm einen erneuten Versuch, sich auf das Geschreibsel zu konzentrieren. Die Mehrzahl der Zeugenaussagen war langatmig, meist unpräzise und konnte getrost unter dem Stichwort »mehr Fantasie als Realität« abgehakt werden. Lediglich magere acht Stück waren für das Team vom K 11 wirklich von Interesse. In denen hatten Zeugen zu Protokoll gegeben, auch in der Nähe von Brigitte Dingeldeins Wohnung einen dunklen Geländewagen gesichtet zu haben. Leider herrschte bei den Befragten kein Konsens darüber, um welche Automarke es sich handelte. Drei Anwohner hatten einen klapprigen schwarzen Jeep Wrangler am Waldrand parken sehen. Das von den anderen fünf Zeugen beschriebene Fahrzeug war in besserem Zustand und anscheinend kein amerikanisches Fabrikat gewesen. Wer im Auto gesessen hatte, blieb ein Rätsel. Eingeklemmt in die Ritze zwischen der Rückenlehne und der Sitzfläche eines von Brigitte Dingeldeins Terrassenstühlen war ein Pflaster mit DNA-Spuren sichergestellt worden, die jedoch mit keinem Eintrag in der Datenbank korrespondierten. Frustriert schmiss Gunter Haase seinen Kugelschreiber auf den Schreibtisch. Warum verliefen bei diesem Fall alle Spuren im Sand? Warum kamen sie nicht weiter? Der Mörder spielte mit ihnen Katz und Maus. Hielt sie zum Narren. Gunter Haase mochte sich gar nicht ausmalen, was Kriminalrat Dr. Kuno Wölfelschneider sagen würde, wenn er am kommenden Montag nach zweiwöchigem Italienurlaub ins Büro zurückkehrte. »Himmelarschundzwirn!«, brummte der Kriminalhauptkommissar.

Die Tür zu seinem Büro öffnete sich und Andrea Lange, eine Kollegin aus der Abteilung Eigentumsdelikte, trat an seine Seite.

»Na, bist du bei diesem Wetter auch zum Stubenhockerdasein verdammt?«, wollte sie mitfühlend wissen.

»Ich werde das Gefühl nicht los, ständig gegen eine Gummiwand zu rennen«, beklagte sich Gunter Haase. »Immer wenn wir glauben, dass wir einen Schritt weitergekommen sind, prallen wir zurück und müssen fast wieder von vorn anfangen.«

Andrea Lange, die mit knapp 1,60 Meter Körpergröße und barocken Rundungen ihren angeheirateten Namen Lügen strafte, legte Gunter Haase die Hand auf die Schulter. »Euer Mörder ist auch nur ein Mensch«, meinte sie.

Gunter Haase schnaubte.

»Ein Mensch, der nicht unfehlbar ist. Glaub mir, er wird bald unvorsichtig werden, sich durch irgendetwas verraten. Und dann habt ihr ihn!«

»Ich hätt ihn aber lieber schon jetzt. Bevor er wieder aktiv wird.« Gunter Haase stöhnte laut auf.

»Kann ich nachvollziehen!« Andrea Langes mütterliches Gesicht drückte Anteilnahme aus. »Leider haben wir bei uns gerade etwas reinbekommen, was deine Stimmung nicht gerade verbessern wird«, warnte sie ihn. »Ich hab mir gedacht, ich zeige es zuerst dir, bevor es den offiziellen Weg geht.«

Gunter Haase warf einen Blick auf das Schreiben und spürte, wie die Ader an seiner rechten Schläfe zu pochen begann.

»Danke«, sagte er, schnappte sich seine Jacke und war aus dem Büro verschwunden.

»Jedz loss misch doch midd dem dabbische Ball in Ruuh!« Obwohl die Nachmittagssonne den Atzeldoalhof in goldenes Licht tauchte, hatten sich auf Gerties Gesicht Gewitterwolken breitgemacht.

Theo knetete den blauen Noppenball mit seinen eigenen Händen. »Der Arzt hat gesagt, dass du täglich mehrmals üben musst. Um die Finger wieder beweglich zu machen.«

»Dabbische Doktor die!« Gertie gab ein verächtliches Schnauben von sich. Seit ihrem Sturz aus dem Apfelbaum waren ihr lädierter Knöchel und das Handgelenk von so vielen Ärzten befingert und begutachtet worden, dass sie eine Weißkittelallergie entwickelt hatte. Selbst bei der Ankunft des Tierarztes humpelte Gertie so schnell davon, wie es mit einer Krücke und einem bandagierten Handgelenk möglich war. Eine Gehhilfe in Form eines Rollators hatte Gertie mit den Worten »Isch bin doch koa oalde Fra ausm Oaldersheim« abgelehnt.

»Hier, nimm noch mal!« Theo hatte in den vergangenen Wochen eine Engelsgeduld an den Tag gelegt. Ohne auf Gerties Proteste zu achten, legte er ihr den Noppenball auf die Handfläche. »Und jetzt schön fest zudrücken und mindestens eine halbe Minute halten!«

Ein Auto preschte mit solcher Geschwindigkeit die Hofeinfahrt hoch, dass es staubte.

»Was für ein Idiot …?«, brummte Theo, dann hellte sich sein Gesicht auf.

»Der Gunner!«, stellte Gertie erfreut und erstaunt zugleich fest.

Gunter Haase brachte seinen BMW vor der gusseisernen Bank neben der Haustür, auf der Gertie und Theo saßen, zum Stehen und sprang aus dem Auto.

»Wo ist Emelie?«, presste er zwischen schmalen Lippen hervor.

»Midd Charlie in de Kisch.« Gertie musterte ihren ältesten Sohn besorgt. Er schien vor Wut zu beben. So aufgebracht hatte sie ihn bis jetzt nur einmal erlebt. Und das war an dem Abend, an dem er erfahren hatte, dass Suzanne, ohne ihn in ihre Pläne einzuweihen, einen Job in Florida angenommen hatte.

»Woas issn loas midd der?« Gertie berührte mit der unverletzten Hand kurz den Arm ihres Sohnes.

»Mit mir nichts«, antwortete Gunter. »Aber deine Enkelin hat kapitalen Mist gebaut.«

»Wie konntest du nur?« Gunter Haase war so aufgebracht, dass seine Stimme zitterte.

Emelie senkte den Kopf, sodass ihre Rastalocken wie ein karottenfarbener, mit bunten Perlen besetzter Vorhang vor ihr Gesicht fielen.

»Das möchte ich auch gern wissen«, pflichtete Reiner Haase seinem Bruder bei.

»Vielleicht setzt ihr beide euch erst einmal hin«, warf Charlie ein. »Dieses ganze Rumgerenne und Rumgezeter schüchtert meine Mandantin ein.«

Nachdem Gunter in die Küche gestürmt war und Emelie hart am Arm gepackt hatte, um sie ins Wohnzimmer zu schleifen, hatte sich ein verbales Sturmtief über dem Atzeldoalhof zusammengebraut. Reiner, der die Pensionspferde mit frischem Wasser versorgt hatte, war von der besorgten Gertie herbeigerufen worden. Jetzt waren alle im Wohnzimmer versammelt, wo Emelie mit den Tränen kämpfte. Vorher hatte sie noch mit einem letzten Anflug von Rebellion gefordert, dass Charlie sie als ihr »Rechtsbeistand« vertrat. Trotz des Ernstes der Lage hatte sich Charlie ein Grinsen nicht verkneifen können und war Emelies Wunsch nachgekommen. »Hinsetzen! Beide! Sofort!«, so formulierte Charlie ihre Forderung noch mal mit Nachdruck.

Gunter Haase ließ sich seufzend auf einen der Ledersessel

fallen. Reiner lehnte sich mit dem Rücken an die Kommode, auf der der Fernseher stand. Charlie nickte zufrieden. »Gut. Dann können wir in Ruhe über alles reden.«

Gunter warf Charlie einen Blick zu, der alles andere als freundlich war. Aus Gerties Gesicht war alle Farbe gewichen, sodass die Haut fast durchsichtig erschien. Theo hätte gern Gerties heile Hand in die seine genommen, traute sich jedoch nicht.

»Bevor ihr weiter über Emelie …«, Charlie hielt kurz inne, »ich meine über meine Mandantin herfallt, wäre es an der Zeit, mal ihre Version der Geschichte zu hören.«

Gunter Haase wollte »Red keinen Stuss, Bobbelsche!« einwerfen, biss sich dann jedoch auf die Lippen. Charlie hatte recht. Angesichts dessen, was er von Andrea Lange erfahren hatte, hatte er völlig emotional reagiert. Womöglich sogar überreagiert. Seine Professionalität eingebüßt. Wenn er Emelie aus der Patsche helfen wollte, musste er seine Gefühle im Zaum halten. Einen kühlen Kopf bewahren. Gunter Haase räusperte sich. »Warum hast du da mitgemacht?«

Emelie hob den Kopf. »Aber ich hab da nicht mitgemacht«, widersprach sie ihrem Onkel.

»Aber der Landwirt vom Rülerhof hat zur Aussage gegeben, dass ein Junge und ein Mädchen in seinen Stall eingedrungen sind.« Gunter Haase versuchte, seiner Stimme einen festen, aber freundlichen Klang zu verleihen. »Und dieser Junge, dieser Andreas Veit, hat bestätigt, dass du mit dabei warst.«

Emelie schwieg.

»Außerdem sind da die Fingerabdrücke auf dem Bolzenschneider, den der Landwirt sichergestellt hat. Die stammen von mindestens drei verschiedenen Personen. Also von dir, von dem geständigen Andreas Veit und wem noch?«, bohrte Gunter Haase weiter.

»War ja klar, dass diese Memme irgendwann die Nerven verlieren würde.« Emelie verzog das blasse Gesicht zu einer verächtlichen Grimasse.

»Aber du, du fühlst dich jetzt stark, oder wie?«, explodierte Reiner. »Kommst dir wie eine Heldin vor, weil du ein paar Kühe befreit hast. Die um ein Haar zu Schaden gekommen wären, weil ihr durch euer mehr als dämliches Tun eine kleine Stampede im Stall ausgelöst habt.«

»Reiner!« Charlie warf ihrem Schulfreund einen warnenden Blick zu. Der unterdrückte den Impuls, seine Tochter an der Schulter zu packen und kräftig durchzuschütteln. Stattdessen verschränkte er die Arme vor der Brust.

Emelie schaute Charlie Hilfe suchend an. »Ich war im Stall nicht mit dabei.«

»Aber du warst an der Aktion an sich beteiligt?«, hakte Charlie nach.

»Ja.« Emelies Stimme war nicht mehr als ein Flüstern.

»Also doch!« Gunter Haase nickte grimmig.

Emelie fuhr sich mit der Hand über die Augen und zog die Nase hoch. Dann straffte sie die Schultern. Ihr Kampfgeist war erneut erwacht. »Ja, ich wusste von der Aktion und ich war daran beteiligt. Aber nur bei den Vorbereitungen«, stieß sie hervor.

»Du warst also zu keinem Zeitpunkt im Stall oder in der Nähe des Stalls vom Rülerhof?« Charlie wollte es ganz genau wissen.

»Nein.« Emelies Antwort kam ohne Zittern oder Zaudern. »Ich hab geholfen, das Plakat zu malen und die Girlanden für die Kühe zu basteln. Das war's auch schon.«

»Und wer war dann dieses Mädchen, dessen Beschreibung auch auf dich passen könnte?«, wollte Gunter Haase wissen.

»Das war meine Freundin Krissie. Kristina Jäger.«

Reiner Haase löste die vor der Brust verschränkten Arme.

»Da ist was dran. Von Weitem und wenn die roten Rastalocken nicht wären, sehen Krissie und Emelie sich ziemlich ähnlich. Sie könnten sogar fast Schwestern sein.«

Emelie warf ihrem Vater einen dankbaren Blick zu. »Krissie hat bestimmt ihre dunkle Mütze aufgehabt. Bei ihren Aktionen tragen sie immer dunkle Kleidung.«

Gunter Haase stieß hörbar die Luft aus. »Dunkle Kleidung und Kopfbedeckung«, hatte er auch in der Aussage des Landwirts gelesen.

In Emelies Augen blitzte es plötzlich triumphierend auf. »Ich hab für den Abend ein Alibi!«, rief sie aus.

»Nämlich?« Gunter Haase wusste noch immer nicht, ob er seiner Nichte vertrauen sollte oder nicht.

»Ich hab mit Theo die Kisten auf dem Dachboden durchsortiert und für die Müllkippe fertig gemacht. Nicht wahr, Theo?«

Theo blickte nicht gerade glücklich aus der Wäsche. »Stimmt, das wird wohl so gewesen sein.«

»Wird so oder ist so gewesen?« Gunters Misstrauen flammte erneut auf.

»Welche Kisten?«, wollte Reiner wissen.

Theo blickte betreten zu Boden. »Na die Kisten, wo ich die ganzen Fotos, die Zeitungsausschnitte und sonst den Kleinkram aus dem Restaurant, den ich nicht wegschmeißen wollte, aufbewahre. Den ganzen Kram halt, von dem Suzanne schon vor Jahren gesagt hat, dass ich mich davon trennen soll.«

Ach Theo, dachte Charlie und spürte, wie sich ihr Herz aus Mitgefühl zusammenzog. Mit dem Abschied aus Weinheim und seinem Einzug auf dem Atzeldoalhof hatte er so viel zurücklassen müssen. Charlie räusperte sich und schaute Theo aufmunternd an. »Du kannst das Alibi meiner Mandantin also bestätigen?«

»Sicher doch.« Theos Verlegenheit hatte sich wieder gelegt. »Emelie hat alles tapfer die steile Treppe runter ins Auto geschleppt. Das geht mit meinem verdammten Rücken ja nicht mehr.«

»Daiwel naa, was für eine vermurkste Angelegenheit«, brummte Gunter Haase und fuhr sich mit der Hand durch das Haar. Dann wandte er sich erneut seiner Nichte zu. »Du hast eben von Aktionen gesprochen. Und den anderen, die daran beteiligt sind. Wer sind die? Seid ihr eine große Gruppe?«

»Nein.« Emelie schüttelte den Kopf. »Es hat alles mit dieser AG an der Schule angefangen. Dort wollten wir eine Projektarbeit zum Thema Tierschutz erstellen. Dabei haben wir gemerkt, wie krass mit den Nutztieren hier in Deutschland umgegangen wird.« Emelie warf ihrem Vater einen vielsagenden Blick zu. »Deshalb bin ich dann ja auch Veganerin geworden. Wie die Krissie und der Andi auch.«

»Okay.« Gunter Haase nickte.

»Zum Schuljahresende waren wir mit dem Projekt fertig«, fuhr Emelie fort. »Aber die Krissie und der Andi und ich, wir haben gedacht, dass kann ja jetzt nicht alles sein. Wir müssen doch handeln, um etwas zu verändern. Aber wir wussten nicht so recht, wie.«

»Und da seid ihr auf die grandiose Idee gekommen, in wildfremde Ställe einzubrechen und Sachbeschädigungen zu betreiben?«, warf Reiner zynisch ein.

»Am Anfang nicht«, musste Emelie eingestehen. »Aber dann hat uns der Andi mit Che zusammengebracht. Die beiden kennen sich aus Grasellenbach, von der Kerwe.«

»Wer ist Che?«, fragte Charlie leise.

Emelie strich sich eine Haarsträhne aus den Augen. »Ich glaub, der heißt mit richtigem Namen Markus. Markus Heiser- oder Heisterirgendetwas. Der Vater hat diese kleine Autowerkstatt am Ortseingang.«

»Heischdermann. Die Werkstadd dudd Audo Heischdermann heiße«, mischte sich Gertie in das Gespräch ein.

»Und dieser Markus Heistermann beziehungsweise Che?« Gunter Haase schaute seine Nichte erwartungsvoll an.

»Der Che, der ist ganz ein radikaler.« In Emelies Stimme schwang Abneigung mit. »Nur haben wir das am Anfang nicht gecheckt. Der hat uns Videos von PeTA gezeigt und von so Tierbefreiungsaktionen geredet. Das fanden wir erst total cool. Aber dann sollten wir so was auch machen. Uns ganz der Sache widmen, wie der Che gefordert hat.«

Reiner verdrehte die Augen zur Zimmerdecke.

»Und? Habt ihr es gemacht?«, wollte Gunter Haase wissen.

Emelie war anzusehen, dass sie mit sich rang. »Die Krissie und der Andi schon«, sagte sie schließlich. »Aber ich hab mich da rausgehalten. Bis auf das eine Mal, bei der Aktion mit dem Anbindestall, wo der Che die Krissie so unter Druck gesetzt hat. Da hab ich mich halt breitschlagen lassen, dass ich Krissie bei den Vorbereitungen helfe. Damit der Che sie endlich in Ruhe lässt.«

»Du hättest uns das sagen müssen!« Reiner war sichtlich geschockt.

Emelie schluckte. »Ich hatte halt Schiss! Weil das alles ja nicht richtig, wahrscheinlich sogar strafbar ist.« Dabei warf sie Charlie einen flehentlichen Blick zu.

Die nickte. »Leider ja.« Jetzt wusste sie endlich, was das seltsame Gespräch, das sie und Emelie in jener Nacht kurz nach ihrem Einzug auf dem Atzeldoalhof geführt hatten, zu bedeuten hatte.

»Ich hab der Krissie immer wieder gesagt, dass sie mit dem Scheiß aufhören soll!«, brach es aus Emelie heraus. »Aber der Che, der hat anscheinend was gegen sie in der Hand. Und da hat sie halt immer weitergemacht. Aus Angst, dass er sie auffliegen lässt.«

»Was nun auch ohne die Hilfe deines Kumpels Che passiert ist«, stellte Gunter Haase trocken fest. Himmel, wie verblendet konnte die Jugend sein! Gut, dass er diese turbulente Phase schon seit fast drei Jahrzehnten hinter sich gelassen hatte. Dann rief er sich den Abend des Lärmfeuers auf der Gaderner Höhe ins Gedächtnis zurück. »Ich nehme mal an, dass dieser Che und seine beiden Helfershelfer auch für die Sauerei am Lärmfeuer verantwortlich sind?«

Emelie nickte stumm.

»Und diese widerliche Aktion mit dem Kaninchen in Aschbach geht vermutlich auch auf ihr Konto?«

»Krissie hat nur noch geheult. Und tagelang nichts mehr essen können«, murmelte Emelie.

Gertie schaute beunruhigt auf. »Woas war doa midd dem Kaniggl?«

»Willst du gar nicht wissen, Modder«, brummte Gunter Haase und rieb sich mit den Fingerspitzen beider Hände die hohe Stirn, um besser nachdenken zu können. Das Treiben der Tierschützer nahm plötzlich einen ganz anderen Stellenwert ein, als er auf der Fahrt zum Atzeldoalhof gedacht hatte. Über Emelies Verwicklung in die Angelegenheit war er zwar nicht besonders glücklich, hoffte jedoch, dass er das glattziehen könnte. Schließlich war seine Nichte nur eine Mitläuferin am Rande. Keine Täterin. Was man, wenn Emelies Eindruck stimmte, von diesem Heistermann alias Che nicht behaupten konnte. Der hatte definitiv Täterpotenzial.

»Weißt du, was für ein Auto dieser Che fährt?«, fragte Gunter Haase seine Nichte.

»Einen alten Jeep«, kam es von Emelie wie aus der Pistole geschossen.

Gunter Haase spürte, wie sein Pulsschlag sich erhöhte. »Welche Farbe?«

»Schwarz.«

Bingo, dachte Gunter Haase. In den Zeugenberichten war von einem schwarzen klapprigen Jeep Wrangler die Rede gewesen. Der mehrfach in Aschbach, also im Wohnort von Brigitte Dingeldein gesichtet worden war. Hatte Markus Heistermann die Dingeldein durch die Aktion mit dem Kaninchen zuerst erschrecken wollen und war dann noch einmal zurückgekehrt, um sie wegen des Tragens von Pelzbekleidung zu »richten«? Hatte Heistermann ihr das vergiftete Pesto mitgebracht? Sie vielleicht sogar zum Essen genötigt? Aber woher sollte dieser Che den Schorschel Binz kennen? Fragen über Fragen. Gunter Haase rutschte ungeduldig auf dem Sessel hin und her.

»Weißt du, wo dieser Che wohnt?«, wollte er von seiner Nichte wissen.

Emelie runzelte nachdenklich die Stirn. »Ich glaub, der hat so eine Butze auf irgendeinem Hof bei Güttersbach angemietet. Krissie hat mir erzählt, dass er sich seine Möbel aus alten Paletten zusammengezimmert und dass er noch nicht einmal einen Kühlschrank hat.«

Gunter Haase sprang auf und griff nach seinem Handy, um den Kollegen Frajo Helferich zu bitten, im Einwohnermelderegister nachzuschauen. »Ich muss los«, sagte er und hauchte seiner Mutter einen Kuss auf die Wange. Mit der Ankündigung: »Und wir sprechen uns noch, mein Fräulein!«, verabschiedete er sich von seiner Nichte.

»Klar«, murmelte Emelie.

»Wir haben auch noch ein Wörtchen miteinander zu reden«, fügte Reiner hinzu.

Emelie schaute Charlie unsicher an. »Glaubst du, dass ich in so einen Jugendknast muss?«

»Von mir aus können sie dich bis Weihnachten einbuchten«, brummte Reiner.

Charlie legte Emelie beruhigend die Hand auf die Schulter. »Bei Brot und Wasser auf einer harten Pritsche sitzen, sehe ich dich eher nicht. Aber du musst vielleicht mit einer Verwarnung rechnen.«

»Aber das Mädel hat nichts gemacht!«, ereiferte sich Theo, dessen Wangen vor Aufregung rot angelaufen waren.

»Mitglied in einer kriminellen Vereinigung ist meine Tochter.« Reiner konnte sich gar nicht beruhigen.

Ein mordmäßiges Scheppern, das aus der Küche zu ihnen herüberdrang, ließ alle zusammenzucken.

»Was zum Teufel war das?« Reiner runzelte die Stirn.

Charlie hatte einen Verdacht und spurtete los. Als die anderen ebenfalls in die Küche kamen, stand Charlie mit einem Honigkuchenpferdgrinsen neben dem Küchentisch. Der war bar des Tischtuches und des Kaffeegeschirrs, das Charlie und Emelie kurz vor Gunters überraschender Ankunft auf der hölzernen Tischplatte ausgebreitet hatten. Mit dem Geschirr war auch der gedeckte Apfelkuchen, den Charlie nach einem von Gerties Rezepten gebacken hatte, auf dem Fußboden gelandet. Von unter dem Tisch waren Schmatzlaute zu vernehmen.

Emelie ging in die Knie und lugte unter den Tisch. »Willy!«, rief sie aus. »Was machst du denn da?«

»Er frisst!« Charlie strahlte.

»Ja, den Apfelkuchen, auf den ich mich schon seit heut Mittag freue«, knurrte Reiner.

Theo stützte sich mit der linken Hand auf dem Tisch ab und beugte sich mit steifem Rücken ebenfalls ein Stück hinunter. »Der Kuchen ist ein Totalausfall«, stellte er trocken fest.

»Soll ich mir jetzt etwa die Hundekekse von dem diebischen Vieh in den Mund stecken?« Nach außen gab sich Reiner erzürnt. Im tiefsten Inneren machte er aus Erleichterung jedoch drei Kreuze. Nachdem der Dackel als Folge seiner schweren Vergiftung fast einen Monat in der Tierklinik Heidelberg verbracht hatte und sich danach trotzdem kaum auf allen vier krummen Beinen hatte halten können, war Reiner vom Schlimmsten ausgegangen. Stundenlang hatte er gegrübelt, wie er Charlie beibringen könnte, dass es das Beste wäre, das leidende Tier zu erlösen. Wie es aussah, war Willy jedoch noch nicht bereit, in den Dackelhimmel zu trotten. Er hatte seinen Dackelappetit wiedergefunden.

Reiner drehte sich zu Charlie um. »Du solltest deinem Hund bei Gelegenheit bessere Tischmanieren beibringen.«

»Pfui Willy!«, schalt Charlie den Hund, wobei ihre Stimme wenig überzeugend klang. Charlie war zu erleichtert, dass Willy sich wieder wie ein ganz normaler Dackel verhielt. Sich frech und verfressen zeigte.

Emelie war die Einzige, die die Sachlage nüchtern einschätzte. Sie schnappte sich ein Küchenhandtuch, beugte sich hinunter und bugsierte den Teil des Kuchens, der noch nicht mit den Dackelzähnen in Kontakt gekommen war, vom Hund weg. »Wenn der den ganzen Kuchen auf einmal vertilgt, hat er es gleich wieder am Magen.«

Willy zog die Lefzen hoch und knurrte.

»Er ist wieder ganz der Alte.« Charlie hatte vor Freude Tränen in den Augen.

22. KAPITEL

Heute war er zum ersten Mal in der Nacht im Wald.

Nachdem er sich bis kurz nach halb drei schlaflos im Bett gewälzt hatte, war er aufgestanden. Hatte sich von ihr, von seinem Zuhause weggeschlichen, um an dem einzigen Ort zu sein, wo er noch einen Hauch von Frieden fand.

Seltsam war es gewesen, die dunklen Straßen hinauf zur Anhöhe zu fahren. Schlafende Dörfer, schlummernde Weiler hatte er passiert, in denen nicht einmal die Hofhunde anschlugen, als er an ihnen vorbeifuhr. Alles war starr, still, das Leben, das Alltagstreiben wie ausgelöscht. Die Grenzen zwischen Vergangenheit und Zukunft fließend. Was bedeutete schon Gegenwart? Für ihn hatte das Hier und Jetzt keine Bedeutung mehr. Es gab nur noch ein Davor und ein Danach.

Die Nacht war nasskalt, sodass er den Kragen seiner Jacke hochschlug und die Mütze tief ins Gesicht zog. Als er das Fichtenwäldchen erreichte, warnte ihn der schaurige Ruf eines Waldkauzes: »Huh-Huhuhu-Huuuh«. Ein zweiter, wahrscheinlich das Weibchen, antwortete mit »Kuwitt, Kuwitt«. »Komm mit! Komm mit!«, dachte er. Der Ruf des Todesvogels, wie seine Großmutter stets behauptet hatte. Wenn das Käuzchen bei Morgengrauen rief, würde bald darauf ein Mensch sterben. Ein Mensch, den er schon lange im Visier hatte.

Damit dieses Mal nichts schiefging, hatte er Vorkehrungen getroffen. Nachdem er langsam, aber sicher wieder auf die Beine gekommen war, hatte er den Ort, wo es zum dritten und letzten Mal geschehen sollte, aufgesucht. Sich mehrmals mit dem Gelände, Ambiente, Geruch und Gefühl vertraut gemacht. Alles war bis ins kleinste Detail geplant. Selbst seinen Fluchtweg für danach hatte er ausgekundschaftet, hatte sich alle möglichen Varianten im Kopf und auf der Karte zurechtgelegt. Er musste für alle Eventualitäten gewappnet sein. Durfte nicht scheitern.

Trotzdem konnte er das Sich-Sorgen, das Hadern in seinem Kopf nicht abschalten. Deshalb hatte er gegen seine eigenen Regeln verstoßen und war früher als vereinbart zu ihrem Treffpunkt zurückgekehrt. Doch er wusste, dass er dennoch erwartet würde. Mit offenen Armen empfangen würde. Ihre Beziehung brauchte keine starren Regeln mehr. Inzwischen agierten sie jenseits von Zeit und Raum. Um schon bald für immer vereint zu sein. Er konnte es kaum erwarten.

Emelies Wangen waren inzwischen fast so rot wie ihre Rastalocken. Seit halb zehn in der Früh stand sie am Holzbackofen und schob mit Crème fraîche bestrichene, mit Apfelspalten belegte und mit Zimt und braunem Zucker überstreute Teigfladen in die vier Backfächer. Alle halbe Stunde fütterte sie die Feuerkammer mit Buchenscheiten und kontrollierte die Temperatur. Die süßen Apfelflammkuchen waren auf dem im Rahmen des Odenwälder Apfelherbstes veranstalteten Keltereifest der Kelterei König ein kulinarischer Hit. Um Viertel vor drei reichte die Schlange der am Flammkuchenstand Wartenden bis fast zum Kelterraum. Dort schenkte der Juniorchef, Hendrik König, frisch prickelnde Proben von Apfelsaft und Apfelwein aus. Der Seniorchef und die Seniorchefin nahmen derweil die frisch auf den Streuobstwiesen gepflückten Äpfel an. »Vom Baum zum Bembel« war das Motto des Apfelherbstfestes, das die Kelterei König am zweiten Septemberwochenende ausrichtete. In den kommenden sechs Wochen würde sich im gesamten Odenwald alles um den Apfel und seine Folgeprodukte drehen. Mehr als 30 apfelverarbeitende Betriebe standen auf der Veranstaltungsliste und boten Kostproben ihrer Köstlichkeiten aus der Brennerei, Kelterei oder Gastronomie an. Ein Fest für den Gaumen und die Sinne.

Emelie wischte sich mit dem Handrücken über die schweißnasse Stirn. Sie fragte sich, wo ihre Ablösung blieb. Als Hendrik König sie nach den Sommerferien angerufen und gefragt hatte, ob sie sich ein wenig Taschengeld dazuverdienen wollte, hatte sie ohne zu zögern zugestimmt. Doch jetzt war sie klatschnass geschwitzt und die Füße taten ihr weh. Und die Schlange der Hungrigen wollte einfach nicht kürzer werden. Emelie seufzte, zog einen fertig gebackenen Flammkuchen aus dem Backofen und teilte ihn mit dem Messer in mundgerechte Portionen. Sie zuckte zusammen, als sie eine Hand auf ihrer Schulter spürte.

Tim, der bis eben Apfelbratwürste auf dem Grill zubereitet hatte, grinste sie an. »Lust auf eine Pause?«

»Ich bin schon seit einer guten halben Stunde überfällig«, grummelte Emelie, während sie die fertigen Portionen auf Pappteller verteilte.

»Ich kümmere mich darum«, versprach Tim und war in der Menge verschwunden.

Emelie schob die Teller auf dem Holztresen den geduldig Wartenden entgegen.

»Ich hätte gern ein besonders großes Stück«, hörte Emelie eine Stimme sagen, die ihr bekannt vorkam. Sie blickte auf und erkannte das grinsende Gesicht ihres Vaters. Emelie grinste zurück. Dann streckte sie ihm kurz die Zunge raus und gab den Teller, der eigentlich Reiner Haase zugestanden hätte, an die hinter ihm wartende Frau weiter. Das war ihre Rache für den morgendlichen und abendlichen Melkdienst, den Reiner seiner Tochter als Buße für ihre Beteiligung bei der Kuhbefreiungsaktion aufgebrummt hatte. Mit Befriedigung konnte Emelie feststellen, wie ihrem Vater die Kinnlade hinunterklappte. Dann drohte er ihr scherzhaft mit dem Zeigefinger. »Warte bloß ab, bis wir zu Hause sind!«

»Pause!« Tim tauchte mit der Ablösung für Emelie im Schlepptau am Flammkuchenstand auf. Emelie löste die rot-weiß gestreifte Schürze, die sie um ihre schmale Taille geschlungen hatte, und folgte Tim und ihrem Vater.

Tim hatte es fertiggebracht, eine der hölzernen Bierzeltgarnituren im Schatten zu reservieren. Dort saßen bereits Theo und Gertie und nippten an Apfelwein-Cocktails.

»Schön süffig«, meinte Theo und hielt sein Glas einladend in die Höhe. »Solltet ihr auch mal probieren.«

»Ist nichts für Autofahrer«, bedauerte Reiner und goss sich und Emelie aus dem auf dem Tisch bereitstehenden Krug vom Apfelsaft ein. Emelie leerte ihr Glas in einem Zug.

»Hier habt ihr euch versteckt! Ich hab euch schon überall gesucht.« Charlie ließ sich keuchend auf die Holzbank fallen.

»Noa, unn iss dein Kunde doann rischdisch zufriede?«, wollte Gertie wissen.

»Mein Mandant«, erwiderte Charlie, »wollte Unterstützung beim Aufsetzen eines Pachtvertrags. Beim letzten hat er nichts weiter als eine mündliche Vereinbarung gehabt. Und das ist gründlich in die Hose gegangen.«

»Hier! Du siehst durstig aus«, sagte Reiner und reichte Charlie ein Glas Apfelsaft.

»Einen Bärenhunger hab ich auch«, erwiderte Charlie. Der Termin hatte viel länger gedauert, als sie eingeplant hatte. Aber sie wollte sich nicht beklagen. Seitdem sie für die Landwirte in der Region Beratungen in Agrarrecht anbot, hatte sich ihre berufliche Flaute gelegt. Jetzt musste sie nur noch geeignete Räume für ihre Kanzlei finden. Es ging definitiv aufwärts.

Charlie fühlte sich zuversichtlich und energiegeladen wie schon lange nicht mehr.

»Hast du den Brief eingesteckt?«, wandte sich Reiner an seine Mutter. Gertie kramte in ihrer Handtasche und zog einen weißen Briefumschlag hervor.

»Der isch heud fer disch gekumme.«

Charlie runzelte die Stirn und löste mit dem Daumennagel die Klebenaht. »Die Prüfergebnisse aus dem Labor«, sagte sie zu Reiner.

»Und?«

»Wie ich vermutet habe. Das volle Programm: Blei, Kupfer, Eisen, Kadmium. Dazu noch Spuren von Quecksilber und Palladium.«

Reiner stellte den Becher, aus dem er hatte trinken wollen, auf den Tisch zurück. »Wie kann das sein?«

Charlie zuckte mit den Schultern. »Ich weiß es nicht. Fakt ist nur, dass die Quelle, aus der Willy getrunken hat, und der Boden darum hochgradig verseucht sind. Das ist eine Riesensauerei.« Charlie unterdrückte den Impuls, vor Ärger mit der Hand auf den Tisch zu hauen. Nachdem auch die Tierklinik in Heidelberg die lebensbedrohlichen Krankheitserscheinungen des Rauhaardackels als Folge einer Vergiftung diagnostiziert hatte, war Charlie nochmals zu der Quelle in der Senke zurückgekehrt und hatte heimlich Wasser- und Bodenproben genommen. Um sie im Anschluss von einem Labor analysieren zu lassen.

»Wer macht denn so was?« Reiner schüttelte missbilligend den Kopf.

Charlie faltete den Brief zusammen und steckte ihn zurück in den Umschlag. »Wenn ich es nur wüsste«, murmelte sie und seufzte. »Ich weiß nur, dass das Land, auf dem die Quelle liegt, zum Obsthof der Schüsslers gehört.«

»Du musst es ihnen sagen«, drängte sie Reiner. »Überleg

mal, was da alles passieren kann. Ich hoffe, dass Willy bis jetzt das einzige Opfer ist.«

Charlie strich sich eine rotblonde Strähne hinter das Ohr. »Ich weiß nicht so recht«, sagte sie. »Ich war schließlich ohne Einwilligung auf ihrem Land und hab die Proben genommen. Das könnte Ärger geben.«

»Vorsicht! Heiß und fettig! Aber megalecker!« Tim drängte sich neben Charlie und stellte eine Platte mit frisch gegrillten Apfelbratwürsten auf den Tisch. Für Emelie hatte er eine Portion Kochkäse mit Brot organisiert.

»Du bist ein Schatz!« Charlie strahlte Tim an und griff erfreut zu. Als sie das letzte Stückchen Wurst genüsslich in den Mund steckte, blickte sie sich um. Und stutzte.

»Siehst du da hinten, wo die Äpfel angeliefert werden?«, raunte sie Reiner zu.

Reiner ließ seinen Blick über den Teil der Kelterei gleiten, wo die frisch angelieferten Äpfel auf einem Transportband in die Waschanlage transportiert wurden. »Was soll da sein?«

Charlie kniff die Augen zusammen, um besser sehen zu können. »Ist das nicht die Schüssler, die da gerade ihre Äpfel mit dem Traktor anliefert?«

»Die von dem Obsthof? Mit der Quelle?«, wunderte sich Reiner.

»Ganz genau die«, erwiderte Charlie und stand entschlossen auf.

Charlie bahnte sich einen Weg durch die Menge der Besucher, die sich um die Verkostungs- und Verkaufsstände drängten. Unter einem froschgrünen Sonnenschirm saß ein Pomologe, der Fachfragen zu allem, was mit Äpfeln und Apfelanbau zusammenhing, beantwortete. Als Charlie die Apfelannahmestelle erreichte, setzte sie eine betont freundliche Miene auf. Ein älterer Herr mit Schiebermütze und Pfeife im Mundwinkel, der darauf wartete, seinen randvoll mit rotbackigen Äpfeln gefüllten Pkw-Anhänger zu leeren, reichte Charlie einen Apfel. Charlie bedankte sich mit einem Kopfnicken und biss in den Apfel. Der schmeckte anders als die Äpfel, die Charlie aus dem Supermarkt gewöhnt war: Das Aroma war ein bisschen herb mit feiner Süße im Abgang und die rote Schale hatte viel »Biss«. Das Fruchtfleisch war so saftig, dass Charlie beim Abbeißen beinahe ihre cremefarbene Leinenbluse bekleckert hätte. Mit dem Apfel in der Hand näherte sie sich Monika Schüssler. Die hatte sich mit dem Rücken an den Vorderreifen ihres kornblumenblauen Traktors gelehnt und beobachtete das Abladen derer, die vor ihr an der Reihe waren.

Charlie tat überrascht. »Ach, so ein Zufall! Guten Tag, Frau Schüssler!«

Monika Schüssler blickte auf und runzelte nachdenklich die Stirn. Offensichtlich hatte sie Mühe sich zu erinnern, wo sie Charlie schon einmal begegnet war. Die beeilte sich, der Inhaberin des Obsthofes eine Antwort auf ihre unausgesprochene Frage zu geben.

»Ich war vor ein paar Wochen bei Ihnen auf dem Hof. Um Apfelsaft zu kaufen. Aber Ihr Hoflädchen ist ja leider zu.«

»Ja«, brummte Monika Schüssler einsilbig.

Charlie ließ sich nicht beirren. »Haben Sie Ihren Hund auch mit dabei? Der hat bei meinem Dackel einen bleibenden Eindruck hinterlassen.«

»Er mag keine Fremden.«

Diesen Charakterzug teilte Monika Schüssler offensichtlich mit ihrem Hund. Charlie gab jedoch nicht auf. »Wie geht es denn Ihrem Mann? Der Ärmste sah beim letzten Mal ja gar nicht gut aus.«

Monika Schüssler seufzte. Eine Mischung aus Schmerz, Trauer und Wut spiegelte sich in ihren graugrünen Augen.

»Besser. Aber er macht zu viel. Jetzt ist er bei der Ernte. Obwohl die Ärzte sagen, dass er sich schonen muss.«

Charlie beäugte den riesigen Anhänger mit Tandemachse, den Monika Schüssler hinter ihren Traktor gehängt und vom Obsthof bis zur Kelterei gefahren hatte. Hut ab, dachte Charlie mit Respekt. Die Frau von Alwin Schüssler konnte anpacken. Schmiss seit der Krankheit ihres Mannes wahrscheinlich den ganzen Laden. Eine Frau, die sich nicht unterkriegen ließ. Sich den Realitäten des Lebens stellte. Charlie beschloss, sich langsam, aber sicher dem Thema »verseuchtes Quellwasser« zu nähern.

»Sind das alles Äpfel aus eigener Ernte?« Charlie wies mit der Hand auf den Traktoranhänger.

Monika Schüssler nickte.

»Die sehen aber gut aus«, meinte Charlie. »Wie kommen Sie denn so mit der Trockenheit klar? Vom Juli abgesehen hat es diesen Sommer viel zu wenig geregnet. Einer meiner Freunde, der unterhalb der Tromm einen Hof führt, beklagt sich ständig über die schlimmen Ernteausfälle. Richtig besorgt ist der schon.«

Monika Schüssler zog an einem Faden, der sich am unteren Bündchen ihres verwaschenen T-Shirts gelöst hatte. »Wir haben einen eigenen Brunnen zum Bewässern unserer Bäume und des Gemüses.«

Charlie tat beeindruckt. »Ach, das ist ja genial! So haben Sie immer genug Wasser. Haben Sie den Brunnen bohren lassen? Ich kenne das aus Norddeutschland, wo ich 15 Jahre gelebt habe.«

Monika Schüssler ließ vom Faden ab. »Nein, der Brunnen wird von einer Quelle etwas oberhalb des Hofes gespeist. Die Quelle ist bis jetzt selbst in den heißesten Sommern nicht versiegt.«

Charlie spürte, wie ihr trotz der Septembersonne, die auf ihren Rücken schien, ein kalter Schauder über den selbigen lief. Monika Schüssler konnte nur die Quelle in der Senke meinen, aus der Willy getrunken hatte. Wenn die Schüsslers all ihre Obstbäume mit dem Wasser aus der Quelle berieselten, befanden sich die Schadstoffe mit Sicherheit auch in den Äpfeln. Charlie schaute auf den angebissenen Apfel in ihrer Hand und merkte, wie ihr der Appetit darauf vergangen war. Dann fiel ihr Blick auf das Transportband, von dem aus die angelieferten Äpfel zuerst in die Waschanlage und dann zur Presse im Bauch der Kelterei transportiert wurden. In der nächsten halben Stunde wären auch die Äpfel der Schüsslers mit dabei. Charlie zuckte zusammen. War das etwa des Rätsels Lösung? Soweit sie wusste, hatte man in der Kelterei noch immer nicht die Ursache für die mit Schwermetallen belasteten Chargen von Apfelwein gefunden. Konnte es sein, dass die Äpfel der Schüsslers daran schuld waren?

»Sie dürfen Ihre Äpfel nicht …«, brach es aus Charlie hervor.

»Was?« Monika Schüssler schaute Charlie mit einem Stirnrunzeln an. Da klingelte ihr Handy. Sie nahm das Gespräch entgegen und wurde blass. Ihre Hand, die das Handy fest umklammert hielt, zitterte. Ihr Mann, dachte Charlie alarmiert. Etwas ist mit Alwin Schüssler passiert. Monika Schüssler schaute sich gehetzt um.

»Ich muss sofort nach Mannheim«, sagte sie.

»Ihr Mann?«, fragte Charlie besorgt.

»Nein, nein, meine Mutter. Sie lebt im Altersheim. Die haben mich gerade informiert, dass sie böse gefallen ist.«

Charlie reagierte instinktiv. »Soll ich Sie fahren?« Ihr Camper war in einer Seitenstraße um die Ecke geparkt.

»Ich ruf ein Taxi.« Monika Schüssler ließ ihren blauen Traktor samt Anhänger stehen und hastete zum Ausgang. Charlie blickte ihr einen Moment nachdenklich hinterher. Dann gab sie sich einen Ruck und eilte zu Reiner und seiner

Familie, die noch immer gemütlich am Holztisch im Schatten saßen, zurück. Charlie griff Tim, der gerade eine Anekdote aus dem Arbeitsalltag bei der Kelterei zum Besten gab, am Ärmel seines T-Shirts.

»Geh sofort zu deinem Chef und sag ihm, dass er die Äpfel aus dem Anhänger hinter dem blauen Traktor der Schüsslers auf keinen Fall abladen darf!«

»Aber wieso denn nicht?« Tim schaute Charlie mit weit aufgerissenen Augen an.

»Erklär ich dir später. Mach es einfach!«, forderte Charlie und gab Tim einen Schubs.

»Was ist denn los?« Reiner war sichtlich irritiert.

Charlie streckte fordernd die Hand aus. »Gib mir die Autoschlüssel vom Subaru!«

Reiner zog verwundert die Stirn in Falten, tat aber, wie Charlie ihm geheißen hatte.

»Wo willst du hin?«

»Ist ein Notfall«, erwiderte Charlie und drehte sich abrupt vom Tisch weg. »In einer guten Stunde bin ich zurück.«

Der Weg von der Kelterei nach Zotzenbach zog sich länger hin, als Charlie vermutet hatte. Im Ortskern von Fürth ging es aufgrund des hohen Fahrzeugaufkommens und der Ampeln, für die die »grüne Welle« ein Fremdwort war, nur im Schritttempo vorwärts. Als Charlie endlich den großen Kreisverkehr vor Mörlenbach erreichte und von der B 38 in Richtung Osten abbiegen konnte, atmete sie erleichtert auf. Obwohl sich ihr Puls derweil beruhigt hatte, war sie fest entschlossen, Alwin Schüssler zur Rede zu stellen. Er musste unverzüglich dafür sorgen, dass die vergiftete Quelle keinen weiteren Schaden anrichtete. Charlie hoffte, dass sie Alwin Schüssler auf dem Hof vorfinden würde und nicht erst alle Apfelbaumwiesen nach ihm abklappern müsste.

Zu ihrer Erleichterung sah sie schon von Weitem den blauen Transporter, der nach Auskunft von Gunter Haase den Schüsslers als Familienkutsche diente, neben der Scheune stehen. Alwin Schüssler war demnach zu Hause. Eine Wespe kam durch das offene Fahrerfenster in den Subaru geflogen. Charlie trat auf die Bremse und hatte ihre liebe Mühe, das angriffslustige Insekt aus dem Auto zu befördern. Als sie weiterfahren wollte, sah sie, wie Alwin Schüssler einen zweiten, deutlich kleineren und älteren Traktor als den, mit dem seine Frau unterwegs war, bestieg und damit einen Wasserwagen aus dem Schuppen neben der Scheune schleppte. Danach stieg er vom Traktor, zog einen kleinen, leichten Pkw-Anhänger von Hand aus dem Schuppen, wischte sich die Hände an seiner dunkelgrauen Arbeitshose ab und war im Schuppen verschwunden. Charlie legte den ersten Gang ein. In der Tür des Schuppens tauchte ein schwarzer Geländewagen auf. Vor Schreck ließ Charlie das Kupplungspedal zu schnell kommen und würgte den Subaru ab. Mit der flachen Hand schlug sie auf das Lenkrad. Also doch, dachte sie. Sie hatte sich bei ihrem ersten Besuch auf dem Obsthof nicht geirrt! Der schwarze Toyota Landcruiser, der ihr damals in der Scheune aufgefallen war, existierte. War kein Hirngespinst ihrerseits. Aber warum hatte Alwin Schüssler ihn seitdem versteckt gehalten? Handelte es sich dabei etwa um den Wagen, den Ayla Özkan, die Nachbarin von Schorschel Binz, erwähnt hatte? Also der Wagen, der des Öfteren vor dem Haus des ersten Opfers gestanden hatte? Fieberhaft überlegte Charlie, was sie nun tun sollte. Der schwarze Toyota war kurz davor, vom Hof auf die geschotterte Straße abzubiegen. Charlie startete den abgewürgten Subaru und bog im Rückwärtsgang in einen Feldweg ein, wo sie hinter einem Gebüsch Deckung suchte. Der schwarze Geländewagen fuhr auf der Straße an ihr vorbei, ohne sie zu bemerken. Charlie zögerte nur den Bruchteil einer Sekunde. Dann beschloss sie, Alwin Schüssler zu folgen.

Der Inhaber des Obsthofes fuhr tiefer und tiefer in den Odenwald hinein. Charlie erwog kurz, Reiner per Handy Bescheid zu geben, aber die sich in fast alpinen Serpentinen windende Landstraße 3409 beanspruchte Charlies ganze Aufmerksamkeit. Sie erinnerte sich, gelesen zu haben, dass die Strecke zwischen Zotzenbach und Ober-Mengelbach schon seit fast 50 Jahren bei verschiedenen Rennevents als Rennstrecke für zwei- und vierrädrige Fahrzeuge genutzt wurde. Auch Alwin Schüssler schien sich auf den schnittigen Kurven wohlzufühlen und gewann Charlie gegenüber immer mehr an Vorsprung. Charlie hegte die Befürchtung, dass er irgendwo zwischen Unter-Mengelbach und der Kreidacher Höhe abbiegen und sie ihn damit verlieren würde. Als Charlie Schüsslers schwarzen Landcruiser hinter der Sommerrodelbahn auf den Kreisverkehr der Kreidacher Höhe zufahren sah, atmete sie erleichtert auf und ließ den Subaru wieder etwas zurückfallen. Von jetzt an konnte sie Alwin Schüssler ohne Probleme im Auge behalten. Der bog nicht, wie Charlie zuerst vermutet hatte, nach Wald-Michelbach ab, sondern fuhr geradeaus auf den Luftkurort Siedelsbrunn zu. Kurz hinter dem Ortseingangsschild hielt er sich am Café und Restaurant »Morgenstern«, in dem Charlie früher mit ihren inzwischen verstorbenen Eltern auf der Aussichtsterrasse Kaffee getrunken hatte, links. Die kleine Siedlungsstraße führte direkt auf den Siedelsbrunner Friedhof und danach auf die sysTelios Klinik zu, in der Burn-out-Patienten und anders psychosomatisch Erkrankte auf Hilfe und Heilung hofften. Gehörte Alwin Schüssler etwa zu den Lieferanten der Klinik, fragte sich Charlie. Wollte er dort sein Gemüse oder seinen Saft abliefern?

Aber der schwarze Landcruiser bog kurz vor der Klinik in einen schmalen geschotterten Weg ein. Dieser Teil des Ortes war einst bei wohlhabenden Städtern aus Mannheim und Ludwigshafen beliebt gewesen, die sich dort Ferienhäuser hatten errichten lassen. Viele der Häuser waren inzwischen verkauft und zu Hauptwohnsitzen erweitert worden. Weil die meisten Hausbesitzer um diese Zeit noch auf der Arbeit waren, wirkte die Gegend wie ausgestorben. Niemand war in den Gärten zu sehen. Der schmale Weg wurde noch eine Spur schmaler. Charlie spürte, wie ihre Hände, die das Lenkrad umklammert hielten, feucht wurden. Nach einer scharfen Rechtskurve, hinter der der Weg zwischen hohen Fichten zum Tal abfiel, sah Charlie den Landcruiser auf der Einfahrt eines Hauses stehen. Sie bremste, wagte aber nicht anzuhalten und fuhr, mangels Alternative, weiter geradeaus. Die Wegstrecke wurde zusehends schlechter und der Subaru polterte über Steine und Wurzeln. Charlie suchte verzweifelt nach einem Platz zum Wenden, aber vergeblich. Vor ihr tat sich weder ein Abzweig noch eine Ausbuchtung auf. Schließlich bugsierte Charlie den Wagen die flache Böschung hinauf und parkte mittig zwischen einer Buche und Fichte. Einen Moment blieb sie regungslos sitzen. Was sollte sie jetzt tun? Weiter tiefer in den Wald hineinfahren und hoffen, dass ein Querweg sie zurück nach Siedelsbrunn brachte? Aber dann hätte sie Alwin Schüssler mit Sicherheit verloren. Würde nie herausfinden, was es mit dem schwarzen Landcruiser auf sich hatte. Charlie öffnete die Fahrertür und stieg aus.

Das Einfamilienhaus, vor dem Alwin Schüsslers Geländewagen geparkt war, hatte schon bessere Zeiten gesehen. Die Dachschindeln waren moosbedeckt, der Kamin wirkte windschief und der Außenputz war an mehreren Stellen abgeplatzt. Charlie duckte sich hinter die in den Himmel wuchernde Hainbuchenhecke, die den vorderen Teil des Gartens umschloss. Von Alwin Schüssler und den Bewohnern des Hauses fehlte jede Spur. Alles war ruhig. Zu ruhig, wie Charlies Bauchgefühl sie spüren ließ. Sollte sie oder sollte sie nicht? Charlie atmete einmal tief durch und lief gebückt im Sichtschatten des Landcruisers bis zur Eingangstür. Die sie nicht zu berühren wagte. Mit dem Rücken gegen die Hauswand gepresst bewegte sich Charlie nach rechts in Richtung des nächstgelegenen Zimmerfensters. Auf Zehenspitzen versuchte sie, einen Blick in das Zimmer zu erhaschen. Aber die Grünpflanzen, die in Töpfen auf dem Fensterbrett standen, versperrten ihr die Sicht. Charlie erwog umzukehren, da vernahm sie einen Laut. Ein Stöhnen oder Wimmern, das aus dem hinteren Teil des Gartens zu ihr drang. Charlie tastete nach ihrem Handy, musste aber feststellen, dass sie an diesem abgelegenen Ort keinen Empfang hatte. »Mist!«, murmelte sie. Da vernahm sie nochmals dieses Stöhnen. Irgendeine Kreatur, ob Mensch oder Tier, war offenbar in Not. Charlie reagierte instinktiv. Impulsiv. Sie huschte an der Hauswand entlang auf die Terrasse zu.

Als sie die Hausecke erreichte, legten sich zwei mit dunklen Härchen bedeckte Arme von hinten um ihren Oberkörper. Hielten sie fest umklammert. Charlie schrie erschrocken auf. Eine Hand legte sich auf ihren Mund, presste ihre Lippen schmerzhaft gegen die Zähne. Charlie schmeckte Blut. Auch ihre Nasenlöcher wurden durch die Hand verschlossen. Charlie bekam Panik und versuchte, sich aus dem eisernen Griff zu winden. Dadurch rutschte die Hand ein Stück nach unten, gab ihre Nase frei. Charlie sog gierig Luft ein. Ihr vor Angst gelähmtes Gehirn begann, wieder zu funktionieren. Mach was, wehr dich, befal sie sich. Die Hand des Angreifers war kurz davor, ihr erneut die Nase zu verschließen. Charlie holte kurz mit dem rechten Bein aus und trat ihrem Gegner mit voller Macht gegen das Schienbein. Als dieser vor Schmerz zusammenzuckte, gelang es Charlie, ihren rechten Arm zu lösen. Mit diesem fasste sie unter dem rechten Schulterblatt des Angreifers hindurch, bis sie dessen T-Shirt am Kragen zu fassen bekam. Dann hakte sie mit ihrem rechten Fuß hinter der rechten Wade ihres Angreifers ein, beugte sich aus der Hüfte tief nach vorn und nutzte den Schwung der Vorwärtsbewegung, um den überraschten Angreifer über ihre rechte Schulter zu katapultieren. Alwin Schüssler landete mit dem Rücken auf den Terrassenfliesen und gab einen Schmerzenslaut von sich. Sofort brachte sich Charlie zum Hon-Kesa-Gatame, einem der wirksamsten Haltegriffe im Judo, in Position. Sie schob ihren rechten Arm unter Alwin Schüsslers Kopf, klemmte seine rechte Hand unter ihre linke Achsel und sicherte mit ihrer linken Hand seinen rechten Arm, indem sie ihre Finger in den Ärmel von Schüsslers T-Shirt krallte und den Arm fest an sich heranzog. Dann beugte sie sich nach vorn und verlagerte ihr gesamtes Gewicht auf Alwin Schüsslers Brustkorb. Der keuchte und zappelte wie ein Fisch auf dem Trockenen. Noch war Charlie in der Lage, ihn zu bändigen, doch sie wusste nicht, wie lange sie die Kraft besäße, ihren Haltegriff aufrechtzuhalten. Und was sollte sie danach machen? Wie sollte es ihr gelingen, ihren Angreifer völlig außer Gefecht zu setzen?

»Hilfe!«, schrie Charlie. Sie wusste zugleich, dass ihr niemand zur Hilfe eilen würde.

Charlie spürte, wie ihr der Arm, den sie fest umklammert hielt, langsam, aber stetig entglitt. Alwin Schüsslers geballte Faust tauchte plötzlich in Charlies Gesichtsfeld auf. Hieb mit voller Kraft auf ihren linken Oberarm. Traf sie genau dort, wo die noch immer nicht ganz abgeheilte Narbe, die sie beim Angriff im »Drob Inn« davongetragen hatte, entlanglief. Charlie schrie vor Schmerz auf und lockerte ihren Griff.

Das genügte, damit Alwin Schüssler sich aus ihrer Umklammerung lösen konnte. Den Bruchteil einer Sekunde blickten sie einander an, waren ihre Gesichter nur wenige Zentimeter voneinander entfernt. Dann spürte Charlie einen Schlag gegen ihre Schläfe. Alles um sie herum wurde schwarz.

Als Charlie wieder zu sich kam, musste sie husten. Beißender Rauch drang in ihre Lunge und machte ihr das Atmen schwer. Sie versuchte sich aufzurichten. Ihr Kopf fühlte sich tonnenschwer an und der gekachelte Fußboden unter ihr begann, Karussell zu fahren. Ihr Magen rebellierte und alles, was Charlie an dem Tag zu sich genommen hatte, landete in einem Schwall auf den beige-braunen Fliesen. Ein weiterer Hustenanfall brachte sie fast zum Ersticken. Etwas Heißes näherte sich ihrem ausgestreckten linken Bein.

Feuer, schoss es Charlie durch den verletzten Kopf. Instinktiv winkelte sie das Bein an und begann, auf allen Vieren vom Feuer wegzurobben. Mit der Schulter stieß sie gegen einen harten Gegenstand. Ein hölzerner Küchenstuhl, dessen hohe Lehne unter die Türklinke der Küchentür geklemmt worden war. Indem sie sich mit den Händen an der Sitzfläche festklammerte, kam Charlie auf die Beine. Der Schwindel war etwas abgeebbt, doch Charlie konnte nur mit dem linken Auge sehen. Das rechte war zugeschwollen und schmerzte. Trotzdem versuchte sie, sich zu orientieren.

Die Küche war fast quadratisch und auf der linken Seite mit Herd, Spüle, Kühlschrank und Schränken ausgestattet. Auf der rechten Seite stand ein abgewetzter Holztisch mit drei Stühlen. Am Küchenfenster hingen zerschlissene rotweiß geblümte Gardinen, die in Flammen standen. Das Feuer hatte bereits auf ein hölzernes Ikea-Regal, das an der Wand zwischen Fenster und Tisch stand, übergegriffen. Flammen züngelten gierig nach den Stühlen und dem Tisch. Die Hitze im Raum war unerträglich. Ein weiterer Hustenanfall durch-schüttelte Charlies schmerzenden Körper. Ich muss raus, raus aus dem Inferno, schoss es ihr durch den Kopf. Sie schob den Stuhl zur Seite und betete still, dass die Küchen-tür nicht verschlossen wäre. Der Himmel oder wer sonst über sie wachte, war auf ihrer Seite. Als Charlie die Tür-klinke nach unten drückte, sprang die Tür auf. Charlie stol-perte über die Schwelle in den Flur und sog dankbar die noch nicht von Rauch erfüllte Luft ein. Das Feuer hinter ihr brüllte wie ein Drache, der sich auf einen Rivalen stürzt. Der in den Raum eindringende Sauerstoff fachte die Flammen erst so richtig an. Charlie wollte die Tür hinter sich zuschlagen, da vernahm sie abermals dieses seltsame Wimmern oder Stöh-nen. Mit ihrem unverletzten Auge versuchte sie, in der ver-rauchten Küche etwas zu erkennen. Da war nichts, was auf die Ursache des Geräusches schließen ließ. Dennoch wollte das Wimmern nicht aufhören. Charlie wusste nicht, was sie tun sollte. Sollte sie weitersuchen und sich selbst erneut der Gefahr aussetzen? Oder sollte sie schleunigst aus dem Haus verschwinden? Charlie stand stocksteif da, konnte sich zu keiner Entscheidung durchringen. Da bemerkte sie den Fuß. Ein menschlicher Fuß, der ohne Socken in einer brau-nen Ledersandale steckte. Obwohl sich alles in ihr dagegen sträubte, sich nochmals den Flammen zu nähern, atmete Charlie tief ein und trat mit gebeugtem Oberkörper über die Schwelle. Mit den Fingern tastete sie sich vom Fuß das leicht gekrümmte Bein hoch, bis sie auf eine füllige Mittel-partie und einen durch den Bund der Hose geschlungenen Ledergürtel traf. Zwischen einem fast deckenhohen Schrank, der neben der Tür stand, und der Wand zum Hausflur lag ein Mann eingeklemmt.

»Kommen Sie! Wir müssen hier raus!«, brachte Charlie keuchend zustande.

Der Mann wimmerte, rührte sich jedoch nicht. Die Flammen hatten den Tisch erreicht und waren nur noch wenige Zentimeter von ihnen entfernt. Kurzentschlossen packte Charlie den bewusstlosen Mann an den Füßen und begann ihn aus der Küche zu zerren. Ein Unterfangen, das Charlie die letzten Kräfte raubte. Als der Mann endlich sicher im Flur lag und Charlie die Küchentür zugeschlagen hatte, war ihr so übel, dass sie sich nochmals erbrach. Etwas in der Küche zerbarst mit einem lauten Knall. Hoffentlich wird der Küchenherd nicht mit Gas betrieben, schoss es Charlie durch den Kopf. Wenn das Feuer die Gasleitung erreichte, würde das ganze Haus explodieren.

Charlie fuhr sich mit der Hand über den Mund, um den widerlichen Geschmack auf ihren Lippen abzuschwächen. In Panik schaute sie sich um. Sie befanden sich in einem kleinen Flur, von dem rechts eine Treppe ins Obergeschoss anstieg. Links führte eine Tür zu einem weiteren Raum. Dazwischen lag, etwas zurückgesetzt, die Eingangstür. Charlie taumelte auf die Tür zu und drückte die Klinke. Diesmal hatte der Himmel mit ihr kein Einsehen. Die Tür war verschlossen. Charlie rüttelte an der Klinke. Ohne Resultat. Der Weg nach draußen blieb ihr versperrt.

Charlie hastete zur zweiten Tür, die sich zu einem kleinen Bad mit WC öffnete. Als Charlie ihr Spiegelbild in dem über dem Waschbecken angebrachten Spiegelschrank erblickte, zuckte sie zusammen. Ihr Gesicht war rußverschmiert. Blut war von einer Wunde unterhalb der rechten Schläfe hinuntergelaufen und auf dem grotesk geschwollenen Auge eingetrocknet. Ihre Lippen fühlten sich aufgedunsen an. Schräg unterhalb ihres Kinns blühte ein riesiger blauer Fleck auf. Dieser Mistkerl, dachte Charlie. Trotz der Angst machte sich Wut in ihr breit. Sie musste raus aus dem Haus, weg vom Feuer. Nicht nur, um am Leben zu bleiben. Sondern auch, um

sicherzustellen, dass Schüssler seiner gerechten Strafe zuge-
führt würde. Charlie blickte hektisch um sich. Der Raum
hatte nur ein Fenster, das von außen durch ein gebogenes
schmiedeeisernes Gitter versperrt war.

»Mist, Mist, Mist!«, fluchte Charlie noch mal. Selbst im
Bad konnte sie den Rauch riechen, der sich langsam auch
im Flur breitmachte. Wie lange würde die Küchentür dem
Feuer standhalten, fragte sie sich bang. Ihr Handy zeigte noch
immer keinen Empfang an.

Charlie tränkte das Handtuch mit Wasser und schlang es
um ihren Hals. Unter dem Waschbecken entdeckte sie einen
kleinen weißen Plastikeimer, der als Abfalleimer diente. Sie
leerte den Inhalt und füllte den Eimer mit Wasser. Wieder im
Flur angekommen, klatschte sie dem bewusstlosen Mann mit
der Hand mehrmals hart auf beide Wangen.

»Wach werden!«, schrie sie. »Verdammt noch mal! Wenn
Sie hier mit heiler Haut rauskommen wollen, müssen Sie
wach werden!«

Der Mann reagierte nicht. Charlie leerte den Eimer kur-
zerhand über seinem Kopf aus. Der Mann verschluckte sich
und begann zu husten. Charlie kniete sich neben ihn und hob
seinen Kopf behutsam in die Höhe. Zwei blutunterlaufene
Augen starrten sie an.

»Brennen. Er hat gesagt, jetzt bin ich dran zu brennen.
Brennen wie die beiden anderen«, stammelte er.

Das Kinn des Mannes sank auf seine Brust und er drohte,
erneut ohnmächtig zu werden. Charlie schlug ihm nochmals
hart ins Gesicht. Der Kopf des Mannes ruckte in die Höhe.

Charlie packte den Mann unter den Schulterblättern, um
ihm beim Aufstehen zu helfen. »Wir müssen die Treppe hoch!
Hoch ins Obergeschoss! Das ist unsere einzige Chance.«

Der Mann nickte und klammerte sich am Treppengelän-
der fest.

23. KAPITEL

»Respekt, meine Dame und meine Herren! Respekt!« Auf Dr. Kuno Wölfelschneiders von der Sonne Sardiniens gebräuntem Gesicht machte sich so etwas wie ein Lächeln breit. »In Wiesbaden wird man sich sehr erfreut über meinen Ermittlungserfolg zeigen.«

»Wurd ja auch langsam Zeit«, brummte Frajo Helferich. »Meine Frau hat mir schon angedroht, dass ich Weihnachten allein feiern kann, wenn das mit den Überstunden so weitergeht.«

Martina Lohse nickte zustimmend. »Ich hab nur darauf gewartet, dass meine Tochter eines Morgens am Frühstückstisch sitzt und fragt: ›Wer ist denn die fremde Frau da, Papa?‹«

»Nun, ihre Familien wird bestimmt freuen, dass die Bevölkerung im Odenwald wieder ruhig schlafen kann. Schließlich sitzt unser Mörder sicher hinter Schloss und Riegel.« Dr. Kuno Wölfelschneider warf seinem Spiegelbild im Fenster einen selbstgefälligen Blick zu. Im Urlaub hatte er sich auf jeder Wangenseite lange Koteletten sprießen lassen, die ihm, wie Kriminalhauptkommissar Gunter Haase fand, das Aussehen eines in die Jahre gekommenen Schimpansen verliehen. Als der Kollege Timo Keil genau in dem Moment seine Frühstücksbanane aus der Schreibtischschublade hervorkramte, musste Gunter Haase sich abwenden, um sein Gesicht vor den anderen zu verbergen. Die letzten Tage hatten ihn viel Kraft gekostet. Er spürte, wie er kurz davor war, in einen hysterischen Lachanfall auszubrechen. Den er so schnell nicht unter Kontrolle bringen könnte. Gunter Haase zwickte sich fest in den Oberschenkel, um den Anflug von Wahnsinn als Folge von Dauerübermüdung abzuwehren.

Dr. Kuno Wölfelschneider strich sich die Revers seines dunkelblauen Anzuges glatt. »Gut. Dann werde ich jetzt meinen Duzfreund, Staatssekretär Hinze, benachrichtigen, dass er sich in seinem Ferienhaus wieder ohne Wenn und Aber sicher fühlen kann.«

Timo Keil hielt beim Schälen seiner Banane inne. »Nun ja, da ist ja noch die Sache mit …«

Gunter Haase hatte sich so weit wieder im Griff, dass er dem jungen Kollegen einen warnenden Blick zuwerfen konnte. Ihn im letzten Moment zum Schweigen bringen konnte. Er verspürte nicht die geringste Lust, den Kriminalrat mit der Nase darauf zu stoßen, dass der Angreifer von Carsten Fischer sich weiterhin auf freiem Fuß befand.

Dr. Kuno Wölfelschneider benetzte den rechten Zeigefinger mit der feuchten Unterlippe und strich sich damit über seine neuesten Auswüchse in Sachen Gesichtsbehaarung.

»Nehmen Sie sich nach den anstrengenden letzten Wochen die Zeit …«

»… die angefallenen Überstunden abzubauen«, dachte jeder im Team des K 11.

»… den angefallenen Papierkram schleunigst auf den neuesten Stand zu bringen«, schloss Dr. Kuno Wölfelschneider und war aus dem Büro verschwunden.

»Papierkram!« Frajo Helferich nahm den Collegeblock mit seinen Notizen und schmiss ihn entnervt in seine Schreibtischschublade.

»Ich sag ja schon die ganze Zeit, dass wir komplett auf digitales Büro umstellen sollen«, bemerkte Timo Keil und tupfte sich die Lippen mit einem karierten Stofftaschentuch ab. »Wenn man überlegt, wie viele Bäume man dadurch retten kann.«

Gunter Haase fuhr sich mit der Hand über das müde Gesicht.

»Wir hätten fast den Wald vor lauter Bäumen nicht gesehen«, brummte er.

Als man ihn an den Beinahe-Tatort in Siedelsbrunn gerufen hatte, war seine erste Reaktion Verärgerung gewesen. Warum, so grummelte er innerlich, hatte sich das Bobbelsche mit ihrer vorwitzigen Stupsnase mal wieder in Dinge eingemischt, die sie nichts angingen? Warum hatte sie ihren Sturkopf durchsetzen und auf eigene Faust ermitteln müssen? Dafür war schließlich die Polizei, sprich er und sein Team, zuständig. Das, wie sich Gunter Haase eingestehen musste, in den vergangenen Wochen wie ein Haufen kopfloser Hühner agiert hatte.

Den Schüsslers auf Gutglauben abzunehmen, dass sie keinen schwarzen Geländewagen in ihrem Besitz hatten, war grob fahrlässig gewesen. Hatte Charlie und diesen Mann, der Alwin Schüsslers drittes Opfer hatte werden sollen, um ein Haar das Leben gekostet. Gunter Haase fröstelte noch immer, wenn er sich das Bild ins Gedächtnis zurückrief, das sich ihm beim Eintreffen an dem brennenden Haus geboten hatte: Charlie und Klaus Fuchs, der Besitzer des Hauses, hatten auf dem Balkon im Obergeschoss Zuflucht gesucht, an dem schon die aus dem geborstenen Küchenfenster hochschlagenden Flammen züngelten. Die Feuerwehr, die kurz vor dem Kriminalhauptkommissar eingetroffen war, hatte Charlie und den Hausbesitzer in beinahe letzter Minute aus dem Inferno retten können. Wenn ein aufmerksamer Jogger den Brand nicht bemerkt hätte, hätte sich Alwin Schüssler eines dritten und vierten Mordes schuldig gemacht. Gunter Haase rieb sich die Gänsehaut, die seine Unterarme zum Prickeln brachte.

Frajo Helferich hatte sich in seinem Schreibtischstuhl

zurückgelehnt und blickte zur Zimmerdecke. »Ich sehe da noch immer nicht so ganz den roten Faden«, gestand er. »Wie das alles mit dieser verseuchten Quelle, den Äpfeln und dem behinderten Jungen zusammenhängt.«

»Ist aber auch wirklich kompliziert.« Gunter Haase seufzte laut auf. »So einen vertrackten Fall haben wir schon lange nicht mehr gehabt.«

»Da lob ich mir eine klassische Eifersuchtstat«, meinte Timo Keil. »Pistole oder Messer raus, Opfer tot. Wir ermitteln im nächsten Umfeld des Hingemeuchelten und buchten den Täter kurz darauf ein.«

Die Tür des Besprechungszimmers flog auf und Franka Kastrow stürmte wie ein Wirbelwind ins Büro. In jeder Hand schwenkte sie eine Sektflasche. »Weil heute mein letzter Praktikumstag bei euch ist.«

»Schon?« Martina Lohse war sichtlich enttäuscht.

»Vielleicht komm ich ja nach den Prüfungen zu euch zurück«, sagte die Praktikantin mit einem Augenzwinkern. »Aber vorher müsst ihr mich noch über alles ganz genau aufklären. Damit ich auf der Polizeihochschule in Wiesbaden ordentlich was zu erzählen habe.«

»Auf der Schule werden sie annehmen, dass du das Blaue vom Himmel herunterlügst«, prophezeite Frajo Helferich.

»Okay. Wo fangen wir am besten an?« Gunter Haase rieb sich nachdenklich das stoppelige Kinn.

»Ganz am Anfang«, schlug Martina Lohse vor.

»Es war einmal ...« Frajo Helferich grinste.

»Genau.« Martina Lohse nickte. »Es waren einmal drei Mitarbeiter von Haffinger & Burger, die sich durch gewisse Umstände kennenlernten.«

»Der Binz und die Dingeldein auf dem Sommerfest, wo sie bei der Tombola die Reise nach Sylt gewonnen haben«, erinnerte sich Franka Kastrow.

»Richtig«, stimmte Martina Lohse ihr zu. »Unser dritter Mann, dieser Klaus Fuchs, war Oberbauleiter bei der Tochtergesellschaft von Haffinger & Burger, die für die Sparte Hochbau zuständig war. Weil dadurch auch das Thema Abbruch und Entsorgung in seine Zuständigkeit fiel, lernte er, auf welchen Wegen wissen wir noch nicht genau, den Schorschel Binz kennen. Der seinerseits für die Firma Anton Späth e.K. im Auftrag der Gabler Logistik aus Mannheim den Transport des Abbruchmaterials per Lkw auf die Deponien vornahm.«

»Bis jetzt klingt alles noch einleuchtend«, meinte Frajo Helferich.

»Der Fuchs, den die Feuerwehr mit Charlie, ich meine mit Frau Knapp, aus dem brennenden Haus gerettet hat, der wohnte vor 25 Jahren in Ludwigshafen«, fuhr Martina Lohse fort. »Die Industrieanlagen der BASF und die anderen Chemiebuden am Rhein lagen somit direkt vor seiner Nase.«

»Hat sich nicht viel verändert«, bemerkte Timo Keil und zog eine angewiderte Grimasse.

»Doch, hat sich!«, widersprach Martina Lohse ihm heftig. »Die Auflagen in Sachen Umweltschutz sind heute wesentlich strenger. Damals wurde ja was weiß ich alles in den Himmel gepustet. Deshalb sind die beiden Töchter von dem Fuchs dauernd krank gewesen. Die eine hatte Asthma, die andere litt unter Allergien. Deshalb wollte er unbedingt raus aus Ludwigshafen, wollte seine Töchter an einem gesünderen Ort aufwachsen sehen. Leider mangelte es ihm am nötigen Kleingeld.«

»Kommt mir bekannt vor«, bemerkte Franka Kastrow grinsend.

»Deshalb hat der Fuchs sich, wie er dachte, einen genialen Coup einfallen lassen.« Martina Lohse schüttelte missbilligend den Kopf, dass die kurzen dunklen Locken auf und ab tanzten. »Unter dem Abbruchmaterial, das sie bei verschiedenen Bauprojekten entsorgen mussten, war ein nicht geringer Anteil, der mit Giften, wie zum Beispiel Schwermetallen, hoch belastet war.«

»Wie das Zeug bei der Quelle«, kombinierte Franka Kastrow.

»Um solch toxisches Material auf den zuständigen Deponien zu entsorgen, muss man bestimmt bezahlen«, warf Timo Keil ein.

»Wahrscheinlich nicht zu knapp«, vermutete Frajo Helferich.

»Ganz genau. Belastetes Material zu entsorgen, geht richtig ins Geld, damals wie heute«, stimmte Martina Lohse den Kollegen zu. »Aber der Fuchs, der hatte eine Idee. Einen äußerst profitablen Plan.«

»Dass das damals niemand gemerkt hat!« Gunter Haase war über das Ausmaß auch behördlicher Schlamperei entsetzt.

»Er war halt gewieft, mit allen Wassern gewaschen«, erwiderte Martina Lohse. »Sein Konstrukt, über das er alles gewinnbringend laufen ließ, funktionierte, wenn ich das richtig verstanden habe, so: Haffinger & Burger beauftragten den Fuchs, der in der Tochtergesellschaft saß, mit der Entsorgung des auf den Baustellen anfallenden Abbruchmaterials. Diesen Auftrag gab der Fuchs an die Gabler Logistik weiter. In dem Wissen, dass Gabler Logistik für die meisten der Entsorgungsaufträge von belastetem Schutt die Firma Anton Späth e.K. beauftragte. Für die wiederum der Binz, mit dem der Fuchs in engem Kontakt stand, auf dem Lkw saß.«

»Hört sich verdammt nach ›Ich kenn einen, der einen kennt‹ an«, warf Timo Keil ein.

»Auf den ersten Blick vielleicht«, stimmte Martina Lohse ihm zu. »Aber dann wurde es etwas übersichtlicher. Weil der Fuchs seine Auftraggeber, also Haffinger & Burger, davon überzeugen konnte, dass er ohne den Umweg über die Gabler Logistik mit der Firma, bei der der Binz beschäftigt war, kooperierte.«

»Aber wieso war der Coup genial?« Frajo Helferich vermochte den Ausführungen der Kollegin gedanklich noch immer nicht ganz folgen.

Martina Lohse verzog den Mund zu einem grimmigen Lächeln. »Normalerweise hätte der Fuchs einen Großteil des Geldes, das er von Haffinger & Burger für die Entsorgung überwiesen bekam, an die Firma Anton Späth e.K. weitergeben müssen. Um sie für ihre Leistungen zu entlohnen. Und damit sie die Deponiegebühren für die Entsorgung bezahlen konnten. Da der Binz unter den Odenwälder Bauern aber viele Kunden hatte, die er seit jeher mit Abbruchmaterial oder Bauschutt versorgte, kam der Fuchs auf die Idee, ihnen das verseuchte Material von seinen Baustellen unterzujubeln.«

Timo Keil schaute die Kollegin mit gerunzelter Stirn an. »Aber warum haben sie ihm das denn abgekauft?«

»Weil sie natürlich keinen blassen Schimmer hatten, dass etwas mit dem Bauschutt nicht in Ordnung war!« Für Franka Kastrow war die Sachlage klar wie Kloßbrühe.

»So ist es.« Martina Lohse nickte. »Die Bauern gingen natürlich davon aus, dass ihnen normaler Bauschutt angeliefert wurde. Davon benötigen sie immer mal wieder was, um Feldwege zu schottern, Senken zu füllen oder Gelände zu begradigen.«

»Aber wie und wohin ist dabei das Geld geflossen?« Gunter Haase hatte ganz offensichtlich auch seine Probleme, das Geflecht an Intrigen und Betrug zu durchschauen.

»Der Fuchs hat lediglich ein knappes Drittel des Geldes, das er von Haffinger & Burger für die Entsorgung bekam, an den Binz weitergegeben. Den Rest hat er in die eigene Tasche gesteckt.«

»Und wie hat der Binz davon profitiert?«

»Der konnte bei dem Deal gleich zweimal abkassieren«, fuhr Martina Lohse fort. »Zum einen hat er das Geld, mit dem er eigentlich die Deponiegebühren begleichen sollte, für sich selbst eingeheimst. Zum anderen hat er die Bauern, an die er den Bauschutt lieferte, ebenfalls zur Kasse gebeten. Womit im Laufe der Jahre auch für ihn ein hübsches Sümmchen zusammengekommen ist.«

»Unglaublich!« Frajo Helferich schüttelte den fast kahlen Kopf.

»Und dieser Anton Späth, für den der Binz Lkw fuhr, hat der davon nichts mitbekommen?«, staunte Gunter Haase.

»Der war damals schon an Prostatakrebs erkrankt und hat dem Binz quasi in allem freie Hand gelassen. Hat nur seinen Namen hergegeben. Ich glaube nicht, dass der Späth etwas von dem Deal wusste«, meinte die Kriminalkommissarin. »Außerdem ist er eh längst tot.«

»Haben wir schon eine grobe Einschätzung, wie viel von dem verseuchten Bauschutt tatsächlich im Odenwald gelandet ist?« Gunter Haase stand die Besorgnis ins Gesicht geschrieben.

»Es müssen Tonnen gewesen sein«, erwiderte Martina Lohse bedrückt.

»Scheibenkleister«, murmelte Frajo Helferich. »Da hat das Umweltamt ab jetzt ja ordentlich was zu tun.«

Gunter Haase spürte, wie sein Magen sich schmerzhaft zusammenzog. Er nahm sich vor, am Wochenende mit seinem Bruder sämtliche Unterlagen aus der Zeit ihres Vaters durchzugehen. Um zu überprüfen, ob der Atzeldoalhof ebenfalls ein Opfer der betrügerischen Machenschaften von Fuchs und Binz geworden war. Gunter Haase wagte sich gar nicht auszumalen, was es bedeuten würde, wenn auf dem Gelände des Atzeldoalhofes verseuchtes Material verbaut worden wäre. In der momentan angespannten finanziellen Lage konnte das das

Aus für den Hof seiner Familie bedeuten. Gunter Haase rieb sich mit dem Handballen kräftig über die in Falten gelegte Stirn, um die trüben Gedanken zu vertreiben.

»Was hatte die sexy Dingeldein denn mit der ganzen Angelegenheit zu tun?«, meldete sich Timo Keil zu Wort.

»Wie es aussieht, hat der Binz im Suff geplaudert«, erwiderte Martina Lohse. »Mit seinem neuen Reichtum geprahlt.«

»Und da hat die Dingeldein natürlich auch ein Stück vom Kuchen abhaben wollen«, stellte die Praktikantin folgerichtig fest.

»Die drei haben gemeinsam Kasse gemacht.« Gunter Haase zog eine angewiderte Grimasse. »Fast über ein Jahrzehnt lang.«

»Und niemand ist ihnen auf die Schliche gekommen.« Frajo Helferich war entsetzt.

»Bis Alwin Schüssler zwei und zwei zusammengezählt hat«, sagte Martina Lohse.

»Stimmt! Ich hab mich auch gewundert, warum gerade der Schüssler als einziger von den betroffenen Bauern darauf gekommen ist«, meinte Gunter Haase.

»Er hat im Verhör zu Protokoll gegeben, dass er so eine Art Anfangsverdacht hatte, etwas geahnt hatte. Weil es seiner Frau zusehends schlechter ging«, sagte die Kriminalkommissarin. »Aber dann ist seine erste Frau tatsächlich gestorben und er stand mit einem Baby, das auch nicht gesund war, allein da. Die Pflege seines behinderten Sohnes hat ihn immer mehr Zeit gekostet. Dazu musste er die ganze Arbeit auf dem Hof allein schmeißen. Da blieb nicht viel Zeit zum Nachdenken.«

»Kann ich verstehen.« Trotz seiner schrecklichen Taten empfand Gunter Haase so etwas wie Mitleid mit Alwin Schüssler.

»Dann wurde der Sohn vom Schüssler mit den Jahren kranker und kranker und keiner der Ärzte vermochte, ihm richtig zu helfen.« Auch in Martina Lohses Stimme klang eine Spur von Anteilnahme mit. »Schließlich starb dieser Matthias unter großen Schmerzen. Der Schüssler, der seinen Sohn abgöttisch liebte, stand machtlos daneben. Konnte ihm nicht helfen.«

Martina Lohse spürte, wie ihr ein kalter Schauder den Rücken hinunterlief. Wenn sie sich vorstellte, dass ihre eigene Tochter derart leiden müsste … Wer weiß, wie sie handeln würde. Martina Lohse seufzte laut auf. »Nachdem der Sohn vom Schüssler gestorben war, gab es ein abschließendes Gespräch mit den behandelnden Ärzten. Darin hat ein Arzt, der erst relativ spät zur Behandlung hinzugezogen wurde, den Verdacht geäußert, dass eine der Ursachen für die schwere Erkrankung in einer schleichenden Vergiftung liegen könnte. Da ist der Schüssler hellhörig geworden. Und hat seinen Brunnen, von dem sie auf dem Hof ihr ganzes Wasser über diese Quelle beziehen, endlich untersuchen lassen.«

»Der Schüssler wusste also, dass sein Wasser belastet war? Und er hat nix dagegen getan? Hat munter sein Gemüse verkauft und seine Äpfel an die Kelterei geliefert?« Frajo Helferich stand das Entsetzen ins Gesicht geschrieben.

»Unglaublich!«, stimmte die Praktikantin ihm zu.

»Wenn ich das richtig im Gedächtnis habe, ist der Schüssler erst in diesem Jahr mit der Kelterei König einen Vertrag eingegangen«, stellte Gunter Haase den Sachverhalt richtig. »Vorher haben die Schüsslers ihren Saft selbst vermarktet. Mit dem Gemüse machen sie das noch immer so.«

»So abgebrüht muss man erst mal sein«, murmelte Franka Kastrow.

»Alwin Schüssler hat zu Protokoll gegeben, dass ihm zu dem Zeitpunkt alles egal war«, sagte Martina Lohse. »Außerdem wusste er inzwischen, dass auch er erkrankt war. Seine Tage gezählt waren. Da wollte er nur noch eins: Rache.«

»Aber woher konnte er wissen, wer für die Vergiftungen

des Bodens und der Quelle verantwortlich war?«, wunderte sich Timo Keil.

»Wenn man den Schüssler mit seinem zerfurchten Gesicht, den vom Nikotin vergilbten Zähnen und den ungepflegten Händen sieht«, warf Gunter Haase ein, »könnte man ihn leicht für einen Trottel halten. Dabei ist er hochintelligent. Und hat ein Gedächtnis wie ein Elefant!«

»Echt? Er konnte sich also noch daran erinnern, wer ihm damals den Bauschutt angeliefert hat?«, rief Franka Kastrow erstaunt aus.

Gunter Haase nickte. »Richtig. Er hat sich an den Binz erinnert und damit zwei und zwei zusammengezählt.«

»Krass.« Timo Keil war sichtlich beeindruckt.

»Den Rest hat der Schüssler generalstabsmäßig geplant«, sagte Martina Lohse. »Weshalb es ihm auch gelungen ist, uns so lange an der Nase herumzuführen.«

»Bis uns das Bobbelsche auf die richtige Spur gebracht hat«, dachte Gunter Haase und unterdrückte ein lautes Stöhnen. Er und sein Team hatten sich wie blutige Anfänger benommen.

»Wie hat er den Binz denn zum Reden gebracht?«, wunderte sich Frajo Helferich.

»Er hat den Binz akribisch ausgekundschaftet und wusste um dessen Schwächen«, erwiderte Martina Lohse.

»Der ›Odenwälder Bub‹«, murmelte Gunter Haase.

»Wie? Der Binz hatte noch ein Kind? Ich hab gedacht, da wären nur die Frau und die beiden Töchter.« Timo Keil sah seinen Chef verdutzt an.

Auf Martina Lohses Gesicht machte sich ein Grinsen breit. »Der ›Odenwälder Bub‹ ist ein Kräuterlikör. So was kennst du als Gesundheitsfanatiker natürlich nicht.«

Timo Keil zog einen beleidigten Flunsch.

»Der Schüssler hat den Binz unter einem Vorwand besucht. Sich bei ihm eingeschmeichelt und einen auf Kumpel gemacht«, fuhr Martina Lohse fort. »Was beim Binz, der da allein mit seinem Dackel und den Modellautos hauste, einen bleibenden Eindruck hinterließ. Obwohl er ja eigentlich eher der misstrauische Typ war.«

»Und dann?«, wollte Franka Kastrow wissen.

»Dann kam der ›Odenwälder Bub‹ ins Spiel«, antwortete die Kriminalkommissarin. »Der Schüssler hat sich mehr als großzügig gezeigt und dafür gesorgt, dass dem Binz sein Lieblingsgesöff nicht ausging. Nachdem der Binz ein Fläschchen davon intus hatte, hat er gesungen wie ein Vögelchen. Hat mit seinen Taten von damals geprahlt und auf Nachfrage vom Schüssler prompt die Namen der Beteiligten genannt. Er konnte ja nicht ahnen, dass er seinem eigenen Mörder gegenübersaß.«

»Vielleicht spricht was dafür, nüchtern zu bleiben«, meinte Frajo Helferich und dachte an seine zwei Feierabendbier, die er sich jeden Abend genehmigte. »Dem Binz das tödliche Methanol unterzumischen, war für den Schüssler also eine der kleinsten Übungen. Aber wie hat er sich an die Dingeldein herangemacht?«

»Oh, da ist er ganz perfide vorgegangen.« Martina Lohses Mund hatte einen grimmigen Zug angenommen. »Der Schüssler ist, wenn er es darauf anlegt, ein echter Menschenfänger. Er hat die Dingeldein beobachtet und gesehen, wie sie alle zwei Wochen nach Heidelberg zu einem Neurologen fährt. Wegen ihrer ALS-Erkrankung.«

»Die Frau ist wirklich doppelt bestraft worden«, meinte Franka Kastrow mitfühlend.

»Der Schüssler hat sich bei dem Neurologen von der Dingeldein ebenfalls als Patient aufnehmen lassen«, erläuterte Martina Lohse. »Was nicht ganz so abwegig war, wie es klingt, weil er wegen seiner eigenen schleichenden Vergiftung tatsächlich schon neurologische Ausfälle hatte.«

»Mann, oh Mann, oh Mann!«, stieß Gunter Haase hervor.

»Auf jeden Fall hat er es so arrangieren können«, fuhr Martina Lohse fort, »dass er immer dann einen Termin bekam, wenn auch die Dingeldein einen hatte. Dabei kamen die beiden, so von Patient zu Patient, ins Gespräch. Das hat uns die Sprechstundenhilfe von dem Neurologen bestätigt.«

»Natürlich gab sich der Schüssler total mitfühlend und einfühlsam«, warf Franka Kastrow sarkastisch ein.

»Klar«, gab Martina Lohse der jungen Praktikantin recht. »Der Schüssler hat im Internet gesurft und die Dingeldein mit Berichten über alternative Heilmethoden geködert. Auf diese Weise hat er ihr vormachen können, dass sie mit gesunder, naturbelassener Ernährung, die viel Chlorophyll enthält, ihr Leben dramatisch verlängern kann.«

»So ganz unrecht hatte er da vielleicht nicht …«, murmelte Timo Keil.

»Auf diesem Weg kam also das toxische Pesto ins Spiel«, konstatierte Gunter Haase.

»Die vermeintlich gesunde Ernährung«, sagte Martina Lohse und warf dabei Timo Keil einen vielsagenden Blick zu, »hat sie nicht geheilt, sondern früher ins Grab gebracht.«

»Stellt euch das mal vor!« Gunter Haases Stimme bebte vor Wut. »Der Schüssler hat zu Protokoll gegeben, dass die Dingeldein sein Pesto mit Genuss verspeist hat. Er wusste, dass sie nach der Arbeit und vor ihrem Yogakurs immer eine Kleinigkeit aß. Und dass Nudeln ihr Leibgericht waren. Also hat er sie schon früher immer mal mit Gaben vom eigenen Acker beglückt. Hat ihr eingelegtes Gemüse oder mit Öl pürierte Kräuter vorbeigebracht. Am fraglichen Nachmittag stand er mit dem vergifteten Pesto bei ihr auf der Matte und hat ihr sogar noch schnell ein paar Nudeln dazu gekocht.«

»Ganz der fürsorgliche Freund.« Auch in Franka Kastrows Augen blitzte Wut auf. »Der nur ihr ›Bestes‹, nämlich ihren möglichst schmerzhaften Tod im Sinn hatte.«

»Sachen gibt's, die gibt's nicht.« Frajo Helferich kratzte sich den fast kahlen Schädel.

»Und nachdem damit auch die Dingeldein beseitigt war«, meinte Gunter Haase, »stand dieser Klaus Fuchs als Nächster auf der To-do-Liste vom Schüssler.«

»Der Fuchs, der damals alles ins Rollen gebracht hat«, murmelte Martina Lohse.

Frajo Helferich schaute in die Runde. »Der Typ hat auf mich aber nicht gerade den Eindruck gemacht, als ob er im Geld schwimmt. Dabei muss der Fuchs der größte Nutznießer von dem üblen Deal gewesen sein.«

»Das fällt dann wohl in die Sparte ›Wie gewonnen, so zerronnen‹«, erwiderte Martina Lohse trocken. »Der Fuchs hat sich im wahrsten Sinn des Wortes verzockt. Hat mit Aktien spekuliert, sich mit dubiosen Investoren eingelassen und zu allem Übel noch mit dem Spielen angefangen. In der Hoffnung, das wieder reinzuholen, was er verloren hatte. Seine Frau, die aus dem ehemaligen Jugoslawien stammt, lebt übrigens schon lange von ihm getrennt. Sie ist zu ihrer Familie nach Zagreb zurückgekehrt. Seine jüngste Tochter ist damals mit der Mutter aus Deutschland weggegangen und lebt heute auf Krk, wo ihr Mann eine Surf- und Tauchschule betreibt. Die erstgeborene Tochter hat in Berlin Englisch und Sport auf Lehramt studiert und unterrichtet an der Bertolt-Brecht-Oberschule in Spandau. Ihre Telefonnummer stand auf einem Zettel, den der Fuchs in seinem Portemonnaie hatte. Das trug er bei dem Brand in der Hosentasche. Der Rest seines Hab und Guts ist ja in Flammen aufgegangen.«

»Hört sich für mich nach einer verkrachten Existenz an«, meinte Gunter Haase.

Martina Lohse nickte. »Ich möchte mit dem Fuchs, ehrlich gesagt, nicht tauschen. Selbst seine Tochter in Berlin, mit der ich ein paarmal telefoniert habe, wollte nicht wissen, wie es ihrem Vater geht. Anscheinend besteht zwischen den beiden seit Jahren kein richtiger Kontakt mehr. Sie hat mich nur gefragt, was aus der Villa, die der Fuchs am Ortsrand von Rimbach, mit Blick auf die Tromm hat bauen lassen, geworden ist. Vielleicht hat die Tochter gehofft, dass da finanziell noch was für sie rausspringt. Die Villa muss damals ein Vermögen gekostet haben. Der Fuchs hat alles, was teuer war, dort einbauen lassen: Pool, Sauna, Fitnessbereich und Wintergarten. Für den Außenbereich gab es einen Gärtner und in der Garage standen ein Jaguar und ein Porsche-Cabrio. Der Porsche war für seine Frau, zum Einkaufen.« Martina Lohse schnaubte.

»Und, was ist aus der Villa geworden?«, hakte Timo Keil nach.

»Ist vor ein paar Jahren unter den Hammer gekommen«, erwiderte Martina Lohse. »Deshalb lebte der Fuchs in dieser Bruchbude am Waldrand von Siedelsbrunn, zur Miete.«

»Der Fuchs war so einer, der den Hals nicht voll genug kriegen konnte. Und dann hat er sich selbst ins Abseits geschossen.« Frajo Helferich zog eine Grimasse.

»Ich glaube kaum, dass der nochmals rauskommt«, meinte Martina Lohse. »Einer der Justizvollzugsbeamten in der JVA Frankfurt hat mir erzählt, dass der Fuchs den ganzen Tag auf seinem Bett hockt, mit dem Kopf wackelt und ein, zwei Zeilen aus einem Lied leise vor sich her singt. Wahrscheinlich hat er von Schüsslers Attacke und dem nachfolgenden Brand einen psychischen Schaden davongetragen. In der JVA haben sie inzwischen den psychologischen Dienst eingeschaltet.«

Franka Kastrow blickte interessiert auf. »Was singt der Fuchs denn da so?«

»Anscheinend steht er auf Guns N'Roses«, erwiderte Martina Lohse. Er singt dauernd: ›Nothin' lasts forever, even cold November rain‹.«

Timo Keil schüttelte den Kopf. »Komplett gaga, der Typ.«

»Ich sag ja, dass der Fuchs nicht mehr rauskommt,« murmelte die Kriminalkommissarin. »Nach der Verurteilung ist das ein Fall für die geschlossene Psychiatrie.«

Im Büro breitete sich für einen Moment betroffene Stille aus. Was für Schicksale, was für Lebenswege, mit denen sie hier tagtäglich konfrontiert wurden! Von denen die meisten nicht mit einem Happy End gesegnet waren. Jeder einzelne im Team hing seinen eigenen Gedanken nach, ließ die Eindrücke der vergangenen Wochen Revue passieren.

Frajo Helferich war der Erste, der das Schweigen brach. »Was ich bei der ganzen Angelegenheit noch nicht blicke, ist, was die Sache mit dem Feuer sollte. Ich meine, der Binz und die Dingeldein, die waren schon mausetot. Warum musste der Schüssler sie dann noch mit Feuer ›nachbehandeln‹?«

»Das hab ich ihn im Verhör auch gefragt«, erwiderte Martina Lohse und rieb sich den linken Unterarm, auf dem sich Gänsehaut breitgemacht hatte. »Der Schüssler hat gesagt: ›Alle drei sollten brennen. So wie mein Sohn brennen musste‹.«

Timo Keil blickte von dem Blatt, auf das er mit dem Kugelschreiber Kringel und Spiralen malte, hoch. »Aber der Sohn vom Schüssler ist doch gar nicht verbrannt. Der ist an den Folgen dieser Vergiftung gestorben.«

»Ich nehme an, dass der Schüssler das im übertragenen Sinn gemeint hat«, antwortete Gunter Haase. »Sein Sohn hatte immer wieder über ihn verzehrende Nervenschmerzen geklagt. Die sich zum Schluss wie am lebendigen Leib verbrannt zu werden anfühlten.«

»Lieber Himmel! Was für eine Geschichte!« Inzwischen war sich selbst Franka Kastrow nicht mehr sicher, ob ihr jemand die Vorgänge, die zu den Odenwaldmorden geführt hatten, auf der Polizeiakademie abnehmen würde.

»Trotzdem.« Martina Lohse klatschte in die Hände. »Ende gut, alles gut! Das dritte Opfer ist dank des beherzten Eingreifens von Frau Knapp kein Opfer geworden. Und wir konnten den Mörder dingfest machen.«

»Genau! Und darauf trinken wir jetzt!« Franka Kastrow bugsierte vorsichtig den Korken aus der ersten Sektflasche.

»Auf die Zukunft!« Martina Lohse hielt ihr Glas in die Höhe.

»Auf die Zukunft! Von mir aus gern hier bei euch«, erwiderte die Praktikantin und stieß mit der Kriminalkommissarin an.

Gunter Haase nippte an dem schäumenden Getränk und blickte in die strahlenden Gesichter seines Teams. Auch wenn der Schuldige im Fall Carsten Fischer noch auf freiem Fuß war, hatten sie sich alle eine kleine Auszeit verdient. Benötigten ein paar freie Abende und das Wochenende, um im Kreise ihrer Familien ein wenig durchzuschnaufen. Kraft zu tanken.

»Los! Ab nach Hause mit euch!«, befahl der Kriminalhauptkommissar, als alle ihr Glas geleert hatten. Er selbst ließ sich auf seinen Schreibtischstuhl plumpsen.

»Kommst du nicht mit?«, Martina Lohse runzelte verwundert die Stirn.

»Ich bleib noch ein bisschen. Geh noch mal unsere Notizen im Fall Fischer durch.«

Martina Lohse schüttelte missbilligend den Kopf. »Du bist verrückt!«

»Ich befürchte, da könntest du recht haben«, erwiderte Gunter Haase mit einem Schulterzucken und wandte sich seinem Bildschirm zu. Er hatte noch eine lange Nacht vor sich.

24. KAPITEL

Gertie, Theo und Charlie saßen am Küchentisch. Vor ihnen lag, auf Zeitungspapier ausgebreitet, ein Berg an frischen Waldpilzen. Reiner war nach dem morgendlichen Melken auf der Pilzpirsch im Wald gewesen und hatte fette Beute heimgebracht. Jetzt war es die Aufgabe des in der Küche versammelten Trios, die Pilze mit weichen Pinseln von Erde und Fichtennadeln zu reinigen, damit Gertie einen Teil im Anschluss frisch verarbeiten und den Rest einfrieren konnte. Charlie legte einen der kinderfaustgroßen Steinpilze, auf deren Fund Reiner besonders stolz gewesen war, auf einen flachen Teller und blickte in die Runde. Dann lachte sie laut auf.

»Man könnte glatt meinen, wir wären in einem Lazarett!«

Theo hatte sich beim Rasieren am Kinn und auf der linken Wange geschnitten und die Wunden mit Pflaster abgedeckt. Gertie trug sowohl am Fuß als auch Handgelenk einen Stützverband. Die Krücke, mit der sie ihren Fuß beim Gehen noch immer entlastete, lehnte am Kühlschrank. Charlies Wunde an der rechten Schläfe war mit drei Stichen genäht worden und durch einen sterilen Verband abgedeckt. Unterhalb ihres Kinns schillerte ein apfelgroßes Hämatom in verwaschenen Blau-, Grün- und Gelbtönen. Wegen des Verdachtes auf ein Schädel-Hirn-Trauma und um die Nachwirkungen der Rauchvergiftung zu behandeln, hatte sie vier Tage im Weinheimer Krankenhaus verbringen müssen. Sie war froh, zurück auf dem Atzeldoalhof zu sein. Alwin Schüssler sicher im Gefängnis zu wissen. Vermutlich für den Rest seines Lebens – wie lange das angesichts seines Gesundheitszustandes noch dauern mochte. Trotz allem, was geschehen war, tat Charlie Monika Schüssler leid. Mit dem Ehemann im Gefängnis und einem Hof, auf dem das meiste Land wie auch die Quelle vergiftet waren, stand sie vor dem Nichts. Klaus Fuchs, dem geplanten dritten Opfer von Schüssler, ging es nicht viel besser. Der hatte nicht nur sein Haus verloren, sondern würde sich demnächst vor Gericht für das verantworten müssen, was vor gut 20 Jahren geschehen war. Charlie schätzte sich glücklich, aus dem ganzen Drama mit einigermaßen heiler Haut herausgekommen zu sein.

»Zum Glück ist das Essen besser als im Krankenhaus«, unterbrach Theo Charlies Gedanken. »Ich freu mich schon wie Bolle auf die Serviettenknödel mit Pilzragout.«

»Erschd duschde schaffe, unn doann kimmd des Vergniesche«, konterte Gertie und zeigte mit der Pinselspitze auf die noch nicht gesäuberten Pilze.

Charlie fischte einen weiteren Pilz aus dem Haufen und runzelte die Stirn. »Der ist bestimmt giftig, oder?« Zwischen Daumen und Zeigefinger hielt sie einen Pilz, der vom Aussehen her einer oben abgestutzten Keule ähnelte. Der dickfleischige weiße Fruchtkörper mit den zartvioletten Leisten verjüngte sich nach unten. Der ockerfarbene Hut stülpte sich nicht wie bei anderen Pilzen als Schirm nach außen, sondern nach innen. Charlie war sich sicher, dass Reiner, der als ausgezeichneter Pilzkundler galt, sich in diesem Fall geirrt hatte.

»Das ist einer der besten Speisepilze überhaupt«, widersprach ihr Theo. »Allerdings sollte man nur junge Exemplare wie diesen hier ernten. Die sind mild-würzig im Geschmack und zerfallen nicht in der Pfanne.«

Charlie blieb skeptisch. »Wie heißt der denn?«, fragte sie und beäugte den Pilz misstrauisch.

»Schweinsohr«, kam es von Theo wie aus der Pistole geschossen. Er hatte in seinem Restaurant zur Herbstzeit stets Pilzgerichte auf der Karte gehabt und kannte sich aus.

»Nee, echt? Wie das, was Willy da gerade vertilgt?« Charlie lugte unter den Tisch, wo der Rauhaardackel sich gerade ein luftgetrocknetes Schweinsohr als zweites Frühstück genehmigte.

»Des kimmd mer äwwer nedd uff de Deller, des schdinkische Gelumps.« Gertie schüttelte sich.

Theo tätschelte kurz ihre gesunde Hand. »Keine Sorge. Ich hab vom Hofladen in Grasellenbach schöne Steaks vom Odenwälder Rotvieh mitgebracht.«

»Da wird Emelie sich ja freuen«, bemerkte Charlie trocken.

Theo grinste verschmitzt. »Ich hab sie vorgestern dabei ertappt, wie sie sich ein Stück Käse in den Mund gesteckt hat.«

»Nein!« Charlie grinste zurück. »Hast du sie darauf angesprochen?«

Theo gab ein Schnauben von sich. »Sie hat behauptet, das wäre der vegane Käseersatz von Edeka. Für mich sah das aber verdammt nach französischem Camembert aus.«

Gertie zog eine angewiderte Grimasse. »Allemol dess Sojazeigs. Dess koann jo nedd gsund soi. Doabei häwweme de Kiehlschroank voll vunn de Milisch.«

Theo sah es philosophisch. »Jedem Tierchen sein Pläsierchen.«

Durch das geöffnete Küchenfenster war der Motor eines herannahenden Autos zu vernehmen. Kurz darauf klingelte es an der Eingangstür. Der Dackel bellte.

»Wer issn des jedz schunn wärre?« Gertie war anzusehen, was sie von der Unterbrechung hielt.

»Habt ihr was bestellt?«, wollte Charlie wissen.

Theo und Gertie schüttelten den Kopf.

Charlie säuberte sich die Finger mit Küchenpapier und erhob sich vom Stuhl. »Bleibt ihr ruhig sitzen! Ich geh schnell mal schauen, was los ist.«

Als Charlie die Tür öffnete, stand ein hochgewachsener, überschlanker Mann von etwa 30 Jahren unterhalb der drei Treppenstufen, die zur Eingangstür führten. Ein schwarzer Jeep Wrangler, der schon bessere Tage gesehen hatte, stand mit laufendem Motor und geöffneter Fahrertür auf dem Hof. Der Mann streckte ihr ein in Packpapier eingeschlagenes Päckchen entgegen, das mit einer Kordel zusammengehalten wurde. Charlie konnte kein Etikett oder eine andere Beschriftung, die auf den Absender hinwies, ausmachen. Sie verschränkte die Arme vor der Brust.

»Das ist nicht für mich. Ich hab nichts bestellt!«

»Doch, das ist für Sie!«, behauptete der Mann und stieg die erste Treppenstufe hoch. Charlie konnte erkennen, dass die Haut an seinen Armen mit roten Pusteln übersät war, von denen sich einige entzündet hatten und eiterten. Ein süßlicher, unangenehmer Geruch stieg Charlie in die Nase. Sie machte einen Schritt rückwärts.

»Von welchem Paketdienst sind Sie denn? Können Sie sich ausweisen?«

»Selbstverständlich!«, sagte der ganz in Schwarz gekleidete Mann. Er legte das Päckchen auf die mittlere Treppenstufe und griff in die Gesäßtasche seiner Cargohose. Als Charlie sah, was er daraus hervorgezogen hatte, wollte sie zuerst in Lachen ausbrechen: Der Mann hielt ihr eine quietschbunte Wasserspritzpistole entgegen, mit der er auf ihr Gesicht zielte.

»Was soll die Kinderei?«, murmelte sie verärgert. Ein beißender Geruch stieg ihr in die Nase. Brachte in ihr alle Alarmglocken zum Schrillen. Charlie reagierte instinktiv: Abrupt drehte sie sich zur Seite, schlug die Hände vors Gesicht und duckte sich. Gleichzeitig schrie sie um Hilfe. Dem Fremden gelang es dennoch, einen Spritzer aus seiner Wasserpistole abzufeuern. Er landete genau dort, wo eben noch Charlies Gesicht gewesen war. Dann stieß der Mann einen Schmerzenslaut aus. Wimmerte fast wie ein Tier, das in eine Schlagfalle geraten war. Dazu gesellten sich wütende Knurrgeräusche. Charlie löste die Hände vom Gesicht und sah den Rauhaardackel, der sich in die rechte Wade des Fremden verbissen hatte. Theo kam über die Türschwelle geeilt und schwang Gerties Krücke wie eine Keule. Er platzierte die Hiebe mit dem Krückenende so, dass sie auf den Kopf des Angreifers prasselten. Der ging in die Knie und ließ die Wasserpistole fallen. Mit einem Sprung war Charlie neben ihm und kickte die Wasserpistole zur Seite. Dann trat sie dem Fremden mit aller Macht gegen die Brust, dass er nach hinten kippte und wie ein auf dem Rücken liegender Käfer auf dem Pflaster landete.

Theo presste das Krückenende fest gegen die Brust des Eindringlings und keuchte: »Gertie alarmiert die Polizei. Und den Reiner!«

Als der mit dem Traktor von der hinteren Rinderweide auf den Hof bretterte, bot sich ihm ein Bild, das er sein Lebtag nicht vergessen würde:

Ein ganz in Schwarz gekleideter Fremder lag rücklings auf der Hofeinfahrt und wurde von dem Dackel, der auf seiner Brust hockte und die Zähne fletschte, in Schach gehalten. Theo saß auf den ausgestreckten Beinen des Fremden, während seine Mutter mit der Mistgabel auf seine Lenden und den Sitz seiner Männlichkeit zielte. Charlie hatte die Arme des Eindringlings über dessen Kopf gezerrt und war gerade dabei, ein Seil um die Handgelenke zu binden. Mit einem Satz war Reiner neben ihr und stellte sicher, dass der Fremde sich nicht mehr von allein befreien konnte.

»Ein feines Paket haben Sie da zusammengeschnürt«, sagte

der Fahrer der herbeigerufenen Polizeistreife, während sein Kollege den Angreifer nicht gerade sanft auf den Rücksitz bugsierte.

»Nehmen Sie die am besten gleich mit«, sagte Charlie und reichte ihm die in einer Klarsichttüte untergebrachte Wasserpistole. »Aber Vorsicht!«

Der Beamte runzelte die Stirn. »Was ist in der Pistole?«

»Dem Geruch nach tippe ich auf Batterie- oder Schwefelsäure«, erwiderte Charlie. Gleichzeitig bemerkte sie, wie ihre Beine zu zittern anfingen. Mit dem Rücken lehnte sie sich an den Streifenwagen.

»Ist Ihnen was passiert?« Der Polizeibeamte musterte Charlie besorgt. Sein Blick streifte Charlies Verletzung an der Schläfe.

»Nein, nein, mir geht es gut«, versicherte ihm Charlie. »Das ist nicht von heute.«

»Gut.« Der Polizeibeamte nickte. »Die Kollegen, die alles aufnehmen werden, müssten gleich hier sein. Wir werden das feine Bürschchen«, dabei wies er mit dem Kinn in Richtung des auf der Rückbank zusammengekauerten Angreifers, »schleunigst hinter Schloss und Riegel bringen.«

Charlie und Reiner sahen dem Streifenwagen nach, wie er die Hofeinfahrt verließ.

»Alles in Ordnung mit dir?«, fragte Reiner.

»Klar.« Charlie brachte ein schiefes Grinsen zustande.

»Wirklich?« Reiner musterte sie besorgt.

»Also ehrlich gesagt könnt ich jetzt einen doppelten Schnaps vertragen.«

Reiner seufzte laut auf. »Den haben wir uns alle verdient.« Dann legte er seinen Arm um Charlies Schultern und drückte sie für einen Moment sanft an sich. »Also eins muss man dir lassen: Seitdem du bei uns auf dem Atzeldoalhof bist, wird es uns nicht eine Sekunde langweilig.«

Das Lagerfeuer prasselte hinter dem Haus, am Rand von Gerties Küchengarten. Reiner hatte einen Bottich, den er normalerweise zum Tränken der Pferde verwendete, mit kaltem Wasser gefüllt und einen beachtlichen Vorrat von Apfelwein- und Apfelsaftflaschen von der Kelterei König, verschiedene Sorten Schmucker Bier und Weißwein von der Bergstraße zum Kühlen hineingegeben. Theo hatte mit Reiners Hilfe den Holzkohlegrill von seinem angestammten Platz neben der gusseisernen Bank an der Eingangstür weggeschleppt und ihn ein Stück hinter dem Lagerfeuer entfacht. Steaks, Würstchen und Gemüsespieße lagen bereit, um auf dem Rost zubereitet zu werden. Gertie, die von der Aufregung am Vormittag noch immer mitgenommen aussah, hatte von Reiner und Gunter den Befehl erhalten, sich auf keinen Fall von ihrem Stuhl zu rühren. Den lädierten Fuß hatte sie auf ein mit einem Kissen gepolstertes Fußbänkchen gelegt. Emelie schäkerte mit Marco, den sie, zu Tims Leidwesen, auf dem Apfelherbstfest der Kelterei kennengelernt hatte. Marco war mit seinem Motorrad zum Atzeldoalhof gekommen. Ein Umstand, der Reiner Sorgenfalten auf die Stirn trieb. Er befürchtete, dass seine Tochter unter Marcos Einfluss zur Rockerbraut mutieren könnte. Fast wünschte er sich die Zeit zurück, als Emelie noch in den Windeln lag und ihn nur ihre Blähungen um den Schlaf brachten.

»Kloa Kinner kloa Soije, grouß Kinner grouß Soije.« Gertie hatte den Gesichtsausdruck ihres Sohnes richtig interpretiert. Reiner seufzte.

»Hier!« Gunter Haase reichte Charlie, die auf der alten, am Kirschbaum angebrachten Schaukel saß, eine Flasche Bier.

Gunter nahm einen Schluck aus der Flasche. »Was für ein Tag!«

Charlie stöhnte laut auf. »Das kannst du laut sagen.«

Gunter fuhr sich mit dem Handrücken über den Mund, um den Schaum abzuwischen. »Hast du schon mal darüber nachgedacht, dich für den Polizeidienst zu bewerben, Bobbelsche?«

»Nenn mich nicht Bobbelsche!«, erwiderte Charlie automatisch und hielt damit ihren Running Gag am Leben.

»Wenn wir dich nicht gehabt hätten, würde der Odenwaldmörder hier noch immer sein Unwesen treiben.«

»Ach was«, tat Charlie das Geschehene mit einem Schulterzucken ab. »War bloß Zufall, dass ich so nah an allem dran war.«

Gunter und sie wussten, dass ihre Behauptung so nicht stimmte. Beide unterließen jedoch tunlichst, das Thema weiter zu vertiefen. Gunter, weil er ein schlechtes Gewissen hatte. Charlie, weil sie sich selbst nur zu gut kannte. Sie war wie ein Trüffelschweinchen. Wenn es etwas herauszufinden gab, dann grub und bohrte sie so lange mit ihrer Stupsnase im Schlamassel, bis sie auf des Rätsels Lösung stieß.

Gunter nahm einen weiteren Schluck von seinem Bier. »Das hätte heute verdammt ins Auge gehen können.«

»Im wahrsten Sinn des Wortes«, gab ihm Charlie recht. »Ich kapier bloß noch nicht, warum dieser Che ausgerechnet mich auf dem Kieker hatte. Was ist das für ein komischer Typ?«

Gunter Haase zog eine angewiderte Grimasse. »Che, also Markus Heistermann, gibt vor, alles und jeden zu hassen, von denen er meint, dass sie der Natur im Allgemeinen und den Tieren im Besonderen schaden.«

»So ein Möchtegern-Gutmensch?« Charlie gab der Schaukel mit dem rechten Bein einen kleinen Schubs.

»Eher so ein armes Schwein«, erwiderte Gunter nachdenklich.

»Das mit seinem Elternhaus, mit seinem Leben und auch mit dem Studium nicht klarkommt. In Mannheim ist er schon seit einer halben Ewigkeit in Politikwissenschaften eingeschrieben, bringt es aber nicht fertig, endlich mal die Abschlussprüfung abzulegen.«

»Klassischer Fall von ewiger Student. Gab es bei uns in Hamburg an der Jurafakultät auch.« Charlie nickte.

»Ein ewiger Student, der sich aus Frust, weil er sich ständig unverstanden und gedemütigt fühlt, radikalisiert hat. Allerdings nicht in Richtung Islam oder dem sogenannten Islamischen Staat, sondern als Kämpfer für das Recht der Tiere. Sein großes Ziel ist, wie er behauptet, eine Welt ohne Tierleid.« Gunter Haase stellte seine Bierflasche auf dem Boden ab.

Charlie runzelte nachdenklich die hohe Stirn. »So ein bisschen kann ich diesen Che ja verstehen. In Sachen Tierschutz sind wir selbst in Deutschland noch ein Entwicklungsland.«

Gunter grinste. »Hört, hört! Hat Emelie dich etwa infiziert?«

Charlie schüttelte den Kopf. »Ich hab selbst Augen im Kopf. Und Ohren, um zu hören. Für meine Beratungsgespräche fahr ich manchmal auf Höfe, auf denen es nicht so vorbildlich wie auf dem Atzeldoalhof zugeht.«

»Reiner war schon immer so ein Softie«, grummelte der Kriminalhauptkommissar. Doch in seiner Stimme klang Bewunderung mit. Er würde den Job, den sein Bruder hier tagtäglich scheinbar mit links wuppte, auf die Dauer nicht durchstehen.

»Harte Schale, butterweicher Kern«, murmelte Charlie.

Gunter musterte Charlie einen Moment nachdenklich. Schwieg. Dann straffte er die Schultern und war wieder im Hier und Jetzt.

»Durch dein berufliches Engagement in Sachen Agrarrecht bist du übrigens auch auf Ches Hassliste gelandet.«

»Aber ich hab den Typ noch nie vorher gesehen!«, empörte sich Charlie. »Woher sollte der mich kennen?«

»Che und Emelie waren anfangs zusammen in dieser Gruppe von Tierschützern«, erwiderte Gunter. »In dem

Zusammenhang war ihm natürlich auch der Atzeldoalhof ein Begriff.«

»Klar.«

»Wegen Emelie hat Che den Hof verschont. Wenigstens fürs Erste. Ich kann mir allerdings vorstellen, dass er irgendwann auch hier zugeschlagen hätte. Er hatte ja alle Höfe der Region auf dem Kieker.«

»Was für eine Verblendung«, murmelte Charlie, während sie langsam hin- und herschaukelte.

»Weil er den Hof über Monate beobachtet hat«, fuhr Gunter fort, »hat er natürlich auch dich entdeckt. Hat herausgefunden, wer du bist und was du tust.«

Charlie hielt die Schaukel an. »Er wollte mich für das, was ich beruflich tu, bestrafen?«

»Ja.« Gunter nickte zustimmend. »Aber nicht nur dafür. Du bist außerdem noch eine Frau.«

»Ist mir durchaus bewusst«, konterte Charlie trocken.

»Eine schöne Frau«, meinte Gunter mit einem Augenzwinkern. »Dazu bist du noch intelligent, selbstbewusst und nicht gerade auf den Mund gefallen.«

Charlie zog die blonden Augenbrauen in die Höhe. »Willst du damit sagen, dass dieser Che darüber hinaus noch so eine Art Frauenhasser ist?«

»Nun ja«, Gunter Haase strich sich mit den Fingern über das Kinn. »Als ausgesprochenen Frauenversteher würd ich den nicht gerade bezeichnen. Außerdem ist er durch seine schlimme Neurodermitis so gezeichnet, dass ihn bestimmt keine auch nur mit der Kneifzange anfassen will.«

Charlie stieß hörbar die Luft aus. »Gütiger Himmel! So was hört man eigentlich nur aus Indien oder Südostasien. Wenn das so ist, wollte er mich durch die Säure bestrafen. Mir meine Identität, mein Ich nehmen.« Charlie rieb sich die Unterarme, die plötzlich mit Gänsehaut bedeckt waren.

»Und das zu Ende bringen, was er beim ersten Mal nicht geschafft hat«, fügte Gunter hinzu.

»Wie?« Charlie blickte den Kriminalhauptkommissar verdutzt an.

»Es war Che, der deinen Camper am Freilichtmuseum in Gottersdorf angesteckt hat.«

»Nein!« Charlie riss vor Erstaunen die Augen weit auf.

»Doch! Die zuvor zerstochenen Reifen gehen ebenfalls auf sein Konto.«

Charlie brauchte eine Weile, um das zu verdauen, was sie soeben gehört hatte. »Und ich bin fast vor Schiss gestorben, weil ich gedacht habe, dass der Litauer hinter mir her ist«, murmelte sie schließlich.

»Über den hab ich kaum etwas rausbekommen können«, musste Gunter eingestehen. »Da wird, von ein paar offiziellen Stellen ausgehend, gewaltig gemauert. Warum auch immer ...«, fügte er nachdenklich hinzu. »Aber nach Ches Geständnis wissen wir, dass unsere Sorgen in dieser Hinsicht unbegründet waren.«

Charlie griff nach der Flasche und nahm einen langen Schluck von ihrem Bier. »Warum in die Ferne schweifen, wenn das Böse so nah ist?«, sagte sie schließlich leise.

Gunter lächelte gequält.

Charlie stellte die Bierflasche neben dem Stamm des Kirschbaums ab und rieb sich mit der Handfläche über die Stirn, hinter der es leise zu pochen begann. »Nur, um das jetzt zum Abschluss zu bringen. Damit ich nicht wieder die ganze Nacht grübelnd im Bett liege«, bat sie. »Lass uns das mal kurz zusammenfassen! Dieser Che hatte mich und den Carsten Fischer auf dem Kieker. Mich wegen meiner juristischen Beratungen in Agrarrecht, die ihm ein Dorn im Auge sind.«

Gunter bekundete seine Zustimmung durch Nicken.

»Okay, das kann ich ja noch irgendwie nachvollziehen«, meinte Charlie. »Aber was hat der arme Fischer diesem Che getan?«

Gunter brachte seine zu zwei Dritteln geleerte Bierflasche zwischen den Handflächen zum Rotieren. »Wie gesagt, unser Guerillakämpfer vom Land ist gegen alles, was in seinen Augen der Natur schadet. Dazu zählen auch die Windkraftanlagen, die seit Neuestem hier im Odenwald aufgestellt werden. Unter den Protesten eines beachtlichen Teils der Bevölkerung.«

»Ist mir nicht entgangen«, murmelte Charlie.

»Der Fischer ist Bauleiter bei der Firma, die die Windräder im Auftrag der ENTEGA hochzieht.«

»Okay.«

»Außerdem hat der Che bei YouTube so ein Video entdeckt, in dem ein als Henker verkleideter Irrer Rache an den Windkraftbefürwortern schwört.« Gunter zog eine angewiderte Grimasse.

»Und da fühlte sich unser Che gleich dazu berufen, den wahren Rächer des Odenwalds zu geben.« Charlies Stimme troff vor Sarkasmus.

»In seinen eigenen Augen ist er ein Held.«

»Weil er auf dem besten Weg war, mit dem Fischer einen der Gegner zu eliminieren?«

»So sieht es aus.«

Charlie schüttelte den Kopf. »Das ist doch krank.«

»Ich nehme mal an, dass ein psychiatrischer Gutachter im Laufe der Verhandlungen hinzugezogen wird«, stimmte Gunter ihr zu.

Charlie lachte bitter auf. »Und ich hab gedacht, dass ich im Odenwald Ruhe und Erholung finde. Vielleicht sollte ich besser zurück nach Hamburg gehen. In der Großstadt ist es wahrscheinlich sicherer.«

Gunter Haase hob drohend den Finger. »Untersteh dich, Bobbelsche!«

»Hey, wollt ihr die ganze Zeit da so allein für euch hocken?«, rief Emelie und gab ihnen durch Winken zu verstehen, dass sie zum Lagerfeuer kommen sollten.

Charlie erhob sich mit steifen Beinen vom Schaukelsitz. »Komm! Lass uns den gemütlichen Teil des Abends einleiten!«

»Gut. Mir knurrt sowieso der Magen.« Gunter strich sich mit der Hand über die schlanke Körpermitte.

Charlie grinste. »Du brauchst eine Frau, die dich umsorgt!«

Gunter hob in gespielter Verzweiflung die Hände zum Nachthimmel. »Woher nehmen, wenn nicht stehlen?«

Die Hitze vom Lagerfeuer hatte Farbe in Gerties blasse Wangen zurückgebracht. Theo legte das fertige Grillgut an den Rand des Grills, damit es nicht verbrannte. Marco hatte eine Mundharmonika aus der Satteltasche seines Motorrades hervorgeholt und stimmte die ersten Töne von »He was a friend of mine« an.

Charlie zog anerkennend die Augenbrauen hoch. »Aus ›Brokeback Mountain‹?«

»Richtig. Mein Lieblingsfilm«, erwiderte Marco.

Charlie fragte sich im Stillen, ob Reiners Sorgen in Bezug auf Emelie unbegründet wären. Vielleicht war Marco ja tatsächlich nur ein »guter Freund«.

»Warte mal!«, rief Reiner und spurtete in Richtung Haus los. Zwei Minuten später kehrte er mit einer Gitarre, die er lässig über die Schulter gelegt hatte, zum Lagerfeuer zurück.

»Hey, du spielst Gitarre?«, wunderte sich Charlie. »Das sind ja Seiten von dir, die ich noch gar nicht kenne.«

Reiner grinste und nahm neben Marco Platz. »Ich hab mir während des Studiums ein paar Griffe angeeignet. Und als Sandra so krank war und wir sie hier zu Hause gepflegt haben, da hab ich ihr öfter was vorgespielt. Sie fand die Gitarrenklänge so beruhigend.«

»Spiel Mamas Lieblingslied!«, bat ihn Emelie.

Reiner brachte seine Gitarre in Position. »Kannst du ›Country Roads‹ von John Denver?«, wollte er von Marco wissen. Der nickte und fuhr sich mit der Zungenspitze über die Lippen, um sie zu befeuchten.

»Eins, zwei, drei …«, zählte Reiner.

Die Mundharmonika nahm die ersten Töne auf und die Gitarre folgte ihr. Reiner und Marco benötigten zwei Strophen, bis sie ihren gemeinsamen Rhythmus gefunden hatten. Dann warf Reiner seiner Tochter einen liebevollen Blick zu und fing an zu singen:

»Country roads, take me home, to the place I belong …«

Charlie schaute in den mit Sternen übersäten Nachthimmel. Der Große Wagen schien zum Greifen nah, so als müsste sie sich nur ein bisschen recken, um ihn vom Himmel zu pflücken. Eine Eule schrie aus dem nahen Wäldchen. Eine Kuh im Stall nahm das zum Anlass, ihr zu antworten. Die Obstbäume auf der Streuobstwiese raschelten in der leichten Brise, die von den Höhenzügen der Tromm zu ihnen hinunterwehte. Charlie warf Reiner einen verstohlenen Blick zu. Der war ganz in seiner Musik versunken. Wirkte so entspannt, wie sie ihn nie zuvor erlebt hatte. Theo hatte sich gewagt, einen Arm um Gerties Schultern zu legen. Die hatte Tränen der Rührung in den Augen. Auch Emelie hing an den Lippen ihres Vaters.

»Home. To the place I belong«, flüsterte Charlie.

War sie nach all den Irrungen und Wirrungen, die sie in ihrem Leben hatte durchlaufen müssen, jetzt tatsächlich hier auf dem Atzeldoalhof zu Hause angekommen?

Es fühlte sich fast danach an.

25. KAPITEL

Da war wieder dieser Geruch. Süßlich-faulig wie Fallobst, das, von Wespen zerfressen, im Gras verrottet. Nur dass die Ausdünstungen nicht von seinen Äpfeln, sondern von seinem eigenen Fleisch ausgingen. Er war auf dem besten Weg, sich ins Nichts aufzulösen. Von dieser Welt zu entschwinden. Die Zelle, in die sie ihn gesteckt hatten, würde er nicht wiedersehen. Trotz der Schmerzen, gegen die auch der Tropf mit dem Morphin, an den ihn die Ärzte im Zentralkrankenhaus der JVA Kassel angeschlossen hatten, nichts ausrichten konnte, musste er lächeln.

Wie lange hatte er auf diesen Augenblick gewartet. Wie hart hatte er dafür gekämpft. Doch jetzt hatte er sein Versprechen eingehalten. Seine Mission erfüllt. Alles war getan, was hatte getan werden müssen. Sein Rachefeldzug gegen die, die sich schuldig gemacht hatten, war zu Ende. Er war bereit zu gehen. Dorthin, wo sein Junge schon ungeduldig auf ihn wartete. Unter dem breit gefächerten Ahorn, der nur ihnen beiden gehörte.

Als sein Matthias ihm in den Armen weggestorben war, hatte er darauf beharrt, dass er und der Junge im FriedWald Michelstadt ihre letzte Ruhe finden. Natürlich hatte das seiner Frau, der zweiten, nicht gepasst. Im Leben wie im Tod wollte sie mit ihm vereint sein. Aber er hatte sich durchgesetzt. Sie abgewimmelt. Der Junge und er würden allein, dort auf der schattigen Lichtung des FriedWaldes liegen. Wieder ein Team sein. Für immer und ewig.

Eine erneute Welle des Schmerzes brandete über ihn. Er schloss die Augen und sah den Ahorn, wie er sich im Herbstwind wiegte. Seine Blätter ließ der erste Frost des Jahres in allen Rot- und Brauntönen erstrahlen. Ein Blatt löste sich vom Ast und kreiste langsam auf den Waldboden. Blieb genau auf der Stelle liegen, wo die Urne sicher im Schoß der Erde versenkt war.

»Ich komm, Matthi! Ich bin schon fast bei dir«, flüsterte er.

Einer der zahlreichen Monitore über seinem Bett begann, Alarm zu schlagen. Er hörte es nicht mehr.

DER ODENWÄLDER DIALEKT

Ich bin mir sicher: Jede waschechte Odenwälderin und jeder waschechte Odenwälder wird beim Lesen der im Odenwälder Dialekt verfassten Dialogpassagen sofort erkennen, dass ich eine »Zugeraste« oder »Zugezoo'ene« bin. Von daher bitte ich um Nachsicht und hoffe, dass man mich nicht gleich als »Simbel« oder gar als »Urrumbel« bezeichnen möge.

Zu meiner Entschuldigung sei gesagt, dass meine frühkindliche Erziehung darauf ausgerichtet war, mir das »Ruhrdeutsch« (man nennt es auch »Kohlenpottplatt«), also das »Dat« und »Wat« und »Giebmichma« und die anderen sprachlichen Stilblüten zwischen Recklinghausen und Duisburg von der Wurzel an auszumerzen. Mit Erfolg. Heute tue ich mich mit vielem, was nicht in Hochdeutsch daherkommt, schwer. Trotzdem liebe ich regionale Dialekte, denn sie geben Zeugnis über einen Landstrich, seine Leute und seine lokalen Eigenarten. Es war mir eine Freude, bei der Arbeit an diesem Krimi tief in die sprachlichen Eigenheiten der Mundart meiner Wahlheimat einzusteigen.

Aber was ist das überhaupt, dieser Odenwälder Dialekt?

Das Odenwälderische oder »Ourewellerisch« wird im Süden Hessens gesprochen und zählt zu den rheinfränkischen Dialekten. Dabei ist »Ourewellerisch« nicht gleich »Ourewellerisch«, zeigt sich das Odenwälderische von Landstrich zu Landstrich und beim Sprung über Bundeslandgrenzen sehr uneinheitlich. Ja manchmal kann es bei einzelnen Wörtern schon von Dorf zu Dorf Bedeutungsunterschiede oder Unterschiede im Lautsystem oder der Intonation geben. Wer mag da bestimmen, was »rischdisch« ist und was nicht ist?

Dennoch gibt es ein paar Gemeinsamkeiten, auf die ich kurz hinweisen möchte:

1. Die meisten Konsonanten (Mitlaute) werden weich ausgesprochen. Aus Polizei wird somit »Bolizei«, aus Tante »Dande« und Kragen »Krache«.
2. Die Wortendung »ig« wird zu »isch«, wie in »rischdisch« (richtig), »luschdisch« (lustig).
3. Ein S vor einem Konsonanten wird zu »sch«, wie in »feschd« (fest), »Schweschder« (Schwester), »schdill« (still).
4. Die Vokale (Selbstlaute) a, e, i, o, u und die Doppellaute ei und eu werden meist in die Doppellaute oa, ou, oi, ai, äi umgewandelt. Also alt »oald«, klein »kloa«, Scheune »Schaije«, Teufel »Daiwel«.
5. Ein U wird oft in ein O umgewandelt, zum Beispiel Mutter »Modder«, Durst »Dorscht«.
6. Verb und Pronomen werden oft in einem Wort verschmolzen wie in: »Dess glawisch jedz nedd.«
7. Die Umlaute ö und ü werden nicht verwendet, zum Beispiel Frühstück »Frieschdick«, darüber »doariwwer«, Küche »Kisch«.
8. Einige Wörter sind aus dem Französischen entnommen, wie sich in »Alla(a) hopp!«, »Trottwa« (Gehweg), »Schesslong« (Sofa) schön erkennen lässt.

Diese Hinweise sollen als kurzer Überblick reichen. Wenn Sie, liebe Leserin und Leser, sich näher mit dem Odenwälder Dialekt auseinandersetzen möchten, finden Sie dazu reichlich Hinweise und Informationen im World Wide Web wie auch in entsprechenden Fachpublikationen.

Zum Schluss noch eine kleine Anmerkung:

Damit auch Leserinnen und Leser aus anderen deutschsprachigen Regionen die in Mundart verfassten Textpassagen flüssig lesen und verstehen können, habe ich einige Stellen sprachlich geglättet und angepasst. Ein Odenwälder Bub oder Mädsche mag deswegen missbilligend die Stirn runzeln, doch hier stelle ich im Rahmen meiner schriftstellerischen Freiheit ganz klar die allgemeine Verständlichkeit über die dialektale Korrektheit. Man möge es mir, dem zugereisten »Urrumbel«, bitte verzeihen.

Eine kleine Übersetzungshilfe bietet das folgende Glossar.

GLOSSAR

Äbblwoi	Apfelwein
Äppelwoi	
Äppler	
Ebbelwoi	
Alla(a) hopp!	Los jetzt! Auf!
äwwer	aber
äwweraach	aber auch
babbeln	reden
Basse mol uff!	Pass mal auf!
Bobbelsche	Püppchen, Baby
Broodwerschd	Bratwurst
dabbe	(herum)laufen
dabbisch	blöd, doof
Daiwel	Teufel
Dande	Tante
dehoam	zu Hause
doaliesche	daliegen
doariwwer	darüber
driwwe	drüben
Fassel	Zuchtbulle
Frieschdick	Frühstück
Gelumps	alter Kram
glaabd	geglaubt
(dess) glawisch	(das) glaube ich (jetzt
(jedz nedd)	nicht)

Gschneegsl	Süßigkeit, Süßkram
gsoad	gesagt
Huddl	Moped
Kerwe	Kirchweihe
Kisch	Küche
kloa	klein
knoddern	herumnörgeln
kräxxe	stöhnen
krische	schreien
Milisch	Milch
Moije!	Guten Morgen!
Morsche!	
oalde	alt
Olieweleid!	Oh liebe Leute!
orre	oder
Ourew(o)ald	Odenwald
Ourewellerisch	das Odenwälderische
Owend	Abend
owwe	oben
piensen, pienzen	weinen, jammern
Gepiense	Gejammer
Puhlgrube	Jauchegrube
Ranze	Bauch, Magen
Schaije	Scheune
schäih	schön
Schbeel	Spiel
Schbeis	Speisekammer
Schesslong	Sofa, Chaiselongue
Simb(e)l	Trottel, Dummkopf
Stiggl	Stöcke, Pfahl, Pfosten
Ungel	Onkel
unne	unten
Urrumbel	Tollpatsch

vezäihle	erzählen
Viehwaadstiggl	Weidezaunpfahl, -pfosten
zoamm	zusammen

ANMERKUNGEN DER AUTORIN

Es war mir eine Freude und eine Ehre, den hessischen Odenwald, in dem ich mich seit 20 Jahren heimisch fühle, in diesem Krimi zu porträtieren.

Vieles von dem, was ich Sie, liebe Leserinnen und Leser, in diesem Krimi erleben lasse, ist authentisch, ganz nah an dem Ort, in dem ich lebe, und den lokalen Gegebenheiten angesiedelt. Das ist mein Stück vom Odenwald, wie er leibt und lebt, und mich täglich in seiner Schönheit, aber auch in seiner Widersprüchlichkeit berührt.

Andererseits bin ich keine Autobiografin, sondern eine Geschichtenerzählerin. Die Sie auf eine fiktive Lesereise mitnimmt. Deshalb entsprechen ein paar Kleinigkeiten in meiner Geschichte nicht ganz der Wahrheit. Ob es nun ein Name, eine Lokalität, eine geografische Gegebenheit, eine Adresse oder auch ein ermittlungstechnischer Ansatz ist. Da ist manches, wie es sein könnte, statt wie es tatsächlich ist.

Sie mögen mir diesen schriftstellerischen Schachzug verzeihen. Ich habe ihn verwendet, um andere, denen ich im oder mit dem Text zu nahe kommen würde, zu schützen. Um sicherzustellen, dass ihre Privatsphäre intakt bleibt.

Eins entspricht jedoch der Realität, ist nichts als die volle Wahrheit: Der Odenwald ist eine zauberhafte Mittelgebirgslandschaft, die zu jeder Jahreszeit einen Besuch wert ist. Außerdem geht es im Odenwald friedlich zu. Meistens wenigstens …

Bis bald wieder ein Mörder durch den dunklen Tann huscht.

Alle Bücher von H. K. Anger:

Juristin Charlotte Knapp ermittelt:
1. Fall: Odenwaldglut
ISBN 978-3-8392-2453-3

2: Fall: Odenwaldjagd
ISBN 978-3-8392-2847-0

Bistroköchin Sophie Vidal ermittelt:
Ein Bistro in der Bretagne
ISBN 978-3-8392-0127-5

GMEINER SPANNUNG

WWW.GMEINER-VERLAG.DE
Wir machen's spannend

DIE NEUEN